AF558145

EVA-MARIA BAST

Kornblumen-jahre

BEWEGTE JAHRE 1923: Auf dem Höhepunkt der Inflation kämpft Johanna darum, ihre Familie satt zu bekommen. Derweil marschieren im Ruhrgebiet die Franzosen ein. Luise und Siegfried erleben die Besetzung mit und Siegfried schließt sich einer Untergrund-Bewegung an. Am Bodensee verrät Sophies Schwester Helene deren Geheimnis: dass Sophies Sohn Halbfranzose ist. Auf Sophie wird daraufhin ein Anschlag verübt und sie muss ins Ruhrgebiet zu Luise fliehen. Als Siegfried davon erfährt, ist er außer sich vor Zorn und droht, Sophie zu verraten. In ihrer Verzweiflung begehen Sophie und Luise eine schreckliche Tat. Johannas Schwester Marlene ist inzwischen zu einer jungen Frau herangewachsen, verliebt sich ausgerechnet in einen Angehörigen der NSDAP und erlebt den Hitlerputsch mit.

Werden die Frauen ihr Glück finden?

In der Gegenwart: Vier junge Menschen versuchen die Geheimnisse ihrer Vorfahren zu lüften und stoßen auf unglaubliche Geheimnisse …

Eva-Maria Bast ist Journalistin, Bestseller-Autorin, Verlegerin und Geschäftsführerin der Bast Medien GmbH. Als Romanautorin schreibt sie vor allem historische und zeitgeschichtliche Werke, die in mehrere Sprachen übersetzt wurden. Sie ist Dozentin an der Hochschule der Medien in Stuttgart und Chefredakteurin der Zeitschrift »Women's History«. Für ihre Arbeit wurde Eva-Maria Bast mehrfach ausgezeichnet, unter anderem mit dem Deutschen Lokaljournalistenpreis der Konrad-Adenauer-Stiftung. Nach einigen Jahren in Würzburg lebt sie mit ihrer Familie am Bodensee.

EVA-MARIA BAST

Kornblumenjahre

ZWEITER TEIL
DER JAHRHUNDERT-SAGA

GMEINER

Personen und Handlung sind frei erfunden. Ähnlichkeiten mit lebenden oder toten Personen sind rein zufällig und nicht beabsichtigt.

Im Ehnried 5, 88605 Meßkirch
Telefon 07575/2095-0
info@gmeiner-verlag.de

5. Auflage 2025

Lektorat: Claudia Senghaas, Kirchardt
Satz: Mirjam Hecht
Umschlaggestaltung: U.O.R.G. Lutz Eberle, Stuttgart
unter Verwendung eines Fotos von: © ullstein bild – Friedrich Mueller
Druck: Custom Printing Warschau
Printed in Poland
ISBN 978-3-8392-1694-1

Für Thomas

VORWORT

Liebe Leserinnen und Leser,

viele von Ihnen werden den ersten Teil der Mondjahre-Trilogie bereits kennen. Für diejenigen, die Band 1 nicht gelesen haben, habe ich hier eine kurze Zusammenfassung geschrieben. Auch wenn jeder Band in sich abgeschlossen ist, sind manche Handlungsstränge doch besser zu verstehen, wenn man weiß, was sich in Band 1 ereignet hat.

Deutsches Reich 1914: Johanna Gerstett ist voller Idealismus, mutig und ein wenig unkonventionell. Sie hat Lust auf das Leben und will die Welt erobern. Und sie ist zum ersten Mal verliebt – in den Studenten Sebastian Bigall. Auch ihre Tante Sophie, die nur wenige Jahre älter ist als Johanna, hat ihr Herz verloren: an Pierre Didier, einen französischen Journalisten, der über den weltweit Aufsehen erregenden Ferdinand Graf Zeppelin recherchiert. Sowohl Sophie als auch Johanna interessieren sich – für die damalige Zeit ungehörigerweise – für Politik. Und so sind sie denn auch beunruhigt über die Aufrüstungen und beobachten besorgt die Wolken, die am Horizont aufziehen. Dann wird der österreichische Thronfolger in Sarajevo erschossen. Johanna und Sophie erleben die Wirren jener Tage des Kriegsausbruches mit, die Hamsterkäufe, die Jagd nach Gold, die Aufbruchsstimmung und die Angst. Als sich die Fronten zwischen Deutschland und Frankreich verhärten, verlässt Sophies Geliebter das Land – vor seiner Abreise verloben sich die beiden und schlafen mit-

einander, ein verzweifelter Akt. Sophie wird schwanger, schwanger vom Feind.

Auch Sebastian und Johannas Onkel Siegfried müssen in den Krieg ziehen. Siegfried ist beim Kampf um Neidenburg in Ostpreußen dabei und verliebt sich in Luise, bei deren Familie er einquartiert ist. Als die Russen vorrücken, ziehen sich die deutschen Truppen aus Neidenburg zurück – und Siegfried beschwört Luise, mit ihm zu kommen. Aber sie muss auf ihre Eltern warten, die dann jedoch grausam ermordet werden. Schier besinnungslos vor Schmerz, Wut und Hass erlebt Luise die Tage, in denen Neidenburg in russischer Hand ist.

Sophie macht derweil im Lazarett an der Westfront schreckliche Erfahrungen und wird schließlich, als ihre Schwangerschaft nicht mehr zu verbergen ist, entlassen. Siegfried und Luise haben sich inzwischen wiedergefunden und planen ihre Hochzeit in Memel. Während der Vorbereitungen werden Johanna und Luise von den Russen gefangen genommen. Siegfried sieht die beiden Frauen in der Gewalt der Russen und wird beim Versuch, sie zu retten, niedergeschossen. Luise bricht im Zug, der sie nach Russland bringen soll, völlig zusammen. Sie weiß nicht, ob er noch lebt. Doch Siegfried überlebt – stürzt aber in eine tiefe Krise, weil er sein Bein verliert und sich nur noch wie ein halber Mann fühlt.

Johanna und Luise landen in einem russischen Gefangenenlager. Johanna soll dem dort arbeitenden Arzt assistieren – und hat eines Tages ihre große Liebe, den als vermisst geltenden Sebastian, vor sich auf dem OP-Tisch. Gerade als die beiden Wiedersehen feiern, werden Johanna und Luise nach Petrograd an ein Krankenhaus beordert. Sebastian und sein Freund Karl flüchten aus dem Lager und reisen den Frauen hinterher. Während in Petrograds Straßen die Revolution tobt, spürt Sebastian Luise und Johanna auf. Gemeinsam mit Karl und der jungen russischen Krankenschwester Irina fliehen sie, Irina und Karl verlieben sich ineinander.

Derweil trauert Pierre im feindlichen Frankreich immer noch seiner Sophie nach. Doch seine Mutter versucht, ihn zu verkuppeln. Schließlich heiratet Pierre eine andere, sein Herz gehört aber nach wie vor Sophie.

Sebastian und Karl müssen an die Front zurück. Bei einem Angriff wird Karl vor Sebastians Augen in Stücke gerissen. Sebastian verliert den Verstand. Es dauert lange, bis man ihn findet, er ist zutiefst verstört. Während der Kaiser abdankt und die Straßen in Deutschland unter der Revolution brennen, bringt Johanna ihre Tochter Susanne zur Welt. Und Sebastian findet langsam ins Leben zurück.

Der zweite Handlungsstrang spielt in der Gegenwart. Zita, eine junge Frau aus Stuttgart, ersteigert bei eBay ein winziges altes Notizbüchlein aus Silber, das an einem Band um den Hals getragen werden kann. Als sie das Büchlein in der Hand hält, entdeckt sie, dass sich noch lauter kleine Blätter, die man in das Büchlein klemmen kann, darin befinden. Gebannt entziffert sie die verblassten Aufschriebe, die offensichtlich aus der Zeit des Ersten und Zweiten Weltkriegs stammen. Was sie dort liest, fasziniert sie so sehr und ist so rätselhaft, dass sie beschließt, sich auf Spurensuche zu begeben. Ihre Suche führt sie nach Überlingen an den Bodensee, wo die Nachfahren derer leben, die ins Notizbüchlein schrieben: die Nachfahren von Sophie, Johanna und Luise. Zu jener Zeit ahnt Zita noch nicht, dass der Fund des Notizbüchleins ihr Leben komplett verändern soll: Sie verliebt sich in Philippe, den Urenkel Sophies, den die Suche nach der Wahrheit ebenfalls nach Überlingen führt. Und sie entgeht knapp einem Mordanschlag, den Franziska, Johannas kleine Schwester, die inzwischen hochbetagt ist, auf sie verübt. Der Grund: Sie fühlt sich durch Zita und das Notizbüchlein bedroht, denn Franziska hat etwas zu verbergen …

1923 – 1925

1. KAPITEL

Überlingen, Bodensee, August 2013

Das silberne Notizbuch lag auf dem kleinen Sekretär in Zitas Hotelzimmer. Sie hatte es wieder bezogen, nachdem Franziska, die alte Dame, die ihr nach dem Leben getrachtet hatte, um die Aufzeichnungen in ihren Besitz zu bringen, verhaftet worden war. Franziska Gerstett war die Inhaberin der Pension, in der sich Zita eingemietet hatte, und deshalb war Zita auf Anraten der Polizei sicherheitshalber ausgezogen. Nun aber saß Franziska hinter Schloss und Riegel und Zita war zurückgekehrt. Nachdenklich ließ sie ihre Finger über den ziselierten Deckel des Notizbüchleins wandern.

Noch immer war sein Rätsel nicht gelöst, im Gegenteil: In den Wochen, seit sie das winzige Büchlein, das man mit einem Lederband um den Hals tragen konnte, bei eBay ersteigert hatte, waren die unbeantworteten Fragen zu einem riesigen Berg angewachsen, ihr ganzes Leben hatte sich verändert. In dem Büchlein hatten sich Notizen befunden, merkwürdige Notizen aus der Zeit des Ersten und Zweiten Weltkriegs. Geheimnisvolle Aufzeichnungen, deren Sinn Zita unbedingt hatte herausfinden wollen. Ihre Suche hatte sie an den Bodensee geführt, in eine Pension, die Altes Schulhaus hieß. Hier hatte sie den Mordanschlag überlebt, neue Freunde gefunden, hatte sich verliebt – und war entschlossener denn je, das Rätsel, das sich um dieses Büchlein rankte, zu lösen. Denn inzwischen war klar: Die Verfasserin der Notizen war eine mittlerweile verstorbene Verwandte Franziska Gerstetts, Franziska selbst hatte gewaltig Dreck am Stecken. Und anscheinend unglaubliche Angst, dass in dem Notizbüchlein etwas stand, das ihr dunkles Geheimnis verraten könnte.

Wieder strich sie über den Deckel. Er fühlte sich ganz warm an unter ihren Händen. Während sie das Büchlein betrachtete, dachte sie darüber nach, wie seltsam es doch war, dass ein solcher Gegenstand das Leben mehrerer Menschen bestimmen und verändern konnte. Dass er *ihr* Leben plötzlich mit dem der Familie Gerstett verwob. Obwohl sie als Außenstehende ja eigentlich nichts mit all dem zu tun hatte, war sie plötzlich mitten im Geschehen.

»Was machst du denn da?«, riss Philippes schläfrige Stimme sie aus ihren Gedanken. Lächelnd drehte Zita sich um. Philippe war Mediziner, hatte ihr nach dem Giftanschlag das Leben gerettet und sie hatten sich ineinander verliebt. Auch Philippes Geschichte war eng mit der des Büchleins verwoben, die Suche nach der Wahrheit hatte sie zueinandergeführt. Er gehörte dem französischen Teil der Familie an und auch er war auf der Suche nach dem Geheimnis des Notizbüchleins. Sie ging zu ihm und gab ihm einen Kuss. »Ich versuche, das Rätsel zu lösen. Oder vielmehr: die vielen Rätsel.«

»Kann das nicht noch warten?«, brummte Philippe und versuchte, sie an sich zu ziehen.

Zita wollte schon nachgeben und sich in die verführerische Umarmung fallen lassen, als jemand an die Tür hämmerte. »Zita!«, rief Mia von draußen. »Zita, mach auf, schnell!«

Philippe knurrte unzufrieden, doch Zita band den seidenen Morgenmantel, der bei Philippes Umarmung aufgegangen war, wieder zu, um Mia, Franziskas Großnichte, die gemeinsam mit ihrer Mutter Melissa ebenfalls im Haus wohnte, die Tür zu öffnen.

»Was gibt's?«, fragte sie.

»Großtante Franziska liegt im Sterben«, sprudelte Mia hervor. »Die Nacht im Gefängnis ist ihr anscheinend nicht gut bekommen, und sie haben sie ins Krankenhaus eingeliefert. Die haben grade angerufen. Sie will unbedingt mit mir und Mutter sprechen. Und mit dir auch!«

»Mit *mir*?«, fragte Zita erstaunt, »warum denn mit *mir*?«

Mia zuckte die Achseln. »Keine Ahnung, aber wenn sie wirklich im Sterben liegen sollte, will sie sich vielleicht bei dir entschuldigen. Eine Art Beichte? Immerhin hat sie versucht, dich umzubringen!« Sie musterte Zita, die immer noch in ihrem schwarzen Morgenmantel vor ihr stand. »Beeil dich, zieh dir was über. Ach ..., und ist Philippe bei dir?«

»Ja!«, rief Philippe von hinten und erschien verstrubbelt und mit einem um die Hüften geknoteten Handtuch in der Tür. »Will sie mich etwa auch sehen?«

»Nein«, erwiderte Mia verlegen. »Aber meine Mutter möchte gerne mitkommen. Auch wenn die beiden sich nie gemocht haben – es könnte doch sein, dass es das letzte Mal ist, dass sie Franziska lebend sieht.«

»Und da soll ich unten die Rezeption machen und anreisenden Gästen ihre Schlüssel aushändigen?«, fragte Philippe. »Kein Problem. Gebt mir fünf Minuten.«

»Ich brauche drei«, versicherte Zita ihrer Freundin. »Ich bin gleich unten.«

Das Gesicht der alten Dame war so weiß wie die Laken, in denen sie lag. Zita erschrak, wie eingefallen und faltig Franziska wirkte, dabei war sie ihr immer schon wie der Inbegriff einer Greisin erschienen. Die Alte wandte leicht den Kopf, als die drei Frauen das Zimmer betraten.

»Kommt herein«, sagte sie. Ihre Stimme klang heiser, rau und irgendwie auch hohl und unheimlich. Unwillkürlich musste Zita an den Mann denken, der ihr im Zug begegnet war, neulich, als sie mit dem Notizbüchlein im Gepäck an den Bodensee gereist war. Er hielt sich, wenn er sprechen wollte, einen Verstärker an die Stimmbänder, weil er Kehlkopfkrebs hatte. Ganz ähnlich klang nun Franziskas Stimme, als sie hasserfüllt hervorstieß: »Sophie und Luise, sie haben Siegfried getötet. Einen, der fürs Vaterland kämpfte, einen mutigen Mann, der für seine Sache einstand.« Mia, Zita und Melissa wechselten einen erschrockenen Blick. Sophie war Philippes Urgroßmutter gewesen. Und sie sollte Siegfried, ihren eigenen Bruder, getötet haben? Gemeinsam mit dessen Frau Luise?

Mia ging zögernd auf das Bett zu. Franziska atmete keuchend aus. »Ich habe das immer gewusst. Ich war die Einzige aus der Familie, die wusste, wie meine Tanten, von denen alle sagten, sie seien so wunderbar und so gut, wirklich waren.«

»Hast du sie verraten, Tante Franziska?«, bohrte Mia. »Ist das der Grund, warum du wegen des Notizbüchleins so erschrocken bist? Dachtest du, dass darin etwas über deinen Verrat zu finden sei?«

Franziska wandte den Kopf ab und presste die Lippen aufeinander. »Bitte, Tante Franziska«, flehte Mia, »du musst es mir sagen!«

Franziska sah sie wieder an mit ihren trüben alten Augen. Ihre Stimme klang keuchend und pfeifend, als sie sagte: »Ich war die Jüngste, die Kleinste, mein Kind. Ich habe früh gelernt, dass es von Vorteil ist, Dinge zu wissen. Nur so kommt man durch im Leben.«

»Hast du sie verraten?«, fragte nun auch Melissa. »Ist es

das, was dich quält? Haben sich Johanna und Sophie deshalb überworfen? Ist das der Grund?«

Johanna war Mias Großmutter. Philippe hatte erzählt, dass das Zerwürfnis mit Johanna seine Urgroßmutter immer gequält hatte – aber auch er wusste nicht, wodurch es zustande gekommen war.

»Ach, mein liebes Kind.« Franziska legte ihre faltige Hand an Mias Wange. »Mein liebes Kind, es ist danach noch so viel geschehen. Ich war immer diejenige, die alles wusste und die das zu nutzen verstand.« Ein trotziger Ausdruck trat auf ihr Gesicht, als sie wiederholte: »Ich war ja auch die Kleinste, ich musste sehen, wo ich bleibe.«

Nachdenklich sah sie Mia an. »Ich weiß auch Dinge über dich, Mia-Kind, die du nicht weißt.« Ihr Blick schweifte zu Melissa. »Dinge, die auch deine Mutter betreffen. Und die selbst sie nicht weiß.«

»Was für Dinge?«, rief Mia. »Rede doch mit mir, Tante Franziska!« Und auch Melissa trat einen Schritt vor. Im Gegensatz zu ihrer Tochter war sie ganz ruhig, als sie sagte: »Bitte, Franziska, du hast uns diese Dinge ein Leben lang verschwiegen und uns damit belastet. Bitte lass uns nicht im Ungewissen.«

Im Blick der alten Frau begann es zu flackern. »Es gibt so vieles, was ihr nicht wisst«, sagte sie, nahm dann Mias Hand und krallte sich an ihr fest. Es schmerzte und Mia biss die Zähne zusammen.

»Es ist alles ganz anders, als ihr immer glaubtet«, stieß Franziska hervor. »Johanna ist gar nicht deine Großmutter, Mia. Und nicht deine Mutter«, wandte sie sich an Melissa.

Mia schrie leise auf. »Aber was … aber wer …«, stammelte sie, während Melissa Franziska mit großen Augen anstarrte.

Doch die schüttelte nur den Kopf.

Zita, die schweigend ein wenig abseits gestanden hatte, legte Melissa die Hand auf die Schulter.

Mia war vollständig verwirrt. »Aber Mutter hat immer gesagt, Johanna sei ihre Mutter gewesen.« Sie sah Melissa an, doch die erwiderte ihren Blick nur erschrocken und ratlos.

»Das hat deine Mutter auch geglaubt.« Wieder klang Franziskas Stimme seltsam tonlos und unheimlich. »Johanna wollte, dass sie es glaubt. Alles andere wäre gefährlich gewesen.«

In Mias Kopf drehte sich alles. »Wieso gefährlich? Wer ist denn nun meine Großmutter? Und was hat das alles mit dir zu tun und mit dem Büchlein?«

Franziska wandte den Kopf ab. »Es ist so lange her. Ich habe die Dinge damals in die richtigen Bahnen gelenkt.«

Melissa erwachte aus ihrer Schockstarre und trat noch näher an Franziskas Bett. »Tante Franziska«, flehte sie, »wer ist meine Mutter? Bitte sag es mir. Du kannst mich nicht mit einer solchen Wahrheit konfrontieren und dann nicht konkret werden. Das ist … das ist grausam.«

Franziska sah Melissa ruhig an. »Ich habe dich immer geliebt, Melissa, bei dir war deine Abstammung egal. Ich bin alt, ich möchte die Vergangenheit nicht aufwühlen. Raphael, er könnte noch etwas wissen.«

Dann fiel ihr Kopf zur Seite, und Franziska Gerstett segnete 100 Jahre, nachdem sie das Licht der Welt erblickt hatte, das Zeitliche.

2. KAPITEL

90 Jahre zuvor
Essen, Ruhrgebiet, 11. Januar 1923

Die Stadt brannte. Die Flammen, die über ihren Dächern zusammenschlugen, waren Flammen der Wut. Die Wut der Essener auf die Franzosen, die bewaffnet und in Uniform in ihre Stadt einmarschierten. Das Ruhrgebiet wurde besetzt, die Reparationsforderungen der einstigen Kriegsgegner sollten mit Gewalt durchgesetzt werden. Luise stand inmitten der aufgebrachten Menge, beobachtete den Einmarsch der Franzosen und überlegte, ob sich die Wut der Einheimischen so anfühlte wie die Wut der Russen während der Revolution, damals, 1917. Sie überlegte das sehr genau und stellte dann fest, dass sie sich die Antwort nicht geben konnte. Denn in jenem bitterkalten Winter, da hatte auch sie gekämpft, gemeinsam mit den Genossen, bei denen sie, die Kriegsgefangene aus Deutschland, überraschenderweise eine Heimat gefunden hatte. Das Mädchen, das voller Hass auf die Russen die erzwungene Reise von Ostpreußen nach Russland angetreten hatte, das so voller Groll gewesen war, hatte sich irgendwann mit ihnen angefreundet, solidarisiert. Weil es gut tat, *für* etwas zu sein, *für* etwas zu kämpfen. *Für die Heimat zu kämpfen.* Aber die russische Heimat, für die sie gekämpft hatte, war nicht die ihre gewesen, ihre Heimat war untergegangen, zusammen mit der von Russen ermordeten Großmutter, den ermordeten Eltern. Sie war zurückgekehrt zu ihrem Verlobten, hatte ihre Heimat in ihm zu finden geglaubt, doch auch er, Siegfried, war untergegangen. Ersoffen im gierigen, menschenverschlingenden Meer des Kriegs. Nein, er war nicht gefallen. Das nicht. Aber sie hatten ihm das Bein weggeschossen und ihm damit seinen Stolz genommen, als halber Mann fühlte er sich seither und badete im Teich des Selbstmitleids. Dabei hatte es anfangs noch so ausgesehen, als könnten sie es schaffen. Justus, ihr Schwager, der in Konstanz eine Textilfabrik besaß, war in Gefangenschaft gewesen, Siegfried hatte die Firma in seiner Abwesenheit geleitet, ins Feld konnte er mit seinem einen Bein ja nicht mehr. Er war gut gewesen, wirklich gut. Siegfried hatte so viel geleistet und Justus wollte ihn auch behalten, er hätte ihn gut gebrauchen können. Aber Siegfried ließ es nicht zu. Als Justus aus der Gefangenschaft heimkehrte, gab es bitteren Streit zwischen den beiden Männern, und Siegfried schleuderte Justus entgegen, er brauche sein Mitleid nicht. Er werde es allein schaffen, allen zeigen im Ruhrgebiet, bei den Krupp-Werken. Grob hatte er sie, Luise, entwurzelt. Sie, die gerade zaghaft und schüchtern erste Wurzeln in den neuen Heimatboden am Bodenseeufer gesteckt hatte, hatte er gepackt und nach Essen geschleift, in diese hässliche, hässliche Stadt.

Und nun stand sie hier. Siegfried hatte einen schlechten Posten bei den Krupp-Werken, war nicht mehr als ein Arbeiter, aber er gab es nicht zu. Er sei immerhin Arbeiter*führer*, sagte er stolz. Ja, nun stand sie hier und sah den Truppen zu, die in die Stadt einzogen.

Aus Siegfried, ihrem einst so leuchtenden Helden, der sie küsste, bevor ihre Welt unterging, damals, im ostpreußischen Neidenburg, war ein verbitterter, verkniffener, selbstmitleidiger Mann geworden.

Trüb blickte Luise auf die Empörung, die ihr entgegenschlug. Die Deutschen schrien, spuckten, erhoben die

Fäuste. Wie gerne würde sie mit ihnen schreien. Wie gerne wieder etwas fühlen – und sei es Empörung. Aber wie viele Kämpfe kann man im Leben kämpfen? Für wie viele Revolutionen brennen? Was bleibt nach all der Empörung? Die Flamme verbrennt mich, dachte Luise müde und hörte mit halbem Ohr zwei Männern zu, die eifrig und wortgewaltig über den Einmarsch der Franzosen diskutierten. Darüber, dass die Deutschen sich angeblich nicht an die Reparationsverpflichtungen gehalten und zu wenig Holz und Kohle geliefert hätten. »Das ist doch nur ein Vorwand!«, empörte sich der eine. »Sie wollten das Ruhrgebiet schon lange besetzen.«

Die Schreie und Pfiffe übertönten die Schimpferei der Männer. In Luises Kopf mischte sich alles zu einem schier unerträglichen Lärm. Fest presste sie beide Hände auf die Ohren und wandte sich ruckartig um, um zu gehen. In ihr Zuhause, das keines war.

3. KAPITEL

Überlingen, Bodensee, 12. Januar 1923

»Ach, Sophie!« Seufzend legte Johanna den Kopf an die Schulter ihrer Tante, die ihr viel mehr Freundin als Tante war, vielleicht auch, weil Sophie nur wenige Jahre älter war als sie selbst. »Ich langweile mich. Ich schäme mich dafür, aber ich langweile mich ganz furchtbar.«

Sophie strich Johanna über das dunkle Haar. Beide Frauen saßen dick eingepackt nebeneinander auf der Bank in der Küche, auf der sie schon so oft ihre Sorgen und Nöte miteinander geteilt hatten.

»Aber du musst dich doch nicht schämen, meine Liebe«, sagte Sophie sanft. »Du hast Schwangersein schon immer als unerträglichen Zustand empfunden, das war bei Susanne und Robert auch so.« Sie deutete lächelnd auf Johannas gewölbten Leib. »Außerdem ist es ganz normal, dass du dich langweilst, nach allem, was du im Krieg erlebt hast. Wer kann schon von sich sagen, von den Russen gefangen genommen worden und schließlich aus Russland geflohen zu sein? Und an der Front warst du auch noch, im Lazarett. Kein Wunder, dass dir das Leben hier furchtbar eintönig erscheint. Es ist ja auch trostlos.«

Sie umfasste den Raum mit einer Handbewegung. »Was haben wir denn? Jahrelanger Krieg, jahrelanges Sterben – und was hat es uns gebracht? Nichts als Verzicht und Entbehrungen. Es ist kalt, wir haben nichts zu essen, wir haben keine Hoffnung und alle hassen die Franzosen.«

Sophie hatte sich regelrecht in Rage geredet und schluchzte nun trocken auf.

»Sophie!« Erschrocken zog Johanna die Freundin an sich. »Der Franzosenhass macht dir zu schaffen, nicht wahr? Es geht dir gar nicht um all die Entbehrungen, die wir hinnehmen müssen.«

Sophie nickte, während ihr die Tränen über die Wangen liefen, verbarg sie ihr Gesicht schutzsuchend an Johannas Schulter.

»Du hoffst immer noch, ihn wiederzufinden?«

Wieder nickte Sophie. Sie hatte wenige Wochen vor Ausbruch des Krieges einen französischen Journalisten kennengelernt, der über den aufstrebenden Grafen Zeppelin berichten sollte und deshalb in Friedrichshafen weilte. Die beiden hatten sich Hals über Kopf ineinander verliebt und schnell beschlossen zu heiraten. Doch dann wurde der österreichische Thronfolger in Sarajewo ermordet, und die ganze Welt veränderte sich. In der Verzweiflung des Abschieds hatten Sophie und Pierre miteinander geschlafen, Raphael, Sophies heute siebenjähriger Sohn, war gezeugt worden, dann musste Pierre abreisen, und Sophie hatte nie wieder etwas von ihm gehört. Sie hatte sich als Lazarettschwester an die Westfront gemeldet, um ihm nahe zu sein, wenn er auch auf der anderen Seite kämpfte und nun plötzlich Feind war. Nach dem Krieg wartete sie Tag um Tag, Woche um Woche, Monat um Monat, Jahr um Jahr darauf, dass er käme, um sie und seinen Sohn, von dem er freilich nichts wusste, zu holen. Doch Pierre kam nicht. Und als Sophie nach Frankreich fuhr um ihn zu suchen, fand sie ihn nicht. Sie wurde immer trauriger, dann wütend, dann verbittert, schließlich siegte die Angst. Die Angst um den Menschen, den sie mehr liebte als ihr Leben. Dass er eine andere Frau geheiratet und sie vergessen haben könnte, konnte, *wollte* sie sich nicht vorstellen. Die Alternative aber war noch schlimmer: Sophie glaubte inzwischen fest, dass Pierre gefallen war und Raphael keinen Vater mehr hatte, Halbwaise war. Dennoch: Jetzt, wo die Franzosen im Ruhrgebiet einmarschierten, wuchs die Hoffnung, dass er vielleicht doch noch am Leben sein könnte. Sie wagte den Gedanken eigentlich gar nicht zu denken, verbot ihn sich, doch er ließ sich nicht beiseiteschieben. Und noch etwas quälte sie: der Franzosenhass. Auch Raphael hatte das eine oder andere Mal schon einen franzosenfeindlichen Satz fallen lassen, und Sophie hatte an sich halten müssen, um ihren ahnungslosen Sohn nicht anzuschreien. So hatte sie die Kommentare ignoriert, denn auch wenn sie ihn nur sanft zurechtgewiesen hätte und Raphael hätte in der Schule erwähnt, dass seine Mutter franzosenfeindliche Kommentare nicht dulde, wäre das gefährlich gewesen. Franzosenhass gehörte zum guten Ton in diesen Tagen, vor allem, seit die Feinde aus dem Westen das Ruhrgebiet besetzt hatten, um die Deutschen zur Einhaltung der Reparationszahlungen zu zwingen.

»Irgendwann wirst du es Raphael sagen müssen«, unterbrach Johanna ihre Gedanken.

»Das kann ich nicht«, wehrte Sophie erschrocken ab. »Wie sollte er damit klarkommen? Jetzt, wo alle Welt die Franzosen hasst?«

»Das wird sich auch wieder ändern«, versuchte Johanna zu beruhigen.

Sophie schloss ihre Hand fest um das winzige silberne Notizbüchlein, in dem ein Foto Pierres steckte, dem sie ihre intimsten Gedanken anvertraute und das sie an einem hellblauen Seidenband stets um den Hals trug. »Glaubst du wirklich?«

»Aber natürlich. Denk doch nur daran, wie oft die Welt sich allein in den letzten zehn Jahren verändert hat.«

»Da hast du natürlich recht.« Ein Hauch von Hoffnung glomm in Sophies Augen. Doch sie ahnte nicht, wie extrem ihr Leben und auch das von Raphael, wie extrem *ihrer aller* Leben sich noch verändern würde. Sie hatten schon so viel hinter sich. Und noch so viel vor sich.

4. KAPITEL

Essen, Ruhrgebiet, 12. Januar 1923

»Ich werde dort *nicht* hingehen.« Siegfried ließ wieder etwas von seiner alten Kraft und seinem alten Feuer erkennen, als er in der kleinen, düsteren Wohnung, die er mit Luise bewohnte, auf den Tisch hieb und ihr seine Entscheidung mitteilte. »Ich werde dort genauso wenig erscheinen wie unsere Direktoren!« Leicht hob er das Kinn, und Luise sah plötzlich wieder den Mann vor sich, in den sie sich einst verliebt hatte. Sie fühlte, dass ihr Herz unwillkürlich schneller schlug, als sie die Woge seiner Entrüstung einatmete. Als sie wieder sein Feuer spürte und sein Leuchten. Schüchtern und doch kraftvoll wie ein Schneeglöckchen durch hartgefrorenen Boden bohrte sich die Hoffnung durch den Winter ihres Gemüts. Es war der 12. Januar 1923, ein ausnehmend kalter Tag. Die französischen Behörden hatten die Direktoren der Krupp-, Stinnes- und Thyssenwerke zu einer gemeinsamen Konferenz eingeladen, an der von deutscher Seite allerdings niemand teilnahm. Auch die Arbeiter dachten nicht daran, den Franzosen ihre Mitarbeit zuzusagen oder ihnen gar die Informationen zu geben, auf die sie hofften.

»Sie wollen, dass wir ihnen Auskunft geben.« Siegfried spie auf den Boden, und Luise, so sehr sie sich über seinen wiedererwachten Kampfgeist freute, zuckte angesichts dieser groben Geste zusammen. Früher war er beides gewesen: mutiger Kämpfer und Kavalier. Jetzt war er ein Kämpfer mit verrohten Gesten, aber wenigstens, dachte Luise, kämpft er wieder und badet nicht mehr nur in Selbstmitleid.

Siegfried hielt Wort. Und er hielt Stand und wich keinen Deut von seinem Vorhaben, seiner Haltung und seiner Überzeugung ab. Auch nicht, als er nach der Mittagspause auf dem Weg zur Arbeit die Krupp-Statue auf dem Marktplatz passierte und drei Männer aus dem französischen Panzer sprangen, der dort stationiert war. Groß, drohend und breit kamen sie dem humpelnden Mann entgegen. Einer zog eine Peitsche hervor und hieb damit genau auf den Stumpf. Siegfried erblasste vor Schmerz und Wut, aber er verzog keine Miene.

»Einem Mitglied der Besatzungsmacht haben Sie Platz zu machen und zu grüßen!«, bellte der französische Offizier. »Haben Sie mich verstanden?«

Siegfried hob den Blick, starrte dem Mann trotzig in die Augen und spuckte aus, wie er das schon in seiner Küche getan hatte.

Plötzlich wurde er von hinten gepackt und zu Boden geworfen. Der Offizier trat mit dem Stiefel nach ihm und schlug ihm mit der Peitsche ins Gesicht. Die Stelle brannte, aber noch heißer brannte die Scham, die in Siegfried emporstieg.

»Der Besatzungsmacht haben Sie sich zu beugen und den Befehlen Folge zu leisten!«, brüllte der Offizier mit zornrotem Gesicht.

Siegfried antwortete nicht. Auch wenn er vor Angst zitterte und einen neuen Schlag mit der Peitsche fürchtete, blieb sein Stolz doch ungebrochen.

Der Offizier trat ihm mit aller Gewalt in die Nieren und er krümmte sich vor Schmerz.

»Sie sind verhaftet!«, bellte der Franzose. »Man wird Ihnen schon noch Manieren beibringen.«

Er drehte Siegfried den Arm auf den Rücken, zog ihn zu sich herauf und führte ihn ab.

5. KAPITEL

Deauville, Frankreich, 12. Januar 1923

Michelle Didier wurde ihrer Mutter, Madame Legrand, immer ähnlicher. Hatte sie früher die strengen Ansichten ihrer Mutter verurteilt und war ein freidenkender und geradliniger Mensch gewesen, so hatten die letzten Jahre sie verbittern lassen und sie zu einer ewig nörgelnden und unzufriedenen Person gemacht.

Schuld daran war sicher das Bewusstsein, dass ihr Mann Pierre sie nicht liebte und sie nur aus Mitleid geheiratet hatte. Dass er in jeder Minute, die er mit ihr zusammen verbrachte, eigentlich an diese Deutsche, diese Sophie, dachte.

Michelle war ein sehr romantisches Mädchen gewesen, das an die große Liebe glaubte, und eine ganze Zeit lang hatte sie Pierre für diese große Liebe gehalten. Aber gab es eine große Liebe ohne Gegenliebe? So hatte Michelle es sich in ihren Träumen jedenfalls nicht vorgestellt! Als Pierre ihr kurz vor seinem Heiratsantrag gestanden hatte, dass er eigentlich eine andere Frau liebe und dass er sie nur heirate, weil ihre Mutter die Verlobung schon öffentlich verkündet hatte und er ihr die Schande ersparen wolle, war sie tief verletzt gewesen und hatte den Antrag stolz abgelehnt. Sie wollte, dass er sie aus *Liebe* und nicht aus *Mitleid* heiratete.

Schließlich aber hatte sie festgestellt, dass sie ohne ihn nicht leben konnte, und sich entschlossen, den Antrag anzunehmen. Sie würde ihm eine gute Frau sein und ihn, dessen war sie sich sicher, im Lauf der Zeit dazu bringen, diese Deutsche zu vergessen und sie, Michelle, von ganzem Herzen zu lieben.

Doch Pierre vergaß Sophie nicht. Zwar sprach er nie von ihr, denn er wusste, was sich gehörte, aber Michelle spürte, dass Sophie zwischen ihr und Pierre stand und dass das vermutlich auch immer so sein würde. Sie versuchte, seine Liebe zu gewinnen, opferte sich regelrecht für ihn auf. Doch je mehr sie sich selbst aufgab, desto mehr zog er sich von ihr zurück. Und Michelle dachte verzweifelt, wie leicht es diese Sophie doch hatte. Eine Liebe, die nie über den Zustand der ersten aufregenden Phase hinauskam, ließ sich leicht glorifizieren, schließlich hatten die beiden keinen Alltag miteinander geteilt, sich nie aneinander gewöhnt. Kein Wunder, dass ihm Sophic da nur in den leuchtendsten Farben in Erinnerung geblieben war. Sie, Michelle, hingegen teilte sein Leben. Sie bemühte sich zwar immer, schön und gepflegt zu sein, aber er hatte sie nun auch mal verschwitzt gesehen, nachdem sie ihm die Kinder geboren hatte. Er sah sie hustend und krank während einer Grippe, er wusste, wie sie morgens nach dem Aufwachen aussah. Sie kam nicht auf die Idee, dass solche Momente Liebe stärken konnten. Und dass es Momente waren, die die gegenseitige Zuneigung vertieften, selbst wenn es sich nicht um die große Liebe handelte. Michelle dachte, sie müsse immer schön und gut gelaunt sein, um mit Sophie konkurrieren zu können, und sie begann, sich eine Maske zuzulegen, die das Einzige verdeckte, was Pierre an ihr gemocht hatte: ihre Natürlichkeit. Sie achtete darauf, vor ihm aufzustehen, um ihm geschminkt entgegenzutreten, und ihr Umgang miteinander wurde beherrscht von ihrem oberflächlichen, scheinbar gut gelaunten Geplauder. Was Pierre, den menschliche Tiefe anzog wie nichts anderes, immer weiter von ihr forttrieb.

Michelle war verzweifelt und sehnte sich nach dem Rat und den tröstenden Armen ihrer Mutter. Doch die Mutter war für sie unerreichbar geworden, denn Pierre und Michelle hatten unmittelbar nach ihrer Hochzeit den Kontakt zu ihren Eltern abgebrochen, da sie ihnen nicht verzeihen konnten, was sie ihnen angetan hatten. Sie verkündeten die Verlobung der beiden öffentlich, bevor sie selbst etwas davon wussten. Pierre, als Mann der guten Manieren, sah danach keinen anderen Weg mehr, als Michelle tatsächlich zu heiraten. Vor allem er war es gewesen, der darauf drängte, den Kontakt zu den Eltern abzubrechen, denn ihn hatte man zu etwas gezwungen, was er nicht wollte. Michelle hingegen war zwar zunächst ärgerlich auf ihre Mutter gewesen, hatte sich dann aber schnell damit abgefunden, denn es brachte ihr den Mann, den sie liebte.

Als Michelle Pierre zwei Kinder geschenkt hatte, einen Jungen und ein Mädchen, dachte sie, nun müsse alles gut sein und Pierre würde sich ihr endlich ganz zuwenden.

Aber Pierre änderte sich nicht. Er liebte seine Kinder zärtlich, doch er distanzierte sich unmerklich nur noch mehr von Michelle, weil er dem Band entgehen wollte, das die Kinder automatisch zwischen ihnen knüpften. Und weil er Michelles Oberflächlichkeit nicht ertragen konnte.

Eines Tages brach Michelle zusammen. Sie konnte nicht immer nur Liebe geben, ohne auch nur das kleinste bisschen zurückzubekommen. Sie fühlte sich gedemütigt und ungeliebt, wurde hysterisch und brach beim geringsten Anlass in Tränen aus.

Pierre hielt diese ständig weinende Frau, die er nicht liebte, noch weniger aus als die, die eine Maske und ein ständiges Lächeln zur Schau trug, und floh, so oft es ging, von zu Hause. Er machte lange Spaziergänge und dachte an Sophie, *seine* Sophie.

Vier Jahre, nachdem sie begonnen hatte, war die Ehe zwischen Michelle und Pierre völlig am Ende.

»Geh doch zu deiner Sophie!«, keifte Michelle.

»Michelle«, sagte Pierre gereizt, »ich würde dich nie verlassen, das weißt du doch.« Es klang gelangweilt, resigniert, ein unendlich oft wiederholter Satz.

»Du *hast* mich schon längst verlassen.«

»Das stimmt nicht«, erwiderte Pierre und faltete ärgerlich seine Zeitung zusammen. »Ich lebe seit über vier Jahren mit und bei dir.«

Michelle ließ nicht locker. »Du weißt genau, wie ich es meine.«

Pierre schwieg, denn sie hatte recht. Aber so gesehen, hatte er sie nicht verlassen, weil er nie wirklich bei ihr gewesen war. Er hatte sich immer große Mühe gegeben, Sophie zu vergessen und sich ganz auf Michelle einzulassen, aber es wollte ihm einfach nicht gelingen.

»Siehst du«, triumphierte Michelle, »du weißt nicht, was du darauf sagen sollst, weil dir klar ist, dass ich recht habe.«

Pierre schwieg noch immer. »Ich habe dir nie etwas vorgemacht, Michelle«, sagte er schließlich leise. »Vom ersten Tag an habe ich dir gesagt, dass ich diese Frau liebe und dass ich dir nicht versprechen kann, sie je zu vergessen.«

»Oh doch, du *hast* mir etwas vorgemacht, Pierre.« Michelles Stimme wurde schrill. »Du hast mir erst gesagt, dass du diese andere liebst, als es schon zu spät war.«

»Jetzt mach aber mal einen Punkt!« Pierre knallte die Zeitung auf die Glasplatte des Korbtisches im Wintergarten, der eine herrliche Sicht auf den Strand von Deauville eröffnete. Die Tasse aus dem teuren Service fiel auf den harten Steinboden und zerbrach in tausend Stücke.

»Die schöne Tasse!«, rief Michelle hysterisch. »Kannst du nicht aufpassen!«

Pierre ignorierte den Vorwurf. »Für diese öffentliche Verlobung kann ich nichts«, sagte er stattdessen. »Die haben wir ganz allein deiner Mutter zu verdanken.«

»Das meine ich nicht. Ich meine die Zeit davor, bevor du wieder an die Front musstest. Du bist mit mir ausgegangen und hast mir den Hof gemacht. Ich habe mich in dich verliebt und Mutter dachte natürlich auch …«

Pierre riss der Geduldsfaden. »Willst du mir jetzt etwa auch noch die Schuld für diese Verlobung geben?«, brüllte er. »Willst du sagen, ich hätte deiner Mutter Anlass gegeben zu denken, dass wir uns über eine Überraschungsverlobung freuen würden?«

Michelle zuckte die Schultern. »Schließlich sind wir oft genug zusammen ausgegangen. Aber das meinte ich nicht, als ich sagte, es sei zu spät gewesen.«

»Was meintest du dann?«, fragte Pierre scharf.

»Ich habe es dir bereits gesagt. Du hattest mir Hoffnungen gemacht und ich hatte mich in dich verliebt.«

»Ich habe nie Anlass gegeben …«

»Oh doch.«

»Aber ich dachte damals, dass das alles ganz ungezwungen gewesen wäre. Schließlich hattest du ja selbst gesagt, dass du diese ständige Hofmacherei satthast.« Pierres Stimme klang nun leise, verzweifelt.

Michelle traten die Tränen in die Augen. Er *wollte* sie einfach nicht verstehen. Sie fühlte eine ungeheure Wut in sich aufsteigen. Wut auf Pierre, der sie nicht liebte, Wut auf Sophie, die an allem schuld zu sein schien, und vor allem Wut auf sich selbst, weil sie so schwach war und ihr schon wieder Tränen in den Augen standen. Sie musste sich zusammenreißen, sie würde nicht wieder vor ihm weinen. Diesmal nicht.

»Geh doch nach Deutschland«, sagte sie mit gepresster Stimme. »Geh zu den Verrätern.«

»Wieso Verräter?«

»Nun, sie halten sich nicht im Mindesten an die Bedingungen des Versailler Vertrags. Mit ihren Kohlelieferungen sind sie ganz schön hinterher.«

»Sie können nicht anders, Michelle. Sie haben wahrscheinlich nichts mehr, was sie uns geben können.« Kalt fügte er hinzu: »Und seit wann interessierst du dich überhaupt für Politik? Es geht dir doch nur darum, Sophie eins auszuwischen.«

»Mein Gott, bist du gutgläubig!«, zischte Michelle. »Wahrscheinlich verherrlichst du das Land, weil deine Sophie eine Deutsche ist. Denk daran, was die Deutschen uns alles angetan haben im Krieg. Sie sind Banausen! Wilde!«

Pierre schwieg. An seiner Schläfe pochte eine Ader. Sie redet wie meine Mutter, dachte er angewidert. Ich hätte sie für klüger gehalten.

Michelle sah ihm seine Wut an und provozierte ihn bewusst. »Es ist schon ganz gut, dass unsere Truppen jetzt im Ruhrgebiet einmarschieren. Denen muss mal wieder gezeigt werden, wer hier das Sagen hat.«

Pierres Augen verengten sich. Sie weiß genau, dass mir die Besetzung des Ruhrgebietes nicht gefällt, dachte er. »Du wirst immer mehr wie deine Mutter«, sagte er kalt. »Du tust mir leid.« Damit drehte er sich um und verließ das Zimmer.

Als die Tür hinter ihm ins Schloss gefallen war, sank Michelle auf einen der Korbsessel und ließ den lange zurückgehaltenen Tränen freien Lauf. Sie spürte, dass sie ihn nun ganz verloren hatte. Bisher hatte er sie zwar nicht geliebt, aber zumindest doch respektiert. Nun war auch das letzte bisschen Achtung verschwunden, und Michelle hatte niemanden mehr. Sie war ganz alleine auf der Welt.

6. KAPITEL

Essen, Ruhrgebiet, 12.–20. Januar 1923

Sie sperrten Siegfried in eine Zelle, in die bereits viele andere Männer eingesperrt waren, und ohne es zu wissen, hatte er die gleiche Empfindung wie seine Frau am Tag zuvor: dass die Luft brannte. Auch hier schlug die Empörung wellenartig hoch über den Köpfen der Inhaftierten zusammen, man badete darin, fühlte Patriotismus, Zusammengehörigkeit. Die meisten Männer waren wegen ähnlicher Vorkommnisse wie Siegfried festgenommen worden. Unter den Gefangenen waren auch viele höhere Beamte und Offiziere, die sich französischen Befehlen widersetzt hatten. Aufgeregt empfingen sie Siegfried, fragten ihn aus, was er denn getan habe, und nachdem er Bericht erstattet hatte, streckte ihm einer, der sich als Hannes Meinchen vorstellte, die Hand entgegen. »Freue mich, Ihre Bekanntschaft zu machen«, sagte er. »Ich habe ein Hotel und mich selbstverständlich geweigert, einen französischen Offizier zu bedienen. Der meinte doch tatsächlich, er würde bei mir einen Kaffee bekommen.« Er lachte laut und siegesgewiss.

Siegfried grinste zurück. Der Mann wirkte distinguiert und selbstbewusst. *Natürlich* bediente er keinen französischen Offizier! Sicherlich war er hocherhobenen Hauptes in das Gefängnis geschritten und hatte nicht, wie Siegfried mit seinem Stummelbein, Mühe gehabt, das Gleichgewicht zu halten, um ihnen wenigstens *diesen* Triumph nicht zu gönnen: ihn stolpern und fallen zu sehen. Verschämt schob Siegfried sein gesundes Bein vor den Stumpf. Hannes Meinchen mit seinen wachen Augen bemerkte es sofort und deutete mit dem Kinn darauf. »Kriegsverletzung, nicht wahr?«

Siegfried zuckte zusammen. Es war lange her, dass ihn jemand auf sein fehlendes Bein angesprochen hatte. In der Familie schwieg man das Thema tot, weil man wusste, wie empfindlich Siegfried darauf reagierte. Das Totschweigen aber war für ihn nur ein weiterer Beweis dafür, dass sie ihn für seine Verstümmelung verachteten, ihn als Versager ansahen. Das Trauma saß tief und war an den Rändern verhärtet, hatte Schorf angesetzt, niemand, schon gar nicht die Familie, war in der Lage, diese Ränder, diesen Schorf zu durchdringen. Und keiner merkte, dass eben nur die Ränder des Traumas verhärtet waren und Siegfried innerlich stark blutete. Und blutete. Und blutete, ja drohte, in der Flut des Blutes zu ertrinken.

Und nun kam Hannes Meinchen einfach daher und sprach ihn darauf an. Als wäre es die normalste Sache der Welt. Siegfried wurde rot und warf hastig einen Blick in die Runde, es war ihm peinlich, dass der Hotelier so deutlich darauf hingewiesen hatte. Doch keiner beachtete sie. Die anderen hatten ihre Gespräche längst wieder aufgenommen, niemand zeigte mehr Interesse an dem Neuzugang.

Hannes Meinchen war ein kluger Mann. Mit einem Blick erkannte er Siegfrieds Dilemma. »Sie sind ein Held«, sagte er leise. »Ein wahrer Held.«

Siegfried hob den flackernden Blick, sah Meinchen zaghaft ins Gesicht. Der nickte bekräftigend. »Ich meine das sehr ernst«, erklärte er und setzte sich auf eine der schmalen Pritschen. Siegfried ließ sich neben ihm nieder, dankbar, nicht der Erste zu sein, der sich setzte und damit seine Schwäche eingestand. Dass Meinchen so weit in ihn hineinblicken konnte, dass er auch das begriff und aus diesem Grund als Erster Platz genommen hatte, ahnte er nicht.

»Sie sind ein Held«, wiederholte Hannes Meinchen. »Nicht nur, weil Sie Ihr Bein im Krieg verloren, es geopfert haben für das Vaterland. Sondern auch, weil Sie dem Besatzer Widerstand geleistet haben. Wie wir alle hier.« Er machte eine vage Bewegung in den Raum, wo sich die anderen Gefangenen inzwischen ebenfalls auf den Pritschen niedergelassen hatten und die Ereignisse weiterhin eifrig diskutierten.

Meinchen wandte sich wieder zu Siegfried um und starrte ihm in die Augen. »Wer ein Held ist, hat Verantwortung«, erklärte er, »Verantwortung für unser Vaterland.«

»Wie meinen Sie das?«, fragte Siegfried. Ein klitzekleines Bläschen platzte in seinem Unterbewusstsein und setzte eine bittere Warnung frei. Doch die Warnung stieg nur als winzige Ahnung bis in sein Bewusstsein empor, er beachtete sie nicht, weil das, was er hier hörte, aufregend war. Weil es ihm eine Bedeutung gab. Weil es Balsam für die Wunden war, die nun schon seit Jahren einfach nicht heilen wollten.

Hannes Meinchen, der Kluge, wusste genau, was in Siegfried vorging. Die, die ihn gut kannten, sagten, er besitze ein außergewöhnliches psychologisches Gespür. Und sie sagten, dass er es verstehe, sein Gegenüber innerhalb kürzester Zeit intuitiv zu erfassen und es besser zu verstehen als der Betreffende sich selbst.

»Was machen Sie beruflich, Herr Seiler?«, fragte er höflich, obwohl er es wusste. Die Kleidung wies Siegfried ganz deutlich als Arbeiter der Krupp-Werke aus.

»Ich arbeite bei den Krupp-Werken«, sagte der auch erwartungsgemäß.

Hannes Meinchen nickte sehr langsam und sehr bedeutungsvoll.

»Kündigen Sie!«

»Wie bitte?«, Siegfried starrte ihn an.

»Sie verschleudern doch Ihre Fähigkeiten!« Meinchen musterte ihn eindringlich. »Ein Mann wie Sie ist doch kein Arbeiter! Sie sind ein gebildeter Mann, ein Offizier, das sehe ich Ihnen doch an.«

Hier pokerte Meinchen. Er wusste nicht, ob Siegfried tatsächlich aus gutem Hause war, vermutete es nur anhand seiner völlig dialektfreien Sprache. Aber selbst wenn er sich täuschen sollte, würden diese Worte das zerstörte Selbstbewusstsein dieses Mannes ungemein stärken. Und darauf kam es am Ende an.

»Da haben Sie recht«, bestätigte Siegfried. Und fügte dann, zutiefst geschmeichelt, hinzu: »Ich hätte nicht gedacht, dass man mir das so deutlich anmerkt.«

»Aber ich bitte Sie!«, rief Meinchen. »Das merkt man sofort! Darf ich fragen, was Sie gemacht haben, bevor Sie hierherkamen?«

»Nun«, erwiderte Siegfried, »nach meiner … Verwundung konnte ich nicht mehr ins Feld und da habe ich in Konstanz die Textilfirma meines Schwagers geleitet. Und als er aus dem Krieg zurückkam, bin ich … ich bin aus freien Stücken gegangen.«

Er brauchte nichts mehr hinzuzufügen. Hannes Meinchen begriff auch so, dass Siegfried nach der Rückkehr des Schwagers nicht hatte bleiben wollen, weil er sich dann wie ein Bittsteller vorgekommen wäre.

Meinchen nickte. »Männer wie Sie kann ich in meinem Hotel gut gebrauchen«, sagte er. »Ich suche einen Geschäftsführer.«

»Meinen Sie das ernst?« Siegfried dachte an Luise. Wenn das wahr würde, dann könnte sie endlich einmal wieder stolz auf ihn sein. Auf ihn, ihren Mann.

»Aber natürlich meine ich das ernst. Männer wie Sie sind viel zu wichtig, als dass sie ihre Kraft in Produktionshallen vergeuden dürften.« Meinchen schnaubte. »So schnell wie möglich fangen Sie bei mir an«, bestimmte er.

Siegfried strahlte. In seinem Glück merkte er nicht einmal, dass er gar nicht gefragt worden war.

»Noch was«, sagte Meinchen.

»Ja?«

»Wir müssen dafür sorgen, dass die Franzosen verschwinden. Auch dafür brauchen wir Männer wie Sie.«

»Ich werde weiterkämpfen«, versprach Siegfried entschlossen.

»Gut«, befand Meinchen. »Es gibt viel zu tun. Denn leider denken nicht alle so wie Sie. Es gibt Spitzel, die mit den Franzosen gemeinsame Sache machen. Und die müssen wir finden.«

Als Fritz Thyssen am 20. Januar verhaftet wurde, weil er sich der Anordnung widersetzte, der französischen Besatzungsbehörde Kohle zu liefern, war Siegfried schon wieder auf freiem Fuß. Es war der Tag, an dem er kündigen wollte. Er saß gerade bei Meinchen in dessen feinem Büro, als sie von der Verhaftung erfuhren. »Ich kann jetzt nicht kündigen«, sagte Siegfried. »Es würde wie ein Verrat wirken. Sie würden denken, ich sei aufseiten der Franzosen. Ich muss doch zu ihnen stehen.«

Meinchen sah ihn aufmerksam an und tippte mit seinem Füllfederhalter ungeduldig auf das Blatt Papier, das vor ihm lag. Tinte spritzte und hinterließ hässliche schwarze Flecken auf dem Dokument. Meinchen bemerkte es nicht, er hatte Siegfried fest im Visier. »Sie sind ein kluger Mann, Seiler, das hat mir schon von Anfang an an Ihnen gefallen. Und Sie haben recht, Sie können nicht kündigen. Sie bleiben dort. Und beobachten Ihre Leute. Wir müssen die undichten Stellen finden. Sie haben eine äußerst wichtige Rolle inne, Seiler.«

Obwohl er es selbst vorgeschlagen hatte, fühlte Siegfried Enttäuschung in sich aufsteigen. Er hatte Luise schon von seinem neuen Posten erzählt. Und auch davon, dass sie in eine neue Wohnung umziehen würden. Er hatte das Leuchten der Bewunderung in ihren Augen gesehen. Und nun sollte er ihr sagen müssen, dass er doch ein einfacher Arbeiter blieb?

Meinchen ahnte, was der Grund für die finstere Miene des anderen war. »Das Stellenangebot steht«, beruhigte er. »Und in die neue Wohnung können Sie gleich einziehen.

Ich muss Sie nur bitten, das unauffällig zu tun und mit niemandem darüber zu sprechen. Wir müssen alles vermeiden, was Verdacht erregt. Die Sache ist zu wichtig, als dass wir irgendetwas riskieren könnten.«

»Selbstverständlich«, versicherte Siegfried erleichtert.

»Gut.« Endlich bemerkte Meinchen das Gekleckse auf seinem Blatt und legte den Füllfederhalter mit einer verärgerten Bewegung rasch beiseite.

»Sie begreifen doch, dass der Posten, den Sie bekleiden, im Moment viel wichtiger ist als der des Geschäftsführers? So dringend ich Sie hier sofort brauchen könnte?«

Siegfried nickte.

»Gut«, wiederholte Meinchen. »Dann lassen Sie uns ans Werk gehen.«

7. KAPITEL

Überlingen, Bodensee, 20. Januar 1923

Die Wellen des Franzosenhasses schlugen hoch, nicht nur im Ruhrgebiet. Die Flaggen standen im ganzen Reich auf Halbmast, der Protest war lang schon zu einem nationalen Anliegen geworden.

Am 13. Januar hatte die Reichsregierung im Reichstag den passiven Widerstand verkündet. Alle Reparationsleistungen an Frankreich und Belgien wurden eingestellt, und die deutschen Behörden und Zechenbesitzer erhielten strikte Anweisung, den Besatzungsmächten jegliche Zusammenarbeit und Unterstützung zu verweigern. Die Folge: Die komplette Industrie lag brach. Wieder und wieder kam es zu blutigen Auseinandersetzungen zwischen Franzosen und Deutschen. »Gestern sollen die Franzosen auch in Bochum eingerückt sein. Aber die haben's ihnen gezeigt!«, verkündete Elsa Kleinschmitt beim wöchentlichen Nähkränzchen im Alten Schulhaus, während sie mit der ihr eigenen Vehemenz auf das zu bestickende Deckchen einstach, das auf ihren Knien lag. »Das haben die sich nicht gefallen lassen, die Bochumer. Sie haben gesungen: Siegreich wollen wir Frankreich schlagen. Jawohl!« Zufrieden biss sie ein Stück Faden ab, eine Geste, mit der sie das Gesagte zu bekräftigen pflegte. Doch es war weniger diese altbekannte Geste als vielmehr Elsas Aussage, die Johanna reizte.

»Ich finde dieses Siegeslied viel unbedeutender als die Tatsache, dass ein 17-jähriger Schüler ums Leben kam, als die Franzosen in die Menge schossen«, wendete sie ein.

»Ja«, ließ sich Johannas Mutter Helene vernehmen und fügte mit einem spitzen Blick auf ihre Schwester Sophie betont laut hinzu: »Und von Luise höre ich, dass sie in Essen einer jungen Frau die Haare abgeschnitten haben. Sie ist selbst schuld, mit zwei Franzosen soll sie im Kino gesehen worden sein.«

Sophie warf ihr einen bösen Blick zu, pfefferte ihr Nähzeug in den Korb und verließ das Zimmer. »Also Mutter, wirklich«, sagte Johanna gereizt. »Kaum bist du mal zu Besuch, machst du Ärger. Musste das sein?« Sie legte ihr Nähzeug ebenfalls in den Korb und folgte ihrer Tante.

Elsa hatte die Auseinandersetzung mit großem Interesse verfolgt. »Was war denn *das*?«, fragte sie voll lüsterner Neugierde.

Helene seufzte, als sie die Nadel in den brüchigen Stoff steckte. Sie genoss es, die Wissende zu sein, diejenige, die Neugier befriedigen durfte. Sie hielt keine Stickerei in der Hand, sondern änderte alte Kleidungsstücke. Daraus ein Kleid nach der neuesten Mode zu machen, war schier unmöglich. Man trug jetzt zweckmäßige Kleidung aus robusten und haltbaren Stoffen. Der Krieg hatte seinen Tribut gefordert, die Reparationszahlungen ließen, auch wenn sie jetzt auf Anweisung der Regierung eingestellt waren, nicht viel Raum für feines Material. Aber Helene dachte an die Kleider, die in ihren Modezeitschriften abgebildet waren, die die Frauen wenigstens träumen ließen, wenn die Realität sie ihnen schon aberkannte. Wunderbar bestickte Seidenroben in den herrlichsten Farben. Diamantcolliers und – wie mondän, wie verwerflich – tiefrot geschminkte Lippen. Dieserart würde sich Helene freilich nie herausputzen. Sie wusste schließlich, was sich gehörte.

Helene verachtete diese neue Frau – sie fand sie ungehörig. Aber gleichzeitig und ganz heimlich träumte sie davon, auch einmal so verrucht zu sein. Und vor allem: sich so etwas *leisten* zu können, so wie früher. Bevor ihnen der Krieg alles genommen hatte. Bevor diese schreckliche Inflation eingesetzt und das Wenige, was ihnen noch geblieben war, auch noch zerstört hatte. Justus, ihr Gatte, verdiente zwar im Vergleich zu anderen Männern nicht schlecht mit seiner Textilfabrik – und vor allem war er nicht arbeitslos wie so viele andere –, aber zu großem Wohlstand reichte es keineswegs. Im Gegenteil. Wenn er Geld nach Hause brachte, musste das Mädchen sofort einkaufen gehen, denn wenig später war die Mark schon wieder so weit entwertet, dass sie nichts mehr dafür bekamen. Und davon, so wie früher, in seiner Firma schöne Stoffe und Kleider zu produzieren, war Justus auch weit entfernt.

»Ich muss schon sagen, meine Liebe«, riss Elsa Kleinschmitt sie aus ihren Träumereien, »dass ich es sehr genieße, wieder einmal mit Ihnen beisammensitzen zu können. Es ist fast wie damals im Krieg!« Sie schnaubte leicht und wagte dann einen neuen Vorstoß: »Wenn ich auch anmerken muss, dass ich das abrupte Verschwinden Ihrer Tochter und Ihrer Schwester äußerst befremdlich und unhöflich finde.«

Helene errötete leicht, die offen bekundete Zuneigung Elsa Kleinschmitts machte sie verlegen. Zugleich genoss sie das Spiel, das sie miteinander spielten. Sie wusste, wie sehr Elsa auf eine Erklärung brannte, und Elsa wusste wiederum, dass sie, Helene, darauf brannte, ihr alles zu erzählen. Dass man sich jedoch zuvor noch umkreisen und umschmeicheln musste, gehörte zum guten Ton. Übertrieben konzentriert wandte Helene sich der Arbeit in ihren Händen zu. »Nun ja«, begann sie schließlich. »Ich muss zugeben, dass mir das Zusammensein mit Ihnen und den anderen Damen auch sehr fehlt. Das Leben in Konstanz ist doch oft recht einsam. Und die Kriegsjahre, die wir miteinander hier in Überlingen verbracht haben, haben uns einfach aneinandergeschmiedet. Finden Sie nicht?«

Elsa Kleinschmitt legte ihre Handarbeit zur Seite und musterte Helene bedauernd über den Rand ihrer Brille hinweg. »Sie sollten öfter nach Überlingen kommen«, schlug sie vor. »Wir könnten uns regelmäßig zum Nähen treffen. Jetzt, wo wir die Franzosen im Ruhrgebiet haben, wird es wohl auf längere Sicht nichts werden mit neuen Kleidern. Das Elend wird nur noch größer, glauben Sie mir.«

»Ich weiß nicht, ob ich mich noch trauen kann, hierherzukommen«, lenkte Helene das Gespräch nun endlich geschickt auf das Thema, das sie schon die ganze Zeit über hatte anschneiden wollen. Sie musste einfach darüber sprechen.

Elsa war auch sofort hellwach: »Was meinen Sie?« Ihre Augen leuchteten sensationslüstern.

»Ich sollte ja eigentlich nicht darüber sprechen«, zierte sich Helene.

Elsa beugte sich vor. »Meine Liebe«, raunte sie. »Sie *wissen*, dass Sie sich mir jederzeit anvertrauen können.«

Helene seufzte. »Es wird mich erleichtern. Ich *kann* diese Last nicht mehr alleine tragen.« Sie legte die Hand mit einer übertriebenen Geste an ihr Herz.

Elsa zitterte vor Spannung.

»Da ist diese Sache mit meiner Schwester und diesem Franzosen.« Helene presste die Worte hervor.

Elsas Nasenflügel begannen zu beben. Sophie und ein Franzose! Das war ja die Höhe!

»Sie wollen doch nicht etwa sagen …«

Helene schluckte. Jetzt, da sie es ausgesprochen hatte, hätte sie ihre Worte am liebsten zurückgenommen. Aber nun war es zu spät. »Diese Geschichte liegt lange zurück«, sagte sie rasch. »Vor dem Krieg war Sophie doch verlobt, erinnern Sie sich?«

»Natürlich«, erwiderte Elsa, »mit dem Vater von Raphael, der dann im Krieg gefallen ist.«

»Dieser Mann«, verkündete Helene und genoss es nun doch, mit der Neuigkeit herauszurücken, »ist ein Franzose. Und soweit wir wissen, ist er im Krieg nicht gefallen, sondern er lebt.«

»Nein!«, Elsa Kleinschmitt schlug sich die Hand vor den Mund und machte große Augen. »Das ist ja unglaublich!«

»Nicht wahr?«, jammerte Helene. »Sie verstehen doch sicher, dass ich über diese Sache einfach sprechen *musste*. Sie können sich ja gar nicht vorstellen, wie sehr mich die Angelegenheit belastet hat.«

Elsa sah sie in einer Mischung aus Mitgefühl und Sensationslust an. Nicht auszudenken, wenn das herauskäme! Sie beugte sich vor und legte ihre Hand auf die der anderen. »Sie haben mein tiefstes Mitgefühl«, erklärte sie. Nach kurzem Zögern fügte sie hinzu: »Ich finde es äußerst egoistisch von Ihrer Schwester, dass sie keinerlei Rücksicht genommen hat. Sie hätte sich doch denken können, was sie ihrem Umfeld damit antut.«

»Danke«, seufzte Helene. Dann sah sie Elsa ängstlich an. »Ich kann mich doch auf Ihre Diskretion verlassen?«

»Aber meine *Liebe*!«, versicherte Elsa empört. »Natürlich! Sie *kennen* mich doch!«

Deswegen frage ich mich ja, ob es ein Fehler war, mich Ihnen anzuvertrauen, dachte Helene. Ihre Befürchtungen waren nicht ganz unberechtigt. Sie sollte noch bitter bereuen, dass sie Sophies Geheimnis ausgeplaudert hatte.

8. KAPITEL

Überlingen, Bodensee, 20. Januar 1923

Johanna ging wie ein gefangener Tiger in ihrem Zimmer auf und ab, während sie sich mit der Hand unermüdlich über ihren dicken Bauch strich.

»Wenn du nur endlich geboren werden würdest«, flüsterte sie dem Kind in ihrem Leib zu. »Vielleicht wäre dann diese schreckliche Unruhe weg.« Aber sie wusste: Es lag nicht nur an ihrer Schwangerschaft, dass sie so unzufrieden war. Ich bin noch so jung, dachte sie manchmal wütend, und dennoch scheint mein Leben schon vorbei zu sein. Ich sitze als Frau Pastor hier in dieser Stadt, in der sich nie etwas ändert. Und Sebastian hat über seiner Arbeit als Pfarrer völlig vergessen, dass es mich gibt.

Beinahe freute sie sich, dass die Franzosen im Ruhrgebiet einmarschiert waren, auch wenn sie diesen Gedanken natürlich nie zugegeben hätte. Aber es bot zumindest etwas Abwechslung in der Eintönigkeit ihres Lebens.

Ein nagendes Hungergefühl riss sie aus ihren Gedanken. Sie presste die Hand auf den Bauch und dachte an das Kind. Ob es ihren Hunger spürte? Ob es darunter litt? Immer dieser Hunger! Sie war es so leid!

Wenn nur Amalia, ihre Großmutter, noch leben würde! Die hätte schon gewusst, was zu tun wäre. Amalia hatte immer einen Rat gehabt. Sie hätte notfalls die Gärten des Alten Schulhauses umgegraben und Gemüse angebaut. Sie hätte Hühner angeschafft, auch wenn diese noch so schwer zu bekommen waren, und sie hätte dafür gesorgt, dass niemand hungern musste.

Mit einem Mal schämte sich Johanna. Da klagte sie über Hunger und Langeweile und trauerte ihrer Großmutter nach, statt die Dinge selbst in die Hand zu nehmen! Sie hatte doch genau die gleichen Möglichkeiten wie Amalia! Und noch mehr, denn sie war viel jünger als ihre Großmutter es in den Kriegsjahren gewesen war.

Sie lächelte zufrieden und plötzlich voller Tatendrang. »Sobald du geboren bist«, flüsterte sie ihrem Kind zu, »werde ich mich an die Arbeit machen.«

9. KAPITEL

Petrograd, Russland, 21. Januar 1923

Irina hatte den Bürgerkrieg überlebt. Äußerlich zumindest. Innerlich war sie beinah daran zerbrochen und heimatloser und haltloser als je zuvor. Sie hatte die Kriegsjahre auf dem Land verbracht, bei ihren Eltern, die Bauern waren. Und ihr Glaube an den von ihr einst so bewunderten Lenin war zutiefst erschüttert worden. Der Grund für den Umzug zu ihren Eltern waren die Hyperinflation und der damit einhergehende Hunger in der Großstadt gewesen – den Lenin zu verantworten hatte. Sein Plan war es gewesen, Geld als Zahlungsmittel quasi abzuschaffen – was jedoch nicht einfach per Dekret durchgesetzt werden konnte. Also ließ die

Regierung Geld drucken, was bis zum Jahr 1922 zu einer Hyperinflation führte. Unternehmer wurden enteignet, ihr Vermögen verstaatlicht.

Es hatte lang gedauert, bis Irina begann, Lenins Methoden anzuzweifeln. Als glühende Bewunderin hinterfragte sie erst spät, ließ die Seiten, die ihr nicht gefielen, außer Acht, erhob das Positive zur Heldentat. Die Bildungspolitik zum Beispiel: Verpflichtete Lenin nicht Analphabeten, den Unterricht zu besuchen? Richtete er nicht Bibliotheken ein, um dem breiten Volk den Zugang zu Büchern zu ermöglichen? War es durch ihn nicht auch der ärmeren Bevölkerung möglich, Hochschulbildung zu erfahren? All das hob Irina hervor und wollte nicht sehen, dass Lenin den Roten Terror im Bürgerkrieg förderte und Konzentrationslager einrichten ließ. Sie wiederholte seine Worte, der Rote Terror sei nur eine Antwort auf den Weißen Terror der Gegner und der Terror sei ihnen durch die Interventionen der kapitalistischen Staaten aufgezwungen worden.

Doch irgendwann hatte Irina so sehr hungern müssen, dass sie zu ihren Eltern aufs Land floh. Und da lernte sie Lenin von einer ganz anderen Seite kennen. Plötzlich schämte sie sich vor ihren Eltern, die ihr Leben lang hart gearbeitet hatten, dafür, eine Bolschewikin zu sein. Denn die Bolschewiki verlangten von den Bauern, ihre Ernte billig an den Staat abzugeben. Irina wurde Zeugin der Wut ihrer Eltern, wurde Zeugin, als Lenins Truppen gegen den Widerstand der Bauern mit Waffengewalt vorgingen und zahlreiche Menschen starben. Sie wurde Zeugin der unendlichen Trauer in dem Dorf, in dem ihre Eltern lebten. Und sie dachte verwundert, dass das ja genau die gleiche Wut war wie die, die sich damals gegen den Zaren gerichtet hatte. Sie hatte gedacht, die Bolschewiki kämpften für

Gerechtigkeit. Für Frieden, Land und Brot. Wie hatte sie sich doch getäuscht! Abend für Abend hörte sie sich die Wut ihres Vaters an, erlebte, wie er seine Anbauflächen verkleinerte, damit sie ihm weniger wegnehmen konnten. Doch die Regierung richtete Parteikomitees ein, die die Bauern zur Aussaat zwangen. Die Bauern tobten, revoltierten – und töteten ihre Peiniger. Nach dem Ende des Bürgerkriegs 1920 brach die Regierung den Widerstand: Sie erschoss die Konterrevolutionäre, rund 50.000 Bauern landeten in den Konzentrationslagern von Tambow, und die Rote Armee setzte Gasbomben ein, um die Aufständischen, die sich in den Sümpfen versteckt hielten, auszuräuchern. Irina hatte mit ihrer Mutter in diesen Sümpfen gesessen, ihren Vater hatte man schon vor langer Zeit ins Konzentrationslager verschleppt. Als die Mutter über Umwege die Nachricht erreichte, der Vater sei zu Tode gefoltert worden, starb sie wenige Monate später vor Kummer. Irina hielt ihre Hand, als sie den letzten Atemzug tat – und sie fühlte sich vollkommen leer, als sie ihrer Mutter sanft über das Gesicht strich und ihr für immer die Augen schloss. Ihre Eltern gehörten zu den unzähligen Opfern des Bürgerkrieges, die nicht erfasst wurden. Erfasst waren nur die rund 770.000 gefallenen Soldaten.

Es dauerte ein Jahr, bis Irina weinen konnte. Wie erstarrt ging sie nach Petrograd zurück, erzählte der Oberschwester in dem Krankenhaus, in dem sie vor ihrer Flucht aufs Land gearbeitet hatte, emotionslos, was geschehen war, ließ sich in ihre mitfühlende Umarmung ziehen und verharrte dort für Minuten. Danach nahm sie ihre Arbeit wieder auf.

Über zwei Jahre war das nun her, und langsam, ganz langsam regte sich in Irina wieder so etwas wie Leben. Immer öfter dachte sie an ihre deutschen Freunde. Johanna und Luise, denen sie damals im Krieg bei der Flucht aus Russland geholfen hatte. Und Karl, ebenfalls ein deutscher Flüchtling. Karl hatte sie wirklich geliebt. Sie hatte ihn verlassen, weil sie glaubte, in Russland gebraucht zu werden, ihrem Land, *Lenin*, etwas schuldig zu sein. Wie dumm war sie doch gewesen!

10. KAPITEL

Überlingen, Bodensee, 23. Januar 1923

Sophie hatte Angst. Sie war mit Raphael alleine im Haus. Ihr Vater, der Schuldirektor, hielt sich noch in der Schule auf, Helene war wieder nach Konstanz gefahren, und Johanna und Sebastian hatten sie begleitet. Johanna wollte mit ihrer Mutter die Säuglingsausstattung ansehen, die sie nach der Geburt ihres Sohnes Robert im elterlichen Haus eingelagert hatte. Sophie nahm mit ihrem Sohn ein karges Abendmahl ein und schickte ihn dann ins Bett. Die ganze Zeit über wurde sie das Gefühl eines drohenden Unheils nicht los.

Bewegte sich dort im Garten nicht etwas? Waren da nicht Stimmen zu hören?

Sie ging unruhig im Haus auf und ab und knipste alle Lichter an, umklammerte das Notizbüchlein – in dem verzweifelten Versuch, die Angst zu vertreiben. Dann spähte sie vorsichtig durch die kleine Scheibe in der Haustür in den Garten hinaus. Unzählige Schatten schlichen dort herum, dessen war sie sich jetzt ganz sicher, und sie spürte, wie sich ihr die Kehle zuschnürte. Ich stelle mich schon an wie Helene!, schalt sie sich. Was ist nur mit mir los?

Sie zwang sich, zurück ins Wohnzimmer zu gehen, und setzte sich aufs Sofa.

Als sie ein Geräusch an der Tür hörte, schreckte sie hoch. Aber es war nur ihr Sohn, der dort stand.

»Raphael, was ist los?« Sie hoffte, dass er ihre Aufregung nicht bemerken, den hysterischen Klang ihrer Stimme nicht wahrnehmen würde. »Warum bist du nicht im Bett?«

»Ich konnte nicht schlafen, Mutter«, flüsterte Raphael schüchtern und schlang seine kleinen Hände fest ineinander, als wolle er sich selbst Halt geben. »Ich habe so ein komisches Gefühl … ich … ich fürchte mich.«

Sophie holte tief Luft. Ihr Sohn spürte es also auch. Oder waren es lediglich ihre eigene Angst und Unruhe, die sich auf den Jungen übertrugen?

Sie klopfte neben sich aufs Sofa. »Du musst dich nicht fürchten, mein Schatz«, sagte sie fest. »Komm her, setz dich zu mir.«

Raphael, erleichtert, dass sie ihn nicht mit scharfen Worten wieder ins Bett geschickt hatte, ging durchs Wohnzimmer und nahm neben seiner Mutter Platz.

Sophie legte ihre Arme um ihn und zog ihn an sich. Auch ihr war wohler dabei, nicht alleine zu sein.

»Es kommt dir nur komisch vor, dass all die anderen nicht da sind«, erklärte sie. »In einem Haus, in dem sonst immer so viele Menschen sind, ist es einem nun mal unheimlich, wenn man allein ist. Vor allem nachts.«

Raphael nickte und kuschelte sich tiefer in Sophies Arme. »Jetzt habe ich schon gar keine Angst mehr, Mutter«, sagte er glücklich. »Jetzt, wo ich bei dir bin.«

Wenig später war er eingeschlafen.

Aber Sophie konnte nicht schlafen. Die Angst hatte sie nach wie vor fest im Griff und sie lauschte mit angehaltenem Atem in die Stille.

Als der Stein durch die Fensterscheibe schlug, zuckte sie erschreckt zusammen. Raphael wachte auf und fing an zu schreien. »Was ist das, Mutter?«

Aber Sophie antwortete nicht mehr. Der Stein hatte sie direkt an der Schläfe getroffen.

11. KAPITEL

München, Bayern, 23. Januar 1923

Marlene fühlte sich herrlich erwachsen. Es war das erste Mal, dass sie alleine, ohne die Eltern, verreiste. Aufgeregt spähte sie aus dem Zugfenster, draußen flog die Landschaft vorbei, wenig später fuhr der Zug in den Münchner Hauptbahnhof ein, wo Lisbeth, ihre vier Jahre ältere Freundin aus Kindertagen, sie schon erwartete. Lisbeth war vergangenes Jahr mit ihren Eltern nach München gezogen und wollte nun heiraten. Marlene reiste an, um bei den Hochzeitsvorbereitungen zu helfen, am Brautkleid mitzuarbeiten, und sie war furchtbar aufgeregt.

Am Münchner Bahnsteig flog sie in Lisbeths Arme.

»Wie schön, dass du da bist, Lenchen«, sagte Lisbeth zärtlich. »Ich habe dich so vermisst. Lass dich anschauen.«

Sie löste sich aus der Umarmung und schob Marlene ein Stückchen von sich weg. Musterte das seidige blonde Haar der Freundin, das ihr in weichen Wellen auf die Schultern fiel, die rosigen Wangen. »Wie hübsch und erwachsen du geworden bist«, sagte sie.

»Du aber auch.« Marlene strahlte. Wegen des Kompliments, vor Freude, die Freundin wiederzusehen, und vor lauter Aufregung. »Wie schick du bist. Eine richtige Städterin. Und nun wirst du also heiraten. Ich kann es kaum glauben.«

»Ich auch nicht!«, lachte Lisbeth und hakte sie unter. »Aber nun komm. Wir haben es nicht weit bis nach Hause. Ist das alles, was du an Gepäck dabei hast?« Sie deutete auf den kleinen Koffer, der neben Marlene auf dem Bahnsteig stand.

Die nickte verlegen. »Du weißt, wie das heutzutage ist, man hat ja nichts mehr. Und jetzt, wo die Franzosen das Ruhrgebiet besetzen …«

»Ja«, sagte Lisbeth zustimmend, »es sind harte Zeiten.« Sie kicherte: »Mein Hochzeitskleid nähen wir aus alten Gardinen.«

»Aber trägst du denn nicht das Hochzeitskleid deiner Mutter?«

Lisbeth schüttelte den Kopf. »Es ist irgendwie im Krieg verloren gegangen. Ich hätte es gern getragen.«

Sie nickte dem jungen Mann zu, der ein paar Meter abseits stand und der, obwohl er diskret zur Seite blickte, doch sehr genau wahrnahm, was die beiden jungen Damen taten und ob man ihn benötigte. Mit zwei Schritten war er bei ihnen.

»Wir können los, Franzl«, sagte Lisbeth hoheitsvoll und zog Marlene mit sich fort.

Der Bursche folgte mit den Koffern in einigen Metern Abstand.

Marlene war beeindruckt. »Ihr habt noch einen Burschen?«, staunte sie. »Wir mussten unseren schon lang entlassen. Wir haben nur noch zwei Dienstmädchen in Konstanz.«

Lisbeth zuckte die Achseln. »Vater meint immer, der Junge würde auf der Straße landen, wenn er nicht bei uns bliebe. Er ist uns so dankbar.«

Aber Marlene hörte ihr schon gar nicht mehr zu. Die Großstadt mit ihrem Charme hatte sie vollständig in ihren Bann gezogen. Staunend betrachtete sie die hohen Häuserfassaden, die breiten Straßen und die Automobile, die lärmend vorbeirasten. München kam Marlene vor wie ein riesiger Schlund – was einerseits furchtbar aufregend, andererseits aber auch ziemlich erschreckend war. Mit einem Mal fand sie es gar nicht mehr so erstrebenswert, erwachsen zu werden und alleine durch die Welt zu reisen. Marlene sehnte sich nach nichts mehr als nach der Sicherheit des heimischen Haushalts.

Lisbeth, die trotz ihrer Tendenz zur Oberflächlichkeit bemerkte, wie unwohl sich die Freundin fühlte, umfasste ihren Arm fester. »Es ist etwas beängstigend am Anfang, nicht?«, fragte sie. »Was glaubst du, wie es mir ging? Du weißt ja immerhin, dass du bald zurückkehren kannst. Als ich hier ankam, wusste ich, dass ich bleiben muss.«

»Ja«, sagte Marlene schuldbewusst. »Das ist natürlich ein viel härterer Einstieg.«

»Aber soll ich dir mal was sagen?«, lachte Lisbeth. »Man gewöhnt sich daran. Ich habe die Stadt richtig liebgewonnen. Und das nicht nur, weil ich den Mann meines Lebens hier gefunden habe.«

Ein Automobil fuhr dicht neben Marlene durch eine Pfütze und spritzte ihren Rocksaum nass. Sie schrie erschrocken auf und sprang zur Seite – aber es war zu spät. Der Rocksaum war voll braunem Wasser.

»Oh nein«, jammerte Marlene.

»Nicht schlimm«, versicherte Lisbeth. »Das kriegen wir wieder raus. Und ich verspreche dir: Auch du wirst München lieben.«

Marlene konnte sich nicht vorstellen, dass ihre Freundin recht behalten sollte. Aber in diesen ersten Minuten nach ihrer Ankunft konnte sie auch noch nicht ahnen, wem sie in München begegnen würde, in welch dunkle Welten sie Einblick bekäme – und dass sie die unglaublichen Ereignisse vom 8. und 9. November hautnah miterleben sollte. An diesem Januartag wusste Marlene Gerstett aus Konstanz ja nicht einmal, dass es einen Mann gab, der Adolf Hitler hieß.

12. KAPITEL

Überlingen, Bodensee, 23. Januar 1923

Raphael riss verzweifelt die Haustür auf und sah sich gehetzt in der Dunkelheit um. Er konnte nichts erkennen. »Hilfe!«, brüllte er aus Leibeskräften. »Hilfe, meine Mutter ist getötet worden!«

Nichts regte sich in der finsteren Nacht, und die Gestalten, die sich hinter Büschen verbargen, gaben sich Mühe, nicht gehört zu werden. Sie hielten erschrocken den Atem an. Was schrie der Junge da? Sophie tot? Das hatten sie nicht gewollt, sie hatten sie doch nur warnen wollen!

Raphael raste durch den Garten und die Straße hinunter. Sein Ziel war das Haus von Doktor Schilling. *Wenn* jemand seine Mutter noch retten konnte, dann er.

Der Junge war jetzt erstaunlich klar im Kopf und wusste, was er zu tun hatte. Getrieben wurde er von der Angst, dass es zu lange gedauert haben könnte, bis er sich von seinem Schreck erholt hatte, und dass er nun schuld wäre, wenn seine Mutter es nicht schaffte.

Nachdem der Stein sie getroffen hatte, hatte er zunächst geschrien wie am Spieß und sich dann verzweifelt weinend über sie geworfen. »Mutter!«, hatte er immer wieder gerufen. »Mutter!«

Er wusste nicht, wie lange es gedauert hatte, bis er auf die Idee gekommen war, Hilfe zu holen. Denn er hatte Angst gehabt, sie alleine zu lassen. Andererseits erleichterte ihn der Gedanke, die drohende Stille des Hauses zu verlassen. Die lastende Verantwortung einem anderen zu übergeben.

Als Raphael verschwunden war, kamen die zusammengekauerten Gestalten vor dem Haus zusammen und tuschelten aufgeregt. »Dass der Stein sie getroffen hat«, jammerte Elsa Kleinschmitt, »war ja nun wirklich nicht abzusehen. Was muss sie denn genau da stehen, wo er hinfliegt!«

»Ob der Junge recht hat, und seine Mutter wirklich tot ist?«, fragte Dorothea Haberstett ängstlich.

»Unsinn, wahrscheinlich ist sie nur ohnmächtig«, mischte sich Trudchen, die Frau des Bäckers, ein.

»Aber was sollen wir denn nun tun?«, fragte Dorothea verzweifelt. »Wenn sie wirklich stirbt, dann haben *Sie* sie umgebracht.« Sie blickte Elsa Kleinschmitt vorwurfsvoll an.

»*Ich*?«, fragte die empört. »Nun erlauben Sie mal, wir waren alle daran beteiligt.«

»Aber *Sie* haben den Stein geschmissen«, beharrte Dorothea.

»Ja«, stimmte Trudchen zu. »Außerdem sind *Sie* ja erst auf die Idee gekommen, wir sollten Sophie einen Denkzettel verpassen. Ohne Sie hätten wir das Ganze doch nicht einmal angefangen.«

»So«, schnaubte Elsa, »feige seid ihr auch noch. Jetzt mir die ganze Schuld in die Schuhe schieben! Aber als ich euch erzählt habe, dass Raphaels Vater Franzose ist, da kannte eure Empörung keine Grenzen. Ihr wart es, die ...«

»Woher wissen Sie das denn überhaupt so genau?«, fragte Dorothea Haberstett. »Ich glaube kaum, dass Sophie ausgerechnet *Sie* ins Vertrauen gezogen hat.«

»Ich weiß es aus absolut sicherer Quelle. Sozusagen aus erster Hand. Ich ...«

»Was ist denn hier los?«, rief eine tiefe Stimme von der Gartentür her. »Wer ist da?«

Die drei Frauen zuckten zusammen.

»Der Schuldirektor«, flüsterte Dorothea Haberstett entsetzt, »er ist zurück.«

»Schnell weg!«, zischte Elsa Kleinschmitt. »Er darf uns nicht erkennen. Durch das hintere Gartentor!«

Sie rafften ihre Röcke und rannten, so schnell sie konnten, davon.

»Dort hinten!«, rief Sebastian. Johanna und er waren zeitgleich mit dem alten Schuldirektor in Überlingen angekommen. Sie hatten sich an der Einfahrt getroffen. Sebastian deutete in die Dunkelheit. »Dort hinten bewegt sich etwas!« Er rannte los. Friedrich Seiler folgte ihm.

»Ich sehe nach, ob drinnen alles in Ordnung ist«, rief Johanna ihnen nach. Im Haus brannten alle Lichter und die Eingangstür stand sperrangelweit offen.

Johanna wurde immer mulmiger zumute und eine kalte Angst packte sie. War jemand eingebrochen? Was, wenn noch einer der Einbrecher im Haus war? Und was – ihr stockte der Atem – was war mit Sophie und Raphael?

Sie stürzte hinein und trug erst Robert und dann Susanne hastig ins Kinderzimmer. Sie wollte verhindern, dass sie aufwachten. Dann eilte sie, aufs Äußerste beunruhigt, wieder nach unten, wobei sie versuchte, sich so leise wie möglich zu verhalten. Sie stand eine Weile regungslos im Flur und lauschte. Es war totenstill.

»Sophie?«, rief sie ängstlich. »Raphael?«

Keine Antwort.

Johanna atmete erleichtert auf, als sie kurze Zeit später Sebastian und Friedrich auf die Haustür zukommen sah.

»Habt ihr sie noch erwischt?«, fragte sie.

»Nein.« Sebastian ließ sich außer Atem auf einem Stuhl nieder. »Sie waren schon weg. Ist hier alles in Ordnung?«

»Nein«, erwiderte Johanna. »Die Tür stand offen und ich kann Sophie und Raphael nirgends finden.«

»Hast du schon im Wohnzimmer nachgesehen?«, wollte Friedrich wissen.

Johanna schüttelte den Kopf. Sie wollte nicht zugeben, dass sie sich nicht getraut hatte. »Nein«, sagte sie, »das wollte ich gerade tun.«

Sie ging auf die Tür zu, und ihr Herz hämmerte heftig, als sie bemerkte, dass sie nur angelehnt war. Das Wohnzimmer war beheizt und die Tür zum Flur aufgrund des Kohlemangels immer geschlossen. Das war eine eiserne Regel, an die sich selbst die Kinder hielten. Ausnahmslos.

Johanna atmete tief ein, schob die Tür ganz auf – und stieß einen gellenden Schrei aus.

Sophie lag bewusstlos vor dem Sofa auf dem Boden, um sie herum war alles voller Blut.

»Sophie!«, Johanna vergaß ihre Angst und sank neben ihr nieder. »Meine Güte, Sophie, was ist denn geschehen?«

Auch Friedrich kniete sich neben seine Tochter und suchte nach ihrem Puls.

»Was ist mit ihr?«, fragte Sebastian von der Tür her.

»Sie ist bewusstlos, glaube ich«, erwiderte Johanna.

In diesem Moment entdeckte Sebastian den Stein, der, mit Papier umwickelt, einige Meter von Sophie entfernt auf dem Fußboden lag. Er hob ihn auf, löste das Papier und las.

»Das ist ja unglaublich!«, schnaubte er dann.

»Was steht denn da drauf?«, fragte Johanna, ohne den Blick von Sophie zu wenden.

»Lies selbst, ich gehe den Arzt holen.« Sebastian gab Johanna den Zettel und verschwand.

In der Tür begegnete er Raphael und Doktor Schilling.

»Ein Glück, dass Sie kommen, Herr Dr. Schilling!«, rief Sebastian erleichtert. »Gerade wollte ich Sie holen.«

»Was ist denn geschehen?«, fragte der Arzt ratlos. »Der Junge sagt immer nur, dass seine Mutter tot sei! Aber das kann doch nicht sein!«

Sebastian schüttelte den Kopf und zog Raphael an sich. Schutzsuchend schmiegte der Junge sich an ihn. »Tot ist Sophie Gott sei Dank nicht. Aber was geschehen ist, weiß ich auch nicht. Wir sind eben erst nach Hause gekommen. Sehen Sie selbst.«

Er ließ den Arzt an sich vorbei ins Zimmer treten. Dann streichelte er Raphael das verzweifelte kleine Gesicht.

»Keine Angst, mein Junge«, sagte er leise, »deine Mutter ist nicht tot. Sie ist nur ohnmächtig.«

»Doch, sie *ist* tot, ich weiß es«, schluchzte Raphael verstört.

»Nein, ich verspreche es dir.«

Raphael sah ihn zweifelnd an. »Sagst du das nicht nur, um mich zu beruhigen?«

»Du weißt, dass ich dich nie anlügen würde«, erwiderte er und sah ihm in die Augen.

»Darf ich sie sehen?«

Sebastian trat einen Schritt zur Seite, um Raphael an sich vorbeigehen zu lassen, und legte ihm die Hand auf die Schulter, während der Junge auf seine Mutter starrte.

Dr. Schilling untersuchte sie. »Sie ist bewusstlos«, stellte er fest. »Wohl durch einen Schlag. Hier ist ja auch die Wunde.« Er verarztete Sophies blutende Schläfe. »Das Blut ist nicht schlimm«, sagte er beruhigend zu Raphael. »Es ist nur eine Platzwunde. Mehr Sorgen macht mir der Schlag, den sie abbekommen haben muss.«

»Das hier lag ein paar Meter von ihr entfernt.« Sebastian hob den Stein auf und reichte ihn dem Arzt.

Dr. Schilling nickte schwer, sagte dann aber mit einem warnenden Blick auf Raphael: »Wir unterhalten uns später darüber. Aber das könnte durchaus die Wunde verursacht haben.«

Er wandte sich an Raphael, der noch immer verschreckt auf seine Mutter starrte. »Das hast du gut gemacht, mein Junge«, lobte er. »Du brauchst dir keine Sorgen zu machen. Deiner Mutter ist nichts Schlimmes passiert, sie wird bald aufwachen.«

»Darf ich solange bei ihr sein?«

»Ich fände es besser, wenn du dich etwas ausruhen würdest. Schließlich ist es schon sehr spät und du hast viel durchgemacht heute Abend.«

»Aber Mutter …«

»Ich werde bei ihr bleiben, und wenn sie aufwacht, werde ich dich rufen«, versprach der Großvater.

Raphael zögerte. »Versprochen?«, fragte er schließlich.

»Versprochen«, sagte der alte Schuldirektor.

»Soll ich mit dir nach oben gehen?«, bot Johanna an.

Raphael schüttelte den Kopf. »Nein. Ich gehe doch alleine ins Bett, seit ich zur Schule gehe.«

Johanna lächelte. »Aber wenn du etwas brauchst, dann rufst du uns, ja?«

»Ja.«

»Armer Junge«, brummte Friedrich, als Raphael gegangen war. »Das war eine schreckliche Nacht für ihn.«

In diesem Augenblick schlug Sophie die Augen auf und alle Aufmerksamkeit richtete sich auf sie.

»Was ist geschehen?«, flüsterte Sophie.

»Pst«, machte Johanna sanft. »Nicht reden, das strengt dich noch zu sehr an.«

»Ich habe Durst.«

Johanna sah Dr. Schilling fragend an. »Darf sie etwas trinken?«

»Sie können ihr mit einem Waschlappen die Lippen benetzen.«

Johanna nickte und stand auf, um den Waschlappen zu holen.

Dr. Schilling setzte sich neben Sophie. »Wie geht es Ihnen?«

»Mein Kopf …«

»Ist Ihnen übel?«

»Ich glaube schon.«

»Sie haben wahrscheinlich eine Gehirnerschütterung. Sie müssen in der nächsten Zeit das Bett hüten.«

»Aber was ist denn passiert?«

»Erinnern Sie sich an gar nichts?«

Sophie schien angestrengt nachzudenken.

»Zwingen Sie die Erinnerung nicht herbei«, riet Dr. Schilling, »Sie brauchen Ruhe.«

»Doch, ich erinnere mich. Es war unheimlich. Ich hörte Geräusche. Dann klirrte das Fenster … Raphael …«, sie fuhr auf und sank gleich darauf mit einem Stöhnen wieder zurück auf den Boden. »Was ist mit meinem Sohn?«

»Raphael schläft. Es geht ihm gut«, versicherte Sebastian.

»Gott sei Dank!« Sophie atmete auf. »Was geschah, nachdem das Fenster zerbrochen ist?«, fragte sie. »Ich erinnere mich nicht.«

»Das wissen wir auch nicht«, sagte Dr. Schilling und warf den anderen einen warnenden Blick zu.

»Hat Raphael denn nichts gesagt?«

In diesem Moment kam Johanna mit dem Waschlappen zurück und benetzte Sophie die Lippen.

Sophie leckte das Wasser gierig ab.

»Hat Raphael nichts erzählt?«, wiederholte Sophie.

»Nein.«

»Nun ja, er schlief auch, als … Waren es Einbrecher?«

»Wir wissen es wirklich nicht, Kind«, sagte Friedrich fest.

»Wir werden Sie jetzt hinauf in Ihr Zimmer tragen, Sophie«, mischte sich der Arzt ins Gespräch. »Sie brauchen dringend Ruhe.«

»Aber …«, protestierte Sophie.

»Keine Widerrede. Morgen ist noch genug Zeit, um über alles zu reden.«

Sophie lächelte schwach. »Also gut.«

»Wenn ich darf, schicke ich Raphael vorher noch mal zu dir«, mischte Sebastian sich ein. »Wir haben ihm versprochen, ihm gleich Bescheid zu sagen, wenn du aufwachst.«

»Natürlich«, erwiderte Sophie lächelnd.

Erst als die Männer mit Sophie das Zimmer verlassen hatten, um sie nach oben zu tragen, kam Johanna dazu, den Zettel zu lesen, mit dem der Stein umwickelt gewesen war.

Sie setzte sich aufs Sofa und strich ihn glatt.

Er war in Blockschrift beschrieben, und der Schreiber hatte sich offensichtlich große Mühe gegeben, seine Handschrift zu verstellen.

Sophie, wir wissen, daß Sie sich vor dem Krieg mit einem dieser Franzosen eingelassen haben und daß Raphael ein französischer Bastard ist.

Wir wollen Sie warnen, Sophie. Wir betrachten das als Landesverrat. Sollten wir Sie erwischen, daß Sie wieder mit einem dieser Männer anbandeln, wird es Ihnen und Ihrem Sohn schlecht ergehen.

Johanna holte tief Luft, um das kalte Grauen zu vertreiben, das sich ihrer beim Lesen bemächtigt hatte. Ein anonymer Brief, wie feige! Sophie durfte nichts davon erfahren und Raphael auch nicht. Nicht jetzt. Sebastian kam ins Zimmer und legte ihr die Hand auf die Schulter. »Du hast ihn also gelesen.«

»Ja«, sagte Johanna, ohne aufzusehen. »Wie scheußlich. Was sollen wir nur tun?«

Sebastian setzte sich neben sie und nahm sie in die Arme. Eine selten vertraute Geste, denn sie waren sich fremd geworden in den letzten Jahren. »Ach, Johanna«, sagte er verzweifelt. »Ich weiß es nicht.«

Johanna genoss es, endlich einmal wieder in Sebastians Armen zu liegen. Es war so lange her! Gleichzeitig spürte sie eine seltsame Befangenheit ihrem Mann gegenüber. Als sei er ein Fremder. »Meinst du, wir sollten zur Polizei gehen?«, fragte sie und löste sich leicht von ihm.

»Auf gar keinen Fall. Das würde die beiden nur noch mehr in Gefahr bringen. Niemand weiter darf erfahren, dass Raphael Halbfranzose ist.«

»Was sollen wir Sophie denn sagen? Sie hat doch mitbekommen, dass das ein Überfall war.«

»Ich weiß es wirklich nicht.«

»Wir könnten ihr die halbe Wahrheit sagen. Dass ein Stein durchs Fenster flog und sie am Kopf traf. Von dem Brief braucht sie vorerst nichts zu wissen.«

»Ja, das wäre eine Möglichkeit«, erwiderte Sebastian nachdenklich. »Aber sie ist nicht dumm, und wenn sie wieder ganz gesund ist, wird sie anfangen, sich zu wundern. Außerdem …«

»Ja?«

»Nun, ich mache mir Sorgen, dass das hier vielleicht nur der Anfang war. Der Franzosenhass wächst immer mehr, und wenn irgendjemand weiß, dass Raphaels Vater Franzose ist, dann werden es bald noch mehr wissen.«

»Du meinst, dass Sophie und Raphael ernsthaft in Gefahr sind?«, fragte Johanna erschrocken.

»Ich fürchte, schon.«

»Mein Gott, Sebastian, was können wir tun?«

»Ich hielte es für das Beste, wenn sie für eine Weile untertauchen.«

»Sie sollen von hier fortgehen?« Johanna sah ihrem Mann erschrocken in die Augen. Der Gedanke, Sophie, ihre inzwischen einzige Vertraute, nicht mehr täglich um sich zu haben, bereitete ihr regelrecht körperliche Schmerzen.

»Das wäre am sichersten.«

»Aber … wohin?«

»Ich weiß es nicht, Johanna.« Sebastian strich ihr nachdenklich über das dunkle Haar. Wieder eine seltsam vertraute Geste aus der Vergangenheit. »Ich weiß es wirklich nicht. Vielleicht hat sie selbst eine Idee. Du musst mit ihr reden, sobald sie sich erholt hat.«

»Ja«, versprach Johanna leise. »Ja, das werde ich tun.«

13. KAPITEL

München, Bayern, 23. Januar 1923

Das Altstadthaus, in dem Lisbeths Eltern lebten, lag in einer Seitenstraße hinter dem Stachus. Marlene war immer noch eingeschüchtert, aber auch beeindruckt, als sie darauf zusteuerten. Hochherrschaftlich erhob es sich über der Straße, es gab einen kleinen Vorgarten, der durch ein eisernes Gitter vom Bürgersteig abgetrennt war. Natürlich blühten zu dieser kalten Jahreszeit keine Blumen darin, aber dennoch wirkte er malerisch und romantisch. Durch diesen Vorgarten führte Lisbeth die Freundin, öffnete die geschnitzte Eingangstür und ging Marlene voran in den ersten Stock, die Beletage. Der Bursche folgte schnaufend mit dem Gepäck.

Ein Dienstmädchen öffnete. Lisbeth zeigte Marlene gleich ihr Zimmer, und wieder staunte Marlene: Es war ganz in Hellblau gehalten. Auf dem Bett lag ein hellblau geblümter Überwurf, hellblaue Samtvorhänge umrahmten das Fenster, ein Sessel, der mit dem gleichen Stoff bezogen war, stand in der Ecke. Das ganze Zimmer strahlte Frische, Wohlstand und Behaglichkeit aus. Marlene war selbst ein Kind aus begütertem Hause gewesen, aber der Reichtum war lang schon verblichen. Das Haus ihrer Eltern am Konstanzer Ufer war inzwischen fast heruntergekommen, es wirkte immer ein wenig trist und grau. Da fühlte sich Marlene im Überlinger Haus ihrer Schwester Johanna wesentlich wohler, auch wenn das lang nicht so prachtvoll war wie das Konstanzer Domizil der Familie. Ihr fiel auf, dass sie gar nicht wusste, was Lisbeths Vater beruflich machte – und es hatte sie auch nie interessiert. Angesichts all dieser Pracht in diesen schwierigen Zeiten fragte sie sich aber dennoch – wenn auch nur flüchtig –, wie Lisbeths Vater seiner Familie diesen Luxus ermöglichen konnte.

»Zieh dich schnell um und lass uns mit Mama etwas essen«, unterbrach Lisbeth Marlenes Gedanken und klatschte in die Hände. »Umso schneller können wir los.«

»Los?« Marlene wandte sich erstaunt zu ihrer Freundin um.

»Ach, das hab ich dir ja noch gar nicht erzählt vor lauter Aufregung«, plapperte Lisbeth. »Wir treffen meine Freunde, Harald wird auch da sein, dann lernst du ihn endlich kennen! Ich kann es kaum mehr erwarten.« Ihre Wangen waren gerötet, das blonde aufgesteckte Haar leicht zerzaust. Man sah Lisbeth die Aufregung deutlich an.

»Oh.« Marlene war etwas enttäuscht. Zwar brannte sie darauf, dem Verlobten ihrer Freundin vorgestellt zu werden, aber sie war stets etwas eifersüchtig, dass Lisbeth, die einst ihre beste, ihre einzige Freundin gewesen war, nun ein neues Leben hatte, zu dem sie, Marlene, nicht gehörte. Mit Freunden, die sie nicht kannte. Außerdem fühlte sie sich unwohl inmitten dieser Münchner, die alle so schick wirkten im Vergleich zu ihr. So schick und so stabil und so fesch. Fieberhaft ging Marlene im Geiste die Garderobe durch, die sie dabeihatte – um festzustellen, was sie eigentlich schon wusste: dass nichts Passendes dabei war. Egal, es würde schon irgendwie gehen.

Sie zwang sich zu einem Lächeln. Auf keinen Fall sollte Lisbeth merken, was in ihr vorging. Und niemals würde sie sich erniedrigen und die Freundin um etwas Schickes zum Anziehen bitten. »Das ist ja wunderbar«, sagte sie deshalb nur. »Ich freue mich darauf.«

Sie wusste noch nicht, dass der Abend ihr Leben vollständig verändern würde.

14. KAPITEL

90 Jahre später
Überlingen, Bodensee, August 2013

Nachdem Franziska ihre Augen für immer geschlossen hatte, war es minutenlang still im Zimmer. »Jetzt kam sie gar nicht mehr dazu, dir zu sagen, warum sie dich sehen wollte«, sagte Mia schließlich zu Zita. Es war das Einzige, was ihr einfiel, ansonsten herrschte in ihrem Kopf gähnende Leere, sie war noch nicht in der Lage, auch nur annähernd zu begreifen, was die Großtante ihnen da soeben eröffnet hatte.

Bevor Zita antworten konnte, ertönte ein markerschütternder Schrei. Erschrocken fuhren Mia und Zita zusammen. Melissa hatte den Schrei ausgestoßen, und nun starrte sie hasserfüllt auf die Tote. »Das hat sie mit Absicht getan!«, schrie sie, während ihr Tränen der Wut über die Wangen liefen. »Mit voller Absicht, aus purer Bosheit. Das ist so typisch!«

Mia hatte ihre sonst immer eher zurückhaltende und stille Mutter noch nie so aufgebracht erlebt.

»Mutter!« Mia versuchte, sie zu umarmen, aber Melissa riss sich los. Hilflos und mit hängenden Armen stand Mia vor ihr, als sie sagte: »Mutter, kein Mensch kann aus purer Bosheit sterben.«

»Sie schon«, beharrte Melissa.

»Mutter«, wiederholte Mia.

»Mutter«, äffte Melissa sie nach, warf die Hände in die Luft und brüllte: »Mutter, Mutter, Mutter!« Jedes »Mutter« kam ein bisschen lauter, ein bisschen zorniger.

Für Mia war es, als wolle die Mutter sie verhöhnen, und sie wandte sich mit Tränen in den Augen verletzt ab. Zita sah es und legte ihr einen Arm um die Schulter. »Sie meint es nicht so«, sagte sie leise. »Ihre Welt ist völlig aus den Fugen geraten. Stell dir vor, du würdest plötzlich erfahren, dass deine Mutter eigentlich gar nicht deine Mutter ist.«

»Mutter, Mutter, Mutter«, tobte Melissa weiter. »Ich habe keine. Versteht ihr? Die Frau, die ich mein Leben lang für meine Mutter gehalten und innig geliebt habe, war gar nicht meine Mutter.« Ihre Stimme klang schrill, sie ließ sich auf dem harten Holzstuhl am Fenster nieder und barg das Gesicht in den Händen.

»Geh zu ihr.« Zita gab Mia einen leisen Schubs. »Sie braucht dich jetzt.«

Zögernd ging Mia auf ihre Mutter zu und legte ihr zaghaft eine Hand auf die Schulter. Melissa blickte auf, mit verquollenen Augen und einem Blick, der ganz leer war vor Unsicherheit und Verlorenheit. Langsam legte sie ihre Hand auf die ihrer Tochter. »Es tut mir leid, dass ich dich so angeschrien habe«, sagte sie leise.

»Schon gut«, erwiderte Mia. »Ich kann ja verstehen, dass dich das alles sehr mitnimmt. Mich ja auch.«

»Vielleicht hat sie ja gelogen«, mischte Zita sich ins Gespräch. »Vielleicht war das das giftige Erbe, das sie euch hinterlassen wollte. Dass ihr rätseln und euch quälen müsst. Ich ... kannte sie nicht gut, muss aber leider sagen, dass ich das durchaus für möglich halte.«

»Kein Wunder, immerhin hat sie versucht, dich umzubringen«, murmelte Mia und starrte unverwandt auf ihre tote Großtante.

»Ich glaube, sie hat die Wahrheit gesagt«, erklärte Melissa.

»Warum?«, fragte Mia.

»Ich weiß nicht, es ist so ein unbestimmtes Gefühl. Ich habe mich schon immer gewundert, dass ich so viel jünger bin als meine Schwester, und die Antwort von ... *Mutter* ..., wenn ich sie danach fragte, war stets irgendwie ausweichend.«

»Du hast neulich gesagt, dass deine Schwester im Dritten Reich verschwunden ist. Und dass deine Tante Franziska irgendwas damit zu tun hat«, begann Zita nachdenklich.

»Ja«, sagte Melissa. »Ja, so hat man mir das erzählt.«

»Das ist merkwürdig«, fuhr Zita fort. »Ich weiß nicht,

warum mir das erst jetzt wieder einfällt, aber Philippe hat mir erzählt, dass seine Urgroßmutter Sophie sich die Schuld an deinem und Johannas Schicksal gibt. Er hatte eigentlich vor, mit dir darüber zu sprechen, aber dann haben die Ereignisse sich überschlagen.«

»An *meinem Schicksal*?«, fragte Melissa erstaunt. »Was für ein Schicksal? Mir ist nie etwas wirklich Schlimmes widerfahren – naja, bis auf … die Tatsache, dass ich eine Mutter hatte, die anscheinend nicht meine Mutter war.«

»Das muss irgendwie zusammenhängen!«, rief Mia aufgeregt. »Und Großtante Franziska hat ja auch gesagt, dass Raphael noch etwas wissen könnte.«

»Das ist Philippes Opa«, ergänzte Zita. »Ich glaube auch, der Schlüssel liegt irgendwo in Frankreich. Wir müssen unbedingt mit Philippe sprechen.«

»Und die Kisten mit den Briefen und den Zetteln aus dem Notizbuch zu Ende durchsehen«, fuhr Mia fort. »Da gibt es noch ganz viel zu entdecken.« Sie machte eine kurze Pause, runzelte die Stirn und fuhr dann fort: »Was ist eigentlich mit diesem Onkel Siegfried? Tante Franziska hat gesagt, dass Sophie und Siegfrieds Frau ihn getötet haben? Warum, Mutter?«

Melissa schüttelte langsam den Kopf. »Ich habe, offen gestanden, keine Ahnung.«

»Aber sagtest du nicht, du würdest dich an Onkel Siegfried erinnern? Dass er mit Tante Luise auf einem Gut in Ostpreußen lebte und nur ein Bein hatte?«

Melissa runzelte angestrengt die Stirn. »Ich habe keine lebendige Erinnerung an ihn«, sagte sie langsam.

»Wie meinst du das?«, wollte Mia wissen.

»Es ist ganz komisch, ich weiß ganz genau, dass es diesen Onkel Siegfried gab und dass er nur ein Bein hatte. Aber ich … erinnere mich nicht an ihn. Es ist ein bisschen so, als würde ich an die Handlung aus einem Buch denken.«

»Vielleicht hast du ihn ja nie wirklich kennengelernt, sondern immer nur von ihm erzählt bekommen«, vermutete Mia.

»Ja«, sagte Melissa nachdenklich. »Ja, das ist möglich. Es ist manchmal schon merkwürdig mit den Erinnerungen.«

»Ich glaube«, mischte sich Zita ein, »dass wir da noch ganz viel zu klären haben. Aber jetzt sollten wir erst einmal den Arzt über den Tod informieren.«

»Das stimmt«, pflichtete Mia ihr bei. »Es ist ein wenig skurril, dass wir all das am Totenbett der Großtante diskutieren. Aber die ganze Situation ist einfach so verworren. Und so leid es mir tut, ich kann nicht um sie trauern.«

»Nein«, sagte Melissa, »ich auch nicht.«

15. KAPITEL

90 Jahre zuvor
Überlingen, Bodensee, 23. Januar 1923

Johanna stieg mit einer Schüssel voll kaltem Wasser und einem Waschlappen die Treppe hinauf. Als sie an Sophies Zimmertür klopfte, hatte sie Angst, denn sie wusste, dass Sophie sie auf den Abend des Überfalls ansprechen würde, und sie hätte ihr dann Rede und Antwort zu stehen.

»Herein?«, rief eine leise Stimme.

Johanna stieß die Tür auf: »Wie geht es dir?«

Sie stellte die Schüssel ab und setzte sich auf die Bettkante.

»Schon viel besser.« Sophie lächelte. »Das Kopfweh ist weg und auch die Übelkeit hat nachgelassen.«

»Ein Glück!«

»Allerdings«, fuhr Sophie fort, »allerdings denke ich jetzt, wo es mir wieder besser geht, immer häufiger darüber nach, was an diesem Abend wirklich passiert ist.«

Johanna schnürte es die Kehle zu. Sie wusste, dass das Gespräch, dem sie so lange ausgewichen war, jetzt stattfinden würde.

»Johanna, sag mir die Wahrheit«, bat Sophie eindringlich. »Waren es wirklich Einbrecher?« Sie versuchte, sich im Bett aufzusetzen, sank aber sofort mit einem Stöhnen zurück.

»Bleib liegen, Sophie«, sagte Johanna erschrocken.

»Bitte, Johanna, sag mir, was du weißt.«

Johanna holte tief Luft. »Nein«, erklärte sie dann geradeheraus. »Es waren keine Einbrecher. Es war ein Anschlag.«

Sophie wurde blass. »Ein Anschlag? Warum? Gegen wen?«

»Gegen dich.« Johanna reichte ihr den Zettel, den sie seit besagtem Abend immer in der Rocktasche bei sich trug. »Hiermit war der Stein umwickelt, der die Scheibe durchbrach und dich am Kopf traf.«

Sophies Hände zitterten, als sie das Papier entfaltete.

Während sie las, wagte Johanna kaum zu atmen und wandte den Blick nicht von Sophies Gesicht.

Als Sophie geendet hatte, legte sie den Brief beiseite und starrte zur Decke. »Wie abscheulich«, flüsterte sie. »Wie gemein.«

Johanna hob die Hand, um Sophies Wange zu streicheln, ließ sie dann aber hilflos wieder sinken.

»Wisst ihr, wer das war?«, fragte Sophie rau.

Johanna schüttelte den Kopf. »Nein. Als wir nach Hause kamen, sahen wir drei Gestalten durch den Garten rennen. Sebastian und Großvater haben noch versucht, sie einzuholen, haben sie aber nicht erwischt.«

»Weiß Raphael davon?«

»Nein.«

»Aber er muss doch mitbekommen haben ...«

»Wir haben ihm erzählt, dass die Einbrecher Angst bekommen haben, nachdem sie seinen Schrei gehört hatten. Wir sagten ihm, sie hätten sicher vermutet, dass niemand im Haus sei, und dass sie mit dem Stein nur das Fenster einwerfen wollten.«

»Und das hat er geglaubt? Ich meine, ich habe doch alle Lichter im Haus angemacht, und er weiß, dass dann normalerweise keine Einbrecher kommen. Vor allem nicht in diesen Zeiten, wo alle sparen müssen und niemand das Licht brennen lassen würde, wenn keiner zu Hause ist.«

Johanna zuckte die Schultern. »Warum sollte er es nicht glauben? Wie sollte er ahnen, was wirklich dahintersteckt?«

»Um Raphael mache ich mir die meisten Sorgen«, flüsterte Sophie unglücklich. »Um mich habe ich keine Angst, aber wenn sie meinem Buben etwas tun ...« Panik flackerte in ihrem Blick.

»Ich hielte es für das Beste, wenn du von hier fortgingest«, wagte Johanna einen Vorstoß.

Sophie riss die Augen auf. »Von hier fortgehen? Aber wohin denn?«

»Vielleicht nach Konstanz, zu Vater und Mutter.«

Sophie schüttelte den Kopf. »Das kann ich nicht,

Johanna. Ich kann mich nicht im Haushalt meiner Schwester verstecken.«

»Warum nicht? Es wäre das Sicherste.«

»Ich will mich nicht beugen, ich möchte nicht davonrennen. Das habe ich noch nie getan.«

»Dann wird es Zeit, dass du es lernst. Du darfst nicht glauben, dass es ein Zeichen von Schwäche ist, wenn du gehst. Es wäre eher trotzig und unverantwortlich, wenn du bliebest. Du hast Raphael gegenüber eine Verantwortung.«

Sophie sah sie nachdenklich an. »Sobald dem Jungen auch nur die kleinste Kleinigkeit passiert, werde ich gehen, das verspreche ich dir. Aber vorher nicht.«

»Wenn ihm bereits etwas passiert ist, ist es zu spät«, erwiderte Johanna heftig.

Sophie wandte den Kopf zur Seite. Ihr kam eine ganz andere Idee: Wenn sie schon gehen musste, warum dann nicht zu ihrem Bruder Siegfried und seiner Frau Luise ins Ruhrgebiet? In die Höhle des Löwen sozusagen? Dort wusste immerhin keiner außer Siegfried und Luise, dass Raphael Halbfranzose war. Und die beiden würden sie nie verraten. Sophie wagte zwar immer noch nicht daran zu glauben, dass Pierre unter den französischen Besatzern sein könnte, sie war sich nach wie vor fast sicher, dass er im Krieg gefallen war, aber es war zumindest der Hauch einer Chance.

Sophie war in der Zwickmühle. Einerseits lastete die Verantwortung für Raphael schwer auf ihr und sie wollte ihn keinesfalls in Gefahr bringen, andererseits war da diese unbändige Wut, die Entschlossenheit, sich nicht kleinkriegen zu lassen – von wem auch immer. Und die schwache Hoffnung, dass Pierre unter den Besatzern sein könnte und sie ihn eines Tages durch Zufall wiedersehen würde.

Sie wusste aber, dass Johanna von ihren Plänen nicht begeistert sein würde. Und momentan fehlte ihr die Kraft für große Diskussionen. Deshalb seufzte sie nur und sagte ausweichend: »Ich muss darüber nachdenken.« Sie schloss die Augen. »Ich muss erst mal mit all dem ins Reine kommen.«

»Gut«, erwiderte Johanna. »Wenn du mich brauchst, bin ich für dich da, Sophie. Jetzt lasse ich dich allein.«

Sophie nickte dankbar. Als Johanna gegangen war, stand sie zum ersten Mal, seit ihr der Stein an den Kopf geflogen war, auf und ging ans Fenster. Sie ignorierte die Schwäche in ihren Beinen und den erneuten dumpfen Schmerz in ihrem Kopf. Dann zog sie ihr Notizbüchlein hervor und schrieb:

Was soll ich nur tun? Lieber Gott, was soll ich nur tun?

16. KAPITEL

München, Bayern, 23. Januar 1923

»Wenn das nicht die kleine Marlene ist.«

Marlene zuckte zusammen, als sich ihr eine Hand auf die Schulter legte. Bisher hatte sie sich schrecklich unwohl gefühlt. Seit sie in diesem Lokal angekommen waren, in dem alle Bier aus riesigen Krügen tranken, seit Lisbeth ihren Verlobten und ihre anderen Freunde getroffen hatte, fühlte sie sich wie eine Außenseiterin. Und sie war es auch. Lisbeth bemühte sich zwar nach Kräften, sie immer wieder ins Gespräch zu ziehen, aber sie kam einfach aus einer anderen Welt. Sie wusste nichts von ihren Themen, ja, sie verstand nicht einmal ihren Dialekt. Und nun also die Hand auf ihrer Schulter. Die Stimme kam ihr entfernt bekannt vor. Sie wandte sich um und blickte in die Augen ihres Schwagers. Wie lange war es her, dass sie den Bruder des Mannes ihrer Schwester – war das überhaupt ein Schwager? – zum letzten Mal gesehen hatte? Zwei Jahre? Drei? Sie hatte nicht gewusst, dass er so gut aussah. So männlich und so markant. Marlene spürte, wie ihr Herz schneller schlug, merkte auch, dass ihr die Röte ins Gesicht stieg. Zum Glück war Andreas schnell abgelenkt, er wurde von den anderen herzlich begrüßt, schien dazuzugehören zu ihrem Freundeskreis. Wie klein die Welt doch ist, dachte Marlene.

Sie sprachen den ganzen Abend kein Wort mehr miteinander, aber ihre Blicke verfingen sich immer wieder, und Marlene kramte in ihrem Gedächtnis, was sie über diesen Schwager wusste. Johanna und ihr Mann Sebastian konnten ihn nicht leiden, das hatte sie noch ganz deutlich in Erinnerung. Aber warum nicht? So angestrengt sie auch überlegte, sie kam nicht darauf. Aber an eines erinnerte sich Marlene mit einem Mal: dass Andreas eigentlich auch am Bodensee lebte, verheiratet war und zwei Kinder hatte. Diese Erkenntnis traf sie mit ungeheurer Wucht, es fühlte sich an wie ein Schlag in den Magen. An der Faszination, die Andreas auf sie ausübte, änderte das nichts.

Und als er am 28. Januar mit der SA auf dem Marsfeld aufmarschierte, stand Marlene am Wegesrand und warf ihm bewundernde Blicke zu.

17. KAPITEL

Deauville, Frankreich, 26. Januar 1923

Pierre Didier öffnete vorsichtig die Tür zur Küche und sah Michelle am Tisch sitzen. Er hatte Angst, denn er wusste: Was jetzt kam, würde über sein künftiges Leben entscheiden. Obwohl er nach dem letzten Gespräch entschlossen gewesen war, sich von ihr zu trennen, und das Gefühl gehabt hatte, sie nicht einen Tag länger ertragen zu können, hatte er sich doch entschieden, ihr einen Neuanfang anzubieten. Er hatte Hemmungen, einfach so fortzugehen, so sehr er sich auch nach Sophie sehnte und so sehr Michelle ihn anwiderte. Außerdem waren da noch die beiden Kinder …

Zögernd stieß er die Tür ganz auf.

Michelle blickte auf und musterte ihn kalt.

Ich glaube, ich muss erfrieren neben dieser Frau, dachte Pierre, doch er zwang sich zu einem Lächeln.

»Guten Morgen, Michelle«, sagte er höflich und beugte sich zu ihr herunter, um sie auf die Wange zu küssen.

Michelle ließ es geschehen, erwiderte aber weder seinen Gruß noch seinen Kuss. Sie rührte sich nicht.

»Wo sind die Kinder?«

»Mit dem Kindermädchen im Park, wie jeden Morgen«, antwortete Michelle kühl.

»Ach ja, richtig, wie dumm von mir.« Pierre fühlte sich immer unwohler in seiner Haut.

»Michelle, ich muss etwas mit dir besprechen.«

Michelle sah auf. Sie verzog noch immer keine Miene, aber an dem leisen Flackern in ihrem Blick bemerkte er, dass sie doch nicht ganz so gleichgültig war, wie sie sich gab. Dass sie nur eine Maske aufgesetzt hatte und hinter dieser immer noch die verzweifelte Frau war, die so leicht in Tränen ausbrach.

»Ja?« Sie blätterte mit gelangweilter Miene und sorgsam manikürten Fingernägeln in der Zeitschrift, die vor ihr auf dem Küchentisch lag.

»Ich bin wieder einberufen worden«, erklärte Pierre geradeheraus. »Ich muss mit den Besatzungstruppen nach Deutschland.«

Michelle sagte kein Wort.

Pierre starrte in ihr sorgfältig geschminktes Gesicht und suchte nach einer Regung. Er fand keine.

»Michelle?«, fragte er. »Hast du verstanden, was ich dir gesagt habe?«

Michelle sah auf und ihm gerade in die Augen. Sie hatte sich bestens im Griff. Kein Zucken verriet ihre wahren Gefühle. »Natürlich habe ich dich verstanden.«

»Und was sagst du dazu?«

»Nun, ich gratuliere dir.« Es klang desinteressiert und gelangweilt.

Pierre war fassungslos. »Du *gratulierst* mir? Aber warum? Du weißt doch genau, dass ich von dieser Ruhrbesetzung alles andere als begeistert bin. Ich freue mich keineswegs, in die Besatzungstruppe abkommandiert zu sein.«

»Dann nehme ich meine Gratulation selbstverständlich wieder zurück.« Michelle wandte sich wieder ihrer Zeitschrift zu.

Pierre spürte den wohlvertrauten Zorn in sich aufsteigen, der immer irgendwann durchbrach, wenn er länger mit seiner Frau sprach. »Michelle, was soll das alles?«, fragte er, mühsam beherrscht.

»Was … alles?«, fragte Michelle scheinheilig.

»Du weißt genau, was ich meine. Warum spielst du mir etwas vor und sagst mir nicht endlich, was du wirklich denkst?«

»Ich glaube nicht, dass dich das interessieren würde«, erwiderte sie spitz. »Außerdem möchte ich dich nicht damit belasten, was ich denke oder fühle.«

»Michelle!«

»Nein, Pierre. Ich meine es ernst.« Zum ersten Mal ließ sie eine Regung erkennen und sah ihm in die Augen, wenn sie den Blick auch kurz darauf wieder senkte. »In den letzten Jahren hast du mir sehr deutlich zu verstehen gegeben, dass ich dich nicht interessiere und dass du immer noch an diese Deutsche denkst. Und jetzt kannst du es nicht ertragen, dass ich mich von dir zurückziehe.«

»Michelle …«

Wieder unterbrach sie ihn. »Ich habe dir gratuliert, weil du nun endlich einen Grund hast, nach Deutschland zurückzukehren und das zu tun, was du schon immer wolltest: nach deiner Sophie suchen.«

Pierre spürte, wie sein Herz bei der bloßen Erwähnung von Sophies Namen heftig zu schlagen begann. Aber er unterdrückte die Hoffnung, sie wiederzusehen.

»Und ich gratuliere dir, dass du uns endlich los bist. Darauf hast du doch immer gehofft.«

»Nein, Michelle, das ist nicht wahr.«

»Dann geh doch!«, Michelle hatte nun vollkommen die Beherrschung verloren. »Geh, aber ich will dich nie, nie wiedersehen, und die Kinder wirst du auch nicht mehr zu sehen bekommen. Du kannst ja mit Sophie welche haben.«

»Bitte, Michelle, lass uns doch vernünftig …«

»Geh mir aus den Augen!«, schrie Michelle hysterisch. »Sofort!«

Pierre erhob sich langsam.

»Ich fahre heute noch zu meiner Mutter«, fuhr Michelle, jetzt ein wenig gefasster, fort. »Falls sie mich noch nimmt, denn deinetwegen habe ich ja auch sie beinahe verloren. Die Kinder nehme ich mit. Und wenn ich zurückkomme, dann erwarte ich von dir, dass du verschwunden bist.«

»Michelle, das geht doch nicht so einfach. Wir sind verheiratet und ich möchte die Kinder nicht aufgeben.«

Michelle verlor die Kontrolle über sich. Sie kreischte wüste Beschimpfungen, und Pierre floh aus dem Haus.

Ich werde das klären, wenn sie sich etwas beruhigt hat, dachte er. Ich werde meine Kinder nicht aufgeben, ich habe ein Recht darauf, sie zu sehen.

Aber während er die breite Straße hinunterging, die von den eleganten Häusern der Pariser Elite gesäumt war, fühlte er eine große Erleichterung in sich aufsteigen, wie ein Vogel, den man nach vielen Jahren im Käfig endlich freigelassen hatte.

In diesem Moment war er sich sicher, dass er Sophie wiederfinden würde. Er würde nach ihr suchen. Und was die Ehe mit Michelle anging, da würde es sicher eine Lösung geben.

Die Worte, die Michelle ihm nachgerufen hatte, hatte er vergessen oder sie zumindest tief in seinem Unterbewusstsein vergraben.

»Du wirst noch bereuen, was du mir angetan hast, Pierre«, hatte sie geschrien. »Du wirst deines Lebens nicht mehr froh, das schwöre ich dir.«

18. KAPITEL

Überlingen, Bodensee, 5. Februar 1923

Als Johanna die Treppe zur Küche hinunterstieg, sah sie durch das kleine Fenster am Treppenabsatz ihren Großvater und Raphael durch den Garten auf das Haus zukommen.

Seltsam, wunderte sie sich. Es ist doch erst zehn Uhr und der Unterricht müsste in vollem Gange sein! Beunruhigt lief sie die Treppen ganz hinab und öffnete die Tür. Erst jetzt bemerkte sie, dass Raphael völlig verstört war.

»Um Gottes willen, was ist denn geschehen?«, rief sie erschrocken.

Als sie ihren Großvater anblickte, erschrak sie noch mehr, denn das sonst so gütige, ruhige Gesicht war wutverzerrt und die stets humorvollen Augen glühten vor Zorn.

Raphaels Miene hingegen schien regelrecht erstarrt, und an der Rötung seiner Augen konnte sie erkennen, dass er geweint hatte.

»Raphael, was ist denn los?«, fragte Johanna und wollte ihn in die Arme nehmen. Aber der Junge riss sich los und rannte ins Haus.

Johanna sah ihren Großvater irritiert an. »Nun sag doch endlich, was passiert ist!«

»Diese Schweine!«, zischte Friedrich durch die Zähne. »Diese gottverdammten Schweine!«

Johanna zuckte zusammen wie unter einem Peitschenhieb. Schimpfwörter aus seinem Mund waren selten.

»Wer, Großvater? Wer?«

Doch der alte Mann schüttelte nur den Kopf und sah

sie an, als bemerke er sie jetzt erst. Er schien nicht fähig, in Ruhe zu berichten.

Johanna nahm ihn beim Arm. »Großvater«, sagte sie eindringlich. »Willst du mir nicht endlich sagen, was geschehen ist?«

»Sie haben auf Raphaels Schulbank ›Franzosenschwein‹ geschrieben«, berichtete Friedrich mit bebender Stimme. »Alle seine Hefte waren zerrissen oder mit Tinte beschmiert. Als er ins Klassenzimmer kam, haben seine Kameraden ihn angespuckt und getreten, so berichtete jedenfalls der Klassenlehrer. Er hat mich dann gleich geholt.«

»Oh nein«, flüsterte Johanna. »Also doch. Der arme Junge.«

»Ich habe es auch schon befürchtet«, gestand Friedrich. »Aber ich habe mich damit zu beruhigen versucht, dass ich mir sagte, die Leute können nicht so blöd sein, ihre Kinder in diese Angelegenheit mit hineinzuziehen.«

»Aber wusste Raphael denn überhaupt, wie ihm geschah? Ich meine, er denkt doch bis heute noch, dass sein Vater ein deutscher Soldat war, der im Krieg gefallen ist.«

»Nein, er versteht die Welt nicht mehr.«

»Was soll jetzt nur werden?«, flüsterte Johanna hilflos.

»Die Sache ist klar«, erklärte der alte Schuldirektor. »Sophie muss mit dem Jungen die Stadt verlassen.«

»Aber wenn sie nicht will?«

»Sie wird. Verlass dich drauf«, beharrte Direktor Seiler grimmig. »Ich werde nicht zulassen, dass sie sich und meinen Enkel aus purem Trotz in Gefahr bringt.«

Johanna schwieg und dachte an Raphael.

»Und was wird aus dem Jungen?«, fragte sie schließlich. »Ich meine, er muss jetzt die Wahrheit erfahren und diese wird ihn treffen wie ein Schlag.«

»Er ist nicht feindlich gegen die Franzosen eingestellt. Er hat nur ein paar Mal die Sprüche der anderen nachgeplappert.«

»Das nicht, aber nur, weil wir es nicht sind. Von der Außenwelt bekommt er immer wieder eingetrichtert, wie schlecht sie sind.«

»Wahrscheinlich wäre es am besten, wenn du mit ihm reden würdest«, sagte Friedrich nachdenklich. »Raphael vertraut dir und du hast eine bemerkenswerte Fähigkeit, solche Gespräche zu führen.«

»Du meinst, *ich* soll ihm beibringen, dass …«

»Ja.«

»Vielleicht hast du recht«, lenkte Johanna ein. »Sophie ist zu sehr in diese Geschichte verwickelt.« Sie straffte die Schultern. »Ich werde mit ihm reden. Aber nur mit Sophies Segen. Ich werde sie fragen.«

»Tu das«, sagte der alte Schuldirektor. »Aber erst gehe ich zu ihr.«

Johanna starrte ihm nach, wie er das Haus betrat und mit schweren Schritten die Treppe hinaufging. Mit einem Mal stieg Ärger in ihr auf. »Warum muss immer ich die schwierigen Gespräche führen?«, murmelte sie wütend. »Gerade erst habe ich das mit Sophie hinter mich gebracht und jetzt steht schon wieder eines an … Ich weiß nicht, manchmal habe ich das Gefühl, dass ich mich ganz schön ausnutzen lasse.«

19. KAPITEL

Essen, Ruhrgebiet, 5. Februar 1923

Der Offizier Pierre Didier war erst seit zwei Tagen als französischer Besatzer im deutschen Ruhrgebiet, als er schon das Gefühl hatte, es nicht länger ertragen zu können. Weder die verachtungsvollen Blicke, die ihm die deutschen Bürger zuwarfen, wenn sie ihm auf der Straße begegneten, noch die Schilder, die in den Schaufenstern der Läden und Cafés hingen und auf denen stand: ›Franzosen werden hier nicht bedient.‹ Als er das letzte Mal in Deutschland gewesen war, war er als interessierter Berichterstatter, als Journalist, gekommen und als Liebender gegangen. Ein deutsches Mädchen hatte er geliebt, Sophie, seine Sophie. Und nun kam er als Feind, als Mitglied der Besatzungsmacht. Nach dem Krieg hatte er mit der Naivität eines Liebenden gedacht: Jetzt ist alles gut. Jetzt werde ich sie bald wiedersehen, meine geliebte Sophie. Obwohl er soeben erst geheiratet hatte und seine Frau schwanger war, war er optimistisch gewesen. Er hätte wissen müssen, dass es nicht einfach werden würde. Ihm hätte klar sein müssen, dass der Krieg zu viel zerbrochen hatte, als dass es wieder eine Normalität geben könnte. Wird denn niemals wieder Frieden einkehren?, fragte Pierre sich verzweifelt.

Er ertrug die feindselige Ablehnung der Deutschen nicht und er ertrug auch die Anweisungen seiner Regierung nicht, hart gegen die Bevölkerung vorzugehen und auf Demonstranten zu schießen. Erst gestern hatte er Befehl erhalten, eine Gruppe demonstrierender Deutscher auseinanderzutreiben. Mit Gewalt. Mit Artillerie. Er hatte nicht geschossen, er hatte es einfach nicht gekonnt. Aber seine Kameraden hatten gefeuert, und Pierre hatte gesehen, wie ein Schüler, der höchstens elf Jahre alt war, blutend zusammenbrach. Er hatte gedacht: Der Junge war vielleicht drei Jahre alt, als hier alles noch in Ordnung war, als ich noch in Frieden in diesem Land lebte und von der Bevölkerung zuvorkommend und freundlich behandelt worden bin. Zwar waren die Deutschen und die Franzosen auch damals keine Freunde gewesen, aber sie gingen wenigstens einigermaßen zivilisiert miteinander um. Wie hatte sich die Welt doch verändert! Und vor allem – was brachte das alles? Die Deutschen hatten nach der Besetzung des Ruhrgebietes ihre Kohlelieferungen an Frankreich vollständig eingestellt und die französische Regierung somit genau das Gegenteil von dem erreicht, was sie wollte.

Er dachte an die Frau, die er vor neun Jahren das letzte Mal gesehen hatte und die auch zu der Bevölkerung gehörte, die nun unter der Besetzung zu leiden hatte. Und er hoffte, dass sie sich nicht der allgemeinen Stimmung angeschlossen hatte. Dass sie ihn nicht hasste. Er würde seinen Plan, sie zu suchen, in die Tat umsetzen, beschloss er.

Aber durfte er das denn? Würde er sie damit nicht nur unnötig in Gefahr bringen, jetzt, da der Franzosenhass so hohe Wellen schlug? Er hatte von deutschen Frauen gehört, die von der aufgebrachten Bevölkerung beinahe massakriert worden waren, weil man sie mit Franzosen gesehen hatte.

Aber er hatte jahrelang auf diese Chance gewartet.

Ja, er würde sie suchen, seine Sophie.

20. KAPITEL

Überlingen, Bodensee, 5. Februar 1923

Johanna hämmerte an Raphaels Zimmertüre. »Raphael, bitte, mach doch die Tür auf!«

Der Junge antwortete nicht und es war nur lautes und verzweifeltes Schluchzen zu hören.

»Bitte, Raphael, lass uns darüber reden.«

Oh nein, dachte Johanna, als wieder keine Antwort kam, was soll ich nur tun?

»Raphael, ich möchte dir doch helfen!«, rief sie flehend.

Das Bett knarrte, und Johanna hörte, wie Raphael durch das Zimmer zur Tür ging. Der Schlüssel wurde herumgedreht und dann stand der Junge vor ihr.

Es schnitt Johanna ins Herz, als sie sein verzweifeltes kleines Gesicht sah. »Darf ich hereinkommen?«, fragte sie vorsichtig.

Raphael nickte schniefend und trat einen Schritt zurück.

Johanna ging ins Zimmer und ließ sich auf seinem zerwühlten Bett nieder.

»Komm«, sagte sie, »setz dich neben mich.«

Raphael folgte der Aufforderung. Er saß sehr aufrecht, fast steif, und war sichtlich um Fassung bemüht.

»Möchtest du mir davon erzählen?« Johanna achtete darauf, den Jungen nicht anzusehen oder zu berühren.

Raphael schwieg und starrte auf seine Fußspitzen. »Warum haben sie das getan?«, fragte er schließlich so leise, dass Johanna Mühe hatte, ihn zu verstehen. »Ich gehöre doch dazu. Warum sind sie über mich hergefallen? *Sie* sind böse. Kennen sie denn die Franzosen überhaupt, dass sie so über sie schimpfen?«

In Johannas Kopf arbeitete es fieberhaft. Wie sollte sie es Raphael nur beibringen? Sie musste es ihm so sagen, dass er nicht das Gefühl bekam, es sei eine Schmach.

»Menschen, die so etwas tun, sind dumm«, sagte sie schließlich hilflos. »Die Franzosen sind nicht schlecht.«

»Das weiß ich«, sagte Raphael. »Aber in der Schule schimpfen alle auf sie.«

»Im Moment verstehen sich die Franzosen und die Deutschen nun mal nicht so gut«, erklärte Johanna ruhig. »Aber das macht weder sie noch uns zu schlechteren Menschen. Ich streite mich auch manchmal mit jemandem, ohne dass ich dadurch gleich zu einem Bösewicht werde.«

Raphael schwieg nachdenklich. »Stimmt«, sagte er dann. »Gestern habe ich mich auch mit Susanne gezankt. Aber Susanne ist nicht böse. Und ich auch nicht, oder?«

Johanna schüttelte schmunzelnd den Kopf. »Nein, ganz bestimmt nicht.« Doch gleich darauf wurde sie wieder ernst und wartete auf die nächste Frage, die unvermeidlich kommen musste.

Da fragte Raphael auch schon. »Aber ich verstehe trotzdem nicht, warum sie mich ›Franzosenschwein‹ genannt haben. Irgendwie ist das seltsam. Erst die Einbrecher und jetzt das.«

Johanna sah ihn erschrocken an. Ahnte der Junge, dass mehr hinter dem Einbruch steckte?

»Ich meine, ich weiß, dass die Jungs blöd waren, als sie auf die Franzosen schimpften. Aber warum haben sie *mich* beschimpft?«

Johanna schluckte und holte dann tief Luft. »Es gibt da etwas, was du wissen solltest, Raphael«, begann sie vorsichtig.

*

Sophie lag hemmungslos schluchzend in ihrem Bett. Immer wieder murmelte sie zwischen den Schluchzern die Frage, die sie sich in den letzten Tagen so oft gestellt hatte. »Was soll ich nur tun? Oh Gott, was soll ich nur tun?«

»Ich glaube, das weißt du sehr gut selbst, Sophie«, sagte ihr Vater, der auf einem Stuhl neben dem Bett saß, ernst. »Du hast nicht viele Möglichkeiten.«

»Du meinst, ich soll Überlingen mit Raphael verlassen?«

»Ja«, erwiderte Friedrich schlicht. »Du bist für den Jungen verantwortlich.«

»Es ist ihm ja nichts geschehen«, murmelte Sophie in ihr Kissen.

»Wie bitte?«, fragte Friedrich mit unterdrückter Wut in der Stimme. Er sprang auf und ging aufgebracht im Zimmer auf und ab. »Was ist denn nur los mit dir? *Das* nennst du ›nichts geschehen‹? Wann wäre denn in deinen Augen ›etwas geschehen‹? Wenn er zusammengeschlagen im Krankenhaus läge?«

»Bitte, Vater«, schluchzte Sophie. »Du hast ja recht ... Ich weiß auch nicht, was mit mir los ist.«

»Sophie«, sagte Friedrich eindringlich. »Du hast nicht nur die Verantwortung für Raphaels körperliches Wohlergehen, sondern auch für sein seelisches. Selbst wenn sie ihn nicht zusammenschlagen, so sind diese Erlebnisse für ihn schrecklich und werden ihn prägen. In diesen Minuten sagt Johanna ihm, dass sein Vater Franzose ist. Glaubst du denn, es ist einfach für ihn, zu erfahren, dass sie ihn aufgrund dessen so behandeln? Es könnte seine ganze Entwicklung beeinträchtigen.«

»Vater«, flehte Sophie. »Hör bitte auf. Ich weiß ja, ich weiß.«

»Was wirst du also tun?«, fragte Friedrich streng.

»Überlingen verlassen.« Sie sagte ihm nicht, dass sie keineswegs nach Konstanz gehen wollte, wie ihr Vater dachte, sondern ins Ruhrgebiet zu Luise.

Friedrich atmete tief durch. »Gut«, sagte er, ruhiger geworden.

»Ach, Vater, was meinst du, wie wird er es aufnehmen?«, fragte Sophie bang.

»Ich weiß es nicht«, erwiderte der Schuldirektor auf seine bedächtige Art. »Aber du kannst sicher sein, dass Johanna ihr Möglichstes tun wird, um es ihm so zu sagen, dass er es als das auffasst, was es ist: nicht als Schande, sondern als ganz normale Tatsache. Die Zeit, in der wir leben, ist verrückt, nicht die Sache an sich.«

»Aber es ist so viel geschehen!«

»Es bleibt dir nichts anderes übrig, als abzuwarten.«

Sophie nickte. »Ich weiß, aber das ist gar nicht so einfach.«

21. KAPITEL

München, Bayern, 5. Februar 1923

Die Tage vor Lisbeths Hochzeit waren angefüllt mit aufgeregtem Treiben. Und Marlene war mittendrin. Es musste letzte Hand an die Aussteuer gelegt werden – Lisbeths Mutter bestand darauf, jede einzelne Serviette mit den Initialen ihrer Tochter zu versehen. LB. Lisbeth Böttcher. Lisbeth selbst interessierte sich nur für ihr Brautkleid, drehte sich, wenn die Schneiderin kam, wie ein Pfau hin und her und fragte Marlene ein ums andere Mal, ob sie glaube, dass ihr Bräutigam Gefallen an ihr in dem Kleid finden würde, was Marlene jedes Mal mit einem halbherzigen »Aber natürlich, meine Liebe« bestätigte, um dann wieder in ihre Träume zu versinken. Träume von Andreas. Lisbeth in ihrer Aufregung merkte nicht, wie es um die Freundin stand. Sie bemerkte nicht einmal, dass Marlene verzweifelt versuchte herauszufinden, ob er auch zur Hochzeit kommen würde. Mit Fragen, die zu beiläufig gestellt waren, als dass sie wirklich harmlos hätten sein können. Und dann – Lisbeth saß gerade vor ihrem Schminktisch und bürstete ihre goldenen Haare wie jeden Abend mit 100 Strichen, weil ihre Mutter ihr in ihrer Kindheit beigebracht hatte, dass sie dann einen betörenden Glanz entfalteten – sagte sie wie nebenbei den ersehnten Satz: »Ach, übrigens, Andreas wird auch da sein.« Marlene hätte beinahe die Stickerei fallen lassen. Lisbeths Mutter hatte sie ihr aufgedrängt, man werde sonst vor der Hochzeit nicht fertig.

»Ich denke, es ist dir recht, wenn wir ihn neben dich setzen«, überlegte Lisbeth und sah dabei nicht Marlene durch den Spiegel an, sondern sich selbst verzückt in die erwartungsfroh strahlenden Augen. So übersah sie auch, dass Marlenes Blick bei ihren Worten freudig erregt zu leuchten begann. »Er ist zwar schon etwas alt, aber immerhin seid ihr verwandt. Oder, Lenchen, das ist dir doch recht?« Erst jetzt ließ sie die Bürste sinken und wandte sich um, um Marlene anzusehen.

»Ja«, erwiderte die, hastig lächelnd. »Ja, natürlich ist es mir recht.«

Sie sahen sich in der Kirche wieder. Zwar saßen sie nicht nebeneinander, er saß auf der einen Seite der Kirchenbänke und sie auf der anderen, aber immer wieder kreuzten sich ihre Blicke, immer wieder sah Marlene dann als Erste weg, und er, er lächelte wissend. Und zufrieden. Nach der Kirche drängte er sich in der Reihe der Gratulanten neben sie. »Ich höre, du bist meine Tischdame, Marlene«, sagte er und berührte wie zufällig ihre Hand. Ihr Herz raste. »Ich freue mich wirklich sehr«, raunte er. »Wie ich neulich schon sagte: Du bist zu einer richtigen Schönheit herangewachsen.«

Die Worte, die sie hätte antworten mögen, lagen quer in ihrem Hals, sie brachte nur ein Krächzen hervor. So lächelte sie lediglich und nickte und war ungemein dankbar, als Nächste mit dem Gratulieren dran zu sein, sodass er nicht mehr auf eine Antwort warten konnte. Doch während sie ihrer Freundin und deren frischgebackenem Ehegatten gratulierte, war sie mit all ihren Sinnen bei ihm.

22. KAPITEL

Überlingen, Bodensee, 5. Februar 1923

Sie suchten Raphael überall. Im Stall, an seinen Lieblingsplätzen im Garten und natürlich auch im Haus. Er war nicht zu finden.

»Warum habe ich ihn nur alleine gelassen?«, jammerte Johanna. »Ich habe doch gemerkt, dass er völlig verstört war. Ich hätte bei ihm bleiben müssen.«

»Er *wollte* alleine sein«, sagte Sebastian beruhigend. »Und er ist alt genug, dass man diesen Wunsch respektieren muss. Das war schon ganz richtig, Johanna.«

»Aber er ist nicht alt genug, um um diese Zeit draußen herumzulaufen«, sagte Johanna nervös. »Vor allem nicht nach all dem, was geschehen ist. Fällt dir noch ein Ort ein, wo er sein könnte?«

Sebastian dachte angestrengt nach. »Den Schuppen durchsucht Sophie, obwohl sie eigentlich noch im Bett bleiben sollte. Aber ich glaube nicht, dass er dort ist.«

Plötzlich hatte Johanna einen Geistesblitz. »Ich weiß, wo er ist!«, stieß sie hervor und packte Sebastian am Arm.

Sebastian sah sie fragend an. »Wo?«

»Er hat mir neulich eine Stelle am See gezeigt, in Richtung Goldbach. Dort sitzt er gerne.«

»Das wäre eine Möglichkeit!«, rief Sebastian erleichtert. »Lass uns gleich nachsehen.« Er ließ Johanna nicht los, als er durch den dunklen Garten rannte. »Sebastian«, keuchte Johanna, »einer von uns muss bei Susanne und Robert bleiben. Großvater ist doch in der Schule, um mit Raphaels Lehrer zu sprechen.«

»Du hast recht.« Sebastian strich sich das dunkle Haar aus der Stirn. »Aber da ich Raphaels Lieblingsstelle nicht kenne und du unmöglich allein durch die Nacht laufen kannst …«

Aber Johanna hörte ihn schon nicht mehr. Ehe ihr Gatte sie aufhalten konnte, war sie zum Gartentor hinaus.

Sebastian blickte ihr hilflos hinterher und überlegte, ob er ihr nachlaufen sollte. Dann aber hörte er im Haus Susanne weinen und ging hinein.

Johanna ist schon mit ganz anderen Situationen fertig geworden, sagte er sich, sie wird auch diese meistern.

Im Haus traf er auf eine völlig hysterische Sophie, die damit beschäftigt war, die einzelnen Schränke nach ihrem Sohn zu durchsuchen.

»Das hat doch keinen Sinn, Sophie«, erklärte Sebastian. »Du glaubst doch nicht im Ernst, dass Raphael seit Stunden in einem der Schränke hockt.«

»Ich kann einfach nicht untätig herumsitzen«, schluchzte Sophie. »Und die wahrscheinlichen Möglichkeiten habe ich schon alle durch.«

»Johanna ist zum See runter, um ihn an seinem Lieblingsplatz zu suchen.«

Sophie starrte Sebastian an und schlug sich gegen die Stirn. »Der Felsen am See!«, rief sie erleichtert. »Warum bin ich darauf noch nicht gekommen?«

Sie machte sich von Sebastian los und rannte in Richtung Tür.

»Wo willst du hin?«, fragte er, obwohl er es genau wusste.

»Zum See, wohin denn sonst?«

»Sophie, du kannst nicht alleine dort hin. Nicht mitten in der Nacht.«

»Hast du Angst, dass einer der Überlinger mich überfällt?«, fragte Sophie spöttisch und ging eilig in den Garten hinaus. »Außerdem hast du deine Frau doch auch gehen lassen«, rief sie über die Schulter.

»Auf Johanna ist auch kein Anschlag verübt worden«, argumentierte Sebastian. »Denk daran, was neulich geschehen ist.«

»Umso gefährlicher ist es für Raphael, draußen herumzulaufen. Ich muss zu ihm.«

»Du kannst ihn nicht schützen und du hilfst ihm nicht, indem du dich selbst in Gefahr bringst. Wenn dir etwas zustieße, dann müsste er auch noch damit fertig werden.«

»Aber er ist ganz allein da draußen.«

»Er ist nicht allein. Johanna sucht nach ihm und die kann ihn im Moment besser schützen als du.«

»Ich werde trotzdem gehen«, sagte Sophie verzweifelt. »Ich muss.«

Sebastian stellte sich ihr in den Weg. »Ich lasse dich nicht gehen. Du solltest lieber hierbleiben und deine Sachen packen.«

Sophie starrte ihn wütend an. »Immer muss alles nach deinem Kopf gehen.«

»Sophie, was du vorhast, ist unvernünftig.«

»Es ist mir egal.« Sie stieß Sebastian zur Seite. »Ich mache, was ich will.«

Dann öffnete sie das Gartentor und trat auf die dunkle Straße hinaus.

23. KAPITEL

München, Bayern, Februar 1923

Marlene hatte schreckliche Angst. Nachdem sie schon vorhin in seiner Gegenwart kein Wort herausbekommen hatte – wie sollte sie es dann schaffen, ihm eine gute Tischdame zu sein? Plötzlich verfluchte sie Lisbeth für ihre Idee, sie nebeneinander zu platzieren, und überlegte fieberhaft, ob es eine Möglichkeit gäbe, nicht neben ihm zu sitzen. Sie zog sogar in Erwägung, plötzliche Kopfschmerzen vorzutäuschen und sich zurückzuziehen – aber das konnte sie Lisbeth nicht antun, war sie doch eigens für ihre Hochzeit nach München gekommen und hatte die Tage der Vorbereitung in engster Vertrautheit mit ihr verbracht. Außerdem *wollte* sie ihm ja gar nicht ausweichen. Sie *wollte* neben ihm sitzen, seine Nähe spüren. Wenn sie sich nur nicht allzu sehr blamierte. Und so wissend, wie er sie immer anschaute, ahnte er, was in ihr vorging. Das war ihr peinlich. Vielleicht, dachte Marlene, sollte sie kühle Distanziertheit an den Tag legen. So tun, als beeindrucke sie seine Anwesenheit gar nicht. Sie war sich allerdings nicht sicher, ob ihr das gelingen würde.

Es gelang ihr. Und wie es ihr gelang. Nachdem die Suppe aufgetragen worden war und sie den ersten Löffel probiert hatte, beugte sie sich leicht zu ihm hinüber und schwärmte: »Ein himmlischer Genuss, findest du nicht?«

»In der Tat.« Andreas wandte sich ihr zu und sah ihr in die Augen. Dann wanderte sein Blick über ihr Gesicht, zu den zarten blonden Locken, die sich über den Ohren kräuselten, und dann, zu rasch, als dass es anzüglich hätte sein können, über ihr Dekolleté in dem hellblauen Seidenkleid mit dem Spitzenrand. »Ein himmlischer Genuss«, wiederholte er langsam, und Marlene spürte, wie ihr die mühsam errungene Selbstsicherheit bei diesen Worten entglitt. »Wenn ich mir diese Bemerkung erlauben darf, Marlene: Du siehst absolut hinreißend aus. Das Blau deines Kleides greift genau die Farbe deiner Augen auf und macht sie noch ausdrucksvoller. Du bist die schönste Frau, die ich je gesehen habe.«

»Oh«, Marlene errötete und beugte sich rasch über ihren Teller, um noch einen Löffel Suppe zu nehmen. Sie bemerkte, dass er sie immer noch ansah, und betete innerlich, dass sie den Löffel halbwegs elegant zum Mund führen und nicht kleckern würde. Es glückte ihr. Danach sah sie ihn wieder an. »Das ist sehr freundlich von dir.«

»Nein, Marlene.« Seine Stimme klang rau. »Das ist nicht freundlich, sondern sehr ernst gemeint.« Auf einmal wirkte er nervös, als er fragte: »Würdest du mir nachher den ersten Tanz schenken?«

Der Griff, mit dem er sie umschlang, war fest und bestimmt. Minuten zuvor hatte das Brautpaar seinen Eröffnungstanz gegeben, nun drängten die Tanzlustigen auf die Fläche. Nach all dem Hunger und der Entbehrung, die mit der Inflation einhergingen, gierten sie alle nach etwas Lebensfreude und Ablenkung. Es war eng, aber das gefiel Marlene. Sie spürte das Klopfen seines Herzens und es kam ihr so vor, als ob es besonders schnell schlüge. Während des Tanzes sprachen sie die ganze Zeit über kein Wort, sahen sich nur unverwandt in die Augen, wandten den Blick ab, sahen sich wieder an. Ein ewiges, nervenaufreibendes, aufregendes Spiel. Am Ende glühten Marlenes Wangen feuerrot. »Ich bin gleich wieder da«, sagte sie und befreite sich hastig aus seinen Armen. Sie brauchte jetzt unbedingt eine Pause. »Ich will mich nur eben ein wenig frisch machen.« Er nickte und entließ sie aus seiner Umarmung.

Im Vorraum der Toilette angekommen, stützte sich Marlene keuchend auf dem großen Marmortisch ab, in den das Waschbecken eingelassen war, und blickte sich in die fiebrig glänzenden Augen. Wie gerne hätte sie die Hände unter kaltes Wasser gehalten und auf ihr Gesicht gepresst, aber sie fürchtete, dass sie damit ihre kunstvolle Aufmachung zerstören könnte. Spontan entschied sie, noch ein wenig in den Garten zu gehen. In der kalten Winterluft würde sie sicher wieder einen klaren Kopf bekommen. Sie verzichtete aber darauf, an der Garderobe ihren Mantel zu holen, sie wollte kein Aufsehen erregen. Und sie wollte ja auch wirklich nur ein paar Minuten draußen bleiben.

Marlene stieß die Terrassentür auf, die in den Garten führte, und trat hinaus ins Freie. Die kalte Winterluft schoss durch den seidenen Stoff ihres Kleides, es tat gleichermaßen gut und beinahe weh. Vom Himmel kam ein leichter, kaum wahrnehmbarer Nieselregen. Marlene hob das Gesicht und genoss das Gefühl, wie das kalte Wasser ihre immer noch glühende Haut sanft benetzte. Ein paar Schritte ging sie auf den Steinplatten durch den Garten und suchte dann Schutz unter einer Pergola, von der aus sich ein herrlicher Blick auf die Stadt bot.

»Marlene«, hörte sie plötzlich eine männliche Stimme, *seine* Stimme, hinter sich. »Marlene, dir wird doch kalt.«

Sie wirbelte herum und fast direkt in seine Arme. Ganz dicht stand er vor ihr, sie konnte die Wärme seines Körpers durch den dünnen Stoff ihres Kleides spüren. Er zog sein

Jackett aus und legte es ihr um die Schultern. Den Kragen ließ er nicht los, sondern zog sie zu sich heran. »Unvernünftiges Mädchen«, murmelte er, bevor er die Augen schloss und seine Lippen die ihren berührten.

24. KAPITEL

Überlingen, Bodensee, 5. Februar 1923

Johanna fand Raphael tatsächlich auf dem Felsen am See. Schon von Weitem konnte sie die zusammengekauerte Gestalt, die in Richtung Wasser starrte, schemenhaft ausmachen.

»Raphael«, sagte sie leise, als sie bei ihm angelangt war.

Der Junge hob langsam den Kopf. Er hatte Johanna bereits kommen hören.

»Warum bist du weggelaufen?«, fragte sie und kletterte vorsichtig den Felsen hinauf. Ihr deutlich gerundeter Bauch behinderte sie.

»Ich … ich konnte einfach alles nicht mehr ertragen. Ich wollte niemanden sehen«, stieß Raphael hervor.

»Das kann ich gut verstehen. Aber du weißt, dass du dich dessen, was ich dir gesagt habe, nicht zu schämen brauchst.« Johanna ließ sich neben ihm nieder.

Raphael schniefte. »Ich weiß. Und irgendwie finde ich das auch gar nicht so schlimm. Viel schlimmer finde ich, dass Mutter mich all die Jahre über angelogen hat.«

»Es fiel ihr nicht leicht, Raphael, das kannst du mir glauben. Wir haben oft darüber gesprochen.«

Raphael starrte sie an und wischte sich mit dem Handrücken über die Nase. »Alle habt ihr mich angelogen. Alle. Ihr habt es alle die ganze Zeit über gewusst.« Er sprang auf und sah auf Johanna herab.

»Ich habe gedacht, du bist ehrlich zu mir«, sagte er wütend und kletterte vom Felsen herunter.

Johanna hatte Angst, dass Raphael wieder davonrennen könne. »Lass es dir bitte erklären«, bat sie leise.

»Was gibt es denn da noch zu erklären?«, fragte Raphael trotzig. »Ihr habt mich angelogen. Alle.«

»Ich verstehe deine Enttäuschung«, versicherte Johanna. »Aber bitte, gib mir eine Chance.«

Es beeindruckte Raphael, dass Johanna mit ihm wie mit einem Erwachsenen redete. Dass sie ihn um etwas bat und es ihm nicht einfach befahl, wie so viele andere das taten. Er wurde wie ein Erwachsener behandelt. Also würde er sich auch wie einer verhalten, beschloss der Junge. Andererseits wollte er Johanna seine Bereitwilligkeit nicht allzu deutlich zeigen.

»Gut«, erklärte er mürrisch. Er kletterte wieder auf den Felsen, aber nun drehte er Johanna den Rücken zu.

»Deine Mutter wollte es dir irgendwann sagen«, begann Johanna. »Sie wusste nur nicht so recht, wann. Eine Zeit lang hat sie sich überlegt, dich damit aufwachsen zu lassen. Sie hat dir ja auch eine ganze Weile lang Französischunterricht gegeben, erinnerst du dich?«

Raphael nickte ungeduldig. »Und warum hat sie es mir dann nicht gesagt?«

»Es wäre zu gefährlich gewesen. Wir hatten Krieg, und wenn du da plötzlich jemandem erzählt hättest, dass dein

Vater Franzose ist, hätte dir das schlecht bekommen können.«

»Aber nach dem Krieg …«

»Auch nach dem Krieg waren die Leute nicht unbedingt gut auf die Franzosen zu sprechen. Deine Mutter hatte Angst, dass man dir das Leben schwer machen würde, wenn es jemand erführe.«

»Sie hätten es nicht erfahren müssen. Es hätte gereicht, wenn sie es *mir* gesagt hätte.«

»Du hättest es weitererzählt. Du warst ja noch klein. Man kann von einem vierjährigen Kind nicht erwarten, dass es über so eine Neuigkeit schweigt.«

»Und als ich größer wurde?«

»Als du größer wurdest, bekamst du mit, dass die Franzosen … sehr unbeliebt sind. Deine Mutter fürchtete, es würde dich zu sehr belasten.«

»Aber irgendwann musste sie es mir doch sagen. Mein Vater lebt! Das hätte sie doch nicht ewig geheim halten können.«

»Sie hoffte immer, dass sich die Situation entspannen würde. Einmal sprach sie davon, es dir zu sagen, wenn du acht Jahre alt bist. Aber dann kam die Ruhrbesetzung und die Lage verschärfte sich.«

»An meinem achten Geburtstag …«, sagte Raphael nachdenklich, »das wäre im Mai.«

»Ja«, antwortete Johanna. »Aber nun ist das Ruhrgebiet besetzt. Sie hätte es dir wohl auch im Mai nicht gesagt.«

»Und ihr anderen? Warum habt ihr es mir nicht gesagt?«

»Das ist allein ihre Sache.«

Raphael nickte. Plötzlich kam ihm ein Gedanke. »Die ganze Stadt wusste es!«, klagte er. »Nur ich nicht.«

»Das stimmt nicht«, widersprach Johanna. »Wir wissen

wirklich nicht, wie sie es erfahren haben. Nur die Familie wusste davon. Bis vor Kurzem.«

»Ich will hier nicht mehr sein. Nicht, nachdem sie mich so behandelt haben.« Raphaels Stimme zitterte.

»Wir hielten es auch für das Beste, wenn deine Mutter mit dir aus Überlingen fortgehen würde«, sagte Johanna sanft.

Raphael stiegen wieder die Tränen in die Augen. Er wollte von hier weg, doch auf der anderen Seite schmerzte ihn der Gedanke, das Haus seiner Kindheit verlassen zu müssen. Hier waren seine Freunde. Aber … hatte er denn noch Freunde? Er kam sich mutterseelenallein vor.

»Was sagst du dazu?«, drängte Johanna.

Raphael zuckte die Achseln. »Ich weiß nicht. Irgendwie – auch wenn du mir das jetzt alles erklärt hast, bin ich immer noch böse auf Mutter. Auf euch andere nicht. Nur auf sie.«

»Du musst versuchen, sie zu verstehen.«

»Ich will nicht mit ihr zusammen sein«, sagte er heftig.

»Raphael, du musst lernen zu verzeihen. Sie wollte nur das Beste für dich.«

Der Junge schwieg. Plötzlich fiel ihm etwas ein. »Was, wenn mein Vater so einer ist, der auf die Menschen schießt?«, fragte er bang. »Ich finde ja auch, dass es nette Franzosen gibt. Aber es gibt auch sehr böse, die Leute töten.«

»Das sind die Wenigsten«, beruhigte Johanna. »Und dein Vater ist bestimmt nicht so einer.«

»Woher weißt du das?«

»Weil deine Mutter meine beste Freundin ist und wir schon viel zusammen erlebt haben. Ich kenne sie. Sie hätte sich nicht mit einem bösen Menschen eingelassen.«

»Ja, das stimmt.« Doch Raphael war nur für einen Moment beruhigt. Dann sagte er: »Aber sie hat mich ja auch angelogen. Das hätte ich nie gedacht, dass sie das tun würde.«

In diesem Moment hörten sie Sophies laute rufende Stimme: »Raphael, Johanna? Wo seid ihr?«

Raphael zuckte zusammen. »Ich will sie nicht sehen«, zischte er.

»Raphael!«

Der Junge machte Anstalten, den Felsen hinunterzuklettern. Johanna hielt ihn fest. »Sei vernünftig.«

»Immer soll ich vernünftig sein«, schimpfte Raphael, plötzlich bockig.

Wenn Sophie doch nur verschwinden würde, dachte Johanna wütend. Wenn er jetzt davonläuft, ist das ihre Schuld. Aber Sophie hatte sie inzwischen erspäht und kam immer näher.

»Raphael, bitte, tu es für mich«, flehte Johanna.

Raphael, der inzwischen den Felsen schon fast ganz heruntergeklettert war, hielt inne und drehte sich um.

»Bitte«, wiederholte Johanna eindringlich.

Der Junge sah zu ihr auf. Er wollte ihr diese Bitte nicht abschlagen. Er konnte es nicht.

»Also gut.« Entschlossen kletterte er den Felsen wieder herauf.

Sie saßen dicht nebeneinander und sahen Sophie entgegen. Schließlich stand sie schwer atmend neben ihnen auf dem Felsen.

»Raphael«, sagte sie leise und streckte die Hand nach ihrem Sohn aus.

Doch er wandte sich heftig ab. »Komm, Johanna, wir gehen nach Hause.«

Sophie stand mit hängenden Armen da und die Tränen traten ihr in die Augen. Noch nie hatte er sie so zurückgewiesen.

Johanna drückte ihr aufmunternd die Hand, als sie an ihr vorbeiging. »Das wird schon wieder«, flüsterte sie. »Er muss erst mal damit fertig werden. Und jetzt komm, dass er uns nicht wieder davonläuft.«

Johanna und Sophie folgten Raphael durch die finstere Nacht nach Hause.

25. KAPITEL

Überlingen, Bodensee, 28. Februar 1923

»Du bist wahnsinnig, Sophie. Du bist schlicht und einfach komplett wahnsinnig.« Johanna sah ihre Freundin und Tante wütend an.

Sophie erwiderte ihren Blick kühl. »Dann bist du dir da ja ziemlich einig mit den Menschen, die den Stein auf mich geworfen haben.«

»So habe ich das doch nicht gemeint!«, rief Johanna erschrocken.

»Wie denn dann?« Sophie war tief verletzt wegen des Anschlags, und in dieser Verletztheit schlug und trat sie um sich und tat mit Absicht so, als verstehe sie Johanna nicht. Als wolle sie eine Sperre zwischen sich und ihr errichten und sich damit noch mehr isolieren.

»Du kannst doch nicht in ein Gebiet gehen, in dem der Franzosenhass kocht wie nirgendwo anders! Du bringst euch in Gefahr. Außerdem hat Luise doch geschrieben, was sie mit Siegfried gemacht haben. Auf ihn eingetreten und ihn ins Gefängnis geworfen!«

»Und weil ein paar Menschen meinen Bruder treten, sind nun alle Franzosen schlecht. Auch Pierre.«

Sophie brach in Tränen aus.

»Ach, Sophie«, Johanna zog sie in ihre Arme. »Natürlich nicht. Du weißt, dass ich nicht so denke. Aber ich habe Angst um dich. Wenn man dir schon in Überlingen einen Stein an den Kopf wirft, wie soll es dann erst im besetzten Gebiet werden, wenn die Menschen dort erfahren, dass du einmal mit einem Franzosen zusammen warst. Und dass Raphaels Vater Franzose ist.«

»Dort lebt ja keiner, der mich verrät«, zischte Sophie und befreite sich aus Johannas Umarmung. »Ich bin sicher, dass es deine Mutter war. Sie kann mir seither nicht mehr in die Augen schauen. Und es ist schon komisch: Einen Tag, nachdem sie, bis obenhin angefüllt mit Franzosenhass, hier ankommt und lange mit der Tratschtante Elsa Kleinschmitt unterwegs ist, fliegt mir ein Stein an den Kopf!«

Johanna schwieg. Sie glaubte auch, dass es ihre Mutter gewesen war, die den Verrat an Sophie begangen hatte.

»Wie auch immer«, brach Sophie schließlich das Schweigen. »Du wirst mir doch sicher zustimmen, dass es hier im Moment fast gefährlicher ist als in Essen, wo mich keiner kennt. Und wenn Helene mich wirklich verraten hat, dann macht es keinen Sinn, zu ihr nach Konstanz zu ziehen. Denn dann wird sie mich auch dort verraten.«

»Da hast du nicht unrecht«, murmelte Johanna. »Aber ins Ruhrgebiet gehen, ich weiß nicht … Ich habe ein ungutes Gefühl. Es ist das gleiche Gefühl der Bedrohung, das ich hatte, kurz bevor Luise und ich nach Russland entführt wurden.«

»Ach was«, lachte Sophie. »Uns wird schon nichts passieren.«

Doch sie sollte sich irren.

26. KAPITEL

Essen, Ruhrgebiet, 9. März 1923

Sophie kämpfte sich mit Raphael durch die dichte Menschenmenge im Bahnhof. Sie hielt ihren Sohn fest an der Hand, um ihn nicht zu verlieren. Mit der Rechten trug sie den schweren Koffer, in dem sich die notwendigsten Dinge befanden. Auch Raphael hatte einen Koffer bei sich. Vor einer halben Stunde waren sie am Bahnhof angekommen, und seitdem hatte Sophie das Gefühl, die Stadt würde sie verschlingen. Zum ersten Mal fragte sie sich bang, ob Johanna vielleicht doch recht gehabt hatte mit ihrer Warnung. Ob sie auf die Freundin hätte hören sollen. Andererseits war bisher ja alles gut gegangen. Johanna hatte ihr auch von der Zugfahrt abgeraten, gerade im Zugverkehr, hatte sie zu bedenken gegeben, kontrollierten die Franzosen viel. Sie beschlagnahmten Lokomotiven und durchforsteten die Waggons nach Kohle, denn sie hatten den Deutschen verboten, Kohlen ins unbesetzte Deutschland zu liefern, und wollten nun dafür sorgen, dass ihr Verbot auch eingehalten wurde. Und genau deshalb, hatte Sophie argumentiert, durchsuchten sie doch wohl Züge, die das

Ruhrgebiet verließen, aber sicherlich kaum welche, die hineinfuhren. Außerdem fahndeten sie nach Eisenbahnern, die ihnen den Gehorsam verweigerten – erwischten sie einen, wurde er eingesperrt und vielleicht sogar erschossen. »Und ich sehe ja nun wirklich nicht aus wie ein Eisenbahner.« Mit diesem Satz hatte Sophie der besorgten Johanna sogar ein Lächeln abgerungen.

Sophie umklammerte Raphaels Hand fester, als der Menschenauflauf sich verdichtete. Sie wurde unruhig.

Was ist denn hier los?, fragte sie sich. Ich muss sehen, dass wir schnell hier wegkommen, womöglich ist das eine Demonstration; um das zu erleben, ist Raphael wirklich noch zu klein.

Plötzlich fingen die Menschen an, wild durcheinanderzurufen. Sie hoben die Fäuste und sangen: »Deutschland, Deutschland über alles …«

Sophies Herz raste. Sie sah sich gehetzt um und versuchte, den Grund für die plötzliche Aggression festzustellen. Auf den ersten Blick konnte sie nichts entdecken, dann aber sah sie einen Zug in den Bahnhof einfahren, aus dem wenig später zufrieden aussehende, aber rußgeschwärzte französische Offiziere quollen. Es war ihnen also wieder einmal gelungen, einen Kohletransport aufzuhalten. Die Menschen im Bahnhof protestierten dagegen und vor allem gegen die Verhaftung des Eisenbahnführers und der Mannschaft.

Plötzlich ertönten Schüsse, Menschen brüllten und kreischten, Panik brach aus. Sophie schrie, als sie von hinten angerempelt wurde und zu Boden stürzte. Dabei verlor sie Raphaels Hand und wurde von ihm getrennt, im Nu war er in der tosenden Menschenmenge verschwunden.

»Nein!«, brüllte sie und versuchte, sich aufzurichten.

Doch ihre Hektik war zu groß und der Sturm der wild durcheinanderrennenden Menschen zu stark. Wieder und wieder stürzte sie zu Boden, Schuhe traten auf ihre Hände. Tränen liefen über ihre Wangen, sie brüllte ein ums andere Mal verzweifelt: »Raphael! Wo bist du?«

Neue Gewehrsalven krachten, die Menschen versuchten sich zu retten. Sophie begann zu schreien und hörte nicht mehr auf.

27. KAPITEL

Essen, Ruhrgebiet, 9. März 1923

Die Besprechungen fanden im Hotel statt – oder besser: im Keller desselben. Es gab eine Hintertür, zu der die Akteure hinein- und hinaushuschten. Es war fast dunkel im Raum, Siegfried erkannte die Männer zunächst kaum, aber bei näherem Hinsehen und nachdem sich seine Augen an die Dunkelheit gewöhnt hatten, entdeckte er viele Gesichter, die ihm bekannt vorkamen. Gesichter von Kollegen. Ein Oberingenieur war darunter, Siegfried war sich fast sicher, dass er Haller hieß. Die Aufgabe war klar: das Militär beobachten und Landsleute ausfindig machen, die gemeinsame Sache mit den Franzosen machten. Landesverräter eben, dachte Siegfried verächtlich.

Umso wichtiger war, dass es Männer wie ihn gab. Männer, die sich ihrer Verantwortung stellten. Die sie ernst nahmen. Schließlich spitzte sich die Lage immer mehr zu: Am 27. Februar hatte dieser unsägliche General Pierre Marie Degoutte, Oberbefehlshaber der Besatzungstruppen im Ruhrgebiet und ein furchtbar arroganter Kerl, wie Siegfried fand, die Auflösung der hauptsächlich in Essen konzentrierten preußischen Schutzpolizei und die Ausweisung der Schutzpolizisten in das unbesetzte Deutsche Reich verfügt. Nur weil sie sich logischerweise geweigert hatten, die Besatzungsmächte so zu grüßen, wie die Franzosen es wollten, und sich ihnen damit unterzuordnen. Vor ihnen auf die Knie zu gehen! Allein beim Gedanken daran kochte die Wut in Siegfried hoch. Wer ihnen nicht passte, wurde einfach ins Gefängnis gesteckt. So wie er damals. Wobei er, auch wenn er das freilich niemals eingestanden hätte, ziemlich stolz darauf war, dass er zu den Tapferen gehörte, die man inhaftiert hatte. So wie auch der Oberbürgermeister von Oberhausen, Rudolf Havenstein, weil die Stadtwerke dem Bahnhof den Strom absperrten, um den Kohleabtransport nach Frankreich und Belgien zu verhindern.

Wenigstens stand die Reichsregierung wie eine Eins hinter den Männern, die Mut zeigten. Die Regierung, dachte Siegfried, forderte nicht nur Mut von ihren Bürgern, sondern sie belohnte ihn auch. Zum Beispiel zahlte sie Beamten, die von den Besatzern ausgewiesen wurden, ihr Gehalt weiter. Das war ungemein beruhigend.

»Sie übernehmen abends nach Ihrer Schicht für zwei Stunden die Beobachtung der Niederlassung«, verfügte Hoteldirektor Meinchen, der Wortführer und anscheinend der Kopf des Ganzen war, an Siegfried gewandt. Noch durchschaute Siegfried weder die Strukturen noch wie viele Männer an der Sache beteiligt waren oder was im Einzelnen ihre Aufgaben und ihre Pläne waren. Er traute sich auch nicht zu fragen. Ihm war klar, dass das unangemessen gewesen wäre. Er musste schlicht und einfach genau aufpassen und sich die Vorgänge damit selbst zusammenreimen. Jetzt sprachen sie darüber, dass die Kohlen, die die Männer beschlagnahmt hatten, auf keinen Fall nach Frankreich gelangen durften.

»Wir sprengen die Bahnlinien hier«, sagte Meinchen und deutete mit dem Stift auf einen Plan, auf dem ein großes Schienennetz zu sehen war, »und hier.« Siegfried begriff anhand der Kommentare, dass unter den Männern sowohl Eisenbahner waren als auch ein Sprengexperte. Fachleute also. Er entspannte sich etwas, denn seit ihm die Funktion des Spitzels zugedacht worden war, war sein altes Problem wieder aufgeflammt und er hatte sich wie ein Nichtsnutz gefühlt. Klar, dass sie ihn mit der Beobachtung der Zentrale der französischen Besatzungsmacht betrauten. Zumindest am Wochenende und nach Dienstschluss in den Krupp-Werken. Da musste man ja nur im Café gegenüber sitzen und den Eingang nicht aus den Augen lassen. Das konnte selbst ein Krüppel wie er.

Nun, da er erfuhr, dass Meinchen selbst auch nicht an der Sprengung der Schienen beteiligt sein würde, beruhigte er sich. Es waren wirklich nur Spezialisten am Werk. Immer wieder wurde der Name von einem geflüstert, der Schlageter hieß. Albert Leo Schlageter. Wenn Siegfried es richtig verstand, war er der Kopf des organisierten Widerstands.

»Und vergesst nicht, Männer«, sagte Meinchen noch, »wir haben Rückendeckung von ganz oben. Die Sache ist groß angelegt, im ganzen Ruhrgebiet gibt es Widerstandsgruppen. Männer, wir sind nicht alleine.«

28. KAPITEL

Essen, Ruhrgebiet, 9. März 1923

Raphael sah sich panisch um. Wo war seine Mutter? Was wollten all diese Menschen? Sie schienen ihm wie eine einzige Fratze, die ihn bedrohte, erdrückte, zertrampelte und überrollte. Er hatte nur noch einen Gedanken: raus aus dem Gewühl. Hastig blickte er sich nach einem möglichen Fluchtweg um.

Dort hinten war die Bahnhofsuhr und dort waren auch die Gleise. Das wusste er, weil er auf diese Uhr gesehen und versucht hatte, sie zu lesen, als sie vor Kurzem mit dem Zug angekommen waren. Auf den Gleisen würden bestimmt keine Menschen stehen, also musste er da hin. Er musste sich retten. Vielleicht würde dort ja auch seine Mutter auf ihn warten.

Fest umklammerte er seinen Koffer, das Einzige, was ihm noch Halt geben konnte. Mit all seiner Kraft kämpfte sich der kleine Junge an den Rand der Menschenmenge. Nach Minuten, die ihm endlos erschienen, hatte er endlich die Bahnhofsuhr erreicht. Zu seiner Erleichterung bemerkte er, dass sich hier tatsächlich weniger Menschen befanden. Sie rannten sogar alle in die andere Richtung, die Richtung, aus der er kam!

Jetzt waren kaum noch Leute vor ihm, nur noch fremd aussehende Männer in Uniformen. Sie hatten Maschinengewehre in der Hand und – Raphaels Augen weiteten sich entsetzt – sie schossen auf die davonrennenden Menschen! Ein Mann neben ihm, ein Deutscher, blieb stehen und sah den Bewaffneten trotzig in die Augen. »Ich renne nicht vor euch davon!«, rief er laut. »Ich nicht!«

Ein Offizier hob sein Gewehr und zielte genau auf den Mann.

»Nein!«, schrie Raphael, aber sein Schrei ging im Krachen des Schusses unter.

Der Offizier stand mit bleichem Gesicht inmitten seiner feuernden Kollegen. Er war unfähig, sein Gewehr zu heben, unfähig zu schießen.

Ich muss wenigstens so tun als ob, dachte er, sonst melden mich die Kameraden noch wegen Landesverrats. Er hob sein Gewehr und zielte auf die panisch Flüchtenden. Den Finger hatte er am Abzug. Aber er schoss nicht und hoffte, dass niemand es bemerken würde.

Mit einem Mal fiel ihm ein kleiner Junge auf, der verloren inmitten der Menge stand und ängstlich auf die Uniformierten starrte. Es durchfuhr ihn wie ein Blitz. Er kannte dieses Kind. Er kannte es gut, … aber woher? »Nein!«, schrie der Junge gerade, und der Offizier warf sein Gewehr von sich und stürzte nach vorne, mitten in den Rauch hinein.

Raphael spürte, wie sich zwei kräftige Arme um ihn schlangen und ihn emporhoben. Ängstlich schloss er die Augen. Er war gefangen. Sie würden ihn töten. Er würde Mutter nie wiedersehen!

Als nichts geschah, öffnete er die Augen ganz vorsichtig wieder. Vielleicht hatte ihn ja ein Freund hochgehoben. Einer, der ihn retten wollte!

»Hab keine Angst«, flüsterte der Mann. Er sprach deutsch und hatte einen starken französischen Akzent. »Ich tue dir nichts, ich will dir nur helfen.«

Raphael musterte ihn zaghaft. Er war so angezogen wie einer dieser Männer, die geschossen hatten, aber er war nicht wie sie, das spürte er. Seine Stimme klang weich und irgendwie vertraut. Raphael blickte in zwei Augen, die ihn freundlich anzulächeln schienen, und er entspannte sich etwas.

Der Offizier dachte flüchtig: Der Junge erinnert mich an mich selbst, als ich klein war. Vielleicht dachte ich deshalb, dass ich ihn kenne.

Aber dann hatte er nur noch eines im Sinn: Ihn in Sicherheit zu bringen. Wenn seine Kameraden ihn dabei erwischen würden, würde es ihm schlecht ergehen. Er war ohnehin schon einige Male unangenehm aufgefallen.

Rasch verbarg er sich mit dem Kind hinter einem der Eisenbahnwaggons. »Du musst ganz still sein, hörst du«, flüsterte er, »bis alle weg sind.«

Raphael nickte und schmiegte sich vertrauensvoll enger an den Mann.

Nach einer Weile hörten sie Stimmen. »Jetzt kommen Männer auf unsere Seite«, raunte der Offizier. »Wir müssen uns verstecken.« Er zog Raphael mit sich in den Zwischenraum zweier Waggons. Der Junge wagte kaum zu atmen.

Wenig später gingen zwei finster aussehende Uniformierte mit Gewehren an ihnen vorbei. Raphael verbarg sein Gesicht ängstlich in der Uniform seines Retters. Der raue Stoff kratzte an seiner Wange und vermittelte ihm ein angenehmes Gefühl der Sicherheit.

»Sie sind weg«, flüsterte der Mann nach einer Weile. »Du brauchst dich nicht mehr zu fürchten.«

Raphael richtete sich vorsichtig auf.

»Wie heißt du?«, fragte der Franzose, und sein Gesicht war ganz nah an Raphaels, als er ihm in die Augen sah.

»Raphael.«
»Ein schöner Name.«
»Und wie heißen Sie?«
»Ich bin Pierre. Pierre Didier.«

29. KAPITEL

Russland, Petrograd, 9. März 1923

Zur selben Stunde, da Sophie am Essener Bahnhof verzweifelt den Namen ihres Sohnes brüllte, erlitt der sowjetische Regierungschef Wladimir I. Lenin seinen dritten Schlaganfall und war fortan nicht mehr in der Lage zu sprechen oder sich zu bewegen.

Die Nachricht stürzte Irina in eine noch tiefere Krise. Es war merkwürdig, aber trotz aller Wut und allem Hass, den sie zuletzt auf ihren einst so bewunderten Lenin gespürt hatte, hatte sie nun Mitleid mit ihm. Sie trauerte um ihr einst so starkes Idol, und mit der Trauer um ihn ging die Trauer um all das einher, woran sie geglaubt und was sie verloren hatte. Hart, fand Irina, war ihr Leben schon immer gewesen. Erst der Weltkrieg, dann der Bürgerkrieg, die Jahre des Hungerns und der Entbehrung, dann der Tod ihrer Eltern. Aber früher hatte sie die Härte des Lebens als Herausforderung gesehen. Als Aufforderung, es zu besiegen. Sie hatte sich stark gefühlt, stärker als das Leben, und die Härte hatte sie nur umso mehr an die Genossen geschmiedet. Und nun? Sie hatte das Gefühl, dass sie ihre Jugend an eine Lüge hingegeben hatte, die nun langsam, Bläschen für Bläschen, zerplatzte.

Dass es mit Lenin bergab ging, hatte sie schon lange gewusst. Schon nach dem zweiten Schlaganfall hatte er nur noch telefonieren und diktieren können – und selbst das nicht mehr viel. Das hatte Irina mehr oder weniger emotionslos beobachtet. Ebenso ungerührt hatte sie dabei zugesehen, wie Stalin an die Macht drängte. Sie hatte gehört, dass Lenin von Stalin nichts hielt. Und in der Tat hatte Lenin im Januar einen Brief verfasst, in dem er versuchte, den Lauf der Politik aufzuhalten: »Stalin ist zu grob, und dieser Fehler, der in unserer Mitte und im Verkehr zwischen uns Kommunisten erträglich ist, kann in der Funktion des Generalsekretärs nicht geduldet werden. Deshalb schlage ich den Genossen vor, sich zu überlegen, wie man Stalin ablösen kann.« Nach Lenins drittem Schlaganfall schickte Stalin eine ganze Schar von Ärzten nach Gorki, wo Lenin sein Dasein fristete. Im Kampf gegen den todkranken Mann hatte Stalin leichtes Spiel – und er kämpfte noch an anderer Front: Zwar hatte er nach Lenins ›politischem Testament‹ seinen Rücktritt angeboten, das jedoch wurde von den Genossen abgelehnt. Nun versuchte Stalin, Trotzki auszuschalten und an die Macht zu kommen. Trotzki hatte die Rote Armee aufgebaut und war im Krieg gnadenlos und entschieden vorgegangen. Er hatte die Bolschewiki zum militärischen Sieg geführt. Als Ende 1922 die Sowjetunion gegründet wurde, übte Trotzki Kritik am russischen Nationalismus und der totalitären Politik der Bolschewiki.

Nein, Russland, dieses Russland, war schon lange nicht mehr ihr Land, dachte Irina. Es hatte ihr die Eltern geraubt, ihr Glück, ihren Verlobten und ihre Jugend. Glück, echtes Glück hatte sie erst zwei Mal in ihrem Erwachsenenleben empfunden. Mit Vladimir, dem Mann, den sie heiraten wollte und der an der Front gefallen war. Und danach mit Karl, ihrem deutschen Karl mit seinem geraden Wesen, seiner Ruhe und seiner Kraft. Karl, der ihrem Chaos stets etwas entgegenzusetzen vermochte. Karl. Als sie ihn verlassen hatte, war seine Welt zerbrochen, das wusste sie. Aber sie hatte nicht bleiben können in diesem fremden Land, in dem sie ein Feind war. Und sie dachte, dass man sie in Russland, wo der Bürgerkrieg tobte, noch brauchen würde. Also war sie gegangen und hatte ihn verlassen.

Wie recht hatte Karl gehabt, als er sie anflehte, bei ihm zu bleiben, und ihr sagte, es sei nicht wichtig für Russland, ob sie nun mitkämpfe oder nicht. Für ihn aber sei es wichtig, dass sie bei ihm bliebe, ungemein wichtig. Wie recht er gehabt hatte und wie hart sie ihn deswegen angegangen war. Ohne sich noch einmal umzudrehen, war sie gegangen und hatte ihn einsam und allein zurückgelassen.

»Verzeih mir, Karl«, flüsterte sie. »Ich will versuchen, dich wiederzufinden, und ich werde zu dir zurückkehren, wenn du mich noch willst.«

Wenn Irina sich für etwas begeisterte, sich etwas hingab, dann tat sie das aus vollster Seele und mit ganzem Herzen. Es gab für sie dann nur das Eine und alles andere verblasste daneben.

Damals war es Russland gewesen und die Revolution.

Jetzt war es Karl.

Sie würde wieder Kontakt mit Deutschland aufnehmen, an Johanna schreiben und an Luise. Und dann würde sie Karl besuchen.

Karl! So lange hatte sie nichts von ihm gehört.

Mit einem Mal bekam sie ein schlechtes Gewissen, dass sie sich all die Jahre nicht gemeldet und niemandem ihre Anschrift mitgeteilt hatte, auch nicht Johanna oder Luise.

Vielleicht hatten sie versucht, sie zu finden! Vielleicht …

Aber sie hatte sich ja mit Absicht nicht gemeldet, sie hatte keinen Kontakt gewollt, denn sie wusste, dass die Sehnsucht nach Karl sie dann übermannt hätte.

Jetzt aber war die Zeit gekommen. Sie würde zu Karl zurückkehren!

30. KAPITEL

Essen, Ruhrgebiet, 9. März 1923

Einsam und verloren stand Sophie noch immer im Bahnhof, als alle anderen Menschen schon längst wieder gegangen waren. Nur die, die verwundet waren, lagen hilflos auf dem Boden und stöhnten. Sophies Kopf fühlte sich ganz leer an. In ihren Ohren dröhnte es, ihr Blick flackerte. Unendlich lang war sie panisch durch den Bahnhof gerannt, ihren Sohn beim Namen rufend. Dann war ihr Blick über die Verwundeten gezuckt, in unendlicher Angst, ihn unter ihnen zu entdecken. Doch sie fand ihn nicht. Ihre Erleichterung darüber wich rasch der Angst und der Panik. Wo war er nur, ihr kleiner Junge? Sie wurde fast wahnsinnig bei der Vorstellung, dass er jetzt da draußen ganz alleine war, in einer fremden Stadt, die kopfstand. Wie sollte sie ihn je wiederfinden? Er würde sich doch niemals orientieren können! Und was, wenn er einem der Bewaffneten in die Hände fiele? Sie waren ganz anders als Pierre! Gar nicht vertrauenerweckend, sondern furchtbar beängstigend.

»Raphael!«, schrie sie zum tausendsten Mal verzweifelt in die gespenstische Stille, die nur vom Stöhnen der Verwundeten unterbrochen wurde. Es rührte sich nichts.

Wieder begann sie, den ganzen Bahnhof abzusuchen. Er musste einfach hier sein, überlegte sie. Er würde den Bahnhof niemals ohne sie verlassen.

Plötzlich durchfuhr es sie wie ein Blitz. Der Koffer!

Raphael hatte seinen Koffer bei sich und auf dem stand die Adresse von Luise. Vielleicht hatte sich jemand seiner angenommen und er war bereits wohlbehalten bei ihr!

Neue Hoffnung flackerte in ihr auf. Natürlich, so würde es sein. Sie rannte nach draußen. Vor dem Bahnhof blieb sie kurz stehen, um sich zu orientieren, dann fragte sie eine Frau nach dem Weg. Das Haus sei ganz leicht zu finden, sagte diese. Einfach nur die Straße hinunter. Sophie rannte, so schnell sie konnte, durch die Stadt, in der es von französischen Besatzern nur so wimmelte. Keiner hielt sie auf.

*

Pierre wusste jetzt, warum er den Jungen gerettet hatte. Warum es ausgerechnet dieses Kind gewesen war, das er aus den Gewehrsalven gerissen hatte. Es war nicht nur, weil es ihn an ihn selbst erinnerte. Das Kind sah aus wie Sophie! Aber ihm war klar, dass das Hirngespinste waren, und er bemühte sich, die Gedanken zu vertreiben.

Meine Sehnsucht nach ihr wird langsam so übergroß, dass ich sie ständig zu sehen glaube, dachte er ärgerlich. Erst gestern war er einer deutschen Frau nachgeeilt, die er für Sophie gehalten hatte. Als er sie angesprochen hatte, hatte sie ihn kalt gemustert und vor ihm auf den Boden gespuckt. Ich muss aufpassen, ermahnte er sich, sonst werde ich noch verrückt.

»Wo wohnst du?«, fragte er den Jungen.

»Ich wohne jetzt bei meiner Tante«, antwortete Raphael tapfer und umklammerte seinen Koffer.

»Wo wohnt denn deine Tante?«

»Ich weiß es nicht«, sagte Raphael verzweifelt.

»Warst du denn ganz alleine?«

»Nein, Mutter war bei mir.«

»Hast du deine Mutter in der Menschenmenge verloren?«, fragte er, um Sachlichkeit bemüht.

»Ja.«

Pierre dachte fieberhaft nach. Irgendwie musste er den Jungen heil bei der Tante abliefern. Dort würde sicher auch seine Mutter auf ihn warten. Es sei denn, sie war noch in der Bahnhofshalle und suchte nach ihrem Jungen. Er würde nachsehen müssen. »Komm.« Im Schutz der Waggons ging er in Richtung der Halle und zog Raphael hinter sich her. Am Ende des Zuges spähte er vorsichtig um die Ecke und zuckte zurück. In der Halle lagen Verwundete, das durfte der Junge auf keinen Fall sehen. Er hatte schon zu viel Schreckliches miterleben müssen in den letzten Stunden. Hastig blickte er sich um. Eine Frau, die suchend umherging, sah er nicht. Vermutlich würde Raphaels Mutter tatsächlich zu ihren Verwandten gegangen sein, in der Hoffnung, dass jemand ihren Sohn dort heil ablieferte. Dieser Jemand würde er sein. Aber wie? Erstens wusste er nicht, wo sie wohnten, und zweitens wimmelte es in der Stadt nur so von Leuten, denen es gar nicht gefallen würde, einen französischen Offizier und ein deutsches Kind zusammen zu sehen. Die französischen Offiziere hätten ihn womöglich beschuldigt, mit dem Feind gemeinsame Sache zu machen. Und die Deutschen würden ihn zusammenschlagen, weil sie dächten, er wolle dem Jungen etwas tun.

Plötzlich fiel sein Blick auf Raphaels Koffer. »Darf ich mal reinschauen?«, fragte er.

Raphael nickte.

»Ich will nur nachsehen, ob etwas in deinem Koffer mir verrät, wo deine Verwandten wohnen«, erklärte Pierre. Behutsam öffnete er das Gepäckstück. Die Kleider des Kleinen waren ordentlich zusammengelegt, die Mutter hatte offensichtlich liebevoll gepackt. Außer den Kleidungsstücken befanden sich noch ein etwas zerdrückter Stoffbär und ein zerfleddertes Buch in dem Koffer. Nichts, was Aufschluss über die Adresse der Tante geben könnte. Entmutigt schloss er das Gepäckstück wieder.

Erst da entdeckte er den an der Außenseite angebrachten Zettel mit der säuberlich geschriebenen Adresse. Es stand kein Name darauf, nur Straße und Etage. Und es war gar nicht weit von hier. Pierre seufzte erleichtert. Der erste Schritt war getan.

31. KAPITEL

Konstanz, Bodensee, 9. März 1923

Während Susanne aufgeregt auf Franziska einredete, die Tante, die nur ein paar Jahre älter war als sie und ihr großes Vorbild, konnte Johanna den Blick nicht von ihrer Mutter wenden. Sie waren nach Konstanz gefahren, um die Eltern zu besuchen, doch Johanna fühlte sich in ihrem Elternhaus nicht mehr heimisch, obwohl es ihr bis zum Ausbruch des Krieges, als die Familie nach Überlingen übergesiedelt war, ein Zuhause gewesen war. Der Gedanke ließ sie nicht los, es könnte Helene gewesen sein, die Sophie verraten hatte.

Helene bemerkte die forschenden Blicke ihrer Tochter. »Was siehst du mich so an?«, fragte sie nervös und setzte die Tasse ab, die sie gerade zum Mund führen wollte.

Johanna wandte sich ab und starrte auf das altvertraute Blümchenmuster mit dem Goldrand. Das gute Geschirr. Während des Krieges hatte Mutter es in einer Kiste im Garten vergraben lassen. »Ach, nichts.«

Aber Helene ließ nicht locker. »Nun sag es mir doch«, drängte sie.

Johanna drehte die Tasse auf dem Unterteller um sich selbst. Sie wusste, dass sie ihren Verdacht aussprechen musste, weil sie sonst daran ersticken würde. Aber wenn es nun doch nicht ihre Mutter gewesen war, dann würde sie sie mit ihrem Verdacht tief verletzen. Sie musste es geschickt anfangen.

Sie warf einen Blick auf Susanne und Franziska, doch die waren völlig damit beschäftigt, Franziskas Puppe mit den blonden Zöpfen, die früher einmal Johanna gehört hatte und Josephine hieß, an- und wieder auszuziehen. Sie würden nichts mitbekommen.

»Ich wollte dich etwas fragen, Mutter ...«, sagte Johanna schließlich.

»Ja?«, Helene sah sie unsicher an. Johanna fragte sie sonst nie etwas. Sie bestimmte immer nur. »Was ist?«

»Es geht um Sophie und darum, wer ihr Geheimnis verraten hat.«

Helenes Blick wurde unstet, ihre Augen wanderten über die fein gedeckte Tafel. »Ich habe nichts damit zu tun«, sagte sie hastig.

Johanna stöhnte innerlich auf. Die Reaktion war eindeutig. Also doch, dachte sie. In ihrem Innern starb der letzte Rest Achtung, den sie ihrer Mutter entgegenbrachte.

Doch sie sagte nur: »Das unterstelle ich dir ja auch gar nicht. Ich wollte nur wissen, ob du eine Idee hast, wer …?«

Helene entspannte sich sichtlich. »Ich weiß es nicht«, erwiderte sie. »Aber ich könnte mir denken, dass einige Frauen aus der Stadt … Elsa Kleinschmitt zum Beispiel, sie tratscht so gern und steckt ihre Nase oft in anderer Leute Dinge.«

Johanna blickte sie verächtlich an. Es war so offensichtlich, was für ein Spiel Helene trieb. »Woher sollte Elsa denn etwas von der Sache mitbekommen haben?«, fragte Johanna kalt.

»Sie weiß mehr, als man immer denkt«, sagte Helene rasch und konnte dem Blick ihrer Tochter wieder nicht standhalten. »Ja, ich glaube bestimmt, dass es Elsa war.«

Johanna starrte ihre Mutter an. Mit einem Mal war sie sich nicht mehr so sicher. Tat sie Helene vielleicht unrecht? War sie gar nicht diejenige, welche?

Wahrscheinlich werde ich es nie herausfinden, dachte sie resigniert. Aber allein die Tatsache, dass ich ihr das zutraue, ist erschreckend!

Doch sie behielt ihre Gedanken für sich und sollte ihren Verdacht fürs Erste wieder vergessen, weil neue aufregende Ereignisse kamen und sie voll und ganz forderten.

32. KAPITEL

Essen, Ruhrgebiet, 9. März 1923

Sophie stand am Rande des Wahnsinns. »Wir müssen sofort wieder zum Bahnhof!«, rief sie panisch.

»Das hat doch keinen Sinn«, sagte Luise, mindestens ebenso verzweifelt. Zwei Minuten zuvor hatte sie die Tür geöffnet und zu ihrer großen Überraschung eine Sophie vor sich stehen sehen, die ihr statt einer Begrüßung »Ist er hier?« entgegenschrie, Luise aus dem Türrahmen schob, sich wild in der Wohnung umsah und dabei wieder und wieder »Raphael!« brüllte.

»Sophie«, sagte Luise und nahm ihre Schwägerin von hinten beim Arm. »Sophie, Raphael ist nicht hier. Warum …«

Weiß wie eine Wand drehte sie sich um. »Er ist nicht hier?«, vergewisserte sie sich, ihre Stimme nur ein Hauch.

»Nein«, versicherte Luise. »Was ist denn bloß geschehen, Sophie? Ich wusste gar nicht, dass ihr kommen wolltet, sonst hätte ich …«

Sophie winkte ab. »Es gab einen Aufstand am Bahnhof«, sagte sie knapp. »Es wurde geschossen. Ich habe Raphael verloren, ich …«

Luise stöhnte entsetzt auf.

»Ich muss sofort los und ihn weiter suchen«, erklärte Sophie und ihr war ganz schwindelig vor Angst. Sie bohrte sich mit heißen Nägeln in ihren Bauch und ihren Kopf.

»Ich komme mit!« Luise griff im Gehen nach ihrem Mantel, der an der Garderobe hinter der Tür hing.

»Nein«, widersprach Sophie hastig. »Bitte. Du musst hierbleiben. Auf seinem Koffer steht deine Adresse. Vielleicht findet er ja doch von selbst her. Nicht, dass er wieder geht, wenn ihm niemand öffnet.«

Luise nickte. »Gut.« Sie beugte sich übers Treppengeländer und rief ihrer Schwägerin nach: »Nimm den hinteren Eingang. Dann musst du nicht um das Gebäude herumgehen.«

Sophie tat, wie ihr geheißen. Deshalb sah sie weder den Mann noch den kleinen Jungen, die sich dem Gebäude von der anderen Seite her näherten.

*

Luise ging wie ein gefangener Tiger in ihrer Diele auf und ab, als es zaghaft an der Tür klopfte. Sophie? Hastig lief sie, um zu öffnen, und konnte es kaum glauben, als sie Raphael vor sich stehen sah. Gar nicht blass und verschüchtert, sondern mit vor Eifer glühenden roten Bäckchen. »Tante Luise«, platzte er begeistert heraus, »Tante Luise, ich habe einen französischen Offizier getroffen. Er hat mich gerettet. Aber bevor er mich hergebracht hat, hat er sich schnell noch seine Uniform aus- und normale Sachen angezogen, damit sie dachten, er sei ein Deutscher. Ich musste solange warten. Er hat gesagt, dass man einen deutschen Jungen und einen französischen Offizier nicht zusammen sehen darf.«

»Schschsch«, machte Luise und zog ihn in die Wohnung. Hastig sah sie sich im Treppenhaus um. Sie hoffte, dass die alte Frau Debler nicht gelauscht hatte.

Luise schloss die Tür und zog den kleinen Jungen in ihre Arme. »Wo hast du denn nur gesteckt? Wir haben uns solche Sorgen gemacht! Deine Mutter war schon hier, sie hat dich überall gesucht.«

Mit einem Mal wirkte Raphaels Gesichtchen, das eben noch so voller Eifer gewesen war, besorgt. Seiner Mutter Kummer machen, nein, das wollte er nicht. »Wo ist Mutter jetzt?«

»Sie ist zum Bahnhof gegangen, um weiter nach dir zu suchen«, erklärte Luise. »Sie wird bestimmt bald wiederkommen.«

Der Junge war halbwegs beruhigt. »Gut.«

»So lange kannst du mir in Ruhe erzählen, was du erlebt hast«, schlug Luise vor. »Komm nur erst mal richtig rein.« Sie zog ihn in die Küche, setzte ihn auf einen Stuhl und erhitzte Milch in einem Topf. »Du bist bestimmt ganz durchgefroren.« Der Kleine nickte, dann brach alles, was er erlebt hatte, aus ihm heraus. Sein atemloser Bericht endete mit den Worten: »Die Franzosen sind gar nicht böse.« Triumphierend klangen sie, und Raphael fügte hinzu: »Das ist gut, weil mein Papa ja auch ein Franzose ist.«

Luise ließ die Tasse fallen, in die sie gerade die Milch eingeschenkt hatte. Klirrend zerbarst sie auf den Fliesen, um die Scherben herum bildete sich eine weiße Lache.

»Was ist denn, Tante Luise?«, fragte Raphael.

Luise bückte sich, um die Scherben aufzusammeln, und starrte ihren Neffen dabei von unten herauf an. Sie hatte völlig ausgeblendet, dass Raphael Halbfranzose war.

Erst jetzt wurde ihr klar, was der Besuch von Sophie und dem Kleinen bedeutete: dass Siegfried damit ganz und gar nicht einverstanden sein würde.

*

Es dauerte zwei Stunden, bis Sophie wiederkam. Sie stand in der Tür, nun hemmungslos weinend, weil sie gar nicht mehr damit rechnete, Raphael bei Luise anzutreffen. Es dauerte auch eine Weile, bis sie die Bedeutung von Luises Worten erfasst hatte, die wieder und wieder erklärte: »Aber er ist hier, Sophie.« Sie begriff erst, als Raphael vor ihr stand und seine Ärmchen um ihren Hals schlang. Da schluchzte sie und drückte ihren Sohn fest an sich. Luise wurde indes immer nervöser, und irgendwann unterbrach sie das tränenreiche Wiedersehen und verkündete knapp: »Ihr könnt hier nicht bleiben, Sophie.«

»Wie bitte?« Sophie sah ihre Schwägerin entgeistert an und wiederholte dann sehr langsam: »Wir können hier nicht bleiben? Aber …«

Luise schossen die Tränen in die Augen, sie kniete sich neben Sophie und Raphael auf den Dielenboden. »Es ist nicht wegen mir. Ich würde nichts lieber tun, als euch meine Gastfreundschaft anzubieten. Es ist wegen deinem Bruder.«

Während sie das sagte, traf sie ihre Einsamkeit mit voller Wucht. Endlich stand eine ihrer liebsten Freundinnen vor ihr. Endlich gab es einen Lichtblick in ihrem Leben, das so trüb geworden war, seit sie mit Siegfried nach Essen gegangen war. Und nun war ihr auch dieses Glück nicht vergönnt.

»Siegfried, er …« Sie biss sich auf die Lippen.

»Ja?« Sophie sah sie aufmerksam, aber voller Panik an. Nach all den Aufregungen und Strapazen war sie so erleichtert gewesen, nun endlich in einem sicheren Hafen angekommen zu sein.

Luise sandte ihr einen warnenden Blick und deutete mit dem Kinn auf Raphael. »Möchtest du nicht in die Küche gehen, deine Milch trinken und deinen Zwieback essen?«

Raphael schüttelte ernst den Kopf. »Ich möchte bei meiner Mutter bleiben«, verkündete er und presste sich noch enger an sie.

»Aber du musst auch etwas essen, mein Junge.« Sophie gab ihm einen Kuss auf den Scheitel. »Hier kann dir ja nichts passieren. Tante Luise und ich gehen schon mal ins Wohnzimmer, und du kommst nach, wenn du aufgegessen hast.«

Leise murrend zog Raphael ab. Er musste ja gestehen, dass er ziemlich großen Hunger hatte.

»Warum können wir nicht bleiben?«, fragte Sophie, kaum dass sie auf dem zierlichen, mit blauem Samt bezogenen Sofa Platz genommen hatten. »Was ist mit Siegfried?«

»Er hasst die Franzosen.«

Sophie spürte einen unbestimmten Schmerz in der Magengegend. Momente und Sätze wie diese zerstörten ihre Hoffnung darauf, dass alles gut werden würde. Sie versuchte, gelassen zu antworten.

»Aber Luise, das tun doch alle. Besonders hier im besetzten Gebiet«, sagte sie daher nur.

»Eben.« Luise funkelte sie an. »Und deshalb kann ich nicht verstehen, wieso du mit dem Jungen ausgerechnet hierher kommst. Er ist Halbfranzose, Sophie, und er weiß es. Wie kannst du nur so verantwortungslos sein!«

Sophie schlug die Hände vors Gesicht.

Luise schlang die Arme um sie. »Ach, Sophie«, sagte sie leise. »Wenn du wüsstest, wie sehr ich mich eigentlich darüber freue, dass du da bist.« Sie hielt kurz inne, um ihrer Stimme, die bedrohlich zu beben begonnen hatte, wieder einen ruhigen Klang zu geben. »Ich bin schrecklich einsam«, gestand sie schließlich. »Siegfried hat sich sehr verändert, weißt du? Er ist ganz bitter und hart geworden. Und mein Alltag besteht daraus, die Stunden zu zählen.

Wenigstens wohnen wir jetzt in einer schöneren Wohnung und er wird bald eine neue Stelle antreten.« Sie holte tief Luft. »Ich hab mir schon so oft gewünscht, dass du bei mir wärst. Du oder Johanna.«

»Aber jetzt bin ich ja da, Luise«, sagte Sophie und schöpfte wieder Hoffnung. »Jetzt bin ich hier, und …«

Doch Luise schüttelte den Kopf. »Es ist gefährlich für dich und den Kleinen«, wehrte sie hastig ab und fuhr, nach einem misstrauischen Blick zur Tür, sehr leise fort, als fürchte sie, man könne sie belauschen: »Siegfried ist nicht nur ein ganz normaler Franzosenhasser, da steckt mehr dahinter.«

Sophie sah sie fragend an.

»Seit er aus dem Gefängnis zurück ist – ich habe dir ja davon geschrieben –, ist alles anders.«

»Ja?«

»Das ist eine lange Geschichte, und ich erzähle sie dir gern ausführlich, soweit ich sie kenne zumindest, er spricht so gut wie gar nicht mehr mit mir.« Ihr Blick verdunkelte sich. »Aber zuerst muss ich dich in Sicherheit bringen, dich und den Kleinen.«

»Aber wohin?«, fragte Sophie ratlos.

Luise sah sie entschuldigend an. »Unter dem Dach gibt es ein ausgebautes Mansardenzimmer, das momentan als Abstellraum benutzt wird. Da kommt nie jemand hin, es ist relativ sicher.«

»Du meinst, du willst uns verstecken?«, fragte Sophie ungläubig. »Aber warum denn, wir haben doch nichts getan!«

»Wenn es nach den Maßstäben der Menschen hier geht, dann hast du das Schlimmste überhaupt getan. Du hast ein Kind mit einem Franzosen!«

»Aber …«, fuhr Sophie auf.

»Schschsch«, machte Luise. »Ich bin doch auf deiner Seite. Ich möchte dir helfen. Aber du musst mich auch lassen.«

Sie erhob sich ungelenk. »Kommst du jetzt?«

»Ja«, sagte Sophie seufzend und rief nach ihrem Sohn.

33. KAPITEL

90 Jahre später
Überlingen, Bodensee, August 2013

Franziska Gerstett wurde drei Tage nach ihrem Tod beerdigt. Alexandra musterte die Menschen, die sich um das Grab der uralten Frau versammelt hatten. Ganz vorne standen Mia und Melissa mit versteinerten Mienen. Zita und Mia hatten ihr von den letzten Worten der alten Dame berichtet, Alexandra wusste, wie verwirrt vor allem Melissa war. Zu erfahren, dass die eigene Mutter gar nicht die Mutter war, das musste einen treffen wie ein Schlag, dachte sie.

Neben Melissa und Mia standen Zita und Philippe, Hand in Hand. Unvermittelt griff Alexandra nach der Hand des neben ihr stehenden Ole. Ole war ihr Verlobter, der Vater des Kindes, mit dem sie schwanger war, und er, der Polizeibeamte, war es auch gewesen, der Franziska verhaftet hatte, als die alte Dame sie, Mia, Zita und Philippe mit der Waffe bedroht hatte. Die Freunde hatten in dem Versuch, das Geheimnis des Notizbüchleins zu lüften, auf dem Dachboden des Alten Schulhauses nach alten Dokumenten gesucht und waren auch tatsächlich fündig geworden. Doch noch bevor sie sich die Papiere näher ansehen konnten, hatte Franziska mit einer Pistole vor ihnen gestanden, um sie daran zu hindern. Außerdem hatte Ole gegen sie wegen des Giftanschlags auf Zita ermittelt. Und dann war die alte Dame gestorben. Wäre Alexandra, Journalistin bei der ortsansässigen Zeitung, dem Südkurier, nicht so sehr in den Fall verwickelt gewesen, hätte sie die Berichterstattung übernommen. So aber schrieb ihr Chef Manfred Meinwald nun über die aufregenden Ereignisse der letzten Tage. Er war ebenfalls zur Beerdigung gekommen und lächelte ihr zu, als er ihren Blick bemerkte.

Niemand hatte Blumen dabei. Keiner warf der alten Dame einen letzten blühenden Gruß ins Grab. Mit einem Mal hatte Alexandra Mitleid mit der Toten. Sie kniete nieder, pflückte einen Strauß Gänseblümchen und ließ die Blüten über den Sarg der alten Franziska Gerstett rieseln.

Sie fing Mias Blick auf. Die Freundin lächelte.

Auf einen Leichenschmaus hatte man verzichtet. Nach der Beerdigung gingen die Trauergäste still und geschlossen zum Alten Schulhaus zurück.

Die Stimmung war getrübt. Aber nicht, weil auch nur einer von ihnen um Franziska trauerte, sondern aufgrund der schlimmen Botschaft, die sie Melissa – und in gewisser Weise auch Mia – hinterlassen hatte.

»Wie alt ist Ihr Großvater noch mal, Philippe?«, fragte Melissa. »Franziska sagte, dass wir ihn fragen müssen. Ist er noch in der Lage, uns zu antworten?«

Philippe zuckte die Achseln. »Ich hoffe es. Meiner Großmutter war es jedenfalls ungemein wichtig, dass ich ihm das Notizbüchlein noch bringe. Angeblich hat es meine Urgroßmutter hier verloren.«

Er hielt inne und schlug sich mit der flachen Hand gegen die Stirn. »Wie konnte ich das nur vergessen!«, rief er.

»Was denn?«, wollte Mia wissen. »Was meinst du?«, echote Zita.

Philippe schüttelte den Kopf. »Es muss die Aufregung gewesen sein«, sagte er dann. »Schließlich musste ich, als ich hier ankam, erst mal eine Vergiftete retten, habe mich dann in sie verliebt und wurde anschließend mit einer Pistole bedroht.« Zita gab ihm einen Kuss auf die Wange.

»Jetzt sag schon. Was hast du vergessen?«, fragte nun auch Alexandra.

»Meine Großmutter hat mir gesagt, dass es ein Familiengeheimnis gäbe, dass Sophie es ihr vor ihrem Tod in Teilen anvertraut habe und dass es mit dem Notizbuch zusammenhänge. Und dann hat sie ja noch gesagt, dass Sophie am Schicksal von Ihnen«, er blickte Melissa an, »und Susanne schuld sei. Aber das habe ich ja schon erzählt.«

Mia wurde ungeduldig: »Was war nun das Familiengeheimnis?«

»Das hat sie mir nicht verraten, sondern mich beauftragt, ihr das Notizbuch zu bringen, damit wir es meinem Großvater geben können.«

»Na, dann machen wir das doch. Und fragen sie nach dem Familiengeheimnis«, schlug Zita sofort vor. »Wann fahren wir los?«

»Das ist eine gute Idee«, stimmte Mia zu. »Wir fahren alle nach Frankreich.« Sie warf Melissa einen Blick zu, und als sie bemerkte, wie still ihre Mutter war, setzte sie sich neben sie aufs Sofa. »Was ist?«

»Mich überfordert das alles«, gestand Melissa leise. Eine

Träne rann ihr über die Wange. »Dieses Familiengeheimnis, die Tatsache, dass Sophie zu Philippes Großmutter gesagt hat, sie sei schuld am Schicksal von mir und Susanne, all das deutet doch darauf hin, dass es stimmt, was Franziska behauptet hat.«

Sie weinte heftiger, Mia schlang die Arme um ihre Mutter. Die anderen schwiegen betroffen. »Stell dir vor, du würdest erfahren, dass ich gar nicht deine Mutter bin. Wie würdest du dich dann fühlen?«, fragte sie Mia.

»Es würde mich umhauen«, antwortete Mia vorsichtig. »Aber du würdest trotzdem meine Mutter bleiben. An meiner Liebe zu dir würde das nichts ändern.«

Melissa lächelte zaghaft.

»Vielleicht sage ich ja jetzt genau das Falsche«, mischte sich Alexandra, die bisher weitgehend schweigend neben Ole gesessen hatte, ins Gespräch. »Johanna als Mutter haben Sie eigentlich nicht verloren, denn sie war Ihnen immer eine Mutter. Aber Sie haben nun die Chance, Ihre leibliche Mutter noch wiederzufinden und kennenzulernen.«

Melissa starrte sie an. »Daran habe ich noch gar nicht gedacht«, sagte sie gepresst. Und dann: »Ich weiß nicht, ob ich das überhaupt will.«

»Auf jeden Fall sollten wir versuchen, die Wahrheit herauszufinden, und nach Frankreich fahren«, beharrte Mia.

»Aber alle zusammen, das wird nicht gehen«, erklärte Melissa. »Wir haben ja die Pension.«

»Stimmt«, gestand Mia enttäuscht ein.

»Ich kann auch nicht mit«, erklärte Alexandra. »Ich habe keinen Urlaub. Und Ole auch nicht.«

»Dann fahren wir beide eben allein und ich zeige dir meine Heimat.« Philippe zog Zita an sich.

»In Ordnung«, sagte Mia. »Wir haben hier ja auch noch einiges zu tun. Bestimmt finden sich noch ganz viele Zettel aus dem Notizbüchlein. Und damit auch viele Antworten.«

34. KAPITEL

90 Jahre zuvor
Essen, Ruhrgebiet, 9. März 1923

Die winzig kleine Dachkammer war mit Möbeln vollgestellt. Außerdem war sie völlig verdreckt. »Es tut mir so leid«, sagte Luise und sah sich um. »Ich werde gleich sauber machen.«

»Ich finde es hier toll«, rief Raphael und begann, an den alten Möbeln Schubladen aufzuziehen und zuzuschieben.

»Ich finde es hier vor allem kalt«, klagte Sophie. »Wo wir jetzt in Sicherheit sind, kannst du mir doch auch genauer erklären, warum wir hier oben hausen sollen.«

»Ja«, seufzte Luise. Sie warf einen Blick auf Raphael, aber der hatte aus einer der Schubladen ein altes Kinderbuch hervorgezogen und widmete sich eifrig der Lektüre.

Luise lehnte sich neben Sophie an eine Kommode. »Siegfried hat im Gefängnis jemanden kennengelernt. Einen Hoteldirektor«, begann sie leise.

Sophie sah sie fragend an.

»Der hat ihm eine Stelle angeboten, die er irgendwann

in den nächsten Monaten antreten soll. Deshalb sind wir ja auch umgezogen.«

»Dass Siegfried eine neue Stelle hat, weiß ich, das hast du mir schon geschrieben.« Sophie wurde langsam ungeduldig. »Aber was hat das alles mit mir und Raphael zu tun?«

»Das will ich ja gerade erklären«, sagte Luise. »Er ist seitdem sehr verändert. Vorher hat er auch schon nicht viel von den Franzosen gehalten. Er war voller Wut auf sie. Ich habe sogar das Gefühl, dass er alle Wut über den Verlust seines Beines auf sie übertragen hat.«

Sie blickte zu Boden.

»Und dann wurde er verhaftet und hat diesen Mann kennengelernt. Als er aus dem Gefängnis kam, war er wie ausgewechselt. Er hat geleuchtet und gestrahlt und die ganze Zeit von ihm gesprochen und gesagt, dass endlich mal einer seine Fähigkeiten erkennt, obwohl er nur ein Bein hat. Dann sind wir umgezogen. Dass er die neue Stelle noch nicht angetreten hat, hängt damit zusammen, dass er seine Kameraden bei Krupp in dieser Situation nicht im Stich lassen will, sagt er. Nur …«

Sophie hatte Mühe, ihre Ungeduld zu zügeln.

»Was nur?«

Luise holte tief Luft. »Ich habe das Gefühl, dass da mehr dahintersteckt«, sagte sie dann. »Ich bin mir sogar ziemlich sicher. Wieso lässt der Hoteldirektor ihn schon in die teure Wohnung, wenn er noch nicht bei ihm arbeitet? Ich glaube, der Direktor gehört irgendeiner franzosenfeindlichen Gruppierung an. Und Siegfried hat sich ihnen angeschlossen.«

»Wie kommst du darauf?« Diesmal war es Sophie, die einen unruhigen Blick in Richtung Raphael warf, doch der hatte es sich auf dem breiten Bett in der Ecke gemütlich gemacht und schmökerte in seinem Buch. »Zieh die Schuhe aus, Raphael«, bat Sophie.

Raphael reagierte nicht. Sie lächelte zufrieden, er schien sie tatsächlich nicht zu bemerken – Raphael war kein Kind, das Anweisungen von Erwachsenen bewusst ignorierte –, und dachte, dass die Schuhe jetzt im Moment völlig egal waren. Abwartend sah sie Luise an.

»Also, zum einen ist seine Sprache viel fanatischer geworden. Das ist es aber eigentlich gar nicht. Er ... er ist so verschlossen. Er ist oft die halbe Nacht unterwegs.«

Sophie sah sie abwartend an.

»Erst dachte ich ...«, sie schluckte. »Erst dachte ich, er hätte eine andere Frau. Aber das ist es nicht. Er hat keine andere. Ich bin mir sicher, dass sie irgendwelche Treffen abhalten. Und wenn er hier ist, dann verfasst er komische Schriften und die werden dann von einem merkwürdigen Mann abgeholt.«

Sophie runzelte die Stirn.

»Einmal bin ich ihm nachgegangen«, gestand Luise. »Ich wollte einfach wissen, was los ist«, fügte sie beinah entschuldigend hinzu. »Das war zu der Zeit, als ich wirklich noch dachte, er träfe sich mit einer anderen Frau.«

»Und?«

»Er ging in ein Café und las Zeitung. Stundenlang. Das war's.«

»Woher weißt du, dass er Zeitung gelesen hat? Bist du hineingegangen?«

»Nein«, sagte Luise, »wo denkst du hin? Er saß am Fenster. Ich habe ihn durch die Scheibe gesehen.« Wieder holte sie tief Luft. »Ich glaube, dass er jemanden beobachtet hat. Ich glaube, er ist ein Spitzel, Sophie.«

Es klang verzweifelt. »Eine Freundin hat mir erzählt, dass immer wieder Menschen verschwinden, die gemeinsame Sache mit den Franzosen machen. Ich weiß natürlich nicht, ob es stimmt, aber … was, wenn es wahr ist? Was, wenn Siegfried für den Tod von diesen Menschen mitverantwortlich ist?«

Sophie warf erneut einen nervösen Blick auf Raphael. Wenn der Junge nun doch heimlich lauschte? Wenn er etwas mitbekam? Sie glaubte es eigentlich nicht. Und was hatte sie schon für eine Wahl? Es war wichtig, was Luise ihr da erzählte. Äußerst wichtig sogar. Sie begriff auch deren Not. Die junge Frau hatte bei der Besetzung Ostpreußens durch die Russen ihre Mutter, ihren Vater und ihre Großmutter verloren. Alle drei waren sie bestialisch ermordet worden. Ihr war völlig klar, was es für Luise bedeutete, wenn ihr Mann nun eine Mitschuld am Tod Unschuldiger trüge.

»Und du meinst nun, dass er auch mich und Raphael verraten würde? Deshalb versteckst du uns?«, fragte sie ruhig.

Luise nickte.

»Aber er ist mein Bruder, Luise«, sagte Sophie. »Und Raphael ist sein Neffe. Glaubst du wirklich, er würde sein eigen Fleisch und Blut verraten?«

»Ich weiß es nicht«, flüsterte Luise. »Ich fürchte aber schon, ja. Ach, Sophie, du weißt doch, dass er nicht mehr der Gleiche ist. Sie haben ihm ein Stück seines Beines weggeschossen. Vor allem aber haben sie ihm einen Teil seiner Seele weggeschossen. Den Teil, auf den es ankommt.«

Sophie nahm sie in die Arme. »Wir werden dir nicht noch zusätzliche Sorgen machen«, versprach sie. »Wir reisen bald wieder ab.«

Luise nickte. »Es tut mir so leid«, schluchzte sie.

»Aber es muss dir doch nicht leidtun, du kannst doch nichts dafür.«

»Warum weinst du denn, Tante Luise?«, fragte Raphael. Er kletterte vom Bett herunter und kam durch das Zimmer auf die beiden Frauen zu. Er trat hinter seine Tante und umarmte sie ebenfalls, sodass Luise nun in der Umarmung von Mutter und Sohn geborgen war. Lange standen sie so. Die Kälte, die ihnen durch die Glieder kroch, beachteten sie nicht.

35. KAPITEL

Essen, Ruhrgebiet, 9. März 1923

Pierre saß im Offizierskasino, über dessen Tür ein Metallschild mit der Aufschrift prangte: ›Nur für französische und belgische Offiziere. Deutsche haben keinen Zutritt.‹

Er rauchte eine der wenigen Zigaretten und blickte durchs Fenster auf die Stadt hinunter. Ihm wurde immer unwohler, je länger er hier war.

Am Morgen hatte er mit einer Reihe anderer Franzosen deutsche Zeitungen verbrennen müssen, die die französische Besatzungsmacht verboten hatte.

Außerdem wurden die gewalttätigen Auseinandersetzungen zwischen den Deutschen und den Franzosen immer heftiger und die Zahl der Opfer erhöhte sich. Es war alles so sinnlos. Immer öfter gingen seine Kameraden wehrlose Menschen an, was Pierre schwer verurteilte.

Er wollte nicht mehr. Der Krieg hatte ihm gereicht. Wenn Sophie nicht gewesen wäre und die Aussicht, sie vielleicht wiederzusehen, dann hätte er alles getan, um das Ruhrgebiet schnellstmöglich wieder verlassen zu können.

Aber wohin wäre er dann gegangen? Er hatte kein Zuhause mehr, seit er sich von Michelle getrennt hatte. Ihre gemeinsamen Freunde hatten sich alle auf Michelles Seite geschlagen, nachdem diese ihnen erzählt hatte, dass ihr Mann sie wegen einer Deutschen verlassen habe. Auch seine Kinder hatte er nicht mehr gesehen. Michelle hatte es gut verstanden, sie vor ihm zu verstecken.

Nein, er war ganz allein auf der Welt.

Aber da war die Hoffnung, Sophie wiederzusehen … Sophie, die genaugenommen der einzige Mensch war, nach dem er sich sehnte.

Morgen hatte er frei. Und auch wenn er sich und Sophie damit in Gefahr brachte, war für ihn jetzt völlig klar, dass er zu ihr an den Bodensee reisen würde. Er wusste, dass es ein großes Wagnis darstellte, ausgerechnet mit der Eisenbahn zu fahren. Aber auch das musste und würde er riskieren.

Wieder dachte er an Michelle und vor allem an seine Kinder, die er zurückgelassen hatte. Die Gedanken an die Kinder trafen ihn immer mit ungeheurer Wucht, weshalb er auch versuchte, sie möglichst zu vermeiden. Er hatte Angst davor, was Michelle ihnen erzählen würde. Er wusste, dass sie versuchte, sie ihm zu entfremden, und diese Vorstellung raubte ihm fast den Verstand. Er hoffte nur, dass sie ihnen nicht einredete, ihr Vater liebte sie nicht. Er betete, dass sie es nicht tun würde, und fürchtete doch, dass sie genau das in eben dieser Minute tat. Es in der letzten getan hatte und in der nächsten wieder tun würde. Und in der übernächsten. Und so fort. Bis er sie ganz verloren hatte. Pierre fühlte sich ungeheuer einsam. Und dann schob sich ein Bild vor sein inneres Auge. Ein kleiner Junge sah ihn mit großen Augen an, dann lächelte er zaghaft. Es war der Junge vom Bahnhof, der, den er gerettet hatte. Unwillkürlich musste auch Pierre lächeln. Vielleicht, dachte er, war das der Weg aus der Einsamkeit. Vielleicht musste man Gutes tun und retten. Vielleicht bildete sich so eine ganz eigene Familie, die aus Rettern und Geretteten bestand.

Der französische Besatzer Pierre Didier schüttelte über sich selbst den Kopf. Er wurde ja richtig sentimental. Es musste daran liegen, dachte er, dass er Sophie bald wiedersehen würde. Sofort begann sein Herz wieder hart und schnell gegen seine Brust zu schlagen. Sophie, seine Sophie, allein ihr Name war ein Himmelreich.

Doch plötzlich kamen ihm Zweifel. Was, wenn Sophies Familie nicht mehr in Konstanz lebte?

Je mehr er den finsteren Überlegungen Raum gab, desto schneller wuchsen sie, gingen auf wie ein Teig im Backofen, den man mit zu viel Hefe versetzt hatte. Ein Gedanke bohrte sich in seinen Schädel, den er all die Jahre über stets mit aller Entschlossenheit verdrängt hatte. Weil er zu schrecklich war, als dass er wahr sein konnte. Dass Sophie nicht mehr lebte. Dass sie gestorben war, lang schon tot, in dieser blutigen deutschen Erde vergraben. Ein Opfer des Krieges. Vielleicht hatte sie sich ja zum Lazarettdienst gemeldet und war an der Front umgekommen. Die Gedanken droschen auf ihn ein wie eine Truppe von Schlägern. Von allen Seiten kamen sie. Es war egal, wohin er sich drehte und wendete – er konnte ihnen nicht entkommen.

Einen Moment lang war er versucht, die Suche nach Sophie gar nicht erst in Angriff zu nehmen, aus Angst vor dem, was ihn erwarten könnte. Aus Angst, dass er sie nicht wiederfinden, sondern für immer verlieren würde. So gab es wenigstens noch die Hoffnung.

Schluss jetzt, schalt er sich selbst. Ich sollte aufhören, mich verrückt zu machen, und meine Kraft lieber auf die Suche konzentrieren. Natürlich würde er Sophie suchen. Und er würde sie auch finden.

36. KAPITEL

Essen, Ruhrgebiet, 10. März 1923

Sophies Pläne, am Folgetag abzureisen, wurden durch eine heftige Erkältung unterbrochen. Vor allem Raphael hatte der Infekt fest im Griff. »Kein Wunder«, sagte Sophie zu Luise, als sie dem Kleinen heißen Tee einflößte. »Erst das Herumirren in der Kälte und dann auch noch die Nacht in diesem Eisloch.« Sie fröstelte und sah Luise dann forschend an. »Worüber wir noch gar nicht gesprochen haben vor lauter Aufregung gestern: Wer hat dir Raphael eigentlich gebracht? Hat er von ganz alleine hierhergefunden?«

Luise schüttelte ernst den Kopf. »Es war ein Franzose«, sagte sie besorgt. »Raphael hat mir erzählt, dass er sich irgendwie und irgendwo seiner Uniform entledigt hat, bevor er ihn brachte. Er wusste natürlich sehr genau, dass er den Jungen sonst in Gefahr bringen würde. Ich hoffe trotzdem, dass ihn keiner entdeckt hat.«

Sophie fühlte ihr Herz hart gegen ihre Brust schlagen. Ein Franzose! *Pierre*?

»Wie hieß der Mann?«, keuchte sie.

Gleich darauf schalt sie sich eine Närrin. Wer sagte denn, dass Pierre überhaupt hier war. Und selbst wenn, ging die Wahrscheinlichkeit, dass ausgerechnet er Raphael gerettet hatte, gegen null.

Luise sah sie bedauernd an. »Ich weiß es nicht. Du liebst ihn noch immer, nicht wahr?«

»Ja«, bestätigte Sophie schlicht. »Ich liebe ihn noch immer.«

»Bist du deshalb hergekommen?«, fragte Luise. Hastig fügte sie hinzu: »Ich könnte das verstehen, wirklich.«

»Vielleicht schon, ja.«

Raphael hustete. »Wir können ihn nicht hier oben in dieser Eiskammer lassen, sonst holt er sich noch eine Lungenentzündung«, entschied Luise. »Ihr kommt jetzt mit mir nach unten in die Wohnung.«

»Aber Siegfried …«, wandte Sophie schwach ein.

Luise schüttelte resolut den Kopf. »Ich glaube fast, ich habe gestern übertrieben. Ich war zu ängstlich, ich …«

»Bist du sicher?« Sophie sah sie zweifelnd an. »Vor zehn Jahren hätte ich meine Hand für Siegfried ins Feuer gelegt, aber heute … Ich kenne ihn nicht mehr.«

Luise strich sich müde über das Gesicht und erwiderte den Blick ihrer Schwägerin dann entschlossen. »Er wird sich entscheiden müssen«, sagte sie. »Wenn er sich tatsächlich gegen seine eigene Familie stellen will, dann hat er mit dem Siegfried, den ich einmal kannte und so sehr liebte, gar nichts mehr zu tun. Wenn er euch Probleme macht, werde ich ihn verlassen.«

»Luise!«, rief Sophie. »Ich möchte nicht …, du sollst nicht wegen mir …«

Luise schüttelte heftig den Kopf, während sie den Waschlappen von Raphaels glühender Kinderstirn nahm und ihn erneut ins Wasser tauchte. »Nicht wegen dir. Wegen mir.«

Sie sah ihre Schwägerin mit brennenden Augen an. »Dass er ein anderer Mensch ist, weißt du längst. Und ich habe immer Geduld mit ihm gehabt, immer Verständnis aufgebracht. Ich habe mich fortscheuchen lassen und bin wiedergekommen, ich war an seiner Seite, als er die Leitung der Firma übernommen hat. Ich bin ihm in dieses schreckliche Essen gefolgt. Doch er hat sich immer weiter von mir entfernt.«

Sie schloss die Augen. Dachte daran, wie der alte Siegfried noch mal kurz aufgeflackert war, als er ihr verkündet hatte, er werde sich von den Franzosen nicht unterkriegen lassen. Sie hatte an den jungen Siegfried denken müssen, wie er sie zum ersten Mal küsste, an der Scheunenwand. Damals, vor vielen Jahren in Neidenburg, ihrer Heimat. Bevor die Russen kamen und das ganze Dorf in Schutt und Asche legten. Auch ihre Liebe, dachte Luise, lag nun, neun Jahre später, in Schutt und Asche. Ein Kind würde alles ändern, da war sie sich sicher. Wie sehr sehnte sie sich nach einem Kind, einem kleinen Wesen, das ganz ihr gehören, ihr sein ganzes Vertrauen schenken würde. Aber Luise wurde nicht schwanger, und das war eine weitere Barriere zwischen Siegfried und ihr. Sie wusste, dass er es ihr vorwarf. Auf die Idee, dass es an ihm liegen könnte, kam keiner von beiden. Das war undenkbar.

»Luise?« Sophies sanfte Stimme ließ sie aus ihren Gedanken schrecken.

»Entschuldige«, sagte Luise. »Es wird Zeit, dass wir Raphael nach unten bringen. Komm.«

37. KAPITEL

Überlingen, Bodensee, 10. März 1923

Johanna saß neben Sebastian im Wohnzimmer auf dem Sofa und starrte vor sich hin.

»Willst du mir nicht endlich sagen, was du hast?«, fragte Sebastian behutsam. »Du bist schon seit einiger Zeit so seltsam, aber seit der Sache mit Raphael …«

»Ich …«, begann Johanna, brach dann aber ab. Sie konnte Sebastian nicht sagen, was sie so bedrückte, denn sie verstand es selbst nicht so recht. Außerdem stellte sie mit Erschrecken fest, dass Sebastian ihr in den letzten Jahren fremd geworden war. Sie wollte und konnte sich ihm nicht mehr so bedingungslos anvertrauen wie früher.

Sebastian sah sie erwartungsvoll an.

»Ach, ich weiß auch nicht«, sagte Johanna hilflos. »Ich … ich war in letzter Zeit oft so unzufrieden mit meinem Leben. Und jetzt, wo ich sehe, wie es Raphael ergeht oder Sophie, da schäme ich mich plötzlich ganz fürchterlich und denke, dass ich doch eigentlich dankbar dafür sein sollte, wie gut es mir geht.«

»Warum warst du unzufrieden?«, fragte Sebastian ernst.

»Das ist doch jetzt unwichtig«, wehrte Johanna ab. »Raphael ist wichtig. Und Sophie und …«

»Nein, Johanna. Auch du bist wichtig.«

»Aber es ist so lächerlich.«

»Sag es mir trotzdem.«

Johanna zögerte.

»Nun sag es mir schon«, drängte Sebastian. »Du wirst sehen, es tut dir gut.«

Johanna zögerte immer noch. Was ist eigentlich mit mir los?, dachte sie verärgert. Genau das habe ich mir doch gewünscht. Dass mich mal jemand in die Arme nimmt und mich fragt, wie es mir geht. Dass ich mich mal anlehnen kann. Und jetzt, wo es so weit ist, kommt es mir so albern vor. So nichtig.

»Johanna?«, fragte Sebastian leise.

»Ach, ich weiß auch nicht«, wiederholte Johanna. »Irgendwie ist mir aufgefallen, wie wenig Zeit wir miteinander haben. Dass wir uns immer nur um andere kümmern müssen und dass unsere Familie und wir selbst darüber völlig verloren gehen. Vielleicht ...«, sie zögerte, bevor sie aussprach, wessen sie sich am meisten schämte, »vielleicht langweile ich mich auch. Ich habe so viel erlebt im Krieg. Und nun geschieht einfach gar nichts. Ich weiß, dass es undankbar ist, aber ich bin noch so jung und manchmal habe ich das Gefühl, mein ganzes Leben schon gelebt zu haben.«

»Ich verstehe dich gut«, sagte Sebastian, der froh war, dass seine Frau sich ihm endlich wieder einmal öffnete. »Aber du solltest bedenken, dass andere es schwerer haben als wir, Johanna. Wir sollten dankbar sein.«

»Ich weiß«, stieß Johanna hastig hervor und machte das kleine Türchen rasch wieder zu, das sie Sebastian geöffnet hatte. Es fiel ihr so schwer, über ihre Probleme zu sprechen, vor allem, weil sie sich ihrer schämte. Dass Sebastian ihr damit auch noch recht gab, verletzte sie zutiefst. »Ich habe doch gesagt, dass es albern ist.« Sie löste sich aus seinen Armen und setzte sich aufrecht hin. Nie wieder würde sie sich so gehen, nie wieder jemanden so tief in ihre Seele blicken lassen.

»Es ist nicht albern, nur …«, sagte Sebastian rasch, als er merkte, dass sie seine Worte falsch aufgefasst hatte.

In diesem Moment unterbrach wildes Klopfen ihr Gespräch. Johanna war erleichtert, der peinlichen Situation entgehen zu können. »Herein?«, rief sie.

Ein semmelblonder Junge stand atemlos in der Tür. »Herr Pfarrer!«, rief er aufgeregt. »Kommen Sie schnell. In der Stadt gibt es eine Eperedie!« Der Junge verschluckte sich fast an dem schwierigen Wort.

»Eine was?«, fragte Sebastian erstaunt.

»Eine Eperedie«, wiederholte der Junge verzweifelt.

»Was ist denn das?« Auch Johanna war ratlos.

»Alle sind krank, und …«

»Ach, du meinst eine Epidemie!«, rief Sebastian und sprang auf. »Ich komme sofort. Weiß Dr. Schilling schon Bescheid?«

Der Junge nickte rasch. »Ja«.

Er lief hinter Sebastian zur Tür hinaus.

»Wartet!«, bat Johanna. »Ich komme mit.« Sie wollte ihren Zusammenbruch von eben vergessen machen. Sie dachte nicht daran zu fragen, um was für eine Epidemie es sich handelte und ob sie für sie oder das ungeborene Kind gefährlich werden könnte.

38. KAPITEL

Essen, Ruhrgebiet, 10. März 1923

Siegfried traute seinen Augen nicht. Er kannte die junge Frau, die selbstbewusst auf die Zentrale der französischen Besatzungsmacht zumarschierte. Es war Sophie. Seine Schwester Sophie. Daran gab es nicht den geringsten Zweifel. Er spürte, wie sich die Angst in seinem Magen zu einem Klumpen zusammenzog. Er hatte seine Schwester ausgeblendet, verdrängt. Und vor allem auch die Tatsache, dass er einen Neffen hatte, der zur Hälfte Franzose war. Was, zum Teufel, machte sie hier? Und war sie denn wahnsinnig, einfach so in die Zentrale zu gehen? In Siegfrieds Kopf überschlugen sich die Gedanken. Als ihr Bruder war er verpflichtet, sie zu beschützen und ihr zu helfen. Aber war er nicht mehr noch dem Schutz seines Landes verpflichtet?

Wie in Trance sah er, dass sie wenig später wieder herauskam. Hastig stand er auf und folgte ihr unauffällig. Darin hatte er inzwischen einige Übung, sein Bein störte ihn überhaupt nicht. Und es war eben auch nicht so, wie er anfangs gedacht hatte, dass sie ihn nur auf einen unwichtigen Beobachtungsposten setzten. Er musste den verdächtigen Personen folgen und seinem Hoteldirektor allabendlich Bericht erstatten. Was weiter mit den verfolgten Personen geschah, wusste Siegfried nicht, es kränkte ihn, dass sie ihn nicht ins Vertrauen zogen. Aber er war auch klug genug, um zu wissen, dass sie ihm schon ungewöhnlich schnell viel Vertrauen geschenkt hatten und dass er sich alles Weitere erst würde verdienen müssen.

Nie hätte er die Dimension geahnt, nie sich vorstellen können, dass die Spitzel entführt und der Staatspolizei übergeben wurden. Und ihm war auch nicht klar, dass er einem zuarbeitete, der Leo Schlageter hieß, dass der mit der Essener Polizeibehörde zusammenarbeitete und dass diese sogar zwei Maschinengewehre stellte. Was er ebenso wenig ahnte: dass der Spitzel Syder, der für den Feind spionierte, nachdem die Franzosen auf seine Entlassung gedrängt hatten, im Einverständnis mit der Polizei von Schlageters Leuten wieder festgenommen und erschossen wurde.

All das wusste Siegfried nicht. Aber er ahnte unterbewusst, dass das, was er tat, ein Schritt in eine grausame Welt war, in der er sich nicht wohlfühlte. Doch nie hätte er vermocht, sich loszureißen. Zu wichtig war ihm die Stellung, die er nun hatte, das Gefühl, etwas für sein Land zu bedeuten.

Und nun also Sophie. Er folgte ihr. Und als er begriff, wohin sie ging, was recht schnell der Fall war, wurde ihm kalt vor Angst. Sophie führte ihn auf direktem Weg zu seinem Haus. Sie besaß sogar einen Schlüssel, den sie aus der Tasche zog und mit dem sie die Tür aufschloss. Seine Angst mischte sich mit Wut. Er wartete ein paar Minuten, holte dann seinen eigenen Schlüssel hervor und schloss leise die Tür auf. Drinnen blieb er lauschend stehen. Alles war still. Sophie musste sich bereits in der Wohnung befinden. Ebenso leise, wie er zuvor die Haustür geöffnet hatte, schloss er nun die Wohnungstür auf. Er hörte Sophie schluchzen und Luise beruhigend auf sie einreden. »Was ist denn passiert? Und wo ist die Butter? Du wolltest doch nur Butter holen.«

»Ach, Luise«, weinte Sophie, »ich war dort.«

»Wo dort? Was meinst du?«, fragte Luise beunruhigt.

»In der französischen Zentrale.«

»Du warst *was?*« Luise war fassungslos. »Aber wie konntest du nur, Sophie. Wie konntest du dich in eine solche Gefahr bringen!«

»Ich habe es nicht mehr ausgehalten. Ich musste einfach nach Pierre fragen. Ob er hier ist, und …«

»Aber Sophie, begreifst du denn nicht, dass das Wahnsinn ist? Sie hätten dich auch verhaften können. Es ist ein Wunder, dass du heil vor mir stehst.« Sie stockte. »Sie wollten doch sicher deinen Namen und deine Anschrift wissen. Was hast du ihnen gesagt?«

Sophie schüttelte den Kopf, immer noch weinend. »Nein, der Mann hat versucht, er … er hat mich angefasst, dann hat er mich beschimpft. Und dann bin ich weggerannt.«

Luise drückte sie an sich. Dass der Franzose Gefallen an Sophie gefunden hatte, mochte für sie noch so unangenehm sein – die Situation hatte es auf jeden Fall gerettet. Wahrscheinlich, dachte Luise, hätte der Franzose Ärger mit seinem Vorgesetzten bekommen, wenn sein Annäherungsversuch herausgekommen wäre, und hatte Sophie deshalb laufen lassen.

»Trotzdem, es war mehr als leichtsinnig. Du darfst so etwas niemals wieder tun. Es ist auch möglich – sogar wahrscheinlich – dass dich einer von Siegfrieds Leuten beobachtet hat. Was dann? Du bringst auch uns in Schwierigkeiten, Sophie. Das darfst du nicht tun.«

In diesem Moment hatte Siegfried genug. Mit vor Wut glühenden Augen stieß er die Tür auf.

39. KAPITEL

Konstanz, Bodensee, 10. März 1923

Pierre war nervös, als er in Konstanz ankam. Er hatte das Gefühl, Sophie könnte jeden Moment um die Ecke kommen. Er wusste nicht genau, wo sie wohnte, nur, dass sie über den Rhein gehen musste, um zum Hafen zu gelangen. Das hatte sie ihm einmal erzählt. Zurechtfinden musste er sich allein, er konnte schlecht jemanden fragen, sein Akzent hätte ihn sofort als Franzosen verraten, und wenn der Franzosenhass hier auch bestimmt nicht so groß war wie im besetzten Ruhrgebiet, so würde man ihn doch sicherlich nicht mit offenen Armen empfangen.

Zum Glück ließ nicht nur Sophies Beschreibung von der Rheinüberquerung, sondern auch die Adresse, an die er damals geschrieben hatte und die er immer noch auswendig kannte, vermuten, wo sie wohnte. Seestraße. Das muss also, kombinierte Pierre, die Straße auf der anderen Seite des Rheins sein, die direkt am Wasser lag.

Er überquerte die Brücke, und sein Blick fiel auf eine herrschaftliche Häuserreihe auf der anderen Seite des Flusses – oder war es schon der See? Rechter Hand weitete sich das Gewässer, wie ein Fluss wirkte es nicht mehr. Kaum hatte er die Brücke überquert, stand er auch schon in der Seestraße. Na also, das war ja einfach gewesen. Die Ziffern an den Häusern sagten ihm, dass er noch ein gutes Stück gehen musste, um ihr Haus zu finden.

Die Villen auf der linken Seite waren prachtvoll, rechts glitzerte das Wasser, und Pierre hätte den Spaziergang sicher genossen, wenn er nicht so aufgeregt gewesen wäre. Beinah hatte er gar das Gefühl, als würden ihn seine Beine nicht mehr tragen.

Endlich war er angekommen. Ja, das Haus sah aus wie in Sophies Beschreibungen. Samt dem kleinen Treppenturm, den sie so schön fand.

Als er das schmiedeeiserne Tor aufdrückte, bemerkte er, dass seine Hände zitterten. Er stieß das Tor ganz auf, stieg die Stufen zum Eingang hinauf, klingelte, und kurz darauf wurde die Tür von einem Dienstmädchen geöffnet. »Ja bitte?« Sie sah ihn freundlich an.

»Guten Tag«, sagte Pierre höflich. »Mein Name ist Pierre Didier. Ich möchte gerne zu Sophie.«

Als das Dienstmädchen seinen Namen und seinen französischen Akzent hörte, wich alle Freundlichkeit aus ihrem Gesicht, ihre Miene wurde hart und abweisend. »Sophie ist nicht hier.« Sie versuchte, ihm die Tür vor der Nase zuzuschlagen.

Blitzschnell schob Pierre seinen Fuß dazwischen. »Bitte«, stieß er hastig hervor.

»Was ist denn hier los?« Ein weiteres Dienstmädchen, wesentlich älter und offenbar die Vorgesetzte der anderen Frau, schob sich in die Diele.

»Da ist ein Herr, ein Franzose, der zu Sophie möchte«, erklärte das Dienstmädchen missbilligend.

Die ältere Bedienstete, Grete, musterte Pierre aufmerksam. Sie hatte bis zum Kriegsausbruch im Dienste der Familie gestanden und sich auch während der Kriegsjahre, als die Gerstetts in Überlingen lebten, um das Haus gekümmert. Sie war es gewesen, die Sophie damals seinen Abschiedsbrief gebracht hatte, sie hatte den Kummer der jungen Frau hautnah miterlebt. Und als Sophie neun

Monate später ein Kind zur Welt brachte, hatte sie eins und eins zusammengezählt.

Und nun stand dieser offensichtlich nervöse Mann vor ihr. Sie musterte ihn freundlich. »Geben Sie Frau Gerstett Bescheid, dass Besuch da ist, und setzen Sie Teewasser auf«, wies sie das Mädchen an. Dann erst vergewisserte sie sich, an Pierre gewandt: »Sie trinken doch Tee?«

»Sehr gern.« Er deutete eine leichte Verbeugung an und folgte Grete ins Wohnzimmer.

»Wenn Sie Platz nehmen wollen? Frau Gerstett wird gleich bei Ihnen sein. Sophie … sie ist leider nicht im Haus.«

Pierre nickte dankend und setzte sich auf einen der Stühle, die um den großen Esstisch standen. Von hier aus bot sich ein hinreißender Blick auf den Bodensee. Wie gerne hätte er weitergebohrt und Grete gefragt, wo Sophie sich denn befand. Aber er wusste, was sich gehörte. Und er wusste auch, dass das Drahtseil, auf dem er sich bewegte, dünn und fein war. Dass das ältere Dienstmädchen so nett zu ihm war, war Glück, durfte ihn aber nicht übermütig werden lassen. Und da hatte sie sich auch schon wieder zurückgezogen.

Pierre starrte durch das hohe Sprossenfenster auf den See, als er rasche Schritte über die Fliesen in der Diele eilen hörte. Kurz darauf öffnete sich die Tür und Helene trat ins Zimmer. Pierre wusste sofort, dass sie es war. Sie sah Sophie ähnlich, das gleiche schmale Gesicht, die gleichen geschwungenen Lippen. Aber um ihren Mund lag ein leidender Zug und auch die Augen waren nicht die Sophies. Sophies Augen hatten geleuchtet, gefunkelt und gesprüht. In Helenes Augen lag etwas, das er nicht deuten konnte. Ob sie immer so dreinblickte?, fragte er sich und musste daran denken, dass sie in Sophies Schilderungen nicht gut weggekommen war.

Er hatte sich erhoben, als sie das Zimmer betrat, und nahm wieder Platz, nachdem sie sich gesetzt hatte. »Sie wünschen?«, fragte sie kühl.

»Gestatten Sie, dass ich mich vorstelle.« Pierre beobachtete angespannt, ob sich ihr Gesicht veränderte, während er die ersten Worte sprach und sich als Franzose zu erkennen gab. Und in der Tat verschloss sich das Wenige, was offen gewesen war, bei seinen Worten sofort. Ihr Gesicht wurde eiskalt, als er sagte: »Mein Name ist Pierre Didier, ich bin der Verlobte Ihrer Schwester Sophie und auf der Suche nach ihr.«

Ruckartig stand Helene auf, auch Pierre erhob sich hastig. Sie musterte ihn von oben bis unten, als betrachte sie keinen Menschen, sondern ein ekelerregendes Insekt.

»Ich muss schon sagen, es ist sehr dreist, hier einfach aufzutauchen«, sagte sie eisig. »Und unsere Sophie ist selbstverständlich *nicht* Ihre Verlobte.« Die Lüge kam ihr glatt über die Lippen, fast triumphierte sie, als sie verkündete: »Kein Jahr, nachdem Sie nach Frankreich zurückgegangen sind, hat Sophie geheiratet. Sie ist sehr glücklich. Inzwischen hat sie auch einen Sohn, einen reizenden kleinen Jungen.«

Der Schmerz traf ihn unversehens und mit einer Wucht, die er nie für möglich gehalten hätte. Nur schwach drang Helenes scharfes »Und nun gehen Sie bitte« in sein Bewusstsein. Wie in Trance taumelte er hinaus, sah in der Diele noch Gretes bestürztes Gesicht und dachte, dass sie gelauscht hatte. Dann wankte er vom Grundstück, bog nach links ab und ließ sich nach einer guten Weile auf eine Bank am Ufer niedersinken. Er blickte über den See in Richtung Friedrichshafen, wo er sie zum ersten Mal gesehen hatte. Nicht ahnend, dass sie vor neun Jahren genauso am Seeufer – in Friedrichshafen – gesessen hatte, wie er heute an seinem hier in Konstanz. Zutiefst verzweifelt, weil man sie von ihm getrennt hatte.

Dann begann leise die Wut in ihm zu lodern. Er hatte alles für sie aufs Spiel gesetzt. Seiner Ehe hatte er nie eine Chance gegeben, seine Kinder verlassen. Für eine Frau, die hinging und einen anderen heiratete, kaum, dass er ihr den Rücken gekehrt hatte. Die Wut tat gut, sie war leichter zu ertragen als der Schmerz. Aber sie währte nicht lange. Und auch die Verzweiflung war im Begriff, sich leise davonzuschleichen. Das tiefe Vertrauen in Sophie war stärker. Und: Auch er hatte schließlich geheiratet und Kinder bekommen. Obwohl er sie noch liebte. Wer wusste schon, welche Gründe Sophie bewegt hatten.

Dennoch beschloss er an diesem kalten Märzmorgen am Ufer des Bodensees, nicht weiter nach ihr zu suchen. Es genügte, wenn er seine eigene Familie zerstört hatte. Sophie wollte er ihren Frieden nicht nehmen. Und er wollte versuchen, seine Ehe zu retten. Er würde schnellstmöglich Urlaub beantragen und zu seiner Familie nach Frankreich reisen.

40. KAPITEL

Essen, Ruhrgebiet, 10. März 1923

»Wie konntet ihr nur?«, brüllte Siegfried. »Ihr Landesverräter!«

Sophie und Luise starrten ihn erschrocken an.

Siegfried humpelte auf das Sofa zu, auf dem seine Frau und seine Schwester saßen. Er packte Luise grob an der Hand und zog sie zu sich hoch, starrte ihr in die Augen. »Wie konntest du mir das antun, Luise. Wie konntest du meine Schwester und ihren Balg hier verstecken, einen Halbfranzosen.« Er sagte das, als sei es etwas Widerliches, Ekelerregendes.

Luise sagte kein Wort, erwiderte seinen bohrenden Blick nur starr.

Siegfried wandte sich Sophie zu, die sich inzwischen ebenfalls erhoben hatte. »Und du«, zischte er gefährlich leise, »wagst es nicht nur, mein Haus zu betreten und uns alle in Schwierigkeiten zu bringen, nein, du marschierst auch noch am helllichten Tag ins Quartier der Franzosen.« Die Lautstärke seiner Stimme hatte sich immer mehr gesteigert, die letzten Worte brüllte er, feuerrot im Gesicht.

Er holte tief Luft und fuhr dann ruhiger fort. »Sei froh, dass ich dich erwischt habe und nicht einer der anderen. Du wärst sonst in Lebensgefahr. Und wir auch. Sie hätten dich verfolgt und wüssten nun, dass wir dich verstecken.« Plötzlich stockte ihm der Atem. Wer sagte denn, dass man ihm nicht gefolgt war? Er war neu in der Gruppe und die Sache so heiß, dass eine doppelte und dreifache Überprüfung Sinn machte. Mit einem Mal hielt er das sogar für sehr wahrscheinlich. Die Angst legte sich wie ein eisernes Band um seinen Schädel. Er musste handeln, und zwar sofort. Sonst riskierte er nicht nur seine Arbeit im Hotel, die er bald antreten sollte, und seinen wichtigen Posten in der Gruppe, nein, er riskierte auch sein Leben.

Seine Stimme war gefährlich ruhig, als er sagte: »Aber du verstehst sicher, dass ich auf verwandtschaftliche Beziehungen keine Rücksicht nehmen kann.«

Sophie sog scharf die Luft ein. »Wie meinst du das?«, stieß sie hervor.

»Das kann ich dir sagen. Ich werde dich verhaften, Sophie. Dich und deinen Bastard.« Er spie das Wort regelrecht aus. »Wo ist er denn überhaupt?«

»Das kannst du nicht tun, Siegfried«, flüsterte Sophie tonlos. »Ich bin deine Schwester. Raphael ist dein Neffe. Dein Fleisch und Blut.«

»*Mein* Fleisch und Blut?«, schrie Siegfried. »Er ist zur Hälfte *Franzose*. Deshalb muss ich mich für mein Fleisch und Blut schämen.«

»Hör sofort auf!« Er hatte sie lang schon losgelassen, nun stützte Luise die Arme in die Hüften und funkelte ihn wütend an. »Ich dulde nicht, dass du so mit deiner Schwester und über deinen Neffen sprichst.«

»Ach! Du duldest es nicht!«, höhnte Siegfried. »Und ich dulde es nicht, dass meine Frau in unserem Haus eine Landesverräterin beherbergt. Sie hatte eine Beziehung mit einem Franzosen und wird nun dabei beobachtet, wie sie das Quartier der Franzosen betritt. Es ist doch wohl klar, dass sie ein Spitzel ist!«

Luise und Sophie starrten Siegfried sprachlos an.

»Ich habe nur nach Pierre gefragt. Ich suche ihn, Siegfried, jetzt, wo Frieden ist. Das musst du doch bitte verstehen.«

»Wir haben keinen Frieden, Sophie«, versetzte er kalt. »Wir haben Krieg, und im Krieg gelten andere Gesetze. Da steht das Wohl eines Landes über dem Wohl des Einzelnen. Darein müssen auch wir uns fügen.« Für einen Moment wurde sein Gesicht weich, seine Hand zuckte, als wolle er Sophie berühren. Aber er gab dem Impuls nicht nach. »Ich werde melden müssen, was du getan hast.«

»Wenn du das tust«, sagte Luise, »wenn du das tust, dann werde ich dich verlassen. Dann bist du nicht mehr der Mann, den ich einmal geliebt und geheiratet habe.«

Siegfried sah sie an, entschlossen, kalt, mit einem Hauch von Traurigkeit. »Tu, was du tun musst, Luise.« Dann bekam sein Blick etwas Verächtliches. »Weißt du, seit ich mein Bein verloren habe, hast du mir immer das Gefühl gegeben, dass ich ein Krüppel bin und du nur aus Mitleid bei mir bleibst.«

»Das ist ungerecht, Siegfried«, widersprach Sophie. »Luise hat dich nie bemitleidet. Und wir anderen auch nicht. *Du* warst es, der in Selbstmitleid gebadet hat.«

Siegfried beachtete sie nicht, starrte nur seine Frau an. »Aber«, sagte er, »auch du bist nicht perfekt, Luise. Eine echte Frau sollte ihrem Mann Kinder gebären. Dazu bist du anscheinend nicht in der Lage.«

Luise rannen die Tränen über die Wangen, als er aussprach, was schon so lange als stummer Vorwurf zwischen ihnen stand. Sophie griff tröstend nach ihrer Hand.

Siegfried wandte sich ab und ging zur Tür. »Ihr wartet hier«, bestimmte er. »Ich bin in wenigen Minuten zurück.«

Luise sah Sophie an. Die Frauen hatten den gleichen Gedanken: Sobald Siegfried fort war, würde Sophie fliehen müssen. Beide begriffen den Ernst der Lage. Da drehte Siegfried sich noch einmal um. »Wobei, wenn ich es mir recht überlege«, sagte er und durchquerte humpelnd den Raum, »wenn ich es mir recht überlege, dann solltest du lieber gleich mitkommen, Sophie. Du kommst sonst vielleicht noch auf dumme Gedanken.«

Ehe Sophie antworten konnte, stürzte Luise nach vorne. Sie schnappte sich den schweren silbernen Kerzenhalter, der auf dem Tisch stand, holte aus und ließ ihn gegen Siegfrieds Kopf donnern. Er blickte sie verwundert an und sank auf dem Boden zusammen.

41. KAPITEL

Überlingen, Bodensee, 10. – 15. März 1923

Johanna wich Sebastian aus. Sie verbrachte jede Minute an den Betten der Kranken und tat alles, um die Schuld, die sie in sich spürte, zu bereinigen. Schuld, weil sie gejammert hatte, obwohl andere schlechter dran waren. Scham, weil Sebastian sie darauf hingewiesen hatte.

Sebastian fiel der erneute Rückzug kaum auf, hatten die Eheleute in den letzten Jahren doch ohnehin mehr oder weniger nebeneinanderher gelebt. Es gab genügend andere Menschen, die nach seiner Gegenwart und Aufmerksamkeit verlangten.

Außerdem gab es genug zu tun und Sebastian vergaß das Gespräch mit der Zeit. In der Stadt sollten in den kommenden Wochen zahlreiche Menschen an der Masernepidemie sterben, und er war damit beschäftigt, Beerdigungen vorzubereiten und Angehörige zu trösten.

Johanna half ihm nach Kräften, und er bemerkte nicht, wie sie immer blasser und stiller wurde. Aber auch Johanna vergaß ihre eigenen Sorgen mehr und mehr, so sehr nahm sie der Alltag gefangen.

Sie ignorierte die zuerst eindringlichen, dann flehenden und schließlich offen verärgerten Aufforderungen Dr. Schillings, sich von den Kranken fernzuhalten, und konterte mit dem Argument, jemand müsse sich schließlich kümmern, als Pfarrersfrau sei das ihre Pflicht, und ihr werde schon nichts geschehen. Sie ging von Haus zu Haus, kochte und verteilte Suppe, kühlte eine heiße Stirn nach der anderen, war unermüdlich.

Zwischendrin eilte sie ins Alte Schulhaus, um für Robert, Susanne und den alten Schuldirektor, der sich rührend um seine beiden Enkelkinder kümmerte, zu kochen und sie zu versorgen. Wenn sie abends nach Hause kam, war sie so erschöpft, dass sie gleich in tiefen Schlaf fiel und die lähmende Stille, die sich über das Haus gelegt hatte, seit Sophie und Raphael fort waren und seit Sebastian und sie kaum mehr miteinander sprachen, erfolgreich ausblenden konnte.

42. KAPITEL

Essen, Ruhrgebiet, 10. März 1923

»Was habe ich getan! Oh Gott, was habe ich nur getan!« Schluchzend brach Luise neben ihrem Gatten zusammen. Blut rann aus einer Wunde am Kopf, seine offen stehenden Augen blickten sie leer an. »Ich habe ihn getötet, Sophie. Ich habe meinen eigenen Mann umgebracht! Ich bin eine Mörderin!« Das Grauen prägte ihr schneeweißes Gesicht, verzerrte und verfremdete es. Sophie starrte durch einen

Tränenschleier auf ihren toten Bruder. Wie in Trance kniete sie ebenfalls nieder und umschlang ihre Schwägerin von hinten. »Du hast es getan, um mich zu retten«, flüsterte sie, »mich und Raphael. Sie hätten mich getötet, wenn Siegfried mich verraten hätte. Und Raphael hätte dann keine Mutter mehr gehabt.« Sophie konnte keine Trauer um ihren Bruder empfinden. Sie hatte ihn immer geliebt, es war eine selbstverständliche Liebe gewesen. Sie liebte ihn, weil er ihr Bruder war und man Brüder eben liebte. In den letzten Minuten seines Lebens jedoch hatte er sich ihr als Ungeheuer gezeigt. Die Ereignisse waren noch zu frisch, zu neu. Eine Glocke hatte sich über Sophies Bewusstsein gelegt, schirmte sie ab, half ihr, nun stark zu sein für ihre Freundin und Schwägerin. Die ihren Gatten ermordet hatte. Für sie. Und die sie eigentlich weitaus mehr liebte als ihren Bruder. Sie drückte der wild Schluchzenden, die die Hände vor den Mund geschlagen hatte und auf ihren toten Gatten starrte, einen Kuss auf die Haare. »Luise, du musst jetzt ganz tapfer sein. Wir müssen uns etwas überlegen. Wir können hier nicht einfach so sitzen bleiben.«

Luise schüttelte langsam den Kopf.

»Wir müssen etwas tun«, wiederholte Sophie eindringlich.

»Die Polizei rufen!« Luise bekam die Worte kaum heraus. »Ich bin eine Mörderin. Ich habe meine gerechte Strafe verdient.«

»Unsinn«, widersprach Sophie heftig. »Es war Notwehr. Und ich werde nicht zulassen, dass irgendwer davon erfährt. Du musst keine Angst haben, hörst du?«

»Ich habe ihn umgebracht«, beharrte Luise. »Ich verlange meine Strafe. Es geht nicht, dass ich ungeschoren davonkomme. Ich bin nicht besser als …« Sie musste so sehr weinen, dass sie nicht weitersprechen konnte. Ihr ganzer Körper wurde vom Schluchzen geschüttelt. Sophie drehte sie zu sich herum und hielt sie nun ganz fest in den Armen. »Schschsch«, machte sie. »Schschsch.«

»Ich bin nicht besser als die Russen, die meine Eltern und meine Großmutter so bestialisch getötet haben«, stieß Luise hervor, als sie wieder einigermaßen sprechen konnte. Sophie schluckte. Erst jetzt wurde ihr die ganze Dramatik bewusst, die für Luise in dieser Situation steckte.

»Damals hat er mich aus dieser Hölle gerettet«, fuhr Luise fort. »Und jetzt gehe ich her und bringe ihn um.«

»Hör mir zu.« Sophie nahm das Gesicht der Freundin zwischen beide Hände. »Hör mir jetzt ganz genau zu. So schrecklich es ist, aber Siegfried war im Begriff, zu einem genauso skrupellosen Menschen zu werden wie die Russen, die deine Familie getötet haben.«

Sie warf einen nachdenklichen Blick auf ihren Bruder, der immer noch mit offenen Augen zur Decke starrte. Wie immer, wenn sie verunsichert war oder Kraft brauchte, klammerte sich ihre freie Hand um das silberne Notizbüchlein, das um ihren Hals hing. »Ich weiß nicht, warum das so ist«, sagte sie langsam und sah dann wieder ihre Schwägerin an. »Ich weiß nicht, warum er sich so verändert hat. Er war als Kind immer so sensibel und hatte einen ausgeprägten Gerechtigkeitssinn. Aber sie haben sich doch alle verändert im Krieg, oder nicht?«

Luise nickte unter Tränen.

»Ich glaube, sie haben Dinge auf den Schlachtfeldern gesehen, die wir uns gar nicht vorstellen können«, fuhr Sophie leise fort. Sie ergänzte rasch: »Oder zumindest ich nicht, denn was du erleben musstest, war ebenfalls unvorstellbar grausam. Aber dennoch glaube ich, nein, weiß ich, dass viele Seelen auf den Schlachtfeldern zerbrochen sind. Sie sprechen ja auch nicht darüber. Solche Erlebnisse verändern einen Menschen. Die einen werden härter, die anderen verschlossener. Und Siegfried hat auch noch sein Bein und damit sein Selbstwertgefühl verloren. Das bringt die finstersten Seiten zutage.«

Wieder nickte Luise. »Er hat sich seit Jahren immer mehr verändert«, erklärte sie, »und in den letzten Wochen besonders. Mir war das unheimlich. Sein neuer Chef hat ihm das Gefühl gegeben, wichtig zu sein. Und letztendlich hat er ihn dann in diese geheimniskrämerische Gruppe gelotst.«

»Er war leichte Beute für sie«, sagte Sophie nachdenklich. »Sie haben erkannt, dass sein Selbstwertgefühl am Boden liegt. Und dass man ihn mit viel Schmeichelei und einem wichtigen Posten locken kann. Mein armer Bruder.« Es klang beinahe zärtlich. »Du, Luise, kannst nichts dafür. Du darfst nicht dafür büßen.«

»Aber ich habe ihn umgebracht«, beharrte Luise, klang jedoch längst nicht mehr so entschlossen wie noch kurz zuvor.

»Nein«, wiederholte Sophie. »Du hast mir das Leben gerettet. Und jetzt rette ich deins. Ich gehe nur nach nebenan, um nach Raphael zu sehen. Und dann machen wir einen Plan.«

Sie erhob sich. »Und, Luise«, sagte sie, »ich hatte vorhin das Bedürfnis, Siegfried die Augen zu schließen. Das dürfen wir nicht tun, auch du nicht.«

»Warum nicht?«, schluchzte Luise. »Das ist so würdelos.«

Sophie, schon an der Tür, drehte sich noch einmal um. »Es muss nach einem Überfall aussehen. Menschen, die einen anderen überfallen, schließen dem Verstorbenen nicht die Augen.«

Dann kehrte sie um, kniete nieder und löste das Notizbuch von ihrem Hals. Schon einmal hatte sie es der Freundin als Glücksbringer übergeben, damals, als Luise heiraten wollte und dann in russische Gefangenschaft geriet. »Das brauchst du jetzt dringender als ich.« Sie küsste das Silber, das von ihrer Körperwärme warm war, und hängte es Luise behutsam um.

43. KAPITEL

München, Bayern, 10. März 1923

Seit Andreas' Kuss lebte Marlene in einer anderen Welt. Eine sehr sinnliche und sehr aufregende Welt war das. Andreas und sie hatten eine Affäre. Mehr, das war ihr klar, durfte man es nicht nennen, auch wenn sie mehr, viel mehr für ihn empfand. Andreas war verheiratet und hatte zwei Kinder, und der Gedanke an seine Frau, die mit den Kindern am Bodensee lebte, brachte Marlene schier um. Zumindest dann, wenn sie zwischendurch aus ihren rosaroten Träumen auftauchte. Zunächst hatte sie gar nicht daran gedacht, es erfolgreich ausgeblendet. Doch nun bohrten sich die Gedanken an seine Familie wieder und wieder in ihren Kopf. Dort saßen sie wie ein bitterer Stachel in einer süßen Frucht.

Marlene fühlte sich schmutzig, weil sie einer Frau ihren Mann wegnahm. Ein solches Gebaren widersprach den Werten, mit denen sie aufgewachsen war. Zumindest glaubte sie das, denn ein solches Thema war im gutbürgerlichen Hause ihrer Eltern natürlich nie angesprochen worden. In das schlechte Gewissen mischte sich rasende Eifersucht. Keiner durfte ihm näher sein als sie, Marlene. Doch immer, wenn sie von seiner Frau sprechen wollte, machte er nur »Pssssst«, legte ihr den Finger auf die Lippen und sagte, dass sie sich keine Gedanken machen solle, er liebe nur sie, Marlene. Sie solle ihm noch etwas Zeit geben. Erst müsse er sich um ›die Sache‹ kümmern. Sie verstehe doch, dass das vorgehe? Und einstweilen sei die Situation doch wunderbar so, wie sie sei. Marlene wusste zwar nicht, was ›die Sache‹ war, aber es interessierte sie auch gar nicht, hatte er doch kurz zuvor das Einzige gesagt, was wichtig war: dass er nur sie liebe.

»Schau, Liebste«, begann er nun und zog sie zu sich aufs Bett. »Ist es nicht wunderbar, dass wir so ein süßes Geheimnis haben? Etwas, das nur wir beide kennen?«

Seine Augen gruben sich in sie hinein, sie konnte seinen Atem spüren, fühlte ihr Herz rasen und jeglicher Widerspruch brach in sich zusammen.

»Ja«, sagte sie, »natürlich.« Sie sank in seine Arme und genoss seine Nähe, seine Stärke und, ja, auch den Hauch des Verbotenen. Den Gedanken daran, was ihre Mutter wohl sagen würde, wenn sie wüsste, was sie hier tat. Oder auch Lisbeth – an die Freundin, die sie bisher für ihr aufregendes Leben in der Großstadt so beneidet hatte, dachte Marlene inzwischen nur noch mit Verachtung. Was für ein spießiges Leben sie führte an der Seite eines braven Mannes. Vom Schoß des Elternhauses gleich in den Schoß der Ehe. Nein, da war es doch viel besser, das Leben erst einmal mit all seinen aufregenden Seiten kennenzulernen, so wie sie, Marlene, das jetzt tat! Wenn es auch nicht so ganz einfach war, sich wegzuschleichen. Lisbeths Mutter, bei der sie immer noch wohnte – sie war nicht mit dem jungen Paar in dessen neue Wohnung umgezogen – sagte sie, sie sei bei Lisbeth oder einkaufen. Wenn die beiden sich einmal austauschten, würde sie ganz schnell auffliegen, und Marlene war klar, dass keine der beiden Frauen ihr Verhalten billigen würde. Mit Schimpf und Schande würde man sie vermutlich nach Hause schicken, zu ihrer entsetzten Mutter. Plötzlich musste sie kichern.

»Was ist?« Andreas, der gerade im Begriff gewesen war, ihren Hals zu küssen, sah sie fragend und auch ein wenig vorwurfsvoll an.

»Ich musste nur gerade daran denken, was meine Mutter und Lisbeth und ihre Mutter sagen würden, wenn sie wüssten, was wir hier tun.«

Andreas' Blick wurde dunkel, seine Mimik ernst, fast böse. Marlene erschrak. So hatte sie den charmanten und ihr stets schmeichelnden Andreas noch nie erlebt.

»Das geht sie überhaupt nichts an«, knurrte er. »Und du tätest besser daran, es sie nicht wissen zu lassen.«

Brüsk stand er auf und zog sich seine Uniform zurecht.

Auch Marlene sprang auf. »Andreas, es tut mir leid, dass ich das gesagt habe. Ich war so dumm. Ich weiß auch nicht, was in mich gefahren ist.«

Andreas sah sie kalt an. »Du musst noch viel lernen, Marlene«, verkündete er knapp. »Am besten fängst du gleich mal damit an.«

Damit verließ er seine Wohnung, in der sie sich immer trafen, und sie blieb allein zurück. Allein, verzweifelt in dem Wunsch, wiedergutzumachen, ohne zu wissen, was sie eigentlich falsch gemacht hatte, und mit brennender Sehnsucht nach ihm im Herzen. Und noch nicht ahnend, dass das, was da gerade entstanden war, der unangenehm dissonante Grundton war, der ihre Beziehung künftig beherrschen sollte.

44. KAPITEL

Essen, Ruhrgebiet, 10. März 1923

»Es ist die einzige Möglichkeit«, beharrte Sophie. Sie planten, den vor Fieber glühenden Raphael anzuziehen und ihn gemeinsam zu einem Arzt zu bringen. Bei ihrer Rückkehr würden sie dann, so wollten sie es der Polizei sagen, den toten Siegfried auffinden. »Nur so können wir die Sache glaubhaft machen«, hatte Sophie erklärt. »Denn mit einem derart kranken Jungen ist man sonst nicht unterwegs und lässt ihn auch nicht allein. Keiner würde uns glauben, dass wir von dem Überfall nichts mitbekommen haben.«

»Aber wenn jemand sieht, dass wir das Haus erst jetzt verlassen?« Luise war weiß wie die Wand und zitterte.

»Wir gehen durch die Hintertür, da ist die Gefahr sehr gering«, bestimmte Sophie. »Außerdem kann man den Todeszeitpunkt sicher nicht auf die Minute genau bestimmen. Vielleicht haben die Männer ja gewartet, bis wir aus dem Haus sind, und dann sofort zugeschlagen.«

Luise schluchzte trocken. »Wie kannst du nur so skrupellos sein.«

Sophies Miene verfinsterte sich.

»Entschuldige«, sagte Luise rasch. »Ich habe das nicht so gemeint. Ich bin es ja, die skrupellos war. Ich bin froh, dass du so einen kühlen Kopf bewahrst.«

»Ich habe keine andere Wahl, Luise«, erklärte Sophie. »Ich kann mich der Trauer und dem Entsetzen jetzt nicht hingeben. Ich muss versuchen, die Situation zu retten. *Wir* müssen das, hörst du?«

Luise nickte. »Wir sollten die Tür eintreten«, verkündete sie.

Sophie sah sie überrascht an und schüttelte dann den Kopf. »Das würde zu viel Lärm machen, damit würden wir Aufmerksamkeit erregen. Es kann ja gut sein, dass er seinem Mörder die Tür geöffnet hat. Dass er ihn sogar kannte.«

Luise nickte wieder

»So«, sagte Sophie. »Jetzt sollten wir den Jungen anziehen und gehen.«

*

Der Arzt stellte bei Raphael eine mittelschwere Grippe fest und sagte Sophie und Luise, was sie tun sollten, um ihn zu pflegen. Wadenwickel, vor allem Wadenwickel, damit die Temperatur gesenkt würde. Die beiden Frauen versuchten ihr Möglichstes, um auf den Mediziner normal und unbefangen zu wirken, schließlich würde der später vermutlich als Zeuge befragt werden.

»Wie lange wird es dauern, bis er wieder gesund wird?«, fragte Sophie, um Normalität herzustellen.

»Das kann ich Ihnen nicht genau sagen«, erklärte der Arzt. »Wichtig ist, dass er sich ausruht und dass Sie das Fieber senken.«

Sophie und Luise bedankten sich.

»Sie sollten den Jungen erst nach Hause bringen«, sagte der Mediziner. »Danach kann eine von Ihnen beiden noch mal losgehen, um die Medizin zu besorgen. Es ist nicht zu empfehlen, dass der Junge lange herumläuft, vor allem in diesen Tagen«, fügte er missbilligend hinzu, und Sophie fragte sich, was er wohl sagen würde, wenn er wüsste, dass das Kind, das er gerade behandelte, zur Hälfte Franzose war.

Auf dem Rückweg ertappte sie sich dabei, dass sie in jedem französischen Offizier, der ihnen begegnete, Pierre suchte. Und sie dachte, dass diese Franzosen sympathisch und attraktiv waren in ihren Uniformen. Auch wenn sie sich, das musste Sophie sich eingestehen, den Deutschen gegenüber nicht gerade freundlich verhielten. Die beiden Frauen und den kranken Jungen ließ man jedoch unbehelligt passieren.

Als sie eine halbe Stunde später wieder zu Hause ankamen, steckte Sophie Raphael gleich ins Bett. Sie hatten vereinbart, dass Luise erst noch bei der Apotheke um die Ecke die Medizin besorgte, wer wusste schon, wann sie wieder dazu kamen, wer wusste, was passieren würde. Sie ging in die Küche und machte ihrem Sohn kalte Umschläge. »Ich bin froh, dass ich wieder im Bett bin, Mutter«, krächzte Raphael, der auf dem Weg zum Arzt und zurück kein Wort gesagt hatte. »Das war so anstrengend und mir ist so schwindelig.«

»Gleich kommt Tante Luise mit der Medizin, die wird dir helfen«, flüsterte Sophie und gab Raphael einen Kuss auf die heiße Wange. »Hörst du, da ist sie schon.«

Luise, noch im Mantel, trat ins Zimmer. »Hier, mein Kleiner.« Sie schüttelte ein braunes Fläschchen. »Das wird dich wieder gesund machen. Einen Löffel habe ich auch schon mitgebracht.«

Sie schraubte den Verschluss auf und gab 20 braune Tropfen auf den Löffel. »Mund auf!«, befahl sie, und Raphael tat, wie ihm geheißen. Gleich darauf verzog er angeekelt das Gesicht. »Das schmeckt ja scheußlich«, beschwerte er sich.

»Dann hilft es umso mehr«, sagte Luise entschieden.

»Versuch jetzt, ein bisschen zu schlafen.« Sophie zog die Decke über Raphael glatt und wechselte das feuchte Tuch auf seiner Stirn aus. »Tante Luise und ich sind nebenan und schauen immer wieder nach dir.«

»Ist gut.« Raphael fielen schon die Augen zu. »Ich bin so müde.«

Die beiden Frauen wechselten einen Blick und verließen das Zimmer.

»Ich bin froh, dass er schläft. Vielleicht bekommt er dann nicht mit, was hier gleich passiert.«

»Das wäre gut, ja«, stimmte Luise zu. »Wie machen wir es jetzt?« Sie sah die Freundin bang und bleich an.

»Am besten rufe ich bei der Polizei an«, sagte Sophie. »Und du gehst ins Wohnzimmer und kniest neben ihm nieder.«

»Ich kann da nicht mehr hinein«, widersprach Luise.

»Du musst!«, erklärte Sophie bestimmt. »Wirklich, wir haben keine Wahl. Gib dir einen Ruck.« Sie öffnete die Wohnzimmertür und schob Luise hinein. Dann griff sie zum Hörer. Du musst aufgeregt und aufgelöst klingen, ermahnte sie sich.

Auf der anderen Seite wurde abgenommen. Ein Polizeibeamter meldete sich.

»Er ist tot!«, schrie Sophie.

»Wer spricht?«, fragte der Polizeibeamte streng.

»Mein Bruder.« Plötzlich öffneten sich die Schleusen, brach die Schockstarre, rannen die Tränen. Sophie schluchzte. »Mein Bruder ist tot. Wir sind gerade nach Hause gekommen vom Arzt. Mein Sohn ist krank. Und dann lag er da. Er bewegt sich nicht mehr, alles ist voller Blut.«

»Wie ist Ihr Name?«, fragte der Polizist erneut.

»Sophie Seiler.«

»Und der Name Ihres Bruders?«

»Siegfried Seiler.« Sie schluchzte.

»Wo befinden Sie sich?«

Sie nannte die Adresse.

»Gut, Frau Seiler, wir sind gleich bei Ihnen.«

45. KAPITEL

90 Jahre später
Überlingen, Bodensee, August 2013

»Ich kann es gar nicht abwarten, endlich abzureisen«, sagte Zita, nachdem sie den Entschluss gefasst hatten. »Lass uns gleich morgen früh fahren.« Philippe zog sie an sich und gab ihr einen Kuss auf die Schläfe. Ein wenig unbehaglich war ihm schon dabei, seine neue Freundin so schnell seiner Familie vorzustellen. Wie viele Männer seines Alters tat sich Philippe schwer damit, überstürzt allzu feste Bindungen einzugehen, und ein gemeinsamer Besuch mit der

Geliebten bei seiner Großmutter war so ziemlich das Verbindlichste, was er sich vorstellen konnte. Es war nicht so, dass er nicht zu Zita stand, er liebte sie wirklich. Aber er hatte in seinem Freundeskreis oft genug erlebt, was passierte, wenn Männer sich fest banden. Sie veränderten sich in ihrem Wesen, fand Philippe, waren plötzlich Rechenschaft schuldig, waren einfach nicht mehr frei. Andererseits glaubte er nicht, dass Zita ihn jemals einengen würde, momentan verstärkte sie sein Gefühl, frei zu sein, eher noch. Und gemeinsam mit ihr frei zu sein, war viel schöner, als alleine die Freiheit zu genießen.

In diesem Moment hielt ihm Melissa, die nebenher in der Kiste mit den alten Papieren gekramt hatte, ein Foto unter die Nase, und unterbrach damit seine Gedanken. »Sind das Ihre Urgroßeltern, Philippe?«

Er nahm das Bild entgegen und betrachtete es nachdenklich. »Ja«, sagte er zärtlich, »ja, das sind sie.« Er strich mit dem Finger sacht über die bräunliche Fotografie und drehte sie dann um. »Essen 1923«, las er vor. »Soviel ich weiß, war mein Urgroßvater als französischer Besatzer im Ruhrgebiet und hat dort meine Urgroßmutter wiedergefunden. Um diese Zeit hat er auch seine erste Frau verlassen.«

»Hast du eigentlich noch Kontakt zu deinen – wie sagt man da? – Halbneffen und -nichten? Also den Kindern aus der ersten Ehe deines Urgroßvaters?« Zita schmiegte sich an ihn, Philippe legte ihr den Arm um die Schultern – eine vertraute Geste, als wären sie schon seit vielen Jahren zusammen. Vergessen waren die – wenn auch leisen – Zweifel von vorhin, als er sie an sich zog und sagte: »Nein. Ich habe nie jemanden von ihnen kennengelernt. Soweit ich weiß, durfte man früher in Urgroßvaters Gegenwart seine alte Familie nie erwähnen. Ich glaube, seine Exfrau hat seine Kinder gegen ihn aufgehetzt. Und irgendwie blieb das dann so, dass man über die ehemalige Familie meines Urgroßvaters nicht sprach.«

»Und deine Urgroßmutter?«, fragte Alexandra.

»Man durfte den Namen Michelle auch in ihrer Gegenwart nicht aussprechen, das hat mir mal meine Mutter erzählt«, sagte Philippe. »Ich glaube, sie hat nie verwunden, dass sie die ganzen Jahre über an ihrer Liebe festgehalten hat und er eine andere heiratete. Zumal es so kurz vor Kriegsende war. So kurz bevor es endlich eine Chance gab, sie wiederzusehen.«

»Das hätte mich bestimmt auch gekränkt«, sagte Zita nachdenklich. »Warum hat er das denn getan?«

Philippe zuckte kurz zusammen. Zita hatte keine Ahnung, was sie mit diesen unbedachten Worten in ihm anrichtete. Da war sie wieder, die Verpflichtung, die mit einer Beziehung einherging. Plötzlich ging ihm auf, dass es nicht nur um Fesseln und Einschränkungen ging, sondern auch um die Gefahr, jemanden zu enttäuschen. Er fragte sich, ob er deswegen so vorsichtig war und so große Angst vor festen Bindungen hatte. Weil er fürchtete zu verletzen. Vielleicht hatte ihn die Glocke des Schweigens, die über der ersten Ehe seines Urgroßvaters lag, nachhaltig geprägt.

»Philippe?«, fragte Zita.

»Da weiß ich nur ganz wenig drüber, weil das, wie gesagt, ein Tabuthema war«, sagte er rasch. »Auch Großvater hat nie drüber gesprochen und mit meinen Eltern habe ich das nicht thematisiert. Ich glaube, es ging irgendwie um Michelles Ehre. Deswegen hat er sie geheiratet.«

»War sie vielleicht schwanger?«, fragte Alexandra und strich selbstvergessen über ihren gewölbten Leib. »Im Gegensatz zu heute war das damals ja eine Schande, unverheiratet zu sein und ein Kind zu bekommen.« Sie warf Ole, mit dem sie nicht verheiratet war, einen spöttischen Blick zu, den er breit grinsend erwiderte.

»Sophie war auch schwanger und nicht verheiratet«, sagte Melissa, »und das noch dazu von einem Franzosen. Das war schlimm, davon hat Mutter …«, sie stockte, schluckte, »… Johanna immer wieder erzählt. Ich weiß, dass sie sogar hier, in Überlingen, dafür angegriffen wurde. Und dass sie dann ins Ruhrgebiet geflohen ist. Luise lebte dort.«

»Ins Ruhrgebiet?«, fragte Zita überrascht. »Warum denn ausgerechnet ins Ruhrgebiet? Das war doch besetzte Zone.«

»Gerade deswegen, ist doch klar«, rief Mia. »Sie hat gehofft, dort ihren Pierre wiederzutreffen, was dann ja zum Glück auch geklappt hat.«

»Es muss schwer für die beiden gewesen sein«, überlegte Zita. »Ich glaube nicht, dass es unbedingt gut ankam, wenn sich ein Franzose und eine Deutsche getroffen haben.«

»Allerdings«, bestätigte Melissa. »Ich habe mich darüber mal mit meiner Mutter«, diesmal sprach sie das Wort bewusst aus, aber es kam ihr schwer über die Lippen, »unterhalten. Die Deutschen sind von den Franzosen ja reihenweise ausgewiesen worden. Und anscheinend gab es auch immer wieder Schießereien. Viel weiß ich nicht darüber. Nur, dass Siegfried während der Besetzung ums Leben kam. Aber das haben wir ja auch erst vor Kurzem erfahren.«

»Getötet von Sophie und Luise. Das sagte zumindest Großtante Franziska, bevor sie starb«, murmelte Mia gedankenverloren vor sich hin.

Ole, der Kriminalbeamte, blickte interessiert auf. Diese Information hatte er noch nicht gehabt.

»Glaubt ihr das auch?«, wollte er wissen.

»Keine Ahnung«, sagte Mia. »Aber wir werden es herausfinden. Weißt du noch irgendwas über Siegfried?«, wandte sie sich an ihre Mutter.

»Nur, dass er dem Widerstand angehörte. Ich meine, dem Untergrund, denn Widerstand haben ja alle geleistet. In den Hotels und den Läden wurden Franzosen nicht bedient. Mehr weiß ich aber nicht. Das ist nur eines der Dinge, über die man in dieser Familie nie gesprochen hat.« Es klang bitter.

Mia legte ihre Hand auf die ihrer Mutter und lächelte ihr zu. »Du hast recht«, sagte sie. »Ich fand es auch immer schade, dass wir nie über all diese Dinge geredet haben. Aber es ist doch gut, dass wir es jetzt tun.«

»Ja«, stimmte Melissa ihr zu. »Und wer weiß, was uns diese Kiste hier noch alles verrät.«

*

Einen Tag nachdem Franziska Gerstett beerdigt worden war, brachen Zita und Philippe nach Frankreich auf. »Aber vergiss nicht, hier noch mal alles durchzusuchen und uns zu informieren, wenn du etwas Interessantes findest«, bat Zita, als sie Mia zum Abschied umarmte.

»Ganz sicher nicht«, erklärte Mia. »Ich könnte wetten, dass Großtante in ihrem Zimmer ganz viele wichtige Unterlagen deponiert hat. Und bestimmt stoßen wir auch noch auf einige besonders interessante Blätter aus dem Notizbuch.«

»Wenn sie sie nicht alle vernichtet hat«, wandte Philippe ein.

»Das glaube ich nicht«, sagte Mia. »Warum sonst hätte sie zum Beispiel ihre Kommode immer abschließen sollen? Ich habe so oft versucht, die Schubladen zu öffnen, vor allem, als ich noch kleiner war.«

Sie winkte den Freunden hinterher, als sie vom Hof rollten. Der Kies knirschte unter den Rädern und Mia musste daran denken, wie Philippe damals angekommen war: Gerade als sie mit der vergifteten Zita aus dem Haus wankte, war er durch die Einfahrt gelaufen und hatte alles stehen und liegen lassen, um als Mediziner Erste Hilfe zu leisten. Und nun waren die beiden ein Paar. Mia lächelte versonnen und wurde gleich darauf wieder ernst. Es war schon verrückt, wie das Leben manchmal spielte. Hätte Zita auf eBay nicht das silberne Notizbüchlein ersteigert, wäre die Sache nie ins Rollen gekommen. Bis heute war ungeklärt, wer das Notizbüchlein eigentlich verschickt hatte. Als Absenderadresse war Sophie Didier, Altes Schulhaus, Überlingen, angegeben. Sophie Didier aber war tot und konnte das Büchlein nicht versendet haben. Wer hatte Interesse daran, es auf eBay an eine wildfremde Person zu verschicken – und noch dazu unter dem Namen einer Toten? Es musste jemand sein, der die Familiengeschichte kannte. Aber es machte keinen Sinn, dass der das Büchlein dann versteigerte.

Mia seufzte. Es gab noch viel zu entdecken und sie freute sich gleichermaßen darauf, wie sie sich davor fürchtete. Welche Überraschungen würden sie erwarten? Was würde sie noch herausfinden?

46. KAPITEL

90 Jahre zuvor
Essen, Ruhrgebiet, 10. - 18. März 1923

Für die Polizei stand von vornherein fest, dass Franzosen den Anschlag verübt hatten. Mit ernster Miene bat der ermittelnde Beamte, der sich als Martin Kimmenhagen vorstellte, Luise, Platz zu nehmen.

Luise tat, wie ihr geheißen, und setzte sich an den Esszimmertisch. Mit wackeligen Beinen, weil sie Angst hatte, dass er einen Verdacht gegen sie hegte. Dass irgendetwas sie verraten hatte. Dass man sie verhaften würde.

»Frau Seiler«, begann Martin Kimmenhagen und blickte angestrengt auf den Stift in seiner Hand, mit dem er spielte. Dann sah er auf und ihr geradewegs in die Augen. »Frau Seiler, Ihr Mann war ein sehr tapferer Mann. Sie können stolz auf ihn sein. Ich fürchte …, ich fürchte, dass es die derzeitige politische Lage war, die ihn das Leben gekostet hat.«

»Wie meinen Sie das?«, fragte Luise.

»Ihr Mann war Mitglied eines Beobachtungstrupps. Wir gehen davon aus, dass französische Spitzel ihn enttarnt haben.« Er sah sie mitleidig an. »Ich kann mir vorstellen, dass die Situation sehr hart für Sie ist, aber ich muss Sie trotzdem bitten, mir einige Fragen zu beantworten.«

»Natürlich«, erwiderte Luise gefasst und bestrebt, sich ihre Erleichterung nicht allzu deutlich anmerken zu lassen.

»Versuchen Sie bitte, mir möglichst genau zu erzählen, wie Sie Ihren Mann aufgefunden haben.«

Sie warf einen Blick auf Sophie, die mit einem weiteren Polizisten auf dem Sofa saß. Zum Glück hatten sie sich vor Eintreffen der Polizei noch genau überlegt, was sie sagen wollten, sodass sie sich nicht in Widersprüche verstricken würden.

»Ich bin erst ins Gästezimmer gegangen, um Raphael seine Medizin zu bringen. Meine Schwägerin und mein Neffe sind etwa eine Viertelstunde vor mir eingetroffen.«

»Sie waren gemeinsam mit dem Kind beim Arzt?«

Luise nickte. »Ja. Raphael ist wirklich sehr krank. Wir wollten ihn beim Gehen von beiden Seiten stützen.«

Martin Kimmenhagen runzelte die Stirn. »Wenn der Junge so krank ist – wieso haben Sie den Arzt dann nicht gebeten, zu Ihnen nach Hause zu kommen?«

Luise erschrak. Mit dieser Frage hatte sie nicht gerechnet. »Ich weiß auch nicht«, sagte sie. »Da haben wir irgendwie gar nicht drüber nachgedacht.«

Der Polizist nickte. Die Antwort schien ihm zu genügen.

»Wann haben Sie das Haus verlassen?«

»Ich kann es nicht genau sagen«, antwortete Luise. »Aber es muss gegen Mittag gewesen sein.«

»Und Sie sind auf direktem Weg zum Arzt gegangen?«

Sie nickte. »Ja.«

»Können Sie uns Namen und Anschrift des Arztes mitteilen?«

»Natürlich.«

Sie schrieb die gewünschten Angaben auf einen Zettel, den er ihr reichte, und schob ihn über den Tisch. Sie bemerkte, dass er sie ganz genau beobachtete. Ich muss immer noch sehr gut aufpassen, dachte sie. Ich darf mich nicht in falscher Sicherheit wiegen.

»Und als Sie gingen, war Ihr Mann da zu Hause?«

»Nein«, erwiderte Luise.

Der Beamte runzelte die Stirn. »Aber anscheinend kam er, während Sie fort waren. Ist es üblich, dass sich Ihr Gatte tagsüber zu Hause aufhält?«

Luise zuckte die Achseln. »Es gab bei uns in letzter Zeit eigentlich keine Normalität«, sagte sie. »Wissen Sie, bis vor ein paar Wochen war er nur ein einfacher Arbeiter bei den Krupp-Werken. Dann wurde er verhaftet – von den Franzosen.« Sie bemühte sich, das Wort hasserfüllt auszusprechen, und sah dabei den Polizisten Beifall heischend an. Der nickte zustimmend, ihre augenscheinliche Empörung teilend.

»Im Gefängnis lernte er dann einen Hoteldirektor kennen, der ihm eine Stelle als Geschäftsführer anbot – wenn auch nicht sofort, mein Mann wollte das nicht, aus Solidarität mit seinen Kollegen.« An dieser Stelle übermannte sie tatsächlich die Trauer um Siegfried, ihren Siegfried, nicht den Mann, der tot auf dem Boden lag, sondern den, den sie schon lange verloren hatte, vor vielen, vielen Jahren. Ihre Stimme bebte, als sie fortfuhr: »Wir sind dann ganz schnell in diese Wohnung hier umgezogen, es handelt sich wohl um eine Dienstwohnung. Und seither war alles unregelmäßig. Er war auch abends viel unterwegs.«

Kimmenhagen nickte gewichtig. Er wusste, dass Seiler unterwegs gewesen war, um sein Land zu unterstützen.

»Wie lange waren Sie fort? Können Sie das einschätzen?«

Luise überlegte. »Ich würde sagen, nicht mehr als eineinhalb Stunden.«

»Wusste Ihr Mann, dass Sie fortgehen wollten?«

Sie schüttelte den Kopf. »Nein. Sophie und ich haben uns spontan dazu entschieden, als wir gemerkt haben, dass es meinem Neffen immer schlechter ging.«

»Ihr Mann konnte also nicht wissen, dass Sie außer Haus sind? Er konnte die Wohnung nicht für ein Treffen genutzt haben?«

»Nein.«

»Hm«, grübelte der Polizist und trommelte mit seinen gepflegten Fingernägeln auf die Tischplatte. Plötzlich blickte er auf. »Wie haben Sie die Tür vorgefunden, als Sie ankamen?«

»Verschlossen«, sagte Luise. »Ich habe aufgeschlossen. Aber ich bin ja auch nach Sophie und Raphael gekommen.«

»Und wie haben die beiden die Tür vorgefunden?«

»Das weiß ich nicht. Nachdem wir meinen Mann gefunden haben«, sie presste kurz die Lippen zusammen, »haben wir Sie sofort alarmiert und uns nicht mehr groß ausgetauscht.«

»Ja«, brummte Kimmenhagen, »natürlich.«

»Aber ich glaube nicht, dass die Tür offen war, als sie nach Hause gekommen sind«, sagte Luise dann, während sie einen Blick über die Schulter in Richtung Tür warf. Erst jetzt bemerkte sie das hektische Treiben im Raum, die Beamten taten ihre Arbeit. Schnell wandte sie den Blick wieder ab. »Sie hätte mir das sonst sicher gleich beim Reinkommen gesagt. In diesen Tagen muss man ja vorsichtig sein.«

*

Siegfried Seiler wurde fünf Tage später auf dem Friedhof von Essen bestattet. Sie waren alle gekommen. Helene und Justus, die hochschwangere Johanna, Sebastian, die kleine Susanne, Marlene, Franziska. Die Familie traf sich vor der Beerdigung in Luises Wohnung. Helene stieß einen spitzen Schrei aus, als sie ihre Schwägerin erblickte. »Meine Liebe!« Sie warf sich Luise in die Arme. »Meine arme, arme Luise. Und mein armer Siegfried, mein geliebter Bruder.«

Johanna wechselte einen Blick mit Sophie. Sie war noch nicht dazu gekommen, die Freundin und Tante zu begrüßen, denn sie stand hinter Helene, und die versperrte allen den Weg. Aber der Blick, den die beiden tauschten, sagte alles: Helene inszenierte sich mal wieder selbst. Nahe hatten sie und Siegfried sich nun wirklich nicht gestanden – und Luise und Helene ebenso wenig. Im Gegenteil, es hatte in den wenigen Monaten, in denen die beiden Frauen in Konstanz unter einem Dach lebten, sogar heftige Spannungen gegeben.

»Mutter, ich glaube, du solltest Luise jetzt loslassen«, sagte Johanna nach einer Weile, als Susanne und Robert quengelig zu werden begannen. »Wir anderen stehen alle noch im Treppenhaus.« Helene warf ihr einen bösen Blick über die Schulter zu und ging an Luise vorbei ins Wohnzimmer, nachdem sie ihre Schwester mit einer kurzen Umarmung begrüßt hatte. »Luise«, sagte Johanna und nahm ihre Freundin nun ihrerseits in die Arme. »Es tut mir ja so leid.«

Luise begann zu weinen. Wegen der Nähe zu Johanna, mit der sie schon so vieles erlebt hatte. Und weil sie nun ein Geheimnis vor ihr hatte. Sie durfte Johanna nie, niemals die Wahrheit über Siegfrieds Tod sagen. Und das belastete sie. Es belastete sie sogar sehr. Johannas dicker Bauch drückte sich hart gegen den ihren und Luise durchfuhr ein scharfer Schmerz. Hatte ihr Siegfried nicht genau das vorgeworfen in diesem hässlichen letzten Streit? Dass sie unfähig sei, Kinder zu gebären? Johanna war nun zum dritten Mal schwanger. Das Leben war einfach ungerecht. Und sie würde nun nie Mutterfreuden erleben. Sie war Witwe.

Der Mann, den sie einst so geliebt hatte, war tot. Ermordet von ihr, seiner Frau. Sie schluchzte und Johanna schlang ihre Arme fester um sie. Der Bauch presste sich nun noch mehr gegen ihren.

Dass Siegfried von den Franzosen ermordet worden war – für das Vaterland –, galt, obschon es freilich nicht bewiesen war, als Tatsache. Und so wurde seine Beerdigung eine Massenveranstaltung. Seine ehemaligen Kollegen von den Krupp-Werken erschienen, und der Arbeitervertreter versicherte, dass man stolz sei, einen so mutigen Mann zu den Kollegen gezählt zu haben. Und dass Fritz Krupp sicherlich persönlich gekommen wäre, wenn die Franzosen ihn nicht verhaftet hätten und ihm nun den Prozess machen würden. Menschen wie Siegfried Seiler, sagte der Mann, brauche das Vaterland. Menschen, die erst ihr Bein und dann ihr Leben gaben. Johanna hörte zu, angeekelt von diesem übertriebenen Pathos – und auch ein wenig ängstlich. Sie tastete nach Sebastians Hand, und als er sie stumm drückte, fühlte sie sich ihm zum ersten Mal nach langer Zeit wieder verbunden. »Es ist wie damals, findest du nicht? Wie damals vor dem Krieg. Die gleiche fanatische Vaterlandsbegeisterung.«

Sebastian schüttelte den Kopf. »Nein«, flüsterte er zurück, »das scheint zwar oberflächlich so, aber es ist schon anders.«

Sie hielten sich weiter an den Händen, verfolgten stumm die Zeremonie. Susanne schmiegte ihre Hand in Johannas freie Linke. Neben Johanna stand Friedrich, ihr Großvater und Siegfrieds Vater, mit steinernem Gesicht, seinen Enkel Robert an der Hand. Seit dem Tod seines Sohnes war er in eine Erstarrung gefallen, die Sophie und Johanna schon einmal an ihm erlebt hatten. Damals, als Amalia, seine geliebte Frau, gestorben war. Auf Susannes anderer Seite stand Helene, augenscheinlich stolz auf ihren Bruder, den Helden. Dass er ihr Bruder war, diese Tatsache jedem mitzuteilen, versäumte sie bei der anschließenden Trauerfeier nicht. Und sie sonnte sich in den bewundernden Blicken, die sie dafür bekam. Vor Helene stand, leicht an sie gelehnt, Franziska, daneben Marlene. Johanna wunderte sich über den verträumten Ausdruck, der auf Marlenes Zügen lag. Als wäre sie gedanklich gar nicht bei uns, dachte sie. Dann fiel ihr Blick auf Franziska – und sie erschrak. Franziska starrte den Mann, der die Worte vom Heldentod sprach, mit einer derart verzückten Miene an, dass Johanna ganz kalt wurde. Hastig wandte sie den Blick ab und betrachtete die anderen Gäste.

Auf Helenes anderer Seite stand Justus mit unbewegter Miene, jeder Zoll ein aufrechter Offizier. Sophie stand mit Luise und dem inzwischen wieder weitgehend genesenen Raphael am nächsten am Grab.

Beiden Frauen liefen Tränen über das Gesicht, bei beiden lösten sich der Schrecken und die Erstarrung. Vor beider innerem Auge zogen die Bilder jenes grausamen Tages vorbei, an dem Siegfried gestorben war. Sie hörten noch seine harten, höhnischen Worte, sie hörten das Krachen, als der Kerzenleuchter seinen Schädelknochen traf.

Keine hob den Blick vom Sarg, keine bemerkte, was um sie herum geschah, beide nahmen die Zeremonie und den Rummel nur am Rande wahr. Und so sah Sophie auch nicht den schlanken, dunkelhaarigen Mann, der, in Zivil gekleidet, etwas abseits stand und sie fassungslos anstarrte.

47. KAPITEL

Petrograd, Russland, 15. März 1923

Irina klopfte an die schwere Tür, die zum Arbeitszimmer der Oberschwester führte, wartete das »Herein« nicht ab, sondern trat einfach ein. Die Oberschwester hob erstaunt den Kopf und in ihrem »Ja, bitte?« lag ein deutlicher Tadel.

Irina trat vor den gewaltigen Schreibtisch, der den Krieg überdauert hatte, und senkte den Kopf. »Verzeihen Sie, dass ich hier einfach so hereinkomme, Oberschwester Anastasia«, sagte sie leise, »ich habe einen wichtigen Entschluss gefasst und möchte, dass Sie es als Erste erfahren.«

Die Oberschwester hob fragend die Augenbrauen und machte dann eine einladende Bewegung in Richtung des Besucherstuhls, der auf der anderen Seite des Schreibtisches stand und dessen dünner brauner Lederbezug gerissen war und an eine Pergamenthaut erinnerte.

Irina setzte sich und sah der Oberschwester gerade in die Augen. Ihr war ein wenig schwindelig, als sie erklärte: »Ich möchte kündigen.«

»Aber weshalb denn?«, fragte Schwester Anastasia perplex. »Sie sind doch nun schon so viele Jahre bei uns. Sie tun Ihre Arbeit mit ganzem Herzen und Ihre Patienten lieben Sie.«

»Ich möchte mal etwas anderes sehen«, sagte Irina rasch. Sie konnte ihr nicht erklären, dass es mit dem Bürgerkrieg zu tun hatte. Mit Lenins Schlaganfall und mit der Richtung, in die sich die Partei, der sie sich einmal zugehörig gefühlt hatte, entwickelte. Darüber konnte sie unmöglich sprechen.

Und wenn die Oberschwester es ahnen würde, würde sie sie auch nicht danach fragen, das war klar.

»Fühlen Sie sich hier nicht mehr wohl? Haben Sie Schwierigkeiten?«, fragte Schwester Anastasia, und ihr runzliges, wettergegerbtes Gesicht legte sich in Falten, während ihre dunklen klugen Augen die junge Frau fixierten. Irina hatte das Gefühl, als würde der Blick dieser alten, weisen Augen, die schon so viel gesehen hatten, direkt durch sie hindurch und bis auf den Grund ihrer Seele schauen. Sie fühlte sich unbehaglich und begann, innerlich rasch eine Mauer zu errichten gegen diesen allzu eindringlichen Blick. Ganz rasch, Stein auf Stein. Der Mörtel zwischen diesen Steinen war die Lüge, zu der sie nun ansetzte, als sie sagte: »Nein, ich ... um ehrlich zu sein, habe ich den Dienst langsam über. Ich will nicht mehr jeden Tag dasselbe tun.«

Über den Blick der Oberschwester fiel ein Schleier. Sie liebte ihre Arbeit, hatte ihr ihr Leben gewidmet. Und sie liebte die, die es ebenso hielten wie sie. Irina hatte zu diesen Menschen gehört. Die Worte der jungen Frau enttäuschten und verletzten sie. »Sie werden keine andere Stelle finden«, sagte sie nun kühl.

Irina schluckte. Die Anerkennung der Oberschwester war für sie stets von äußerster Wichtigkeit gewesen. Es tat weh, diese nun zu verspielen. Trotzdem machte sie weiter. Ihr blieb keine andere Wahl. »Ich habe alle Risiken abgewogen und bin zu allem entschlossen.«

»Nun gut.« Anastasias Stimme klang nun noch eine Nuance kühler. »Hoffentlich bereuen Sie es nicht eines Tages.«

»Nein«, sagte Irina lächelnd, »das glaube ich nicht.«

Die Oberschwester gab sich einen Ruck. So gekränkt, enttäuscht und verletzt sie auch von Irinas Kündigung und deren Worten war – sie hatte die junge Frau doch sehr ins Herz geschlossen, und jetzt, wo sie sich einen Moment lang gefasst hatte, wurde ihr klar, dass mehr dahinterstecken musste. Irina liebt ihre Arbeit. Sehr sogar. Sie ist ein Mensch, der immerzu brennt und kämpft, meine kleine Irina, dachte die Oberschwester zärtlich. Sie war eine kluge Frau und erahnte Irinas Beweggründe hinter der Fassade zumindest ansatzweise. »Wissen Sie denn schon, was Sie nun machen werden?«, fragte sie versöhnlich.

Irina zögerte. Sie traute sich nicht so recht, über ihre Pläne zu sprechen, andererseits hatte sie sich mit der Schwester stets gut verstanden. Und sie spürte die Hand, die die Oberschwester zaghaft in ihre Richtung ausstreckte. »Ich werde nach Deutschland gehen«, sagte sie deshalb mit leuchtenden Augen.

»Nach Deutschland? Aber was wollen Sie denn da?«

»Erinnern Sie sich an die beiden jungen Schwestern, die während des Krieges hier gearbeitet haben? Die deutschen Gefangenen?«

»Natürlich«, erwiderte Anastasia, »wie könnte ich sie vergessen! Johanna und Luise … Zwei ganz besondere Frauen waren das. Wie lang ist das her.«

»Ja«, Irina lächelte traurig, »es ist viel Zeit vergangen.«

»Ich dachte, Sie hätten keinen Kontakt mehr?« Die Oberschwester hatte sich bei der Jüngeren dann und wann nach dem Wohlergehen der beiden erkundigt und jedes Mal zu hören bekommen, sie wisse nichts.

»Hatten wir auch nicht, aber ich bereue es, den Kontakt abgebrochen zu haben. Ich möchte den Faden wieder aufnehmen«, erklärte Irina.

Anastasia sah die junge Schwester erneut prüfend an. Irinas Augen leuchteten wieder wie zu Zeiten der Revolution und schienen Funken zu sprühen. Da steckte mehr dahinter. Die Schwester vermutete, dass es mit diesem jungen Mann zusammenhing, mit dem Irina damals nach der missglückten Flucht zurückgekommen war und den sie zusammen mit Johannas Freund Sebastian in deren ehemaliger Wohnung versteckt gehalten hatte.

»Wollen Sie, nur um die beiden Frauen aufzusuchen, alles aufgeben und nach Deutschland gehen?«, fragte sie nun vorsichtig. »Verzeihen Sie, aber das glaube ich Ihnen nicht.«

Irina wandte heftig den Kopf ab und bereute zutiefst, dass sie die anfängliche Distanz nicht gewahrt, an der Mauer nicht weitergebaut hatte. Aber es war ihr so wichtig, sich von der Frau, mit der sie jahrelang zusammengearbeitet hatte, nicht im Unfrieden zu verabschieden. Irina wünschte sich, dass sie sie verstand, fühlte sich aber andererseits nicht in der Lage, ihr alles anzuvertrauen. Sie mochte die Oberschwester sehr, aber sie hatte immer das Gefühl, dass deren durchdringende Augen alle Widersprüche erkennen konnten. Vielleicht sogar Widersprüche, die sie selbst nicht sah.

»Nun?«, fragte die Schwester leise.

In diesem Moment entschloss sich Irina, ihr von Karl zu erzählen. »Ich habe in Deutschland einen Freund«, sagte sie rasch, »und den möchte ich gerne wiedersehen.«

»Es ist dieser Karl, nicht war?«

Irina fuhr auf. »Woher wissen Sie das?«

»Mein liebes Kind, die Menschen nehmen mehr wahr, als man manchmal denkt. Und ältere Menschen wie ich ohnehin. Sie haben im Leben einen geschärften Blick bekommen.«

Irina schwieg, den Kopf gesenkt.

»Wie lange haben Sie zu diesem Karl keinen Kontakt gehabt?«, fragte die Schwester sanft.

»Fünf Jahre«, murmelte Irina.

»Fünf Jahre«, wiederholte die Oberschwester langsam. »In fünf Jahren kann viel geschehen.«

»Ich weiß!« Irina hob trotzig das Kinn, ihre Augen funkelten. »Aber Karl wartet auf mich, da bin ich mir sicher.«

»Haben Sie ihm denn damals in Aussicht gestellt, dass Sie wiederkehren werden?«

Irina schüttelte in der für sie so typischen Bewegung heftig den Kopf. »Njet.«

»Ich fürchte, dann dürfen Sie auch nicht erwarten, dass er auf Sie gewartet hat«, sagte die Schwester. »Er kann nicht sein Leben lang Junggeselle bleiben, nur weil Sie ihn verlassen haben.«

»Jetzt kehre ich ja zurück zu ihm«, brauste Irina auf.

»Es könnte zu spät sein«, warnte die Oberschwester.

»Es ist nicht zu spät«, beharrte Irina.

»Dann bleibt mir nichts anderes, als Ihnen alles Gute zu wünschen.« Die Oberschwester nahm Irinas Hände in die ihren. »Leben Sie wohl, mein liebes Kind.« Sie hatte Tränen in den Augen.

»Ich komme ja noch mal wieder«, sagte Irina, unangenehm berührt. »Mein Dienst endet schließlich nicht von heute auf morgen.«

Anastasia schüttelte den Kopf. »Gehen Sie lieber gleich«, sagte sie rau. »Ich kenne Sie. Wenn Sie mit Ihrem Herzen bereits woanders sind, leisten Sie keine gute Arbeit.«

»Ich habe immer …«, begann Irina empört.

»Sie sind eine gute Krankenschwester, ja«, unterbrach die alte Frau. »Aber nur, wenn Sie dafür brennen. Dann sind Sie in *allem* gut.«

»Aber die Patienten ...«

»Wir werden schnell eine Krankenschwester finden, die froh ist, Arbeit zu bekommen.«

Irina schwieg. Einerseits war sie froh, gleich gehen zu dürfen, andererseits war nun alles so endgültig. Außerdem hörte sie nicht gern, wie leicht sie ersetzbar war.

»Nun machen Sie nicht so ein Gesicht«, meinte die Oberschwester lächelnd. »Sie haben doch bekommen, was Sie wollten.«

Irina sah sie an, tiefe Zuneigung im Blick. Dann beugte sie sich vor und gab der alten Frau einen Kuss auf die Wange. »Danke, Oberschwester Anastasia. Ich werde Sie nie vergessen.«

48. KAPITEL

Essen, Ruhrgebiet, 15. März 1923

Die Ermordung Siegfried Seilers hatte auch bei den Franzosen für großen Aufruhr gesorgt. »Wir können uns so etwas nicht leisten«, tobte Jaques Le Fevre, Pierres direkter Vorgesetzter. »Wir weisen Beamte aus, die sich uns widersetzen, wir greifen hart durch, wir sorgen für Ordnung und dafür, dass sie die Reparationszahlungen wieder aufnehmen. Aber wir ermorden sie nicht.«

»Nicht?«, fragte Pierre sarkastisch. »Da kenne ich aber den einen oder anderen Fall, in dem das ganz anders ist.«

Der Offizier strafte ihn mit einem Blick, der scharf war wie die Klinge eines frisch gewetzten Messers.

»Pardon.« Pierre blickte zu Boden. Später wusste er gar nicht mehr, warum er nach dem Namen des Deutschen gefragt hatte. Bei der Antwort »Siegfried Seiler« fuhr er zusammen und hätte beinahe seine Kaffeetasse fallen lassen. Im letzten Moment gelang es ihm, das zu verhindern, aber er verschluckte sich und musste kräftig husten.

»Alles in Ordnung?«, sein Kollege musterte ihn interessiert und auch ein wenig misstrauisch. »Kennen Sie den Mann?«

»Nein, nein«, winkte Pierre ab. »Alles in Ordnung. Der Kaffee war nur etwas heiß.«

In gleichen Moment, als er davon hörte, wusste er, dass es seine Chance war, Sophie zu finden – auch wenn er sich in Konstanz am Bodenseeufer geschworen hatte, nicht länger nach ihr zu suchen – wenn sie so nah war, wäre es absurd, sich an das Versprechen, das er sich selbst gegeben hatte, zu halten.

Aber vielleicht handelte es sich bei diesem Siegfried Seiler ja auch gar nicht um Sophies Bruder, den Namen gab es vermutlich häufig in Deutschland. Dennoch ging er am Tag der Beerdigung hin. Natürlich ging er hin. Dank seiner gehobenen Position konnte er das selbst entscheiden – und hatte das beste Argument überhaupt: dass er in Zivil gehen und sich einmal ansehen würde, ob die Deutschen die Beerdigung zu einer Propagandaveranstaltung machen würden. Gegen die Franzosen.

Dass die Besatzungsmacht keine Schuld am Tod Siegfried Seilers hatte, stand für Pierre und seine Kameraden fest. Von vornherein war klar gewesen, dass die Sache nicht auf offizielle Anordnung hin geschehen war.

All diese Gedanken wurden völlig zweitrangig, als er Sophie wiedersah. Wie sie dort am Grab stand, so traurig, so allein und doch so stark und aufrecht und vor allem wunderschön. Ihr Anblick traf Pierre wie ein Schlag. Obwohl er damit gerechnet, darauf gehofft hatte, sie wiederzusehen, konnte er es nun, da sie tatsächlich fast vor ihm stand, kaum glauben. Nach all den Jahren! Er spürte, dass seine Beine schwach wurden. Stumm flehte er sie an, den Blick zu heben und ihn zu bemerken. Und die Vernunft in ihm bat sie gleichermaßen, es nicht zu tun. *Er* war darauf vorbereitet, sie hier zu sehen. *Sie* hingegen hatte nicht die geringste Ahnung von seiner Anwesenheit. Er wusste nicht, wie sie reagieren und ob ihre Reaktion sie verraten würde. Was hochgefährlich für sie beide gewesen wäre.

Aber Sophie hob den Blick nicht vom Grab. Der Mann, der ihr schräg gegenüberstand, trat einen Schritt nach rechts. Erst jetzt konnte Pierre den Jungen an Sophies Seite sehen. Irgendwie kam er ihm bekannt vor. Sein Herz begann zu rasen. Tatsächlich. Es handelte sich um den Jungen, den er von den Gleisen gerettet hatte. Damals hatte er noch gedacht, dass er Sophie ähnlich sehe, und sich dann einen Narren gescholten. Nun gab es keinen Zweifel mehr: Sophie hatte wieder geheiratet. Sie hatte einen Sohn. Aber was für ein ungeheurer Zufall, dass es ausgerechnet Sophies Sohn war, den er gerettet hatte. War das überhaupt noch Zufall? War das nicht viel eher ein Wink des Schicksals, der ihn dazu aufforderte, sie nicht aufzugeben? Auch wenn sie verheiratet war?

Hastig suchten seine Augen nach einem Mann, der ihr Gatte und der Vater des Jungen sein könnte. Er fand niemanden, aber das beruhigte ihn nicht. Sophie hatte einen Sohn, einen solch großen Jungen. Es stimmte also, was Helene gesagt hatte: dass Sophie sehr rasch geheiratet und ihn schnell vergessen hatte. Die Zweifel und die Hoffnungen, die gleich darauf wieder an den Zweifeln zerbrachen, schleuderten ihn hin und her, während er dastand und seine große Liebe anstarrte.

Auf den Gedanken, dass Raphael sein Sohn sein könnte, kam Pierre Didier nicht. Er war wie betäubt, als er der Trauergesellschaft den Rücken kehrte und den Friedhof mit schweren Schritten verließ.

49. KAPITEL

Essen, Ruhrgebiet, 15. März 1923

Franziska konnte nicht schlafen. Sie fand es ungerecht, dass sie sich mit Susanne, Robert und Raphael ein Zimmer teilen sollte, während die Erwachsenen nebenan in dem feinen Hotel nächtigten. Franziska war dort gewesen, hatte einen Blick ins Zimmer ihrer Eltern werfen dürfen – und sich augenblicklich gefühlt wie eine Prinzessin. Wie herrlich dick und weich sich der Teppich unter ihren Füßen anfühlte. Und das Bett hatte sogar einen Himmel! »Warum darf ich nicht hier bei euch schlafen?«, hatte sie gequengelt. »Hier ist es viel schöner.«

Helene schüttelte streng den Kopf. »Alle Kinder schlafen drüben«, sagte sie in einem Ton, der keinen Widerspruch duldete. Franziska versuchte es doch. »Aber Marlene darf auch hier im Hotel schlafen. Und Johanna …«

»Deine Schwestern sind groß«, schnitt Helene ihr das Wort ab. »Und jetzt beeil dich bitte. Drüben warten sie sicher schon auf uns.«

Eine Stunde später lag Franziska nun auf ihrem schmalen Feldbett unter dem Fenster und lauschte auf die Atemzüge der anderen. Immer war sie es, die benachteiligt wurde, dachte sie. Alle waren ungerecht zu ihr, so ungerecht wie die Franzosen, die ihren Onkel getötet hatten. Sie wusste genau, dass die Erwachsenen im Wohnzimmer saßen, plauderten und wahrscheinlich von den leckeren Sachen aßen, die es nach der Beerdigung gegeben hatte. Und von denen, davon hatte sie sich bei einem Besuch in der Küche selbst überzeugt, gab es noch jede Menge. Mit einem Mal merkte sie, wie ihr das Wasser im Mund zusammenlief. Sie hatte es satt, immer zu hungern. Vor allem, wenn die anderen es sich gut gehen ließen. Das, fand Franziska, musste sie sich nicht gefallen lassen.

Sie schlüpfte unter der Bettdecke hervor, schlich auf bloßen Füßen zur Tür und öffnete sie leise. In der Diele brannte Licht. Franziska kniff die Augen zusammen, dann ging sie in Richtung Küche. Sie streckte die Hand nach der Klinke aus – und zuckte zurück. Aus der Küche kamen Stimmen. Ich bin aber auch wirklich vom Pech verfolgt!, dachte sie ärgerlich.

Das Mädchen presste sein Ohr an die Tür und hörte verzweifeltes Schluchzen. Tante Luise. Sicher war sie traurig, dass sie ihren Mann verloren hatte, dachte Franziska, verspürte aber kein Mitleid. Als sie jedoch die Worte hörte, die die Tante drinnen ausstieß, erstarrte sie. »Ich schaffe das nicht, Sophie, ich habe ihn umgebracht. Ich habe ihn getötet«, weinte die Tante. Franziska hielt den Atem an. Dann hörte sie die Stimme ihrer Tante Sophie. »Luise, du musst jetzt durchhalten. Und wenn du es so willst, sind wir beide schuld an seinem Tod. Die Gefahr ist gebannt, keiner ahnt etwas. Du darfst jetzt nur nicht die Nerven verlieren, damit machst du alles kaputt, hörst du?«

Draußen vor der Tür spürte Franziska ein Gefühl der Macht in sich aufsteigen, das sich mit Ungläubigkeit mischte. Ihre Tanten hatten Onkel Siegfried auf dem Gewissen? Das müsste sie Mutter sagen und Vater. Schon wollte sie auf die Wohnzimmertür zurennen, dann hielt sie inne. Es war besser, dieses Wissen für sich zu behalten. Wer wusste, wozu sie es noch gebrauchen könnte.

50. KAPITEL

90 Jahre später
Überlingen, Bodensee, August 2013

Die Schublade klemmte etwas, als wäre der Inhalt zu schwer für das Möbelstück und hätte seine Außenwände ausgeweitet, sodass es nicht mehr in die ihm zugedachte Führung passte. Mia ruckelte die Schublade leicht nach rechts und links, bis sie sich schließlich herausziehen ließ. Sie musste niesen, offensichtlich hatte über die Jahre so manches Staubkörnchen seinen Weg durch die Ritzen gefunden. Sie saß auf dem Boden im Zimmer ihrer verstorbenen Großtante und tat endlich das, was sie schon so viele Jahre hatte tun wollen: die geheimnisvolle Schublade der Franziska Gerstett öffnen. Umso mehr, seit sie wusste, dass die Tante ein dunkles Geheimnis hütete. Ihre Hoffnungen wurden nicht enttäuscht: Die Schublade war, ähnlich wie die Truhe auf dem Dachboden, randvoll angefüllt mit Papieren, Zetteln und Dokumenten. Viele davon hatten eine Größe, die darauf schließen ließ, dass sie einmal in dem Notizbüchlein gesteckt hatten. Ganz zuoberst fand Mia einen Zettel mit einer ihr schon bekannten Handschrift.

Überlingen, Altes Schulhaus, Februar 1923

Heute, mein Liebster, hat unser Sohn erfahren, daß sein Vater Franzose ist. Er erfuhr es, nachdem man ihn ausgelacht und verspottet hat – irgendjemand hat uns verraten. Was soll ich nur tun, ich fühle mich so unendlich einsam und verlassen. Werde ich nun auch noch ihn verlieren, nachdem der Krieg mir schon dich genommen hat?

Mia ließ den Zettel sinken. Sicherlich hatte Sophie, Philippes Urgroßmutter, das geschrieben, das ging aus dem Inhalt der Zeilen eigentlich klar hervor. ›Nachdem der Krieg mir schon dich genommen hat‹, schrieb sie. Aber die beiden hatten sich doch wiedergefunden? Philippe hatte erzählt, dass seine Urgroßmutter lange nichts von seinem Urgroßvater gehört hatte. Vielleicht war das der Grund für ihre Zeilen? Hatte sie sie geschrieben, bevor sie sich wiederbegegnet waren? So musste es wohl gewesen sein, befand Mia. Behutsam legte sie den Zettel beiseite und griff nach dem nächsten Papierstück in der Schublade. Auch dieses stammte Größe und Form nach aus dem Notizbüchlein, aber offensichtlich hatte es einen anderen Verfasser. Auch diese Handschrift kannte Mia. Sie hatte schon andere Notizzettel gefunden, die in dieser Handschrift geschrieben waren. Der Zettel musste von Luise stammen, die letzten Notizen, die Mia gelesen hatte, hatte Luise offensichtlich in ihrer russischen Gefangenschaft verfasst. Was sie nun las, war der Beweis dafür, dass Franziska nicht gelogen hatte, als sie Sophie und Luise des Mordes bezichtigte.

Dort stand, ohne Angabe von Ort und Zeit, zu lesen:

Ich habe ihn umgebracht. Ich habe meinen eigenen Mann umgebracht. Ich bin eine Mörderin! Nicht besser als die Russen, die meine Eltern und meine Großmutter so grausam niedergemetzelt haben. Sophie, die liebe Sophie will mich trösten. Sie hat mir dieses Notizbüchlein gegeben, es soll mich schützen. So, wie sie es mir schon einmal anvertraut hat, damals, als ich heiraten wollte und von den Russen verschleppt wurde. Siegfried wollte ich damals heiraten, meinen Siegfried, der am Ende seines Lebens so anders war und seine eigene Schwester und seinen eigenen Neffen an den Feind verraten wollte. Ich mußte ihn töten, sonst wäre Sophie und Raphael unendliches Leid widerfahren. Und doch: daß ich zu so etwas in der Lage bin, ist entsetzlich.

Die Verfasserin hatte drei Blätter mit dem Schreiben gefüllt, am oberen Eck waren die Seiten getackert. Mia vermutete, dass Franziska die Papiere zusammengeheftet hatte.

Aufgeregt zog sie ihr Smartphone aus der Tasche und tippte eine SMS an Zita.

›Wo seid ihr?‹

Die Antwort kam umgehend: ›Haben gerade die französische Grenze passiert. Ach, Mia, ich bin so aufgeregt!‹

Mia tippte: ›Franziska hat nicht gelogen! Habe gerade einen Zettel gefunden, auf dem die Verfasserin schreibt, sie habe Siegfried umgebracht. Er ist von Luise geschrieben, das geht klar daraus hervor.‹

Zita schrieb: ›Gibt's ja nicht. Und Sophie?‹

›Die war offensichtlich dabei und hat versucht, Luise zu beruhigen. Deswegen hat sie ihr auch das Notizbüchlein gegeben, als Glücksbringer. Anscheinend hat Luise ihren Mann umgebracht, um Sophie und Raphael zu schützen‹, antwortete Mia.

›Wieso musste Luise die beiden schützen?‹, wollte Zita wissen.

›Meine Mama hat doch erzählt, dass Siegfried dem Widerstand gegen die Franzosen angehörte. Vermutlich hatte es damit was zu tun. Sophie hatte schließlich was mit einem Franzosen, und Raphael war Halbfranzose‹, überlegte Mia.

Zita antwortete genau das, was Mia auch gedacht hatte. ›Aber Sophie war doch seine SCHWESTER! Das ist doch wichtiger!‹

›Finde ich auch‹, schrieb Mia. ›Fragt doch mal Philippes Großmutter danach. Gute Fahrt!‹

›Machen wir‹, antwortete Zita.

Mia legte ihr Handy zur Seite und schüttelte den Kopf. Siegfried wollte seine Schwester verraten und wurde deshalb von seiner Frau umgebracht. Ihre Großmutter Johanna war gar nicht ihre Großmutter. Was würde sie noch alles entdecken? Dass ein dunkles Geheimnis auf ihrer Familie lag, hatte Mia schon immer gewusst, oder besser: dass es etwas gab, worüber man nicht sprach. Die Dimension dessen, was dieses Geheimnis umfasste, verwunderte sie aber doch. Und erschreckte sie. Außerdem stieg ein Gefühl in ihr auf, das sie bisher nicht gekannt hatte: Sie machte sich Sorgen um ihre Mutter und fragte sich, ob Melissa all die Aufregungen gut verkraften würde.

51. KAPITEL

90 Jahre zuvor
Essen, Ruhrgebiet, 31. März–4. April 1923

Drei Wochen nach Siegfrieds Tod, am 31. März, starben 13 seiner einstigen Kollegen, die passiven Widerstand gegen französische Truppen leisteten, weitere 30 wurden verletzt. Das französische Kommando hatte die Pkw-Halle der Krupp-Werke besetzt, um die Autos zu beschlagnahmen. Minuten später ging der Befehl der Werksleitung durch die Räume, der lautete: Arbeit sofort einstellen. Die Männer strömten der besetzten Halle zu, um ihre Ablehnung und ihren Protest kundzutun. Stumm standen sie da, mit verschränkten Armen und finsteren Blicken. Und plötzlich ertönten Schüsse, ein französischer Offizier feuerte mitten in die Menge, wo Arbeiter der Krupp-Werke blutend und schreiend zusammenbrachen.

Sophie und Luise, die immer noch in der Wohnung des Hoteldirektors wohnten – ›Ich brauche sie momentan nicht, und Sie weiterhin dort wohnen zu lassen, gebietet mir die Solidarität‹, hatte Meinchen großartig, aber auch deutlich betroffen gesagt –, wurden durch die Ereignisse aus jener Starrheit gerissen, die sich seit Siegfrieds Beerdigung über die beiden Frauen gelegt hatte. Zuerst war da die schreckliche Tat gewesen, die Panik, dann die Anreise der Verwandten, die Beerdigung. Sie waren gar nicht zu Atem gekommen. Und nun also die Gräueltat gegen die einstigen Kumpel. »Ich will weg, Sophie. Ich halte es hier nicht mehr aus«, sagte Luise einige Tage später, am 4. April, dem Tag, an dem die Reichsregierung in einer Protestnote betonte, die Franzosen hätten das »Blutbad« angerichtet, und zwar »ohne jede Herausforderung durch die Arbeiter«, die sich »trotz ihrer begreiflichen Erregung zu keiner Tätlichkeit oder Drohung hinreißen ließen«. Die französische Regierung blieb jedoch dabei, dass die Direktoren der Krupp-Werke schuld seien, die ihre Arbeiter aufgehetzt hätten. Die Empörung der Deutschen kannte keine Grenzen, und Sophie sagte zu Luise: »Ich kann dich verstehen. Du warst hier nie gerne, warum sollst du bleiben? Fahre doch nach Überlingen zu Johanna, sie wird sich freuen.« Ihre Miene wurde ernst. »Sie hat mir gar nicht gefallen auf der Beerdigung. Sie wirkte irgendwie ganz einsam und verloren.«

»Nein«, sagte Luise. »Nein, Sophie. Auch wenn ich mich gerne um Johanna kümmern würde, aber das kann ich im Moment nicht. Ich gehe zurück nach Ostpreußen und versuche, das Gut meiner Großmutter wieder aufzubauen, das die Russen damals niedergebrannt haben. Und ich möchte gern, dass du mitkommst.«

Sophie schwieg mit gesenktem Kopf.

»Sophie?«, fragte Luise sanft.

Sophie hob den Blick und sah ihre Freundin entschlossen an. »Du hast nichts mehr, was dich hier noch hält«, sagte sie. »Ich schon. Ich bin aus einem bestimmten Grund hierhergekommen und habe noch nichts erreicht.«

»Du glaubst immer noch, dass er hier ist?«

Sophie nickte. »Davon bin ich inzwischen überzeugt. Und ich werde ihn suchen, bis ich ihn gefunden habe. Du musst den Weg nach Ostpreußen alleine gehen, Luise.«

Ihre Freundin nahm sie in die Arme und drückte sie an sich. »Viel Glück«, flüsterte sie. Dann griff sie nach dem hellblauen Seidenband, das um ihren Hals lag, streifte es sich über den Kopf und hängte ihrer Freundin das silberne Notizbuch um. »Ich gebe es dir wieder zurück«, sagte sie. »Es soll dich zu deinem Pierre führen.«

52. KAPITEL

Konstanz, Bodensee, 4. April 1923

»Hätten Sie einige Minuten Zeit für mich?« Grete wirkte verlegen, als sie Johanna ansprach, die im Wohnzimmer ihrer Eltern stand und alte Säuglingswäsche sortierte. Bei ihrem letzten Besuch in Konstanz hatte sie noch nicht alles durchgesehen und war deshalb ein zweites Mal über den See gefahren, auch wenn sie nicht die geringste Lust hatte, ihrer Mutter zu begegnen. Deswegen hatte sie ihren Besuch auf den Nachmittag gelegt, an dem Helene ihr wöchentliches Damenkränzchen hatte, was diese zwar empörte, da sie den – nicht falschen – Eindruck hatte, Johanna wolle sie nicht sehen, was aber nicht dazu führte, dass Helene das Kränzchen absagte. Deshalb war Johanna also allein, Susanne war in Überlingen in der Schule und Sebastian kümmerte sich ausnahmsweise mal um seinen Sohn.

Nun sah sie überrascht auf. »Ja?«

»Darf ich?«, fragte Grete.

»Natürlich. Kommen Sie«, sagte Johanna.

»Es hat sich etwas zugetragen, das mir seither keine Ruhe

lässt. Ich finde, Fräulein Sophie muss davon erfahren, aber sie ist ja nicht hier, und …«

»Nun?«, fragte Johanna ungeduldig.

Grete holte tief Luft. »Neulich war ein junger Herr da und hat nach Sophie gefragt. Es war ein Franzose.«

Johanna ließ das kleine bestickte Leinenkleidchen fallen, das sie gerade in den Händen hielt.

»Ich habe … nun, nicht, dass Sie denken, ich hätte gelauscht, aber sie haben so laut gesprochen …«, stammelte Grete.

Johanna eilte auf sie zu und packte sie bei den Armen. »Was hat er gesagt, Grete, was?«

»Er hat gesagt, dass er Sophies Verlobter sei, und Ihre Frau Mutter hat geantwortet, das könne nicht sein, Sophie habe kurz nach Kriegsbeginn geheiratet und habe einen Sohn. Danach hat sie ihn hinausgebeten.«

Johanna stöhnte auf. »Diese, diese, diese …« Sie fand keine Worte. Dann sah sie auf. »Wie lang ist das her, Grete?«

Grete überlegte. »Ich weiß es nicht genau. Es war, bevor Ihr Onkel … nun … verstorben ist.«

»Hat er irgendetwas gesagt, wo er wohnt oder wo man ihn finden kann?«, fragte Johanna verzweifelt.

Grete schüttelte den Kopf. »Aber ich bin ihm nachgegangen. Ich musste ohnehin zum Einkaufen«, fügte sie rasch hinzu, »er hat erst lange auf einer Bank gesessen und ist dann zum Bahnhof gegangen.«

»Und dann? Haben Sie gesehen, wohin er gefahren ist?«

»Ja.« Grete klang nun nicht mehr verlegen, sondern ein wenig stolz. »Ich habe mich am Schalter hinter ihn gestellt. Er hat eine Fahrkarte nach Essen gekauft.«

53. KAPITEL

Essen, Ruhrgebiet, 10. April 1923

Die Beerdigung der Opfer aus den Krupp-Werken wurde ein regelrechter Staatsakt, die Essener nutzten die Veranstaltung, um heftig gegen die französische Besatzungsmacht zu protestieren. Kirchliche Vereinigungen begleiteten den Trauerzug mit Bannern, der Friedhof war ein einziges Meer aus Menschen, und der Journalist Artur Zickler dichtete:

Dreizehn Tote. Gefallen durch Frevlerhand.
Männer der Arbeit – gestorben für's Land!
Ade, Kameraden!
So wie ihr standet am Letzten des März
Drückt euch die rote Erde ans Herz:
Friedlich und stark!‹

Das Gedicht, das vier Strophen hatte, endete mit den Worten:

Weinender Stolz unsre Seelen erhebt:
Ihr seid gestorben, daß Deutschland lebt –
Ade, Kameraden!
Die ihr vom bittersten Kelche trankt! –
Von siebzig Millionen sei's euch gedankt
In Ewigkeit, Brüder!

Sophie und Luise, die dabei war, sich für ihren Aufbruch nach Ostpreußen zu rüsten, gingen nicht zu der Beerdigung, verfolgten die Vorfälle aber vom Fenster aus.

»Es wird alles immer schlimmer, der Hass auf die Franzosen wächst und wächst. Pierre werde ich wohl nie wiederfinden.« Sophie legte den Kopf an die Schulter der Freundin. In diesem Moment klingelte es an der Tür. »Wer kann das nur sein?«, überlegte Luise und ging, um zu öffnen. Sekunden später hörte Sophie ihren überraschten Schrei und eilte in die Diele. »Johanna!«, rief sie, »was machst du denn hier?«

Johanna ließ sich erschöpft auf einem Stuhl in der Diele nieder, nachdem sie die beiden begrüßt hatte. »Ich habe wichtige Neuigkeiten für dich, Sophie. Ich konnte sie dir nicht schreiben.«

Eine halbe Stunde später saßen Luise und Johanna auf dem Sofa, die fassungslose Sophie, die das silberne Notizbuch umklammert hielt, zwischen sich. »Er hat mich nicht vergessen! Er hat nach mir gefragt! Er hat mich gesucht! Und er sagt auch, dass wir immer noch verlobt sind«, hatte sie ein ums andere Mal freudestrahlend gerufen, um gleich darauf verzweifelt zu überlegen: »Aber nun glaubt er, ich hätte mich, kaum dass er weg war, einem anderen zugewandt, und Raphael sei nicht sein Kind, sondern …« Sie konnte vor lauter Erregung nicht weitersprechen, dann siegte die Wut. »Ich hasse Helene, ich hasse sie!«, rief sie. »Welches Recht hat sie, sich derart in mein Leben einzumischen?«

Luise und Johanna hatten Sophies Tobsuchtsanfall schweigend ertragen, nun saß sie erschöpft zwischen ihnen.

»Wir werden ihn finden, Sophie«, sagte Johanna entschlossen. »Das verspreche ich dir.«

*

»Bitte«, flehte Johanna. »Es ist wirklich von äußerster Wichtigkeit.«

Der Offizier musterte sie mit kalter Miene. »Und wie, sagten Sie, kam der Kontakt mit Monsieur Didiers Gattin zustande?«

»Unsere Mütter sind alte Freundinnen. Noch aus Vorkriegszeiten. Es gibt Freundschaften, die überstehen auch Kriege«, sagte sie provozierend.

Der Mann starrte sie an. »Warum hat Madame Didier ihren Gatten nicht direkt kontaktiert?«, fragte er misstrauisch. »Das ist ihr jederzeit möglich.«

»Das hat sie ja!«, rief Johanna. »Aber der Brief kam wohl nicht an, jedenfalls hat er nicht reagiert. Und nun hat sie uns um Hilfe gebeten.«

Die Miene des Offiziers blieb undurchdringlich.

Johanna verlegte sich aufs Flehen: »Sie wissen, welche Risiken ich auf mich genommen habe, um einem Ihrer Landsleute diese wichtige Nachricht seiner Frau mitzuteilen«, sagte sie. »Wenn mich jemand gesehen hat, gelte ich als Landesverräterin. Und das in meinem Zustand …«

Der Mann sah sie streng an und streckte dann die Hand aus. »Geben Sie mir den Brief, ich werde ihn an Monsieur Didier weiterleiten.«

Johanna presste den Brief an sich. »Es ist eine überaus wichtige Nachricht, und ich habe versprochen, sie persönlich zu überbringen.«

Der Offizier schüttelte den Kopf.

»Es geht um Leben und Tod«, erklärte Johanna voller Verzweiflung und Wut auf diesen sturen Mann. Plötzlich kam ihr eine Idee. Sie musste so tun, als würde das Kind bald zur Welt kommen, das würde ihn erschrecken, ganz sicher. Ohne noch weiter darüber nachzudenken, stöhnte sie auf, griff sich an den Bauch und ging leicht in die Knie.

»Was ist? Was haben Sie?«, fragte der Offizier erschrocken.

»Das Kind sollte morgen kommen«, log Johanna und baute darauf, dass der Mann keine Erfahrung hinsichtlich des Umfangs von Schwangerschaftsbäuchen hatte und einen Siebenmonats- kaum von einem Neunmonatsbauch unterscheiden konnte. »Kein Wunder, dass es heute schon losgeht, bei all der Aufregung.« Sie schickte ein erneutes Stöhnen hinterher.

»Was machen wir denn jetzt?«, fragte der Offizier, Panik in der Stimme. Die Sache mit dem Tod der Krupp-Mitarbeiter hatte für große Verunsicherung in den Reihen der Besatzungstruppen gesorgt. Im Gegensatz zum Tod von Siegfried Seiler war es in diesem Fall klar, dass die Besatzer die Morde begangen hatten.

»Holen Sie Herrn Didier«, wiederholte Johanna. »Ich werde warten, bis er kommt. Und wenn ich das Kind hier zur Welt bringen muss.« Sie sah ihn fragend an. »Haben Sie Erfahrung in Geburtshilfe? Ich brauche nämlich jemanden, der mir zur Seite steht.«

Der Offizier erbleichte, presste ein »Ich hole Monsieur Didier« hervor und eilte davon.

Johanna atmete erleichtert auf und ließ sich auf einem der harten Holzstühle nieder. Ihrem Besuch waren heftige Diskussionen mit Luise und Sophie vorausgegangen. Stundenlang hatten die drei Frauen überlegt, wie man Pierre ausfindig machen könnte – und das hier war die einzige Möglichkeit, die ihnen eingefallen war. Auch wenn es gefährlich war, schließlich wussten sie nun, dass die Zentrale beobachtet wurde. Sophie und Luise waren deshalb in das gegenüberliegende Café gegangen, in dem sich die Spitzel meist aufhielten, und hatten den Mann, der dort saß, in ein Gespräch verwickeln wollen. Johanna hoffte, dass es geklappt hatte. Sie hatten ihre Rollen bewusst so verteilt: Wenn Luise einen vermeintlichen Spitzel anspräche, würde sich niemand etwas denken, sie würde einfach sagen, dass ihr verstorbener Mann auch immer dort gesessen hatte. Und Sophie hätte nicht in die Zentrale gehen können, weil man sie dort schon kannte. Also war nur Johanna geblieben. »Wenn du gehst, darfst du aber auf keinen Fall durch die Vordertür raus, denn wir wissen ja nicht, zu welchem Zeitpunkt das sein wird und können den Mann nicht gezielt ablenken«, hatte Sophie gewarnt. »Aber es gibt eine Hintertür, die habe ich gesehen, als ich das letzte Mal dort war.«

»Und die ist nicht bewacht?«, fragte Johanna skeptisch.

»Das kann ich nicht sagen«, erwiderte Sophie besorgt. »Es ist möglich, dass sich dort auch ein Spitzel befindet. Oder eben Franzosen, die fragen, warum du nicht vorne rausgehst.«

»Das können wir nicht riskieren«, entschied Sophie. »Ich kann nicht zulassen, dass sich Johanna meinetwegen in eine solche Gefahr begibt. Noch dazu schwanger.« Sie strich gedankenverloren über den prallen Bauch ihrer Freundin.

»Unsinn«, fuhr Johanna auf, »ich weiß schon, was ich tue.«

Aber Sophie und Luise hatten darauf bestanden, das Gebäude bei einem Spaziergang auszukundschaften. Eingehakt waren sie unter den scharfen Blicken der Franzosen einmal um das Haus herumgegangen und hatten festgestellt, dass die Hintertür in ein Gewirr aus schmalen Gässchen führte und dass hier wenig Menschen unterwegs waren.

»Wenn der Spitzel nicht in einem der Häuser sitzt und die Tür nicht verschlossen ist, kommt sie hier ungesehen raus«, sagte Sophie.

Luise warf einen prüfenden Blick nach oben. »Das sieht nicht so aus, als würde hier jemand sitzen«, kommentierte sie. »Ob die Tür verschlossen ist, können wir leider nicht überprüfen, da von außen ein Knauf angebracht ist.«

»Was machen wir, wenn Johanna nicht herauskommt?«, fragte Sophie bang.

»Wenn sie doch erwischt werden sollte, soll sie erklären, dass sie bei den Franzosen Unterhaltszahlungen für mich gefordert hat«, sagte Luise plötzlich. »Das geht zwar nicht, aber das ist ja egal. Sie hat die beste Ausrede: Mein Mann ist von den Franzosen getötet worden, und sie kämpft für meine Rechte.«

»Ja«, nickte Sophie, »ja, das ist gut.«

Und nun saß Johanna also auf dem Stuhl und wartete auf Sophies Pierre, den sie noch nie zuvor gesehen hatte. Die beiden hatten sich nur wenige Wochen vor Kriegsausbruch kennengelernt und sich immer in Friedrichshafen getroffen, wo Pierre im Kurgarten-Hotel logierte. Lediglich das kleine ausgerissene Zeitungsfoto, das seit nunmehr neun Jahren in Sophies Notizbuch steckte, hatte sie von ihm gesehen. Trotzdem erkannte sie ihn sofort, als er durch den Flur auf sie zueilte und mit einem Stirnrunzeln vor ihr stehen blieb.

»Ja bitte?«

»Ich habe eine Nachricht für Sie, von Ihrer Frau«, sagte Johanna rasch.

»Bitte kommen Sie mit.« Zu Johannas Erleichterung fragte er nicht weiter nach, sondern führte sie in sein Dienstzimmer.

»Nehmen Sie Platz.« Er wies auf den Stuhl auf der anderen Seite des Schreibtisches. »Ich kenne Sie. Ich habe Sie auf Siegfried Seilers Beerdigung gesehen. Wie kommen Sie an eine Nachricht von meiner Frau?«

Johanna sah sich um. Sie wusste nicht, ob das Zimmer abgehört wurde. Sie nahm einen Stift und einen Zettel aus ihrer Handtasche und schrieb darauf: ›Sophie. Kann ich offen sprechen?‹

In Pierres Ohren begann es mit einem Mal zu pfeifen, und er hatte das Gefühl, keine Luft mehr zu bekommen. Natürlich Sophie. Er hätte es gleich wissen müssen. Schließlich hatte Johanna an Siegfrieds Grab gestanden! »Was ist mit Sophie?«, presste er hervor. Dann fügte er hinzu: »Sie können ganz offen sprechen. Hier lauscht niemand. Und wer sind Sie?«

»Ich bin Johanna.«

»Johanna!« Pierre sprang auf, fuhr sich durch die Haare und setzte sich dann wieder. »Johanna. Sie hat so viel von Ihnen gesprochen.« Eigentlich trat er stets selbstsicher auf und fand für jede Gelegenheit den richtigen Ton. Jetzt war er so aufgewühlt, dass es ihm nicht gelang, Sophies engster Vertrauter unbefangen zu begegnen.

Daher klang seine Stimme distanziert, als er fragte: »Wie geht es Sophie? Sie hat geheiratet?«

Johanna schüttelte den Kopf. »Ich habe schon gehört, dass meine Mutter Ihnen das erzählt hat. Zum Glück hat Sie jemand …«, sie zögerte und sagte dann, »… belauscht, und dieser Jemand hat sich mir anvertraut. Deswegen bin ich hier.«

»Sie haben ein großes Wagnis auf sich genommen«, sagte Pierre anerkennend.

»Mir blieb keine Wahl«, erwiderte Johanna. »Denn meine Mutter hat Ihnen … nicht die Wahrheit gesagt.

Sophie hat nie geheiratet. Sie hat jeden Tag, jede Stunde und jede Minute auf Sie gewartet.«

Erneut sprang er auf, schlug sich das Knie am Tisch an und sank mit schmerzverzerrtem Gesicht wieder auf seinen Stuhl. Vermutlich mache ich mich vor dieser Frau komplett lächerlich, dachte er flüchtig. Aber darauf kommt es im Moment nicht an. Außerdem konnte er nicht glauben, was sie gesagt hatte. Zu sehr hatte sich die Wunde, die Helene mit ihren Worten geschlagen hatte, schon zur Gewissheit verfestigt.

»Aber ich habe sie gesehen, mit diesem Jungen, ihrem Sohn«, flüsterte er ungläubig.

»Ja, Sophie hat einen Sohn«, bestätigte Johanna ruhig. »Aber sie ist Ihnen nie untreu geworden.« Sie holte tief Luft und verkündete: »Raphael Seiler wurde im Mai 1915 geboren. Und nun rechnen Sie mal.«

Pierre starrte sie sprachlos an. Dann verbarg er das Gesicht in den Händen.

54. KAPITEL

Essen, Ruhrgebiet, 10. April 1923

Endlich war Johanna im Café angekommen. Schwer atmend ließ sie sich auf ihrem Stuhl nieder.

»Was ist?«, rief Sophie aufgeregt. »Hast du ihn gesehen?«

»Ist dir jemand gefolgt?«, wollte Luise wissen.

»Ja«, sagte Johanna, noch immer schwer atmend. »Nein.« Sie blickte auf. »Ja, ich habe ihn gesehen, und nein, mir ist niemand gefolgt. Glaube ich zumindest. Ich konnte problemlos durch die Hintertür hinausgehen.«

»Und?« Sophie schrie es fast. »Was hat er gesagt? Lass dir doch nicht jedes Wort aus der Nase ziehen.«

Johanna nahm Sophies Hand. »Er liebt dich, Sophie. Er hat dich immer geliebt und immer an dich gedacht.«

Sophie starrte sie mit großen Augen an.

»Er hat geheiratet und hat zwei Kinder.« Johanna hielt es für besser, wenn Sophie das gleich erfuhr und nicht erst bei einem Treffen der beiden, wenn sie emotional ohnehin mehr als aufgewühlt wäre.

Sophie hatte das Gefühl, als lege ihr jemand ein eisernes Stirnband um und zurre es fest. »Also doch!«, rief sie. »Er hat mich vergessen. Deshalb hat er mich nicht gesucht.« Abgrundtiefe Enttäuschung klang aus ihrer Stimme.

Johanna schüttelte den Kopf. »Jetzt hör mir doch erst mal zu, Sophie«, bat sie.

»Pierres Mutter und die Mutter seiner Frau haben ein übles Spiel getrieben. Pierres Mutter wollte unbedingt, dass er dich vergisst, und hat ihn einer jungen Dame nach der anderen vorgestellt.«

»Und irgendwann war dann wohl die passende dabei«, erwiderte Sophie bitter. Es war ihr, als liege ihr ganzes Leben in Scherben. All die Jahre hatte sie auf ihn gewartet, nach ihm gesucht, seinen Sohn in Liebe aufgezogen – und er war längst verheiratet und hatte zwei Kinder!

»Nein«, widersprach Johanna. »So war es nicht. Pierre und seine jetzige Frau waren Freunde, für sie war es wohl mehr, für ihn nicht. Dann musste er ins Feld und wurde bei seiner Rückkehr mit seiner eigenen Verlobungsfeier überrascht. Gott und die Welt waren eingeladen.«

»Er hätte sich wehren müssen!«

»Hat er auch. Er hat den Abend mit zusammengebissenen Zähnen durchgestanden und dann verkündet, dass er dich liebt und sich nicht so überrumpeln lassen würde.«

»Und dann?«, fragte Sophie, immer noch skeptisch.

»Hat er sich als Gentleman erwiesen«, erwiderte Johanna. »Michelle, seine jetzige Frau, wusste von der Verlobungsfeier genauso wenig wie er. Hätte Pierre die offizielle Verlobung wieder gelöst – mit welcher Begründung auch immer –, wäre das für sie eine schreckliche Schmach gewesen. Aus den Kreisen der guten Gesellschaft hätte sie sich verabschieden müssen. Also hat er sie geheiratet.«

»Er hat unsere Liebe für ihren guten Ruf geopfert«, sagte Sophie traurig. »Wann war das?«

Johanna schluckte. »Im Sommer 1918.«

Sophie starrte sie ungläubig an. »So kurz vor dem Schluss«, sagte sie tonlos. Sie saß wie erstarrt. Die Vorstellung, dass Pierre eine andere Frau geheiratet und mit ihr sogar Kinder hatte – das konnte sie nicht ertragen.

»An Pierres Liebe zu dir ist seine Ehe schließlich auch zerbrochen«, sagte Johanna leise. »Er will sich scheiden lassen.«

In Sophies Blick flackerte etwas, aber der Schmerz war größer als die Hoffnung. In dem Schmerz lagen all die Jahre, in denen sie auf ihn gewartet hatte, einsam geblieben war, weil sie nur ihn liebte. Und in denen er schon lange mit einer anderen verheiratet war. Sophie fühlte sich verraten.

»Er will dich sehen«, sagte Johanna. »Dich und Raphael. Er war sprachlos vor Freude, als er hörte, dass ihr einen gemeinsamen Sohn habt.«

»Du hast es ihm gesagt?«, fuhr Sophie sie an.

»Natürlich habe ich es ihm gesagt, das hatten wir doch so besprochen«, erwiderte Johanna.

»Aber doch nicht unter diesen Umständen!«, klagte Sophie. »Ich wusste doch nicht, dass er bereits eine Familie hat.«

»Sophie, er will dich sehen«, wiederholte Johanna.

»Wir hielten es beide für das Beste, wenn das nicht hier in Essen geschieht, das ist zu gefährlich. Auch Konstanz ist nicht möglich wegen Mutter, und Überlingen auch nicht wegen der Herrschaften, die den Anschlag auf dich verübt haben. Es gibt nur eine Möglichkeit: Ende Mai kann er zwei Tage Urlaub nehmen. Da trefft ihr euch auf der Bank vor dem Kurgarten-Hotel in Friedrichshafen.«

»Nein«, sagte Sophie. »Ich werde nicht hinfahren. Ich werde mit Luise nach Ostpreußen gehen und ihr beim Wiederaufbau helfen.«

Ihre beiden Freundinnen starrten sie fassungslos an.

»Du hast so lange gewartet«, sagte Johanna schließlich in die sich ausdehnende Stille hinein. »Und du musst auch an Raphael denken.«

»Genau, ich habe so lange gewartet«, fauchte Sophie. »Und mir fielen viele Gründe ein, warum er mich nicht sucht. Dass er mich lang schon vergessen hat, das hätte ich nicht gedacht.«

Luise riss der Geduldsfaden. »Herrgott, Sophie, jetzt sei doch nicht so stur!«, rief sie. »Johanna hat einiges für dich auf sich genommen.«

Sophie presste die Lippen aufeinander. Dass ihr nun auch noch die Freundin in den Rücken fiel, wo sie schon der Liebste verraten hatte, war mehr, als sie ertragen konnte. Doch durch die Schranken ihrer Sturheit, die aus der tiefen Verletzung geboren war, schlüpfte das Bewusstsein, dass Luise recht hatte. Und auch Luise hatte viel für sie getan, mehr, als man von einem anderen Menschen erwarten konnte.

»Gut«, sagte Johanna. »Eigentlich wollte ich, dass er dir das sagt, aber in diesem Fall sage ich es dir. Er war es, der Raphael damals am Bahnhof gerettet hat. Er war auch auf Siegfrieds Beerdigung, weil der Name ihn hellhörig machte und er hoffte, dich dort zu sehen. Da hat er Raphael wiedererkannt.«

Sophie stöhnte auf. »*Er* war das? Das kann doch gar nicht sein, so etwas gibt es nicht.«

»Doch«, widersprach Johanna, »so etwas gibt es. Was mich in meiner Meinung bestärkt, dass kaum etwas dem Zufall überlassen ist. Pierre hat euren Sohn gerettet. Allein deshalb musst du ihn treffen. Das bist du ihm schuldig.«

Sophie holte tief Luft. »In Ordnung«, sagte sie. »Ich werde ihn treffen und mich bei ihm bedanken. Und danach gehe ich mit Luise nach Ostpreußen.«

55. KAPITEL

Überlingen, Bodensee, 13. Mai 1923

»Die Dinge scheinen sich zu überstürzen«, sagte Sebastian, als sie gemeinsam mit dem Großvater, Susanne und dem kleinen Robert beim Mittagessen saßen.

Johanna war froh, dass Friedrich wieder etwas aß, sie hatte sich nach Siegfrieds Tod schreckliche Sorgen um ihren Großvater gemacht. Zu viele Menschen, die er liebte und die ihm nahestanden, hatte Friedrich schon verloren.

Sebastian reichte Johanna einen Brief. »Das ist heute Morgen mit der Post gekommen.«

»Ein Brief, ja und?«

»Er ist aus Russland.«

»Von Irina«, flüsterte Johanna.

Sebastian nickte stumm.

»Was schreibt sie?«

»Ich weiß es nicht, der Brief ist an dich und an Sophie gerichtet.«

»Habt ihr etwas dagegen, wenn ich ihn gleich öffne?«

»Nein, mach nur«, sagte Sebastian, nachdem er Friedrich fragend angesehen und der nicht reagiert hatte. Sebastian hatte den Eindruck, dass er von dem Gespräch überhaupt nichts mitbekommen hatte, sondern innerlich bei seinem toten Sohn war.

Die Gedanken in Johannas Kopf überschlugen sich, während sie rasch den Brief öffnete. Irina schrieb nach fünf Jahren wieder, und sie wusste wahrscheinlich nicht, dass Karl längst nicht mehr lebte. Wenn sie wieder Kontakt aufnahm, würde sie es erfahren müssen. Und sie, Johanna, würde diejenige sein, die ihr die Nachricht zu überbringen hatte.

Sie faltete den Brief auseinander und begann zu lesen:

Petrograd im April 1923

Liebe Johanna, liebe Luise,

fünf Jahre sind nun schon vergangen, seit ich Deutschland verlassen habe. Ich bin damals sehr überstürzt abge-

reist und habe mich nicht mal von Euch verabschiedet. Dafür möchte ich mich heute bei Euch entschuldigen und hoffe, daß Ihr mir verzeiht.

Ich hatte einfach das Gefühl, in Rußland noch etwas zu Ende bringen zu müssen, bevor ich in Deutschland ein neues Leben anfangen kann. Ein Leben mit Karl. Ich war noch nicht frei für ihn und ich wusste, daß ich nur frei werden kann, indem ich nach Rußland zurückgehe und für die Revolution kämpfe.

Nun aber habe ich das Gefühl, mit diesem Kapitel meines Lebens abgeschlossen zu haben. Vieles hat sich auch anders entwickelt, als ich mir das vorgestellt habe. Nun fühle ich mich bereit, nach Deutschland und zu Karl zurückzukehren.

Auch zu ihm habe ich all die Jahre über keinen Kontakt gehabt und ich weiß nicht einmal, wo er jetzt wohnt. An seine Mutter möchte ich mich nicht wenden, denn sie hat mich damals nicht sonderlich gemocht.

Wenn ich darf, würde ich gerne zuerst zu Euch kommen, da ich auch Euch gerne wiedersehen würde. Von Euch aus würde ich dann nach Karl suchen. Vielleicht habt Ihr ja sogar noch Kontakt zu ihm.

Meine genaue Ankunft teile ich Euch telegraphisch mit.

Ich umarme Euch ganz herzlich und freue mich auf ein Wiedersehen.

Eure Irina

»Was schreibt sie?«, fragte Sebastian, kaum dass Johanna den Brief zu Ende gelesen hatte.

»Sie will herkommen«, erwiderte Johanna knapp.

»Meine Güte!« Sebastian klang erschüttert. »Weiß sie das von Karl?«

»Eben nicht. Sie kommt her, um mit ihm ein neues Leben anzufangen.«

»Und sie hat keinen Kontakt zu ihm aufgenommen?«

»Nein, sie möchte erst mal kommen und von uns aus nach ihm suchen.«

»Das heißt, wir müssen es ihr sagen.«

»Ja«, antwortete Johanna bedrückt. »Anscheinend hat sie in Russland alles aufgegeben.«

»Wer ist Karl?«, fragte Susanne, die die ganze Zeit über schweigend am Tisch gesessen hatte.

»Du kennst ihn nicht.« Johanna strich ihr über den Kopf und dachte, wie viel Freude ihr ihre Kinder bereiteten und dass sie alles tun würde, um zu vermeiden, dass sie ein ähnliches Schicksal erleiden mussten wie die Generation vor ihnen.

»Erinnere ich mich richtig, dass es sich bei Irina um die junge russische Frau handelt, die euch damals zur Flucht verholfen hat? Und bei Karl um den Freund von dir, Sebastian, der gefallen ist?«, mischte sich Friedrich mit seiner tiefen Stimme ins Gespräch.

»Richtig«, sagte Johanna, überrascht und froh, dass der Großvater aus seiner Starre erwacht war und von sich aus das Wort an sie richtete.

»Die junge Dame hat diesen Karl doch damals regelrecht sitzen lassen«, polterte Friedrich nun los, und Johanna begriff, dass seine Worte und sein Poltern ein Ventil für seinen Schmerz waren. Hoffentlich, dachte sie, gibt es keine unangenehmen Szenen, während Irina bei uns wohnt.

»Sie konnte nicht anders«, versuchte Johanna, die Freundin zu verteidigen.

»Das sei dahingestellt«, brummte Friedrich. »Aber sie wird ja kaum erwarten, dass nach einem solchen Abschied alles beim Alten ist. Karl könnte ja auch geheiratet haben.«

»Das stimmt schon«, sagte Sebastian. »Das Verhalten von Irina mag vielleicht nicht ganz richtig gewesen sein. Nichtsdestotrotz hat sie sich jetzt auf ein Leben mit Karl eingerichtet und die Nachricht wird sie sehr treffen.« Er warf einen Blick auf die große Standuhr. »Ich muss los.« Er wischte sich mit seiner Serviette über den Mund. »In der Stadt gibt es einen weiteren Fall von Masern.«

»Ja«, murmelte Friedrich bedrückt. »Die Schulbänke leeren sich auch immer mehr. Es ist schrecklich, dass man nichts tun kann, um ihnen zu helfen.« Johanna sah ihn erstaunt an. So viel hatte er seit dem Tod seines Sohnes nicht mehr gesprochen. Sie hatte schon befürchtet, dass er in ein monatelanges Schweigen und danach in den Alkohol flüchten würde – wie damals, nach dem Tod seiner Frau.

»Die Kinder müssten besser ernährt werden«, grübelte Johanna.

»Kannst du mir auch mal verraten, wie?«, fragte Sebastian scharf.

Johanna zuckte zusammen. Einen solchen Ton war sie von Sebastian nicht gewöhnt. Auch wenn sie sich in der letzten Zeit mehr und mehr voneinander entfernt hatten, war ihr Umgangston in der Regel doch freundlich.

Sie funkelte ihren Gatten zornig an und wandte sich ab.

Sebastian strich sich die Haare aus der Stirn. Er hatte sie nicht so anfahren wollen. Aber er war einfach verzweifelt, nicht mehr für die Menschen tun zu können, und er fühlte sich von Johanna in letzter Zeit mehr und mehr im Stich gelassen. Seine religiösen und geistigen Gedanken schienen sie gar nicht mehr zu interessieren, im Gegenteil, sie würgte ein Gespräch stets rasch ab und sagte, sie habe keine Zeit und müsse sich darum kümmern, die Familie satt zu bekommen.

Was nutzt mir ein voller Magen, dachte Sebastian traurig, wenn ich innerlich verkümmere. Aber er sagte nichts, sondern murmelte nur hastig »Bis später!« und eilte zur Tür hinaus.

Auch Johanna faltete ihre Serviette zusammen. »Darf ich Susanne und Robert heute Nachmittag bei dir lassen?«, bat sie. »Ich muss mich um die Kranken kümmern und da will ich sie nicht mitnehmen.«

Der alte Schuldirektor nickte und brummte dann in seinen Teller: »Ich finde, du solltest dich mehr schonen. Bald wird dein Kind zur Welt kommen. Was, wenn du dich ansteckst?«

Johanna winkte ab. »Wenn, dann hätte ich mich schon längst angesteckt. Wahrscheinlich hatte ich als Kind schon mal die Masern.«

Friedrich wiegte nachdenklich den Kopf. »Das wüsste ich aber«, wendete er ein, »und ich kann mich nicht entsinnen.«

Johanna stand hastig auf. Ihr war jetzt nicht nach Diskussionen. »Mach dir keine Sorgen«, sagte sie. »Bis später.«

Ihr Großvater sah ihr nach und murmelte: »Das nimmt kein gutes Ende. Das nimmt gar kein gutes Ende.«

56. KAPITEL

90 Jahre später
Paris, Frankreich, August 2013

»Unglaublich, wie du mit diesem Verkehr klarkommst«, sagte Zita bewundernd und musterte Philippe, der den Wagen gelassen durch den Pariser Stadtverkehr lenkte.

»Übungssache«, grinste der, setzte den Blinker und bog in die Straße ein, in der seine Großmutter wohnte. »Ich habe uns nicht angemeldet, ich hoffe, sie ist zu Hause.«

»Ist sie denn viel unterwegs?« Zita war aufgeregt bei dem Gedanken daran, Philippes Großmutter kennenzulernen. Wahrscheinlich ist jedes Mädchen nervös, wenn es der Oma seines Freundes vorgestellt wird, dachte sie. Bei ihr aber kam noch eine andere Aufregung hinzu: Zita hatte das Gefühl, längst schon Teil der Familiengeschichte geworden zu sein, obwohl sie eine Außenstehende war. Das machte ihre Verbindung zu Philippe irgendwie noch bedeutsamer, fand sie, traute sich aber nicht so recht, ihn darauf anzusprechen. Auf der langen Fahrt hatte es zwei Stunden gegeben, in denen sie ihn am Steuer ablöste, er hatte geschlafen und sie hatte nachgedacht. Wie so oft in den letzten Tagen über Schicksal und Zufall – nicht ahnend, dass Mia am Bodensee ganz ähnliche Gedanken hegte. Zita wusste nie so recht, ob sie an Gott oder überhaupt an eine höhere Macht glauben sollte, aber irgendwie schienen ihr das viel zu viele Zufälle, als dass es tatsächlich noch Zufall sein konnte. Hätte sie das Notizbüchlein nicht ersteigert, hätte sie Mia nicht kennengelernt und Philippe auch nicht.

Franziska hätte sich vielleicht nie als Bösewicht entpuppt und Melissa nie erfahren, dass ihre Mutter nicht Johanna war. Und dann hatte sie sich auch noch in Philippe verliebt, und wenn sie eines Tages heiraten sollten – auch wenn es natürlich noch reichlich früh war, daran zu denken, konnte sie sich dieser für sie durchaus reizvollen Idee nicht erwehren –, dann wäre sie wirklich ein Teil dieser Familie. Und wenn sie irgendwann sogar Kinder hätten, dann wären das die Ururenkel von Sophie und Pierre. Und sie würden in ihr heranwachsen. Ein unglaubliches Gefühl.

»Ja«, unterbrach Philippe ihre Gedanken und lächelte, »meine Großmutter ist eine sehr rege alte Dame und viel auf Achse. Oder eben bei meinem Großvater im Pflegeheim. Aber wenn sie nicht daheim ist, dann warten wir eben einfach auf sie.«

Adèle Didier war zu Hause. Und sie empfing ihren Enkel und dessen Begleiterin überrascht, aber freudig. »Philippe!«, sie ließ sich von ihm auf die Wangen küssen, »wie schnell du wieder da bist!«

»Ich freue mich auch, dich zu sehen, Großmutter.« Er schob Zita, die hinter ihm stand, nach vorne. »Und das ist Zita, meine …«, er stockte, »eine Freundin«, sagte er dann.

Dass er sie so unverbindlich vorstellte, durchfuhr Zita, die der französischen Sprache mächtig war, wie ein glühender Blitz. Warum sagte er seiner Großmutter nicht, dass sie ein Paar waren? Stand er nicht zu ihr? Die Diskrepanz zwischen den Gedanken, die sie sich vorher auf der Autofahrt gemacht hatte, der Tatsache, dass sie sich gar schon als Teil der Familie fühlte, und dem Umstand, dass Philippe sie seiner Großmutter gegenüber regelrecht verleugnete, war so groß, dass sie ins Schleudern geriet und der alten Dame nicht sonderlich selbstbewusst gegenübertrat.

Doch Adèle hatte längst begriffen und die Situation mit einem Blick erfasst. Schließlich kannte sie ihren Enkel. Und ihrem Sohn und dessen Frau warf sie noch heute vor, dass sie ihre Streitigkeiten vor ihrer Scheidung immer vor dem Jungen ausgetragen hatten. Kein Wunder, dass Philippe Bindungsängste hatte. Und dieses arme Mädchen, das ihr auf den ersten Blick sympathisch war, musste nun darunter leiden. Adèle nahm Zitas Hand in die ihre und sagte herzlich: »Da hast du dir aber eine hübsche Begleitung ausgesucht, Philippe.«

Ein Lächeln zuckte über Zitas Gesicht. Adèle hatte die Situation gerettet – wenn das überhaupt ging. Der Schmerz, den Philippe ihr durch seine Unverbindlichkeit zugefügt hatte, saß trotzdem tief.

57. KAPITEL

90 Jahre zuvor
Friedrichshafen, Bodensee, 26.–27. Mai 1923

Sophie, Luise und Raphael fuhren mit dem Zug nach Friedrichshafen, ohne in Überlingen Station zu machen. »Nach allem, was geschehen ist, möchte ich dort momentan nicht hin«, erklärte Sophie.

Der Plan der Frauen war, im Kurgarten-Hotel zu übernachten. Am nächsten Tag sollte Sophie Pierre treffen, danach wollte sie zusammen mit ihrem Sohn und Luise nach Ostpreußen reisen. Ihr Gepäck und ein paar wenige Möbel hatten die Frauen schon losgeschickt, adressiert an Imke, eine alte Freundin Luises, die in Neidenburg eine Bäckerei betrieb.

»Aber willst du denn nicht erst mal abwarten, wie das Treffen mit Pierre verläuft?«, hatte Luise gefragt. »Ihr habt so lange aufeinander gewartet – möchtest du denn nicht dein Leben mit ihm verbringen?«

Sophie schüttelte heftig den Kopf. »Er hat bereits eine Frau, mit der er sein Leben verbringen kann«, sagte sie stur. »Es wird bei diesem einen Treffen bleiben.«

»Jetzt hör ihn doch erst mal an«, bat Luise, doch Sophie presste nur die Lippen aufeinander und schwieg. Aber als sie, in Begleitung Luises und ihres Sohnes, am Kurgarten-Hotel ankam, klopfte ihr Herz wild und hart. Auf dieser Bank hatte sie mit Pierre gesessen, auf dieser Veranda mit ihm Kaffee getrunken, und dort oben, in diesem Zimmer, hatte sie Raphael empfangen. Ob man ihr wohl das gleiche Zimmer geben würde, in dem sie sich damals geliebt hatten? Sie hätte es nicht sagen können, als sie den Raum betrat. Sie sahen alle gleich aus, und damals war sie so im Taumel gewesen, dass sie sich die Nummer der Tür nicht gemerkt hatte. In der Nacht schlief sie schlecht, immer wieder schreckte sie hoch, weil sie träumte, sie würde den Zeitpunkt ihres Treffens verschlafen.

Am nächsten Morgen bekam sie beim Frühstück kaum einen Bissen herunter und hörte Raphaels aufgeregtes Geplauder nur wie durch einen dicken Schleier. Luise wollte mit ihm ins Café gehen, während sich Sophie mit Pierre traf.

Und dann war es endlich so weit. Sophie hatte lange Zeit vor dem Spiegel verbracht. Sollte sie etwas Modernes tragen? Oder sollte sie sich ihm zeigen wie damals? Allzu groß war die Auswahl ihrer mitgebrachten Kleider ohnehin nicht. Schließlich entschied sie sich, ihm genauso gegenüberzutreten, wie sie sich im Sommer 1914 von ihm verabschiedet hatte. In einem langen weißen Kleid, das Haar aufgesteckt. Sie sah ihn schon von Weitem. Er saß auf einer Bank am Ufer. Als er sie erblickte, sprang er auf, tat einen Schritt nach vorne, blieb stehen und sah ihr entgegen.

58. KAPITEL

München, Bayern, 27. Mai 1923

Marlene wusste längst, dass Andreas nicht gut für sie war. An ihrer Liebe zu ihm, fast könnte man schon sagen Hörigkeit, änderte das jedoch nichts. Wie oft schon hatte er sie plötzlich weggeschickt, wie oft schon war sie verletzt und gekränkt zurückgeblieben. Und wie oft schon war sie zurückgekehrt. Obwohl sie genau wusste, dass er und nicht sie schuld an ihren vielen Auseinandersetzungen war, suchte sie die Schuld immer bei sich, bat ihn um Verzeihung, die er ihr großzügig lächelnd gewährte, und sank dann in seine ausgebreiteten Arme. Sie besuchte ihn oft, wenn er in München war, den Eltern sagte sie dann, sie führe zu Lisbeth, die in der ersten Zeit in ihrem neuen

Haushalt Unterstützung und Gesellschaft benötige. Wenn Andreas sich jedoch am Bodensee bei seiner Familie aufhielt, trafen sie einander nie, die Gefahr, entdeckt zu werden, war zu groß. Marlene hatte sich in die Rolle der Geliebten gefügt, allerdings in der Hoffnung, dass er sich eines Tages ganz zu ihr, Marlene, bekennen würde. Sie freute sich auf den Frühling in München, auf dem Weg zu Andreas ergötzte sie sich an den vielen Blümchen, aber schon, als er ihr die Tür zu seiner Wohnung öffnete und sie in seine Augen blickte, wusste sie, dass diese Tage nicht ihr, sondern ›der Sache‹ gehören würden. Er küsste sie nicht zur Begrüßung, zog sie nur stürmisch hinein, baute sich vor ihr auf und wollte wissen: »Hast du es schon gehört?«

»Was?«, fragte Marlene.

»Noch ein Held, der sterben musste. Wie dein Onkel, mein Schatz.« Er nahm ihren Kopf in beide Hände und sah sie an. »Sagt dir der Name Albert Leo Schlageter etwas?«

Marlene schüttelte den Kopf. Sie fand es immer noch befremdlich, wenn er mit ihr über Politik sprechen wollte.

»Sie haben ihn wegen Spionage zum Tod verurteilt, diese Franzosen.« Er spuckte das Wort aus. »Es kann doch nicht sein, dass du nichts davon gehört hast!«

Marlene sah ihn nur mit großen Augen an. Sie wollte nicht zugeben, dass sie sich nicht für diese Dinge interessierte.

»Jedenfalls haben sie ihn gestern Morgen erschossen. Sie haben ihn hingerichtet, Marlene. Was haben sie dazu für ein Recht? Da besetzen sie unrechtmäßig unser Gebiet und glauben, sie seien hier die Herren über Leben und Tod. Aber die Beerdigung muss großartig gewesen sein. Tausende haben teilgenommen. Er war ein Held, wie dein Onkel, nur dass über deinen Onkel keiner spricht.«

Marlene starrte ihn an. »Wir müssen uns gegen die Menschen wehren, die uns verraten«, erklärte Andreas gefährlich leise. »Sie sind mitten unter uns. Mitten unter uns gibt es viele, die die deutsche Sache verraten.«

Sein Blick war ganz kalt, als er das sagte. Marlene fröstelte plötzlich.

In den nächsten Tagen las sie viel Zeitung. Sie hatte sich vorgenommen, sich in Zukunft besser zu informieren, um ihm zu gefallen. Sie las, dass ein Volksschullehrer, der Walter Kadow hieß, schlimm misshandelt und dann erschossen worden war. Man hatte ihn im Verdacht gehabt, für die Franzosen zu spionieren. Sie las, was die Täter zu ihrer Verteidigung sagten: das Opfer habe die ›deutsche Sache‹ verraten.

Andreas' Stimme, mit der er ›deutsche Sache‹ gesagt hatte, klang in ihr nach. Drohend und hohl. Und sein auf einmal so harter Blick bohrte sich ihr wie ein Stachel ins Herz.

Zurück blieb das kalte Gefühl der Angst.

59. KAPITEL

Friedrichshafen, Bodensee, 27. Mai 1923

Pierre starrte Sophie an. Sie war noch schöner geworden, älter zwar und schmaler, nicht mehr so lieblich wie damals, aber wunderschön. Ihr Gesicht war gereift, und der schmerzliche Zug um den Mund verlieh ihrem Ausdruck Tiefe und ließ ahnen, was sie durchgemacht haben musste. Ihm traten die Tränen in die Augen, als er langsam auf Sophie zuging. Ärgerlich blinzelte er sie fort. »Sophie!« Er streckte die Hand, die zitternde Hand, aus. Doch Sophie nickte nur knapp. Sie beachtete die Geste nicht. »Pierre«, erwiderte sie kühl und nichts ließ vermuten, dass auch ihr Herz ihren Brustkorb beinah sprengte. »Wollen wir uns setzen?«

Pierre sah sie irritiert und verletzt an. Nach allem, was Johanna ihm erzählt hatte, war er davon ausgegangen, dass sie sich mindestens ebenso nach ihm verzehrt hatte wie er sich nach ihr. Das ließ sich nicht mit ihrer Distanziertheit in Einklang bringen.

»Sophie«, sagte er hilflos, als er neben ihr Platz genommen hatte und nicht wagte, sie zu berühren. »Sophie, wenn du wüsstest, wie sehr ich mich nach dir gesehnt habe in all den Jahren.«

Sie hob abwehrend die Hand und wandte den Kopf ab. Auch damit er nicht sah, dass in ihren Augen Tränen schimmerten. Es schmerzte sie ungemein, ihm gegenüber so abweisend zu sein. Endlich war das Warten vorbei, endlich stand sie ihm gegenüber, der Moment, auf den sie so lange gewartet hatte, war gekommen. Doch der Schmerz saß zu tief, sie konnte ihm nicht verzeihen, was er getan hatte.

»Du hättest mich suchen können«, sagte sie knapp. »Du wusstest, wo du mich finden konntest.«

»Sophie, ich …«

»Du hast geheiratet, ich weiß«, unterbrach sie ihn bitter. »Im Sommer 1918, als schon klar war, dass der Krieg bald vorbei sein würde. Dass es eine Chance für uns geben würde, glücklich zu sein. Dass unser Sohn einen Vater bekäme.« Sophie konnte die Tränen nicht länger zurückhalten.

»Sophie«, begann Pierre wieder und versuchte, ihr die Tränen vom Gesicht zu wischen, aber sie wandte erneut heftig den Kopf ab. »Ich wusste nicht, dass wir einen Sohn haben.«

»Hättest du dann nicht geheiratet?« Sophie sprang auf und baute sich vor ihm auf. »Das heißt, du hattest *doch* eine Wahl. Soll ich dir was sagen? Ich will keinen Mann, der mich nur wegen eines Kindes heiratet.«

Pierre war inzwischen am Rande der Verzweiflung. Wie hatte er sich auf das Wiedersehen gefreut, wie viel sich davon versprochen. Nach Johannas Besuch hatte er überhaupt keinen Zweifel daran gehabt, dass die Begegnung harmonisch verlaufen und nun endlich die Zeit des Glücks für sie beide anbrechen würde.

Wie hatte er sich getäuscht! Er begriff ihre Wut, ihren Zorn, ihren Schmerz, gleichermaßen machte sie ihn wütend, weil sie ihm nicht einmal die Chance gab, ihr seine Beweggründe zu erklären. Weil sie sich nicht bemühte, ihn zu verstehen.

»Johanna hat dir doch erklärt, warum ich heiraten musste«, sagte Pierre. »Aber ich liebe diese Frau nicht. Ich habe sie nie geliebt. Ich lasse mich scheiden, ich …«

Sophie sah ihn, jetzt ganz gefasst, an. »Es war anständig von dir, sie zu heiraten«, sagte sie ruhig. »Aber mich und unsere Liebe hast du dafür geopfert. So kurz vor Kriegsende. Du hast nicht an uns geglaubt, Pierre.«

»Ich …«, setzte Pierre an, aber Sophie ließ ihn nicht zu Wort kommen. »Und deine Aussage, dass du sie nicht liebst – immerhin hast du zwei Kinder mit ihr. Eine gewisse … Zuneigung musst du ihr gegenüber also doch empfunden haben. Es tut mir leid, Pierre. Dieses Wiedersehen ist zugleich ein Abschied.«

Sie hoffte, dass ihre Stimme nicht allzu gepresst klang.

»Das meinst du nicht im Ernst.« Auch Pierre war inzwischen aufgesprungen, vor dem funkelnden See standen sie sich gegenüber und beäugten sich finster. »Hast du mich den ganzen Weg aus Essen kommen lassen, um mir das zu sagen? Warum hat Johanna mich dann überhaupt aufgesucht und sich in diese absurde Gefahr begeben? Nur damit du mich jetzt abservieren kannst? Soll das hier so eine Art Rache sein? Mir Hoffnungen machen und mich dann in die Wüste schicken?«

»Du begreifst wirklich gar nichts«, fauchte Sophie. »Als Johanna dich aufsuchte, wussten wir natürlich nicht, dass du verheiratet bist und Kinder hast. Das ändert einfach alles.«

»Wir haben auch Kinder, Sophie. Zumindest *ein* Kind«, sagte Pierre. Er war wütend und enttäuscht, zwang sich aber, ruhig zu bleiben. Zorn würde sie nur von ihm forttreiben. Er musste versuchen, sie zu versöhnen, zu beruhigen, zu überreden, bei ihm zu bleiben. »Und ich möchte dieses Kind aufwachsen sehen.«

»Und deine anderen Kinder dafür im Stich lassen?«, fragte Sophie scharf. »Du opferst schon wieder die, die dich lieben. Raphael ist es gewohnt, ohne Vater aufzuwachsen. Deine anderen Kinder nicht.«

»Aber ich habe Raphael gerettet!«, rief Pierre. »Das kann doch kein Zufall sein. Wir sind füreinander bestimmt.«

»Das glaube ich auch, Pierre«, sagte Sophie und zum ersten Mal flackerte so etwas wie Wärme in ihrem Blick. Gleich darauf verschloss sich ihre Miene wieder. »Aber du hast diese Bestimmung kaputt gemacht. Leb wohl.«

Sie wandte sich ab und sofort begannen die Tränen zu fließen.

»Aber wo willst du denn hin?«, rief Pierre außer sich.

»Ich gehe nach Ostpreußen«, antwortete Sophie erstickt. »Mit Raphael und Luise.«

60. KAPITEL

Überlingen, Bodensee, 27. Mai 1923

Irina kam bereits zwei Wochen nach ihrem Brief an, ohne vorher ein Telegramm geschickt zu haben. Da sie den Weg zum Alten Schulhaus von früher kannte, spazierte sie einfach direkt in die Küche und stand da, inmitten von Taschen und Koffern.

Johanna, die am Küchentisch gesessen und Kartoffeln geschält hatte, sprang auf, als sie sie sah. »Irina!« Sie umarmte die Freundin heftig, aber in die Freude über das Wiedersehen mischte sich Angst, weil sie ihr gleich etwas Schreckliches würde eröffnen müssen.

»Wie schön, dich wiederzuhaben!«, sagte Irina zärtlich und umarmte Johanna ihrerseits stürmisch. »Und ein Kind bekommst du auch, wie ich sehe!« Sie strich der Freundin über den Bauch. »Hast du meinen Brief bekommen?«

»Ja, vor ein paar Tagen. Aber das Telegramm ist nicht angekommen.«

Irina winkte ab: »Es war alles etwas kompliziert.«

»Aber immerhin bist du durchgekommen. Jetzt bist du hier und das ist das Wichtigste«, freute sich Johanna.

Irinas Augen blitzten. »Die hätten mal versuchen sollen, mich aufzuhalten.«

Johanna lachte. Es war immer noch die alte Irina.

Plötzlich wurde Irina ernst. »Verzeih, wenn ich so dränge …, aber … was weißt du von Karl?«

Johanna schluckte. »Setz dich doch erst mal«, sagte sie rau. Ihr Herz begann plötzlich zu rasen und ihr wurde schwindelig. Sie hielt sich mühsam an der Tischkante fest.

»Johanna?«, fragte Irina erschrocken. »Ist dir nicht gut?«

»Danke«, presste Johanna mühsam hervor. »Es geht schon.«

Irina sah sie prüfend an. »Was ist? Mit dir stimmt doch etwas nicht.«

»Ich … ich weiß nicht«, stammelte Johanna, der klar war, dass diese heftige Schwindelattacke ganz sicher nichts mit der Wahrheit zu tun hatte, die sie ihrer Freundin gleich würde sagen müssen.

»Setz dich erst mal hin«, bestimmte Irina und half Johanna auf einen Stuhl. »Meine Güte!«, rief sie erschrocken, als sie Johannas Stirn berührte. »Du glühst ja vor Fieber!«

»Ach was«, wehrte Johanna ab.

»Ich bin Krankenschwester«, sagte Irina bestimmt. »Mir kannst du nichts vormachen. Wie lange fühlst du dich schon schlecht?«

»Seit ein oder zwei Tagen«, flüsterte Johanna. »Ich weiß es gar nicht so genau. Es ist so viel passiert, da habe ich einfach nicht darauf geachtet.«

»Und was hast du für Symptome?«

»Schwindel, Übelkeit …, manchmal läuft mir auch die

Nase. Aber Irina, das hat sicher nur mit der Schwangerschaft zu tun. Bald ist Termin, und …«

»Es hat *nichts* mit der Schwangerschaft zu tun und das weißt du sehr genau«, erwiderte Irina heftig. »Und es ist absolut unverantwortlich von dir, hier noch herumzulaufen. Du musst sofort ins Bett.«

»Aber … die Kranken. Ich muss mich um die Kranken kümmern.«

»Welche Kranken?«, fragte Irina alarmiert.

»Wir haben eine Epidemie.«

»Was für eine Epidemie?«

»Masern.«

Irina stöhnte leise auf. »Dann, meine liebe Johanna, hast du ebenfalls die Masern und du weißt das sehr gut.«

»Ich habe keinen Ausschlag.«

»Der kommt erst später. Auch das müsstest du inzwischen wissen.«

»Ja«, gestand Johanna matt, »ich weiß es. Ich wollte es nur nicht wahrhaben.«

»Du hast dich nicht verändert«, bemerkte Irina knapp. »Und nun komm. Ich bring dich in dein Zimmer.«

»Ich muss dir noch über Karl …«

»Später«, wehrte Irina ab, auch wenn sie auf Neuigkeiten brannte, »später.«

61. KAPITEL

Friedrichshafen, Bodensee, 27. Mai 1923

Im Hotel angekommen, hastete Sophie die Treppe hinauf, in ihrem Zimmer ließ sie sich auf ihr Bett fallen und weinte haltlos in ihr Kopfkissen. Sie hatte sich so gewünscht, in seine Arme zu sinken, alles zu vergessen, den Weg in eine gemeinsame Zukunft zu beschreiten. Und sie hatte sich so gefreut, war so glücklich gewesen über das Leuchten in seinen Augen, als er sie sah.

Aber sie konnte ihm nicht verzeihen. Sie konnte nicht vergeben, dass er ihre Liebe verraten und kurz vor Kriegsende eine andere geheiratet hatte.

Sie lag immer noch schluchzend auf ihrem Bett, als es an der Tür klopfte und Luise hereinkam. »Liebes!« Bestürzt eilte sie zu ihrer Freundin.

»Wo ist Raphael?«, fragte Sophie weinend.

»Ich habe ihm gesagt, dass er noch einen Kakao auf der Terrasse trinken darf«, erklärte Luise. »Ich wollte erst alleine nach dir sehen. Was ist passiert?«

»Ich habe ihn weggeschickt, wie ich es dir ja schon angekündigt hatte.« Sophie wischte sich die Tränen vom Gesicht.

»Aber ich war mir sicher, dass du dich anders entscheidest, wenn du vor ihm stehst, endlich, nach all den Jahren«, sagte Luise hilflos.

»Er hat mich verraten, Luise. Mich und unsere Liebe. Ich kann nicht anders, versteh das doch.«

»Aber Raphael …, die Chance, dass er seinen Vater kennenlernt …«, wandte Luise ein. Sie begriff die Härte nicht, mit der die eigentlich so vertraute Freundin agierte.

»Und gleichzeitig erfährt, dass er sich all die Jahre nicht um ihn, sondern um seine anderen Kinder gekümmert hat?«, fauchte Sophie, die froh war, dass die Wut inzwischen wieder überwog. Sie war leichter zu ertragen als der unbändige Schmerz.

»Jetzt wirst du ungerecht«, sagte Luise sanft. »Er wusste nichts von Raphael.«

»Ich möchte nicht mehr darüber sprechen«, wehrte Sophie ab. »Ich habe mich entschieden. Morgen früh fahren Raphael und ich mit dir nach Ostpreußen und helfen dir, deine zerstörte Heimat wieder aufzubauen.«

»Aber …«, setzte Luise an, doch Sophie wandte den Kopf ab. »Ich will nichts mehr hören«, sagte sie knapp. »Würdest du jetzt bitte Raphael holen?«

62. KAPITEL

Überlingen, Bodensee, 27. Mai 1923

Dr. Schilling eilte mit seiner Arzttasche in Richtung des Alten Schulhauses durch die Stadt. Man hatte nach ihm geschickt mit der Nachricht, dass Johanna krank sei.

Er machte sich Sorgen. Dass Johanna, deren Kind in wenigen Wochen zur Welt kommen sollte, nun auch erkrankt war, gefiel ihm gar nicht. Aber er war auch ärgerlich. »Wieder und wieder habe ich ihr gesagt, sie solle sich lieber von den Kranken fernhalten in ihrem Zustand«, murmelte er vor sich hin. »In diesem Punkt ist sie wie ihre Großmutter. Eigenwillig bis dort hinaus.«

Ein wenig machte er auch sich selbst Vorwürfe, dass er es ihr nicht schlicht und einfach verboten hatte. Aber letztendlich war er froh über ihre Hilfe gewesen, und schließlich war sie ja eine erwachsene Frau, die ihr drittes Kind bekam und selbst wissen musste, was sie tat.

Als er wenig später in ihrem Zimmer stand, erschrak er zutiefst. Johanna war schwer krank und das, wie er mit einem Blick erkannte, nicht erst seit gestern.

»Warum haben Sie mich denn nicht schon früher gerufen?«, fragte er mit leisem Vorwurf in der Stimme.

Aber Johanna schüttelte nur stumm den Kopf. Sie war unfähig zu antworten.

Dr. Schilling untersuchte sie gründlich. »Sie haben die Masern«, erklärte er knapp. »Das ist nicht zu übersehen.«

»Wie geht es … dem Kind?«, flüsterte Johanna.

Der Arzt tastete vorsichtig ihren Bauch ab. »Spüren Sie die Bewegungen noch so oft wie sonst?«

Johanna schüttelte ratlos den Kopf. »Ich weiß es nicht«, sagte sie. »Es kommt mir vor, als wären es weniger geworden. Aber vielleicht bilde ich mir das auch nur ein. Ich habe nicht so drauf geachtet.«

Dr. Schilling runzelte die Stirn.

»Besteht denn eine Gefahr für mein Kind?« Johanna brachte die Worte nur schwer hervor.

»Nun«, begann der Arzt zögernd, »eigentlich sind Masern in der Schwangerschaft nicht gefährlich. Der Infekt als solcher kann dem Kind nicht schaden. Aber dann ist da noch das hohe Fieber und das bereitet mir ernsthaft Sorgen. Zusammen mit dem Umstand, dass Sie, wie wir alle, schlecht ernährt sind, kann das zu einer sehr starken Entkräftung führen.«

»Und was heißt das?«, fragte Johanna mit mühsam unterdrückter Panik in der Stimme.

»Erstens könnte es sein, dass das hohe Fieber dem Kind nicht guttut. Wir müssen versuchen, es zu senken. Und zweitens, und das ist das weitaus größere Problem, fürchte ich, dass Ihre Krankheit eine vorzeitige Geburt auslösen könnte. Für eine Geburt sind Sie aber zum jetzigen Zeitpunkt viel zu schwach.«

»Was bedeutet das? Könnte das Kind dabei sterben? Könnte ich sterben?«

Die Augen des Arztes verdunkelten sich. Er wollte die Worte nicht aussprechen. Wollte der Kranken keine Angst machen. Deshalb sagte er ausweichend: »Sie sollten sich sehr schonen. Haben Sie jemanden außer Ihrem Mann, der Ihre Pflege übernehmen könnte?«

»Ja«, sagte Johanna matt, »eine Freundin von mir ist vorhin angekommen.«

»Wo finde ich sie?«

»Sie ist im Wohnzimmer.«

»Gut.« Dr. Schilling stand auf. »Ich gehe jetzt zu ihr.«

»Doktor!«, rief Johanna. »Sie haben meine Fragen nicht beantwortet. Wie gefährlich ist die Sache für mich und das Kind?«

Aber der Arzt hatte die Tür bereits hinter sich geschlossen.

Johanna sank in ihr Kissen zurück. Es traf sie mit voller Wucht. Das, was sie zu Beginn des Jahres schon ansatzweise gespürt hatte, war nun mit großer Macht über sie hereingebrochen. Sie war dadurch krank geworden, dass sie sich wieder mal nur um andere kümmerte. Sie hatte ihre Familie darüber vernachlässigt. Sie hatte das ungeborene Kind wahrscheinlich in Lebensgefahr gebracht! Sebastians Worte kamen ihr in den Sinn: »Andere haben es schwerer als wir. Wir sollten dankbar sein.«

»Ist das nun die Strafe dafür, dass ich undankbar war«, flüsterte Johanna verzweifelt, »oder dafür, dass ich nicht auf meine innere Stimme gehört und mich aus Schuldgefühl mehr um andere gekümmert habe?«

Sie strich sich über den Bauch. »Bitte verlass mich nicht. Ich möchte dich so gerne kennenlernen.«

*

Dr. Schilling starrte Irina verblüfft an, als er sie im Wohnzimmer vorfand. »Ich kenne Sie doch«, wunderte er sich.

»Ja«, bestätigte Irina lachend, »ich war vor fünf Jahren schon einmal hier. Ich habe Johanna und Luise damals bei der Flucht geholfen.«

Das Gesicht des Arztes erhellte sich. »Richtig, ich erinnere mich. Auch damals war Johanna so schwer krank. Es scheint Ihr Schicksal zu sein, dass Sie immer dann hier sind, wenn Johanna krank ist. Es sind die beiden einzigen Male, an die ich mich erinnere.« Plötzlich zog ein Schatten über sein Gesicht. Ihm fiel ein, dass die junge Frau vor ihm damals einen großen Verlust erlitten hatte. »Ich möchte die Gelegenheit nutzen, um Ihnen mein Beileid auszusprechen, Irina«, sagte er und nahm ihre Hand. »Ich weiß, es sind fünf Jahre vergangen und das Beileid ist somit etwas verspätet, aber ich hatte ja vorher keine Gelegenheit.«

Irina sah ihn verwirrt an. Im ersten Moment hatte sie gedacht, Johanna sei gestorben und er wolle ihr deshalb kondolieren. Als er dann aber von fünf Jahren, die vergangen waren, sprach, wurde sie immer verwirrter. »Sie wollen mir Ihr Beileid aussprechen, Herr Doktor? Aber wofür?«

»Nun, diese Sache mit Karl … Sebastian erzählte mir davon.« Er sah Irina ins Gesicht und wurde unsicher. »Sie waren doch die Verlobte von Sebastians Freund Karl, nicht wahr?«, fragte er.

»Sicher, aber … wieso wollen Sie mir Ihr Beileid aussprechen?« Irina weigerte sich zu begreifen, was sich als leise drohende Ahnung in ihr Bewusstsein schlich.

»Nun, ich weiß ja, dass es etwas spät kommt«, wiederholte der Arzt, der sichtlich verlegen wurde. »Aber ich hielt es dennoch für angemessen.«

»Aber warum, Herr Doktor? Karl geht es doch gut? Sagen Sie es mir!«

Dr. Schilling sah die junge Frau entsetzt an. Erst jetzt begann er zu begreifen: Sollte das heißen, sie wusste es gar nicht? Er hatte angenommen, sie sei nach Karls Tod nach Russland zurückgegangen. »Wann sind Sie in Ihre Heimat zurückgekehrt?«, fragte er.

»Im Mai 1918«, sagte Irina. »Aber was …«

Der Mediziner stöhnte innerlich auf. Karl war erst im August gefallen. »Hatten Sie danach keinen Kontakt mehr nach Deutschland?«

»Nein!« Irina wurde immer verwirrter. Was sollten alle diese Fragen? Und vor allem: *Was war mit Karl*? Die schreckliche Ahnung, die in ihr aufgestiegen war, flehte nach Bestätigung, und doch weigerte sich alles in ihr, dem Prozess des langsamen Begreifens nachzugeben.

Dr. Schilling sah zu Boden. Dann wusste sie es wahrscheinlich wirklich nicht. Johanna hatte es ihr sicher sagen wollen, als sie kam, aber dann war sie krank geworden. Und er hatte nun derart unsensibel …

»Nun sagen Sie doch bitte, was los ist, Herr Doktor!« Irina schrie es fast.

Der Arzt hob den Blick wieder und sah Irina in die Augen. »Es tut mir sehr leid. Karl ist im August 1918 gefallen.«

63. KAPITEL

90 Jahre später
Paris, Frankreich, August 2013

Philippe hatte genau gemerkt, wie seine unpersönliche Vorstellung Zita gekränkt hatte. Es war regelrecht greifbar, wie sie sich an seiner Seite verspannte, und seither war sie kühler, distanzierter zu ihm. Einerseits tat es ihm leid, dass er sie verletzt hatte, andererseits war er auch wütend. Verdammt, sie waren gerade erst zusammengekommen. Da erwartete Zita doch wohl nicht, dass er sie seiner Familie schon als seine künftige Ehefrau vorstellte? Außerdem waren sie ausdrücklich nicht deshalb nach Frankreich gereist, sondern um herauszufinden, was es mit diesem Familiengeheimnis auf sich hatte. Und wer Melissas Mutter war. »Kommt doch erst mal richtig rein«, sagte Adèle in seine finsteren Gedanken hinein. »Ihr seid sicher hungrig und durstig nach der langen Fahrt. Ich setze gleich einen Kaffee auf und von dem Streuselkuchen müsste auch noch was da sein.« Sie schob die beiden in Richtung Wohnzimmer.

»Geht nur schon mal hinein und macht es euch bequem. Ich komme gleich.«

»Kann ich Ihnen helfen?«, fragte Zita, und es klang flehend.

Adèle brauchte nur den Bruchteil einer Sekunde, um zu begreifen, dass sie nicht mit Philippe allein sein wollte, nachdem er sie so brüskiert hatte. Das wirst du aber früher oder später müssen, Mädchen, dachte sie, doch sie nickte nur. »Gerne. Und du geh schon mal ins Wohnzimmer«, sagte sie zu Philippe.

In der Küche überlegte sie, ob sie das Thema ansprechen sollte. Sie hätte von Philippes verkorkster Kindheit erzählen können, den ewig streitenden Eltern, und dass er als kleiner Junge gern bei ihr Zuflucht gesucht hatte. Doch durfte sie das denn? War es nicht allein Philippes Sache, darüber zu entscheiden, wann er seiner Freundin wie viel Einblick in sein Leben geben wollte? Nein, entschied Adèle, erzählen durfte sie nichts. Als sie den Kuchen in Stücke schnitt und vom Blech auf den Kuchenteller hob, sagte sie daher nur: »Nehmen Sie sich das nicht so zu Herzen, meine Liebe. Männer sind manchmal etwas seltsam, was Bindungen angeht.« Sie überreichte Zita das Kuchentablett. Die lächelte zaghaft. »Danke«, sagte sie. »Ich war nur so … überrascht. Wir haben, seit wir uns kennengelernt haben, jede Minute miteinander verbracht.«

Adèle sah ihr in die Augen. »Überbewerten Sie das nicht. Dass er Sie mir nicht gleich als seine Freundin vorgestellt hat, hat nichts mit seinen Gefühlen für Sie zu tun.«

»Womit dann?«, fragte Zita verwirrt.

Adèle schüttelte den Kopf. »Eines Tages werden Sie es verstehen«, sagte sie. »Ich kann Ihnen nur einen guten Rat geben: Lassen Sie ihm Zeit. Und zeigen Sie ihm Ihren Ärger nicht. Damit verschrecken Sie ihn nur.«

Zita nickte: »Ich will es versuchen.«

»Sie schaffen das«, versicherte Adèle. »Und jetzt sollten wir reingehen, damit er nicht zu lange warten muss.«

Zita gab sich Mühe, Philippe gegenüber ganz unbefangen zu sein, ihn aber nicht mit intimen Worten oder Gesten in Verlegenheit zu bringen. Er bemerkte es und rechnete es ihr hoch an. Gleichzeitig aber verstärkte es sein schlechtes Gewissen und er kam sich schäbig vor. Ich habe sie nicht verdient, dachte er noch, bevor seine Großmutter fragte: »Jetzt platze ich aber vor Neugier: Habt ihr das Notizbüchlein mitgebracht?«

Philippe sah Zita auffordernd an. Die zog das Notizbuch, das noch immer an einem schwarzen Lederband um ihren Hals hing, hervor und reichte es Adèle. »Ich habe es bei eBay ersteigert und aufgrund des Inhalts bin ich neugierig geworden und nach Überlingen gereist«, erklärte sie.

Adèle nahm es entgegen, strich vorsichtig über den Deckel und sagte ehrfürchtig: »Das ist es also.« Dann sah sie Zita fragend an. »Bei eBay? Wieso denn das? Wie kommt es da hin?«

Zita zuckte die Achseln und Philippe sagte: »Übrigens wurde es von einer Sophie Didier verschickt, wohnhaft im Alten Schulhaus in Überlingen.«

Adèle schrie erstaunt auf. »Aber das kann nicht sein!«, rief sie. »Sophie ist doch tot!«

»Das ist nicht das Einzige, was merkwürdig ist!« Philippe biss in den Streuselkuchen, den seine Großmutter ihm auf den Teller gelegt hatte. Er kaute, schluckte und fuhr dann fort: »Du hast doch gesagt, dass es da ein Familiengeheimnis gibt. Und dass Urgroßmutter sagte, sie sei schuld am Schicksal von Melissa und Susanne.«

Adèle nickte zögernd.

»Bitte, Großmutter, du musst uns sagen, was du weißt«, bat Philippe. »Auf dem Totenbett hat Franziska, die Nichte von Sophie, zu Melissa zwei Dinge gesagt: Sophie und Luise hätten Luises Gatten Siegfried getötet. Und Johanna sei gar nicht Melissas Mutter gewesen.«

Adèles Gabel fiel klirrend auf den Teller.

»Bitte, sag es uns«, flehte Philippe. »Wer war Melissas Mutter? Du weißt es doch, oder?«

Die alte Dame nickte. Dann begann sie zu erzählen.

64. KAPITEL

90 Jahre zuvor
Überlingen, Bodensee, 27. Mai 1923

Dr. Schilling sah Irina besorgt an. »Wenn ich Ihnen irgendwie helfen kann …«, begann er.

Aber Irina schien ihn nicht wahrzunehmen.

Karl tot seit fünf Jahren, und sie hatte nichts davon gewusst, hatte es nicht gespürt! Warum nur, warum hatte sie ihn damals verlassen? Vielleicht würde er noch leben, wenn sie bei ihm geblieben wäre! Das Schlimmste aber war, dass er in dem Glauben gestorben war, sie hätte ihn aus mangelnder Liebe verlassen, die Revolution sei ihr wichtiger gewesen als er! Damals hatte sie das ja selbst noch gedacht, und erst später war ihr klar geworden, dass sie für Karl und für ihre Liebe nach Russland zurückgegangen war. Sie hatte es tun müssen, hatte diesen Kampf zu Ende führen müssen, um sich für Karl frei zu machen. Aber Karl hatte es nicht gewusst. Er war in dem Glauben aus der Welt geschieden, dass sie ihn nicht liebte.

Der Schmerz griff nach ihr und schüttelte sie. Sie fühlte sich hilflos in seinen Klauen und wusste nicht, wie sie ihm entrinnen konnte. Aushalten konnte sie ihn nicht. Sie konnte sich auch nicht durch Tränen davon befreien.

Verzweifelt rang sie nach Luft.

Plötzlich fühlte sie Dr. Schillings Arm auf ihrem. Aber die Berührung drang nur sehr gedämpft bis in ihr Bewusstsein vor.

»Irina?«, fragte der Arzt etwas lauter. »Wenn ich Ihnen irgendwie helfen kann?«

Sie blickte ihn an und schien zugleich durch ihn hindurchzusehen. Sie nahm ihn nicht wahr.

»Irina!« Der Arzt kannte sich aus mit Schocks. Er hatte schon viele gesehen. Dieser hier war besonders schlimm. Er zögerte. Seine Medikamente waren knapp und er musste äußerst sparsam damit umgehen. Dennoch hielt er es für angebracht, der jungen Frau etwas zu geben.

»Ich spritze Ihnen jetzt ein Beruhigungsmittel«, sagte er, obwohl er wusste, dass sie ihn nicht hörte. »Danach werden Sie schlafen.«

Er zog die Spritze auf, gab Irina die Injektion in den Arm und blieb bei ihr, bis sie eingeschlafen war.

»Armes Kind«, murmelte er. »Arme Kinder dieser Zeit. Was müssen sie alle für Schmerzen erdulden.«

Seufzend stand er auf, um jemanden zu finden, der nach Irina sehen könnte. Und er wollte noch einmal nach Johanna schauen.

*

Johannas Fieber stieg immer höher. Es hatte inzwischen 41 Grad erreicht und auch die kühlen Wadenwickel schienen nicht zu helfen.

Das Kind wird die Geburt nicht überleben, dachte der Arzt besorgt. Wir können von Glück sagen, wenn Johanna es schafft.

»Es sollte dringend jemand hier sein, der ständig bei ihr ist«, sagte er leise zu Sebastian, der bedrückt am Fenster stand und hinaussah. »Und der sich auch um Susanne und Robert kümmert. Haben Sie da jemanden?«

Sebastian dachte nach und schüttelte dann den Kopf. »Ich könnte zwar meine Mutter oder Johannas Mutter bitten«, sagte er zögernd, »und sie würden sicher auch kommen, aber ich weiß, dass das die Situation eher noch verschärfen würde. Unsere Mütter und Johanna sind sich ...«, er zögerte und sagte dann, »... sehr fremd.«

Dr. Schilling nickte. »Sophie kann auch nicht kommen, nach allem, was geschehen ist. Und was ist mit Siegfrieds Witwe?« »Luise? Sie steht vermutlich selbst noch zu sehr unter Schock, um sich um andere zu kümmern. Ich weiß nicht, ob sie wieder bei Kräften ist.«

»Fragen Sie nach«, sagte der Arzt eindringlich. »Sie brauchen jetzt Hilfe.«

»Ich möchte sie nicht mit dieser Bitte belästigen. Gerade in dieser Situation.«

»Sie sollten jetzt nicht an andere denken«, mahnte Dr.

Schilling mit leiser Schärfe in der Stimme, »sondern an Ihre Frau und Ihre Kinder. Johanna ist schließlich auch ständig für andere da. Sie hat es nicht verdient, dass man sie jetzt im Stich lässt.« Der Mediziner schluckte und fasste sich wieder. Schon seit einiger Zeit beobachtete er, dass Sebastian das Wohl der Gemeinde, nein, eigentlich das aller Außenstehenden über das seiner eigenen Familie stellte. Was auf den ersten Blick aufopferungsvoll wirkte, war in Wahrheit nur Feigheit: bloß niemandem unangenehm sein, ja keinem zur Last fallen. Unser Pfarrer, dachte der Arzt, inszeniert sich auf Kosten seiner Familie selbst. Sebastian war in seiner Achtung deutlich gesunken, aber es stand ihm nicht zu, ihm seine Kritik zu zeigen. »Außerdem«, sagte er deshalb und zwang sich, ruhiger zu sprechen, »vielleicht tut es Luise ganz gut, sich um jemanden zu kümmern. In vielen Fällen hilft das den Menschen über ihren Schmerz hinweg.«

Sebastian nickte. »Also gut. Ich will es versuchen.«

»Vielleicht kann auch Irina helfen, wenn sie sich erholt hat. Bis dahin müssen Sie alles tun, um die Temperatur Ihrer Frau zu senken.«

»Wie gefährlich ist es?«, fragte Sebastian.

»Sehr gefährlich«, erwiderte der Arzt knapp.

»Heißt das, … meine Frau … oder das Kind könnten es nicht überleben?«, presste Sebastian hervor.

»Die Situation ist sehr ernst, Herr Pfarrer«, wiederholte der Arzt und fragte sich, warum Sebastian das noch nicht verstanden hatte.

»Oh Gott«, flüsterte der und sank neben Johannas Bett auf die Knie, »barmherziger Gott.«

Endlich scheint er zu begreifen, dachte Dr. Schilling und ließ ihn allein. Er wusste, dass Sebastian jetzt beten wollte. Er hoffte, dass das Gebet von Herzen kam und nicht nur von der Angst bestimmt wurde, was die Leute sagen würden, wenn Johanna oder dem Kind etwas zustieße, nachdem er, der Pfarrer, nicht verhindert hatte, dass seine schwangere Frau bei der Krankenpflege half.

*

Im Wohnzimmer des Alten Schulhauses begann es zu dämmern, als Irina erwachte. Ihr Kopf war schwer und sie rieb sich verwirrt über die Augen. Wo war sie? Was machte sie hier?

Mühsam erhob sie sich und versuchte aufzustehen. Sie blickte sich im Raum um, sah den Stuhl, auf dem der Arzt zuvor gesessen hatte, und mit einem Schlag fiel ihr alles wieder ein.

Karl war tot. Seit fünf Jahren. Und sie hatte es nicht gewusst.

Benommen ließ sie sich wieder auf das Sofa fallen. Sie erinnerte sich an den beinahe unerträglichen Schmerz, diesen schwarzen, alles überflutenden Schmerz. Sie wartete darauf, dass er zurückkam, und versuchte, sich dagegen zu wappnen, damit er sie nicht wieder so aus der Bahn werfen könnte.

Aber der Schmerz kam nicht. Sie fühlte nichts mehr, nur eine schreckliche tiefe Leere, die fast noch schwerer auszuhalten war als der Schmerz. Sie würde etwas tun müssen, um die Leere zu füllen. Sie würde … Sie sprang auf und sah sich wild nach etwas um, mit dem sie sich beschäftigen, mit dem sie die Leere ausfüllen könnte.

Plötzlich fiel ihr Johanna ein. Fast erleichtert dachte sie: Johanna! Um Johanna muss ich mich kümmern.

Sie verließ die dunkle Stube und stieg die Stufen hinauf. Im Flur begegnete sie Doktor Schilling.

»Irina«, sagte der Arzt besorgt und streckte ihr die Hände entgegen. »Wie geht es Ihnen?«

Irina übersah die Geste. »Danke, gut«, sagte sie mit fester Stimme. Sie wusste, dass sie jetzt kein Mitgefühl ertragen könnte. Dann fragte sie: »Wie geht es Johanna?«

»Leider gar nicht gut. Das Fieber steigt.«

»Ich werde mich um sie kümmern«, erklärte Irina. »Sie können mir vertrauen. Ich bin Krankenschwester.«

Dr. Schilling zögerte. Sie braucht selbst Ruhe, dachte er, aber dann erinnerte er sich an die Worte, die er kurz zuvor zu Sebastian gesagt hatte: Wenn man großen Schmerz erdulden muss, dann hilft es manchmal, sich um andere zu kümmern, das lenkt ab.

»Gut«, willigte er schließlich ein. »Wir können Ihre Hilfe gebrauchen. Aber wenn Sie selbst Hilfe benötigen sollten …«

»Ich brauche keine Hilfe«, unterbrach Irina ihn brüsk.

Der Arzt zuckte leicht zusammen: »Gut.« Damit wandte er sich an Sebastian, der eben aus Johannas Zimmer trat. »Sie müssen Luise nicht bitten zu kommen und Johanna zu pflegen.«

Sebastian nickte. »Es ist mir lieber so«, sagte er erleichtert. Dr. Schilling konnte gerade noch ein verächtliches Schnauben unterdrücken.

»Doktor, sind Johanna oder ihr Kind in Gefahr?«, fragte Irina sachlich.

»Leider sind beide in Gefahr.«

»Ich werde versuchen, das Fieber zu senken.«

»Das ist momentan das Wichtigste«, stimmte der Mediziner zu. »Und flößen Sie ihr viel Flüssigkeit ein.«

Irina nickte und öffnete die Zimmertür. Mit steifem Rücken ging sie hinein.

»Die arme Frau«, murmelte Dr. Schilling.

*

Johanna war wach, als Irina ins Zimmer kam.

»Wie geht es dir?« Irina setzte sich an Johannas Bett und nahm ihre Hand.

Johanna schüttelte stumm den Kopf. Das Sprechen tat ihr weh, und Irinas Anblick erinnerte sie daran, welch schreckliche Wahrheit sie der Freundin noch mitzuteilen hatte.

»Irina, ich ... ich muss dir etwas sagen«, flüsterte sie mit heiserer Stimme.

»Schscht«, machte Irina. »Ich weiß es. Du musst es mir nicht sagen.«

Johanna verstand nicht. »Es ist wegen Karl«, brachte sie mühsam hervor.

»Ich weiß«, wiederholte Irina. »Dr. Schilling hat es mir gesagt.«

Johanna starrte sie an. »Es tut mir so leid.«

Irina schüttelte den Kopf. »Nicht«, bat sie rau. »Ich möchte nicht darüber sprechen. Es ist leichter für mich.«

Johanna nickte. Sie wusste, dass sie mit ihrem Schmerz genauso umgegangen wäre.

»Ich verstehe.« Sie brachte die Worte nur mit größter Anstrengung hervor. »Aber wenn du doch einmal darüber reden möchtest, dann weißt du, dass ich für dich da bin.«

Irina sah sie an und dachte, dass Johanna momentan für niemanden da sein konnte. Doch sie sagte nur: »Danke. Aber jetzt zu dir. Dein Zustand macht mir Sorgen.«

»Mir auch«, flüsterte Johanna. »Ich mache mir solche Vorwürfe!«

Zwischen den beiden Frauen herrschte einen Moment lang Schweigen. Irina tat es gut, sich mit Johannas Sorgen zu befassen, und Johanna, die es sonst so schwer damit hatte, anderen ihren Kummer anzuvertrauen, hatte das Gefühl, Irina eher damit zu helfen, weil es sie ablenken würde. Deshalb konnte sie sprechen. Außerdem wusste sie, dass auch Irina Schuldgefühle plagten.

»Warum machst du dir Vorwürfe?«, fragte Irina.

»Ich hätte mich von den Kranken fernhalten sollen. Dann wäre das Leben meines Kindes nicht in Gefahr. Ich war so egoistisch.«

»Es ist nicht egoistisch, wenn man helfen will.«

»Doch«, widersprach Johanna. »Denn ich habe mich nur deshalb so verbissen in die Pflege gestürzt, weil ich das Bild von mir aufrechterhalten wollte, dass ich immer alles schaffe. Die starke Johanna, der nie etwas zu viel wird. Auf der anderen Seite war es genau dieses Bild, das ich ändern wollte.«

»Ich verstehe nicht?« Irina klang verwirrt.

So schwer ihr das Sprechen fiel – Johanna begann, alles zu erzählen. Von der inneren Zerrissenheit. Von dem Gefühl, keine Zeit für sich und die Familie zu haben, dem Gespräch mit Sebastian und ihrer darauf folgenden Scham. Und wie sie diese Scham damit zu vertreiben suchte, dass sie an den Betten der Kranken blieb, obwohl sie schwanger war. Und nun war das Leben des Kindes in Gefahr. Nur weil sie solch ein verworrenes Innenleben hatte.

Irina beugte sich zu der Kranken nieder und legte die Hand auf ihren glühenden Körper. »Ich verstehe deinen Gewissenskonflikt«, sagte sie leise.

Johanna schluchzte trocken auf.

»Ich glaube, deine Aufgabe ist es, zu lernen, dass wahre Stärke nicht immer darin liegt, pausenlos Kraft zu haben, sondern darin, die Werte richtig zu setzen. Sonst ist es ungefilterte, fast unreife Kraft, die immer nur nach außen fließt und letztendlich viel intensiver wäre, wenn sie reifen könnte.«

»Ja«, flüsterte Johanna, »du hast recht. Ich habe nur Angst, so zu werden wie meine Mutter, die unablässig klagt.«

Irina musste trotz des Ernstes der Situation lachen. »Entschuldige, Johanna, aber da besteht bei dir wirklich keine Gefahr. Du bist ganz sicher weder hysterisch noch jammerig.«

Auch Johanna musste lächeln. »Danke.«

»Aber du bist auch nicht perfekt«, fuhr Irina fort. »Du bist eher das andere Extrem. Zu stark, zu überrollend. Das ist auch nicht gut und kann für die anderen manchmal genauso schrecklich sein.«

Johanna erstarrte. Der Gedanke, dass sie jemandem ebenso unangenehm sein könne wie ihre Mutter ihr, erschreckte sie.

»Versteh mich nicht falsch«, sagte Irina rasch, als sie Johannas Reaktion bemerkte. »Ich meine damit nur, dass du deine Kraft auf Wesentliches konzentrieren musst und nicht einfach damit um dich schmeißen darfst. Sonst lebst du mit einer Lüge. Du verteilst deine Kräfte und vergisst dabei, um was es wirklich geht. Für andere da zu sein, ist schön und gut, aber man darf sich dabei nicht selbst aufgeben.«

»Das habe ich auch schon mal gedacht«, gestand Johanna.

»Das Wichtigste ist jetzt, dass du dein Kind gesund zur Welt bringst.«

»Ich werde alle Kraft darauf verwenden«, versicherte Johanna und drückte Irinas Hand.

65. KAPITEL

Auf dem Weg nach Ostpreußen, 10. Juni 1923

Es war eine eigentümliche Zugfahrt. Sophie sagte die ganze Zeit über kaum ein Wort, sondern schrieb stattdessen eifrig in ihr Notizbüchlein. Auch Luise war schweigsam. Die Ereignisse der vergangenen Tage und Wochen lasteten schwer auf ihr: die Feststellung, dass ihr Mann ein Spitzel war, der nicht einmal vor seiner eigenen Familie haltmachte. Dann der Eklat – der Mord, den sie begangen hatte, die Beerdigung, bei der Siegfried zum Helden stilisiert und sein Tod den Franzosen in die Schuhe geschoben worden war. Und schließlich Sophies Wiedersehen mit Pierre, das so traurig geendet hatte. Sie musterte ihre Freundin aus dem Augenwinkel – traurig und in sich zusammengesunken saß sie da. Einzig Raphael sprühte vor Leben und Aufregung. Erst jetzt merkte sie, dass der Junge auf sie einredete.

»Entschuldige bitte, was hast du gesagt?«, fragte Luise und lächelte ihn an. »Ich war gerade in Gedanken.«

»Ich habe dich gefragt, ob du mir etwas darüber erzählen kannst«, bat Raphael. »Über deine Kindheit. Und warum du dort fortmusstest.«

»Nicht, Raphael«, mischte sich Sophie ins Gespräch und legte ihm die Hand auf den Arm. »Das sind keine schönen Erinnerungen für Tante Luise.«

»Oh.« Der Junge schwieg betreten.

»Ist schon gut«, sagte Luise rasch. »Ich fahre ja schließlich zurück, also ist es höchste Zeit, mich der Vergangenheit zu stellen. Was willst du wissen?« Sie lächelte Raphael aufmunternd zu.

»Na ja …«, sagte er zögernd und immer noch leicht eingeschüchtert. »Wie … wie war denn deine Kindheit?«

»Meine Kindheit auf dem Gut meiner Großmutter war wunderbar«, begann Luise mit leuchtenden Augen zu erzählen. »Als ich klein war, haben wir alle zusammen dort gelebt. Meine Großmutter, meine Eltern und ich. Das Gut war umgeben von weiten Feldern und hohen Bäumen, in denen ich immer gerne geklettert bin.«

»Wie lange hast du dort gelebt?«, fragte Raphael, der ihrer Erzählung gespannt lauschte.

Luise überlegte. »Das kann ich gar nicht so genau sagen. Irgendwann sind meine Eltern mit mir nach Neidenburg gezogen, Großmutter blieb auf dem Gut.«

»Ganz alleine?«, fragte Raphael.

»Ganz alleine«, bestätigte Luise und musste schlucken. »Aber meine Eltern waren bei ihr, als …« Sie brach ab, als sie den warnenden Blick Sophies sah. Das hier war nichts für Kinderohren. Raphael brauchte nichts davon zu wissen, dass die Russen Luises Eltern und ihre Großmutter grausam ermordet hatten, als sie Neidenburg einnahmen. Er brauchte nicht zu wissen, wie viel Blut an den Mauern des Gutshofes klebte. Dass ihre Familie im Krieg umgekommen war, wusste Raphael, daraus wurde kein Geheimnis gemacht. Sie hoffte, dass er nicht weiter fragen würde. Doch sie hatte nicht mit dem unbändigen Wissensdrang des Jungen gerechnet.

»Sind deine Eltern auf dem Gut gestorben?«

»Raphael!«, rief Sophie.

»Schon gut«, sagte Luise noch einmal. Und dann, an ihren Neffen gewandt: »Ja, Raphael. Sie sind auf dem Gut gestorben. Deswegen ist es mir ja auch so wichtig, es wieder aufzubauen. Verstehst du das?«

»Ja«, erwiderte Raphael, »das verstehe ich.« Feierlich fügte der kleine Junge hinzu: »Und ich werde dir dabei helfen.«

»Das ist lieb von dir«, lächelte Luise. »Ich kann deine Hilfe gut gebrauchen. Du bist ja jetzt sozusagen der Mann im Haus.«

»Glaubst du, du wirst es wiedererkennen?«, fragte Raphael gespannt.

Luise sah ihn nachdenklich an. »Ich weiß es nicht«, bekannte sie dann. Sie war nie mehr dort gewesen. Nur nach Memel war sie mit Johanna gefahren, um zu heiraten. Und dann waren die Russen gekommen und hatten sie gefangen genommen und nach Russland gebracht. Gedankenverloren sah Luise aus dem Fenster. Wie lang das alles her war. Und doch waren die Erinnerungen plötzlich so nah. Sie hatte keine Ahnung, in welchem Zustand das Gebäude war. Sie wusste nur, dass die Russen ein Feuer gelegt hatten. Vermutlich war das Haus völlig verfallen. Auch mit ihrer mütterlichen Freundin Imke, die immer noch in Neidenburg lebte und mit der sie regelmäßigen Briefkontakt hatte, hatte sie sich nie über den Gutshof ausgetauscht. Stattdessen hatte Imke ihr damals ausführlich von der Volksabstimmung berichtet, bei der die Einwohner entscheiden sollten, ob sie künftig Polen oder Ostpreußen angehören wollten. Triumphierend hatte Imke im Juli 1920 geschrieben: *Natürlich wollten fast alle bei Ostpreußen bleiben. 98 Prozent!* Luise war erleichtert gewesen, doch die nachfolgenden Briefe Imkes hatten sie beunruhigt. *Wir geraten ziemlich ins Abseits*, schrieb die Freundin. *Die Grenze zum Polnischen Korridor ist nicht weit weg, irgendwie geraten wir immer mehr in Vergessenheit. Unseren Geschäften geht's nicht gut, na ja, wenigstens Brot brauchen die Leute immer.* Imke war Bäckerin, wie auch alle ihre Vorfahren. Später schrieb Imke dann, dass sich die Lage entspanne und viele Menschen aus Westpreußen zuzögen.

Wir sind nicht mehr so unter uns wie früher. Aber mich stört das nicht. Die neuen Neidenburger sind ganz nett und sehr dankbar. Und es ist allemal besser, als immer mehr zu schrumpfen.

Das Schreiben schloss mit dem Satz: *Wann kommst Du endlich heim, Luise? Es wird Zeit. Und Deinen Mann kannst Du ja mitbringen.*

Ihren Mann. Imke wusste weder, dass Luise auf dem Weg nach Ostpreußen war noch dass ihr Mann inzwischen tot war. Und schon gar nicht, dass sie ihn ermordet hatte. Und das, dachte Luise, würde sie auch nie erfahren. Das wussten nur Sophie und sie.

Sie hatte keine Ahnung, dass es noch jemand wusste. Die kleine Franziska, die noch so harmlos schien mit ihren blonden Zöpfen, die aber später Unglück über die ganze Familie bringen sollte. Dann würde sie dieses Wissen einsetzen. Später, wenn der an die Macht kam, dem Andreas im fernen München jetzt schon zujubelte: Adolf Hitler.

66. KAPITEL

Überlingen, Bodensee, 10.–13. Juni 1923

In der Nacht setzten Johannas Wehen ein. Sie hatte seit Tagen nichts gegessen und wieder über 40 Grad Fieber, daher war sie schwach. Zu schwach, um den qualvollen Geburtsschmerzen etwas entgegensetzen zu können. Sie hatte das Gefühl, ihnen völlig ausgeliefert zu sein, hatte keine Kraft mehr zu kämpfen, keine Kraft mehr, den Schmerz in Energie umzusetzen. Sie klammerte sich an Irinas Hand und bettelte um Erlösung.

Irina sprach ihr Mut zu, redete von dem Kind, mit dem Johanna belohnt werden würde, wenn sie alles durchgestanden hätte. Aber die Worte drangen nicht bis zu Johanna durch und ihre Augen waren irr vor Schmerzen.

Die eilig herbeigerufene Hebamme machte ein besorgtes Gesicht.

»Wird sie es schaffen?«, flüsterte Irina, damit Johanna sie nicht hörte.

Die Hebamme blickte skeptisch drein. »Wenn Gott will«, murmelte sie. »Das Kind liegt falsch herum. Es wird in Steißlage zur Welt kommen.«

Irina wurde blass. »Das kann sie nicht schaffen!«, flüsterte sie. »Nicht in ihrem Zustand. Können wir nicht versuchen, es zu drehen?«

Die Hebamme schüttelte den Kopf: »Es sitzt zu fest im Becken.«

40 Stunden dauerte die Qual, und Johanna wünschte sich nichts sehnlicher, als zu sterben. Als sie dann endlich das

Kind durch ihren Beckeneingang presste, drohte eine rote Feuerwand sie einzuholen und ihre Schreie gellten hinaus, sodass Sebastian, der draußen vor der Tür wartete, es nicht mehr aushielt und eilig das Haus verließ.

Dann war es vorbei und Johanna fiel in eine gnädige Ohnmacht.

»Was ist mit dem Kind?«, drängte Irina, obwohl sie die grausame Antwort schon wusste. »Was ist, warum schreit es nicht?«

Die Hebamme nabelte das Neugeborene ab und war kaum fähig zu sprechen. Seit Jahrzehnten übte sie ihren Beruf nun aus, aber Momente wie diese nahmen sie mit, und das würde wohl auch immer so bleiben. »Das arme Wurm«, murmelte sie. »Ach, das arme Wurm.«

»Was ist mit ihm?«, schrie Irina. »Nun reden Sie doch.«

Die Hebamme hob den Kopf, ihr Gesicht war gezeichnet von der ungeheuren Anstrengung der letzten Stunden. »Das Kind lebt nicht mehr«, sagte sie mit brüchiger Stimme. »Es muss bereits vor Wochen im Mutterleib gestorben sein.«

Johanna wollte nicht wieder aufwachen, drei Tage und drei Nächte lang blieb sie ohne Bewusstsein.

Irina saß weinend an ihrem Bett und hielt ihre Hand. »Vielleicht ist es besser so«, sagte sie zu Sebastian, der wie erstarrt am Fenster stand und in den Garten hinaussah. »Sie soll erst wieder aufwachen, wenn sie stark genug ist für das, was sie erwartet.«

Dr. Schilling kam mehrmals am Tag, um nach Johanna zu sehen. »Wird sie überleben?«, fragte Irina bang.

Der Arzt hob die Schultern. »Das liegt nicht in unserer Hand.«

»Sie hat einen starken Lebenswillen«, flüsterte Irina und dachte an Susanne und den kleinen Robert, die eingeschüchtert unten im Wohnzimmer saßen und um ihre Mutter bangten. Sebastian, Irina und der alte Schuldirektor bemühten sich nach Kräften, die Kinder abzulenken, aber Susanne und Robert ließen sich durch nichts aus ihrer Starre reißen, erst recht nicht, seit Helene in Überlingen angekommen war, allen ständig mit ihrer Hysterie auf die Nerven ging und ein ums andere Mal lautstark schluchzte: »Sie wird sterben. Mein Kind wird sterben!« Das tat sie so lange, bis ihr Vater sie anfuhr, sie solle entweder den Mund halten oder sofort sein Haus verlassen. Seither saß Helene stumm in der Ecke und starrte vor sich hin. Nachdem sie das kleine Wesen gestern bestattet hatten – Irina war bei Johanna geblieben, zur Beisetzung waren auch Justus und Franziska aus Konstanz herübergekommen –, war Helene wieder mit zurück über den See gefahren und hatte noch beleidigt »hier bin ich ja ohnehin nicht erwünscht« hinzugefügt.

Irina musterte Sebastian bedrückt. Er tat ihr entsetzlich leid. Wie schlimm musste es sein, sein eigenes Kind zu begraben.

Da bemerkte sie Dr. Schillings Blick. Der Arzt sah sie bedeutsam an und verließ das Zimmer. Irina folgte ihm. Sie begriff, dass Dr. Schilling meinte, man müsse Sebastian einen Augenblick mit Johanna alleine lassen.

Sebastian bemerkte kaum, dass die beiden den Raum verließen. Er nahm Johannas Hand und streichelte sie sanft.

Wie sehr ich sie liebe, dachte er, und wie sehr ich sie vernachlässigt habe. Immer habe ich nur gefordert, nie habe ich gegeben … »Bleib bei mir«, wisperte er. »Bitte verlass mich nicht. Ich brauche dich!«

Johannas Augenlider zuckten.

Sebastian hielt den Atem an. »Johanna«, flüsterte er mit kaum hörbarer Stimme, »Johanna!«

Wieder zuckten Johannas Augenlider.

Sebastian beugte sich vor. »Johanna!«, sagte er nun eindringlich.

Ihre Augen öffneten sich ganz. Der Blick schien von weither zu kommen. Sie blickte verwirrt um sich, dann sah sie Sebastian. Sie bewegte die Lippen, um etwas zu sagen, aber sie brachte keinen Ton heraus.

»Pst«, machte Sebastian, »nicht sprechen.«

»Das Kind«, flüsterte sie.

Sebastian schluckte.

»Sebastian!« Johannas Stimme klang wie ein Schrei. »Wo ist mein Kind? Ich will es sehen!«

Sebastian sah sich gehetzt im Zimmer um. Was sollte er tun? Wie würde Johanna reagieren? Wo Dr. Schilling nur blieb?

»Sebastian!«, krächzte sie. »Bitte bring mein Kind zu mir, *bitte*!«

Er ließ den Kopf auf Johannas Laken sinken. Dieser Moment ging einfach über seine Kraft. Er wollte sie nicht mit der grausamen Wahrheit konfrontieren, wollte nicht derjenige sein, der es ihr sagte.

»Sebastian!« Johannas Stimme klang schrill. »Sebastian, was ist mit unserem Kind?«

Sebastian wusste, dass er sie nicht länger hinhalten konnte. Er hob den Kopf und nahm ihre Hände in die seinen. Aber er sah ihr nicht in die Augen, als er langsam sagte: »Es tut mir leid, Johanna. Unser Kind lebt nicht mehr. Es … es ist bereits tot zur Welt gekommen.«

67. KAPITEL

München, Bayern, 1. Juni 1923

Am 10. Juni wurde Albert Leo Schlageter beerdigt. In Frankfurt am Main und in Gießen standen Vertreter der NSDAP an den Gleisen, um ihm die letzte Ehre zu erweisen. In Donaueschingen marschierten sogar ganze Schulklassen zum Bahnhof. Seine sterblichen Überreste wurden nach Schönau gebracht, wo Albert Leo Schlageter, der nun ein Nationalheld war, beerdigt wurde. Andreas Bigall gehörte nicht zu denen, die am Bahnhof standen. Aber er nahm in München an einer Gedenkveranstaltung der NSDAP teil, bewunderte Ludendorff und Hitler, die Ansprachen hielten. Es genügte Andreas nicht, nur ein Mitläufer zu sein. Er wollte auch einmal dort vorne stehen, in der ersten Reihe. Dass er in der Partei Karriere machen würde, das stand für ihn fest. Und da wäre es besser für ihn, wenn ihn niemand mit seinem Flittchen, wie er Marlene insgeheim abfällig nannte, erwischen würde. Das Bild, das er verkörpern wollte, war das eines geradlinigen und aufrechten deutschen Bürgers und Familienvaters. Marlene ist mein wunder Punkt, dachte er ärgerlich. Und sie baute immer mehr Druck auf, anscheinend rechnete sie schon damit, dass er sich von seiner Familie trennen und mit ihr leben würde, die dumme Gans. Andreas schnaubte verächtlich. Er musste die Sache beenden, und das schon bald, die Kleine begann gefährlich zu werden. Andererseits tat sie ihm so verdammt gut. Seine Frau interessierte sich nur für Kinder, Haus und Garten und hatte jeden Reiz für ihn verloren. Marlene hingegen war so rein und mädchenhaft – sie hörte ihm zu, wenn er etwas erzählte, und die Art und Weise, wie sie ihn dann mit ihren blauen Kulleraugen bewundernd ansah, trug schon dazu bei, dass er sich ganz ausgesprochen wohlfühlte.

Andreas seufzte, konzentrierte sich wieder auf die Ansprachen von Hitler und Ludendorff und vertagte die Entscheidung für oder gegen Marlene fürs Erste.

Wenig später trat er der »Kompanie Schlageter« bei, die im Frühjahr 1923 innerhalb des Münchner SA-Regiments gegründet wurde.

68. KAPITEL

Essen, Ruhrgebiet, 18. Juni 1923

Pierre ging wie betäubt durch die Tage und Wochen, die seinem Treffen mit Sophie folgten. Er hatte mit allem gerechnet, nur nicht damit, dass sie ihn derart grob zurückweisen würde. Er war sich so sicher gewesen, dass sie ihn verstand, dass sie wusste, dass seine Entscheidung nichts mit ihr und ihrer Liebe zu tun hatte. Wie erstarrt hatte er vor der tobenden, zornigen Frau gestanden und dabei immer wieder gedacht, wie schön sie doch war und wie sehr er sie liebte. Sie und Raphael, ihren – seinen – Sohn. Seit er wusste, dass er einen Sohn mit Sophie hatte und es sich bei ihm auch noch um den Jungen handelte, den er am Bahnhof gerettet hatte, stand für ihn fest: Sie gehörten zusammen. Zwar hatte er nie daran gezweifelt, aber nun war Pierre überzeugt, dass ihre Zusammengehörigkeit in irgendeiner höheren Ordnung festgeschrieben stand. Endlich hatten sie sich wiedergefunden. Es durfte nicht sein, dass sie erneut getrennte Wege gingen. Doch Sophie hatte ihn so hart angegangen, ihn überhaupt nicht zu Wort kommen lassen! Ihr Zorn hatte den seinen erregt, sein Zorn und sein Stolz hatten ihm verboten, ihr hinterherzulaufen, sie anzuflehen. Dieser Zorn war noch immer groß und sagte ihm, er solle nach Frankreich zurückkehren und um seine Frau kämpfen, die wegen Sophie eigentlich nie eine Chance gehabt hatte.

Sein Zorn ließ sich leichter ertragen als der rasende Schmerz, der wegen des Verlustes von Sophie in ihm tobte. Und deswegen ließ Pierre den Zorn siegen.

Eine Woche später bat der Offizier Pierre Didier um Urlaub aus wichtigen familiären Gründen.

Ja, er würde nach Frankreich zurückkehren und seiner Frau, die ihn liebte, endlich die Chance geben, die sie verdiente.

Und dieses verfluchte Land mit all seinen Menschen würde er aus seinem Kopf und Herzen streichen.

In dem Moment, in dem er den Entschluss fasste, wusste Pierre schon, dass er es nicht schaffen würde. Er würde Sophie nicht vergessen. Und der Gedanke an seinen Sohn, den er dann nie kennenlernen würde, raubte ihm schier den Verstand.

69. KAPITEL

Überlingen, Bodensee, 18. Juni 1923

Johanna wünschte sich sehnlichst, noch einmal in einen so tiefen Schlaf zu fallen wie direkt nach der Geburt. Sie erholte sich nur langsam. Sie wollte nicht mehr gesund werden, sie wollte sterben, um diese schrecklichen Schmerzen nicht mehr ertragen zu müssen. Aber ihr junger Körper wehrte sich dagegen, er wollte leben, er wollte gesund werden.

Irina wich nicht von ihrer Seite. Sebastian hingegen empfand eine seltsame Scheu vor dieser neuen Johanna und flüchtete sich in seine Arbeit. Der kurze innige Moment an ihrem Bett schien einer anderen Welt anzugehören. Sie entfernten sich immer weiter voneinander.

Bald richtete sich Johannas ganze Wut gegen Sebastian. Sie gab ihm die Schuld daran, dass das Kind gestorben war.

»Wenn er mich nicht gezwungen hätte, die Leute zu pflegen, wäre es noch am Leben«, schluchzte sie und vergaß dabei ganz, dass sie es gewesen war, die auf der Pflege bestanden hatte.

Erst als am 30. Juni auf der Hochfelder Rheinbrücke eine Bombe explodierte und acht belgische Soldaten tötete, erwachte sie wieder zum Leben. Die Explosion hatte für die Bevölkerung verheerende Folgen, die Besatzungsmächte sperrten daraufhin die Grenzen zu den besetzten Gebieten, was die Lage für die Bevölkerung sehr verschlechterte, denn auch die Lebensmitteltransporte wurden an den Grenzen aufgehalten und man hatte noch weniger Nahrung als zuvor. Johanna machte sich Sorgen um Sophie, um Raphael und um Luise. Der hastig geschriebene Brief, den Sophie auf dem Postamt in Friedrichshafen noch aufgegeben hatte, hatte Johanna nie erreicht, sie glaubte, Sophie, Luise und Raphael seien noch immer im Ruhrgebiet, während Luise und Sophie ihrerseits nichts von Johannas Schicksal und der Totgeburt wussten.

Die Inflation hatte im Ruhrgebiet ein unvorstellbares Ausmaß erreicht. Die Menschen bekamen immer weniger für ihr Geld. Druckerpressen produzierten unablässig neue Geldscheine, um dem ständig steigenden Bedarf an Zahlungsmitteln gerecht zu werden. Die wenigen Nahrungsmittel, die bis ins Ruhrgebiet gelangten, waren dort noch teurer als in den nicht besetzten Gebieten, die Menschen hungerten. An den Zahltagen standen die Frauen ungeduldig vor den Arbeitsstätten ihrer Männer und warteten, bis sie mit Mengen von beinahe wertlosem Papiergeld herauskamen, um mit dem Lohn gleich einkaufen zu gehen. Jede Minute war kostbar, denn die Preise stiegen ständig.

Auch die Bewohner des Alten Schulhauses hungerten, auch wenn sie weit weg von dem besetzten Gebiet lebten. Der Hunger und die Sorgen um ihre Lieben waren es, was Johanna schließlich rettete. »So geht das nicht weiter«, sagte sie energisch, nachdem Susanne, weinend vor Hunger und Kummer um die veränderte Mutter, Johannas Zimmer verlassen hatte. »Ich halte diesen Hunger nicht mehr aus. Und Susanne und Robert müssen ebenso hungern.« Sie rappelte sich mühsam hoch und stand auf. Für einen Moment wurde ihr schwarz vor Augen, zu lange hatte sie gelegen, aber sie fing sich schnell wieder.

Irina sah sie besorgt an. »Was willst du tun, Johanna?«, fragte sie verwirrt, aber auch erleichtert über den plötzlichen Stimmungswandel. Sie hatte in der letzten Zeit regelrecht Angst bekommen vor Johannas Resignation und Lebensmüdigkeit.

»Was ich tun will?«, fragte Johanna scharf, während sie zum Kleiderschrank ging, um sich anzuziehen. »Kämpfen werde ich, Irina. So wie du einst gekämpft hast. Ich werde für Frieden, Land und Brot kämpfen. Das war doch das Motto eurer Revolution, oder nicht?«

»Natürlich«, erwiderte Irina leise, »aber sie war es nicht wert, Johanna, glaube mir. Ich habe darüber alles verloren. Zwei Männer, die ich liebte.«

Johanna band die Schleife ihres Kleides so fest, wie sie konnte, aber das Kleid schlabberte trotzdem wie ein Sack an ihr herum. Sie war mager geworden. »Ich werde nicht verlieren, Irina«, sagte sie fest, »ich habe nichts mehr zu verlieren.«

Sie schwankte und griff rasch Halt suchend nach der Stuhllehne. Ihr Körper bäumte sich gegen diesen plötzlichen Wechsel auf, aber ihre Seele brannte und ihr musste sie folgen.

Irina sprang auf, um sie zu stützen. »Johanna«, flehte sie, »tu nichts Unüberlegtes. Du warst lange krank. Jetzt stehst du plötzlich auf und willst eine Revolution machen. Gegen was denn eigentlich?«

»Ich kämpfe gegen meinen eigenen Schmerz«, sagte Johanna rau. »Ich bin längst wieder gesund, Irina. Körperlich zumindest. Aber wenn ich nichts tue, frisst mein Schmerz mich auf. Und es ist eine Tatsache, dass wir hungern müssen.«

»Aber was willst du tun?«, fragte Irina ratlos.

»Ich weiß es noch nicht«, erwiderte Johanna. »Irgendetwas wird mir schon einfallen.«

70. KAPITEL

Auf dem Weg nach Neidenburg, 18. Juni 1923

Auf dem letzten Teil der mehrtägigen Reise nach Ostpreußen – sie hatten unterwegs Station gemacht und in einem Gasthof übernachtet – wurde Luise ganz still und starrte immer wieder schweigend aus dem Fenster. Wie vertraut die Landschaft ihrer Kindheit war und wie friedlich!

Unverwundet, als hätte es nie einen Krieg gegeben, lag sie da mit ihrem gewellten Flachland, ihren Moränenhügeln, ihren Wäldern, ihren versteppten Wiesen und Feldern. Und immer wieder die breiten Flüsse. Luise atmete tief ein. Wie sie diese Landschaft liebte! Erst jetzt wurde ihr bewusst, dass sie hier und nur hier zu Hause war. Wie oft hatte sie schon Heimat zu finden geglaubt: am Bodensee, in den offenen Armen von Siegfrieds Familie. In Russland, Seite an Seite mit den Bolschewisten. In Siegfried selbst. Doch all diese Heimaten gab es nun nicht mehr. Siegfried war tot, durch ihre Hand gestorben, doch war er ihr vor seinem Tod fremd geworden, so fremd, wie Russland ihr lang schon war. Und der Bodensee? In Johanna und Sophie hatte sie nicht nur Verwandte, sondern Freundinnen fürs Leben und ein neues Zuhause gefunden, das sicher. Aber dennoch war ihr der Bodensee keine Heimat mehr. Eigentlich seit Johannas Großmutter, Sophies und Siegfrieds Mutter Amalia, 1918 gestorben war. Seitdem war alles anders geworden, die Familie hatte sich zerstreut, obwohl es Amalia doch immer so wichtig gewesen war, alle zusammenzuhalten. Luise seufzte leise und spürte, wie sich eine Hand in die ihre schob. Sophies Hand. Sie wandte den Kopf und blickte ihre Freundin nachdenklich an. »Es hat sich so vieles verändert.«

Sophie drückte ihre Hand. »Veränderung ist manchmal gut.«

Dann schwiegen beide wieder, lauschten lediglich dem rhythmischen Rattern und Quietschen der Räder.

»Ich muss gerade an den Siegfried denken, den ich damals kennengelernt habe«, sagte Luise traurig. Sophie warf einen schnellen Blick auf Raphael, doch der lag zusammengerollt auf der Bank in der Ecke des Abteils und schlief. Gut, dachte sie.

»Er hat sich so verändert, Sophie«, fuhr Luise fort. »Wie kann sich ein Mensch so verändern?«

»Es ist gut, dass du beginnst, um ihn zu trauern, Luise«, sagte Sophie. »Ich habe manchmal das Gefühl, dass wir beide unter einer Glocke der Lähmung sitzen und deshalb nicht trauern können. Ich würde so gern um meinen Bruder weinen, aber ich kann es nicht.«

»Ich trauere auch nicht um ihn, ich kann das genauso wenig«, widersprach Luise. »Vielleicht, weil ich schon so lange und so viel um ihn getrauert habe. Der Mann, in den ich mich damals verliebt habe, ist schon lange gestorben.«

Sophie nickte.

»Ich bin traurig, weil ich daran denke, wie leuchtend die Zukunft vor mir lag, damals, als er mich das erste Mal küsste. Und was dann daraus wurde.«

»Ihr hattet eigentlich keine Glücksmomente mehr«, überlegte Sophie.

»Nein«, stimmte Luise ihr zu. »Dieser erste Kuss war der Höhepunkt unserer Liebe. Danach musste Siegfried in den Krieg ziehen, und als ich ihn wiedersah, waren meine Eltern schon tot und er verletzt. Dann geriet ich in russische Gefangenschaft, und als ich wiederkam, hatte er nur noch ein Bein und war ein anderer Mensch.«

»Ja, ihr hattet wirklich Pech«, stimmte Sophie zu.

»Und deshalb verstehe ich es ehrlich gesagt auch nicht, wieso du dein Glück so wegwirfst und Pierre zurückweist«, sagte Luise heftiger als beabsichtigt.

Augenblicklich zog Sophie ihre Hand, die immer noch in Luises gelegen hatte, zurück. »Das ist etwas völlig anderes«, sagte sie scharf.

»Entschuldige«, erwiderte Luise matt. »Ich will nicht mit dir streiten. Und im Übrigen bin ich sehr froh, dass du mich begleitest. Offen gestanden bin ich ziemlich nervös, weil ich nicht weiß, was uns erwartet.«

71. KAPITEL

Überlingen, Bodensee, 20. Juni 1923

Das Haus schien zum Leben zu erwachen, seit Johanna wieder aufgestanden war und sich um alles kümmerte. Sie war schon vor dem Verlust ihres Kindes eine schöne Frau gewesen, jetzt hatte sich ihre Schönheit noch gesteigert. Ihre grünen, mandelförmigen Augen leuchteten riesengroß in dem schmalen, blassen Gesicht. Ihre Züge waren ernster geworden und strenger, sie hatte alles Mädchenhafte verloren, doch das tat ihr gut und gab ihrer Schönheit einen melancholischen Anstrich.

Aber sie war auch unnahbar geworden. Ihr Gang, mit dem sie das Haus durchschritt, war fest, die Schultern hielt sie stets gerade und den Kopf hoch erhoben, um den Mund lag ein entschlossener Zug.

Irina hatte sich verabschiedet, als sie bemerkte, dass Johanna sie nicht mehr brauchte, sie wollte zurück nach Russland. Johanna hatte die Freundin lange umarmt und ihr alles Gute gewünscht, als ahnte sie, dass sie sie nie wiedersehen würde.

»Mama«, jammerte Susanne, die gerade in die Küche gekommen war, »Mama, ich habe solchen Hunger.« Sie fing an zu weinen.

Johanna kniete nieder und schlang die Arme um ihr Kind. »Du bekommst etwas zu essen«, versprach sie.

Susannes Augen leuchteten begierig auf: »Was denn?«

Es tat Johanna weh, die Enttäuschung in Susannes Gesicht zu sehen, als sie mit einem trockenen Kanten Brot wiederkam. Das Brot war ihre eigene Ration, das Einzige, was sie, Johanna, heute gehabt hätte. Nicht alle Menschen am Bodensee mussten so sehr hungern wie sie. Überall waren die Lebensmittel knapp, das schon, aber Sebastian meinte, den besonders Bedürftigen immer wieder etwas von ihrem knappen Bestand zustecken zu müssen, was dazu führte, dass er ein hervorragendes Ansehen hatte, die eigene Familie aber hungerte. Außerdem trödelte er herum, wenn er sein Gehalt bekam, das inzwischen täglich ausgezahlt wurde, weil die Währung so schnell verfiel. Dabei wusste er genau, dass das Geld kurze Zeit später nichts mehr wert sein könnte. Ihre Wut auf ihren Mann wuchs von Tag zu Tag und steigerte sich ins Unermessliche. Ihre Wut auf ihren Mann war auch eine Möglichkeit, dem Schmerz um ihr totes Kind auszuweichen.

»Bald gibt es wieder etwas anderes zu essen, ich verspreche es dir«, sagte sie und strich ihrer Tochter über die langen Locken. »Ich gehe mal nach Vater sehen. Er müsste schon längst mit dem Geld da sein, dann kann ich etwas kaufen.«

Damit ging sie hinaus, um nach Sebastian Ausschau zu halten.

Weit und breit keine Spur.

Wahrscheinlich führt er mal wieder ein ach so wichtiges Gespräch mit einem seiner Schäfchen, dachte sie ärgerlich.

Endlich sah sie ihn die Straße herunterkommen. Er ging langsam, den Korb mit dem Geld vor sich hertragend, und plauderte angeregt mit Bruno Kleinschmitt, Elsas Mann.

Als die beiden endlich an der Grundstücksgrenze des Alten Schulhauses angekommen waren, blieben sie stehen und unterhielten sich in aller Seelenruhe weiter.

Johanna bebte vor Ungeduld. Nach kurzer Zeit hielt sie es nicht mehr aus. Sie schloss die Gartentür fest hinter sich und ging auf die beiden Herren zu.

»Oh, die Frau Pastor!«, rief Bruno Kleinschmitt erfreut. »Ich habe Sie schon so lange nicht mehr gesehen! Wie geht es Ihnen?« Mitleid flackerte in seinen Augen. Das Schicksal der Pfarrersfrau hatte die ganze kleine Stadt erschüttert.

»Danke, gut«, erwiderte Johanna knapp. Es fiel ihr schwer, zu Bruno kurz angebunden zu sein, denn er kam in Elsas Gegenwart nie zu Wort und war auch sonst ein eher schüchterner Mann. Aber sie hatte es nun mal sehr eilig.

»Entschuldigen Sie, wenn ich das Gespräch so einfach störe«, sagte sie höflich. »Aber ich muss dringend zum Einkaufen und mein Mann hat das Geld. Sie wissen ja, die Inflation …«

Bruno senkte den Kopf. »Verzeihen Sie vielmals«, bat

er. »Ich habe den Herrn Pfarrer aufgehalten. Dabei hätte ich doch wissen müssen …«

Er verabschiedete sich rasch und ging davon.

»Musste das jetzt sein, Johanna?«, fragte Sebastian ärgerlich. »Du weißt, wie selten Bruno aus sich herausgeht!«

»Ich weiß es sehr gut, aber es wäre dir ein Leichtes gewesen, mir das Geld kurz in die Hand zu drücken. Dann hättest du dich mit Bruno weiter unterhalten können.«

»Das wäre mir peinlich gewesen.«

Johanna starrte ihn an. »Peinlich?«, fragte sie mit einem drohenden Unterton in der Stimme. »*Peinlich?* In *dieser* Situation? Und wäre es dir auch peinlich, wenn deine Familie verhungern müsste?«

»Johanna, bitte!«

»Nein, Sebastian, ich meine es ernst. Sehr ernst. Wir haben Inflation. Du weißt genau, wie wichtig es ist, dass du mit dem Geld gleich nach Hause kommst. Jeder hätte Verständnis dafür.«

»In letzter Zeit geht es dir nur noch um materielle Dinge«, sagte Sebastian vorwurfsvoll. »Mein Innenleben scheint dich überhaupt nicht mehr zu interessieren.«

»Innenleben!«, zischte Johanna. »Nein, dein Innenleben interessiert mich wirklich herzlich wenig. Mehr interessieren mich unsere Kinder, die vor Hunger weinen, und das, das gestorben ist. Wenn du nicht fähig bist, für unsere Kinder zu sorgen, dann muss ich das eben tun.«

Damit drehte sie sich um und ging mit raschen Schritten Richtung Lebensmittelgeschäft.

Als Johanna ankam, erhielt sie für ihr Geld nichts mehr, denn der Kurs war schon wieder derart gestiegen, dass das, was sie besaß, keinen Pfifferling mehr wert war.

»Ja, wenn Sie vor einer halben Stunde gekommen wären«, sagte Trudchen, die Frau des Lebensmittelhändlers, bedauernd und hob die Schultern, »dann hätte ich Ihnen noch Brot, etwas Butter und Gemüse geben können. Aber jetzt …« Sie vollendete den Satz nicht und fragte stattdessen: »Warum sind Sie denn nicht gleich gekommen, die Auszahlung war doch schon vor Stunden!« Ihr Ton klang vorwurfsvoll.

Johanna bebte innerlich vor Wut, zwang sich aber, freundlich zu bleiben. Nicht nur, dass sie wegen Sebastians Trödelei nichts mehr bekam, nun musste sie sich auch noch Vorwürfe gefallen lassen. Und was sollte sie Susanne sagen? Sie hatte dem Kind versprochen, dass es etwas Gutes zu essen bekommen würde. Bedrückt verließ sie den Laden.

Weder auf Sebastian noch auf die Währung konnte sie sich verlassen, das war klar. Klar war auch, dass sie die Sache in die Hand nehmen musste. Sie würde nun endlich ihren alten Plan in die Tat umsetzen und die Wiesen des Alten Schulhauses umgraben. Im Herbst würde sie versuchen, Samen zu bekommen. Und es würde ihr auch gelingen, dazu war sie fest entschlossen. Sie würde sich eben weiterhin von nichts als einem Kanten Brot ernähren und sich die Samen so regelrecht vom Mund absparen. Dass bis zum Herbst die Rentenmark eingeführt sein und die Lage sich stabilisieren würde, konnte Johanna freilich noch nicht wissen.

Geld, dachte sie jetzt, würde ihr der Gemüseanbau im eigenen Garten kaum einbringen, aber Geld war ja auch wirklich nichts wert. Doch sie würde Nahrung haben, und nichts war wichtiger als das.

Und wenn sie Glück hatte, könnte sie dann, wenn Erntezeit war, etwas von ihrem Gemüse tauschen. Gegen ein

Huhn vielleicht … Außerdem – das hatte sie ganz vergessen – trugen die Obstbäume im Garten des Alten Schulhauses im Herbst Unmengen von Früchten. Auch diese könnte sie ernten und gegen andere Lebensmittel tauschen.

Ihre Augen leuchteten und ihre Schritte wurden zielstrebiger, als sie die Straße hinunterging, um sich gleich an die Verwirklichung ihres Planes zu machen.

72. KAPITEL

90 Jahre später
Paris, Frankreich, August 2013

Adèle rührte nachdenklich in ihrer Kaffeetasse und sah aus dem Fenster. »Ich konnte mir die Geschichte nie wirklich zusammenreimen und ich weiß nicht genau, was damals passiert ist«, begann sie zu erzählen. »Sophie stand am Ende ihres Lebens, als sie mir davon berichtet hat. Oder vielleicht müsste man eher sagen: es mir gebeichtet hat.« Sie hielt inne, als müsse sie ihre Gedanken sammeln. Zita griff, ohne nachzudenken, nach Philippes Hand. Verflogen war jede Befangenheit. »Ich hatte den Eindruck, als wolle sie mir so viel auf einmal sagen, sich so viel von der Seele reden, dass sie letztendlich nur einen Bruchteil dessen herausbrachte.«

Sie sah erst Philippe und dann Zita an, als sie sagte: »Ja, es stimmt. Melissa ist nicht Johannas Tochter.«

»Und wer ist dann Melissas Mutter?«, fragte Philippe.

»Johanna war Melissas Großmutter«, erklärte Adèle.

In Zitas Kopf fuhren die Gedanken Achterbahn. Nur langsam formten sich die Worte, die sie dann aussprach. »Dann … war Susanne ihre Mutter?«

Adèle nickte.

»Mon Dieu!«, flüsterte Philippe. »Was ist passiert? Und warum dachte Urgroßmutter Sophie, sie sei schuld am Schicksal der Mädchen?«

»Und was haben das Notizbüchlein und Franziska mit all dem zu tun?«, wollte Zita wissen.

Adèle hob die Hände. »Langsam, langsam«, bat sie. »Lasst einer alten Frau doch Zeit.«

»Pardon, Grandmère«, sagte Philippe.

»Wir sind nur so aufgeregt«, erklärte Zita. »Das ist alles einfach unglaublich.«

»Das ist es in der Tat«, stimmte Adèle zu. »Und die meisten eurer Fragen kann ich nicht beantworten. Wenn ich deine Urgroßmutter richtig verstanden habe, Philippe, dann mussten Susanne und ihr Mann im Zweiten Weltkrieg aus Deutschland fliehen. Anscheinend hatten sie gehofft, bei Sophie Unterschlupf zu finden, aber das hat wohl nicht geklappt. Das Kind der beiden blieb bei Johanna, und als Susanne nicht zurückkehrte, ließ diese die Kleine in dem Glauben aufwachsen, sie sei ihre Tochter, um ihr den Schmerz zu ersparen. Außerdem wäre es gefährlich für das Kind gewesen, wenn man seine richtigen Eltern gekannt hätte.«

»War Susannes Mann Jude?«, fragte Zita.

Adèle nickte. »Ich bin nicht ganz sicher, aber ich glaube schon, ja. Entweder Jude oder jemand, der den Nazis aus anderen Gründen nicht gefiel.«

»Was wurde aus den beiden? Sie sind tot, oder?«, fragte Philippe.

»Sie waren lange verschollen, und wenn Menschen so lange verschollen sind, erklärt man sie irgendwann für tot, aber …«

»Aber du glaubst, dass sie noch leben könnten?«, unterbrach Philippe.

»Sie müsste dann ja inzwischen schon über 90 sein«, überlegte Zita.

»Die Menschen in dieser Familie sind alle sehr alt geworden«, sagte Adèle. »Deine Urgroßmutter, Philippe, wurde 101, Johanna starb erst im Alter von 99 Jahren, und Franziska wurde 100. Auch dein Großvater ist inzwischen 98 Jahre alt. Möglich, dass Susanne irgendwo noch ihre letzten Lebensjahre verbringt. Sie sind nach dem Krieg hier in Frankreich wieder aufgetaucht. Und soweit ich weiß, hatte dein Großvater eine Zeit lang Kontakt mit Susanne.«

»Aber wo ist sie?«, rief Zita. »Und was ist mit Melissas Vater, ihrem Mann?«

»Dass er noch lebt, glaube ich nicht«, überlegte Adèle. »Wenn ich mich recht entsinne, war er etwas älter als sie. Und wo sie sein könnte – ich weiß es nicht.« Sie sah plötzlich müde aus. »In dieser Sache gibt es viele Dinge, die rätselhaft sind. Ich wäre froh, wenn ihr jungen Leute das aufklären könntet.« Sie sah Philippe an, plötzlich bekümmert. »Das würde auch deinen Großvater erleichtern. Er fragt jeden Tag nach dem Notizbüchlein. Und frag du ihn ruhig mal nach Susanne.«

»Wir werden morgen zu ihm gehen«, beschloss Philippe.

73. KAPITEL

90 Jahre zuvor
Neidenburg, Ostpreußen, 20. Juni 1923

Es dauerte eine Weile, bis Imke glauben konnte, wer da vor ihr stand. Lange starrte die trotz der Hungersnot beleibte Bäckersfrau die drei Gestalten einfach nur an. Ganz vorne Luise. Dahinter eine Frau und ein Junge, die sie nicht kannte. Erst als Luise zum dritten Mal ihren Namen rief: »Imke!«, stieß sie einen Schrei aus, umrundete die Theke und riss Luise in ihre Arme. »Luise! Meine kleine Luise! Dass du endlich zurückgekehrt bist!« Sie schluchzte vor Freude.

Sophie musste unwillkürlich lächeln. Als ›klein‹ konnte man Luise wirklich nicht bezeichnen. Sie musterte die Frau, die Luise nun in ihren Armen hielt. Ihre Schwägerin hatte ihr alles von Imke erzählt. Sie wusste, dass die Bäckersfrau einmal die beste Freundin von Luises Mutter gewesen war. Sie wusste, dass Imke für Luise da gewesen war, nachdem diese vom Tod ihrer Eltern erfahren hatte. Sie wusste, dass Imke sie aufgefangen und nicht mehr losgelassen hatte, bis Luise wieder alleine zu stehen vermochte. »Mama, warum weint die Frau?«, fragte Raphael. Sophie sagte: »Weil sie sich so freut.« Imke hatte sich inzwischen wieder gefangen – zum Glück befand sich keine Kundschaft im Laden, dachte Sophie – und sich von Luise gelöst, um Sophie zu begrüßen. »Bitte entschuldigen Sie meinen Gefühlsausbruch«, bat sie. »Es ist einfach überwältigend, dass Luise wieder da ist.«

»Natürlich«, sagte Sophie lächelnd, »das ist doch verständlich.«

»Sie sind bestimmt Sophie?«, fragte Imke. »Luise hat mir schon so viel von Ihnen geschrieben.« Dann wandte sie sich Raphael zu. »Und du musst Raphael sein.«

Der Junge nickte schüchtern. »Möchtest du ein Rosinenbrötchen?« Raphael strahlte.

»Na, dann setzt euch mal«, forderte Imke, die ihren alten Schwung wiedergewonnen hatte, sie auf und deutete zu der kleinen Sitzgruppe am Fenster. »Ihr habt doch bestimmt alle Hunger und Durst.«

»Oh ja«, rief Luise, »und wie! Vor allem, wenn es darum geht, in den Genuss deiner Backkünste zu kommen.«

Sophie überlegte zwar, ob Imke es sich leisten konnte, sie einfach so alle zu bewirten, traute sich aber nicht, etwas zu sagen. Sie würde Luise später, wenn sie allein waren, danach fragen.

Die nächste Stunde verging wie im Flug. Imke setzte ihren Gäste die reinsten Köstlichkeiten vor, die diese – wenn auch teilweise mit schlechtem Gewissen – hungrig verschlangen, bediente zwischendurch immer wieder Kunden und zeigte sich bestürzt über Siegfrieds Tod. »Da hat er dich vor den Russen gerettet und nun wird er von den Franzosen getötet«, sagte sie kopfschüttelnd, und Luise hatte den dringenden Wunsch, Imke die Wahrheit zu sagen. Aber sie spürte Sophies warnenden Blick und musste an eines ihrer vielen Gespräche denken, als sie überlegt hatten, Johanna einzuweihen. »Es wäre egoistisch, das zu tun, nur weil wir es nicht ertragen können, ein Geheimnis vor ihr zu haben«, hatte Sophie argumentiert. »Wir würden sie mit diesem Wissen enorm belasten.« Luise hatte ihr zugestimmt und geschwiegen. Und sie würde auch weiterhin schweigen.

Kurz nach Feierabend erlebte Imke in ihrem Geschäft einen wahren Ansturm. »Der Lohn ist ausgezahlt worden«, kommentierte Luise, als sie unzählige Frauen mit Wäschekörben voller Geld auf das Geschäft zukommen sah. »Es ist überall das Gleiche.«

»Jetzt müsst ihr eine Weile ohne mich klarkommen«, gab Imke zurück, stand auf und stürzte hinter ihre Theke. Minuten später brach der Sturm über sie herein. Luise sah ihr zu und bewunderte, wie freundlich, aber bestimmt Imke auftrat.

Plötzlich spürte sie Sophies Hand auf der ihren. »Glücklich?«

Luise zuckte die Schultern. »Irgendwie schon«, sagte sie leise. »Aber etwas ganz Wichtiges steht noch bevor: Ich habe Imke noch nicht gefragt, was aus dem Hof meiner Großmutter geworden ist.«

Sophie schwieg bedrückt. Ihr war nicht entgangen, dass Imke immer geschickt ausgewichen war, sobald Luise versucht hatte, das Gespräch auf den Hof zu lenken. Sophie fürchtete, dass Neidenburg noch einige sehr schmerzvolle Erfahrungen für Luise bereithalten würde. Und damit sollte sie recht behalten.

74. KAPITEL

Überlingen, Bodensee, 21. Juni 1923

»Lenk den Wagen doch in die Hofeinfahrt«, flötete Helene, als Justus von Konstanz her in die Überlinger Bahnhofstraße einbog.

Sie fühlte sich großartig. Sie, die Tochter einer angesehenen Überlinger Familie, war durch ihre Heirat noch weiter aufgestiegen und hatte einen Mann geheiratet, der sich nun ein Automobil leisten konnte. Justus brummte nur vor sich hin und fuhr den Wagen wie ihm geheißen in den Hof. Helene öffnete die Tür und setzte geziert ihren Fuß auf den grauen Kies der elterlichen Einfahrt. »Mama, ist Susanne auch da?«, rief Franziska aufgeregt von der Rückbank und sprang ebenfalls aus dem Wagen.

»Davon gehe ich doch aus«, erwiderte Helene. »Es ist ja wohl selbstverständlich, dass sie anwesend ist, wenn ihre Großeltern zu Besuch kommen. Vor allem, da wir ihnen reichlich Lebensmittel mitbringen.«

»Und ihre Tante«, kicherte Franziska. »Ich finde es lustig, dass ich ihre Tante bin, obwohl ich doch kaum älter bin als sie.«

»Das, mein Kind, ist nicht ungewöhnlich«, wies Helene sie zurecht. »Deine Tante Sophie ist auch nicht viel älter als deine Schwester Johanna.«

Franziska blickte am Alten Schulhaus empor. Wie heimelig es doch wirkte! Sie hatte zwar kaum Erinnerungen an dieses Haus, in dem sie die ersten Jahre ihrer Kindheit verbracht hatte, aber es übte eine starke Faszination auf sie aus und vermittelte ihr ein Gefühl der Geborgenheit. Die Inflation steckte dem kleinen Mädchen noch in den Knochen. Sie hatte mit den wertlos gewordenen Geldscheinen im elterlichen Wohnzimmer Türme gebaut, die dann zusammengefallen waren. Und sie hatte erlebt, wie Grete, die Dienstmagd, mit ihrem Lohn hatte einkaufen gehen wollen und gerade mal noch eine Schachtel Streichhölzer dafür bekam. Jetzt allerdings schien das alles bald vorbei zu sein. Franziska wusste nicht genau, was passiert war, nur dass der Vater wieder öfter in der Firma war und nun für die feinen Damen Kleider herstellte. Und dass ihre Mutter über diese Damen verächtlich sprach. Sie nannte sie ›Garçonne‹ und sagte, dass dieses Wort aus dem verhassten Frankreich komme und ›Knabe‹ bedeute. Und das passe, weil diese ›Garçonne‹ aussähen wie Männer und dass sie sich die Haare abschneiden ließen. Franziska mochte die Garçonne insgeheim, weil sie dafür sorgten, dass der Vater wieder mehr Geld hatte und besser gelaunt war und nun dieses Auto kaufen konnte. Er hatte ihr und der Mutter sogar versprochen, nach Bayreuth in die Oper zu fahren. Franziska wusste zwar nicht, was die Oper war, aber es hörte sich großartig an. Und nun waren sie also hier in Überlingen.

Franziska war stolz, als sie aus dem Auto stieg. Sie schenkte ihrer Schwester Johanna, die mit Susanne und Robert im Eingang stand, einen triumphierenden Blick. Sonst konnte die große Schwester immer alles besser. Aber jetzt war *sie* mit dem Vater und der Mutter von Konstanz hergefahren. Und hatte jede Menge zu essen im Auto, weil man ja wusste, dass es bei Johanna nie etwas gab. Franziska musterte ihre Schwester von oben bis unten. Sie sah ziemlich dünn und bleich aus, fand sie. Und ungepflegt in diesen komischen Kleidern. Sie, Franziska, hingegen trug ein nagelneues adrettes Kleid und hatte die Haare zu ordentlichen Zöpfen geflochten. Kurz trafen sich die Blicke der Schwestern, Johanna war irritiert über das, was sie in Franziskas Augen las, aber sie vergaß es gleich wieder, denn sie wurde vom allgemeinen Geschehen abgelenkt.

»Johanna, mein Kind, ich hoffe, es geht dir inzwischen besser. Ich habe mir ja solche Sorgen um dich gemacht«, säuselte Helene und segelte auf ihre Tochter zu. Johanna erwiderte die Umarmung kühl. Von wegen, dachte sie. Du hast nicht ein einziges Mal nach mir gefragt, seit du beleidigt abgezogen bist. Es geht dir immer nur darum, selbst im Mittelpunkt zu stehen. Helene löste sich aus der Umarmung und hielt Johanna einen halben Meter von sich weg. »Blass bist du geworden«, befand sie. »Und schmal. Wir haben jede Menge zu essen für euch dabei.« Sie deutete auf den Wagen, auf dessen Rücksitz sich die reinsten Herrlichkeiten türmten. »Lecker«, rief Susanne und stürzte zum Auto, »dürfen wir das gleich essen?«

»Willst du deiner Großmutter nicht erst mal Guten Tag sagen?«, tadelte Helene. »Danach können wir zum Kaffee den feinen Kuchen essen. Bevor das Nähkränzchen losgeht.«

Eine Stunde später war der Kuchen verspeist, die restlichen Lebensmittel versorgt und Justus' Wagen stand noch immer großartig in der Einfahrt. Justus selbst war in die Stadt gegangen, um mit dem jüdischen Textilhändler in der Münsterstraße über Geschäftliches zu sprechen, Franziska tuschelte mit Susanne, Robert sah sich mit seinem Urgroßvater ein Bilderbuch an und Helene saß mit Johanna und einigen Damen der Überlinger Gesellschaft beim unumgänglichen Kränzchen. Elsa platzte schier vor Neid und konnte das Sticheln nicht lassen.

»Man hört ja von dem unsolidarischen Verhalten der deutschen Reichen.« Sie sprach das Wort mit so viel Abscheu aus, als sei es eine Krankheit. »Sie planen nicht zufällig einen Urlaub in der Schweiz?« Sie sah Helene streng an.

Die geriet ins Stottern. Sie hatte Elsas scharfe Zunge schon immer gefürchtet und wollte ihr gefallen, denn wenn man Elsas Gunst auf seiner Seite hatte, konnte man sich sicher fühlen. Wie hatte Helene sich auf Elsas Gesicht gefreut, wenn sie den Wagen sähe. Und nun stichelte sie nur herum.

»N-nein«, stotterte sie jetzt und dachte, dass es wohl besser wäre, wenn sie Elsa nichts von dem geplanten Opernbesuch erzählte, mit dem sie sich eigentlich hatte brüsten wollen. »W-wie kommen Sie darauf?«

Elsa schenkte ihr einen weiteren strafenden Blick. »Na, man weiß ja, dass die, die es sich leisten können, in die Schweiz fahren, um dort ihr Geld zu verprassen, statt ihren immer noch hungernden Landsleuten zu helfen.« Sie stach emsig auf ihre Näharbeit ein, als habe sie den unsolidarischen Feind – für Elsa war jeder ein Feind, dem sie nicht wohlgesonnen war – vor sich. »Die Schweizer sollen sich schon beschwert und gesagt haben, wenn jeder, der einen Luxusurlaub verbringt, auch nur einen Tag opfern würde, dann könnten sie ihre Hilfszahlungen einstellen. Und es sei nicht einzusehen, dass sie den Nachbarn helfen sollten, während sich die eigenen Landsleute so unsolidarisch verhalten.«

»Wir fahren nicht in die Schweiz«, erwiderte Helene bestimmt. Und fügte ein »natürlich nicht« hinzu.

»Aber einen Wagen haben Sie«, blieb Elsa unbarmherzig. »Und die armen Verkehrspolizisten müssen es büßen.«

»Wie bitte«, fragte Helene, »wieso denn das?«

»Es stand sogar in einer Zeitung. Mein Schwager lebt ja in Frankfurt und hat's mir erzählt. Die arme Großstadt versinkt in dieser Plage.«

»Was hat er Ihnen denn erzählt?«, mischte sich Johanna mit sanfter Stimme ins Gespräch.

Elsa legte ihre Näharbeit auf den Schoß, holte tief Luft und zitierte: »Diese braven und eifrigen Leute machen unnötig weite, fuchtelnde, ausholende Bewegungen mit den Armen. Sie wirken nicht exakt und infolgedessen undeutlich und nicht verständlich. In der Dunkelheit sieht man sie kaum. Sie können leicht überfahren werden.« Beim letzten Satz hatte Elsa die Stimme gehoben und Helene fest ins Visier genommen, als argwöhne sie, dass Helenes Gatte das Auto einzig und allein deshalb angeschafft hatte, um den armen Polizisten nach dem Leben zu trachten.

Johanna konnte sich ein leises Kichern nicht verkneifen, wodurch sich Helene und Elsa für einen Moment doch wieder solidarisierten, als sie ihr einen strafenden Blick zuwarfen. Innerlich verdrehte Johanna die Augen und dachte wieder einmal, wie sehr sie Sophie und Luise vermisste und wie einsam es ohne sie war. Erneut spürte sie die vertraute Welle der Unzufriedenheit in sich aufsteigen. Da saß sie nun, Pfarrersfrau in einer kleinen Stadt, die besten Freundinnen weit fort, neben einem Mann, der nur rein äußerlich aus dem Krieg zurückgekehrt, innerlich aber dort geblieben war.

Sie seufzte leise, nahm ihre Näharbeit wieder auf und setzte den nächsten Stich.

75. KAPITEL

Neidenburg, Ostpreußen, 21. Juni 1923

»Es ist kein schöner Anblick«, warnte Imke etwa zum zehnten Mal, als sie sich dem einstigen Gutshof von Luises Großmutter näherten. Gerade waren sie von der Hauptstraße in die schmale, von hohen Tannen gesäumte Zufahrt eingebogen, die zum Gut führte, und Luise fühlte ihr Herz hart gegen ihre Rippen schlagen. Diesen Weg war sie als kleines Mädchen entlanggehüpft. Mit wippenden Zöpfen und strahlendem Gesicht. Ihr Blick schweifte über das riesige Kornblumenfeld, das sich hinter dem Haus erstreckte. Dort hatte sie ihrer Großmutter Blumensträuße gepflückt. Die Kornblumen waren die Blumen ihrer Kindheit. Und am Rand dieser Wiesen hatte sie Brombeeren gesammelt und sich dabei die nackten Beine zerkratzt. Wie himmlisch hatten diese Früchte geschmeckt! Nach Sommer, Sonne, Liebe und Geborgenheit. Sie hatte die Brombeeren, die nicht sofort in ihrem Mund landeten, in einem kleinen geflochtenen Korb verstaut und sie zu Großmutter und dem ältlichen Dienstmädchen, dessen Namen sie inzwischen vergessen hatte, in die Küche gebracht. Großmutter hatte immer gelacht und ihr zuerst einmal den Mund, der voller Brombeersaft war, mit einem feuchten Lappen abgewischt. Und dann hatte sie Marmelade gekocht. Luise liebte diesen Duft. Und sie liebte den Schaum, der sich ganz zuoberst befand und den sie immer ablöffeln durfte.

»Ist alles in Ordnung?«, drang Imkes besorgte Stimme an ihr Ohr.

Mit einem Ruck kehrte Luise wieder in die Gegenwart zurück. »Ja, ich … ich habe mich nur in Erinnerungen verloren.«

Imke nahm ihre linke Hand, Sophie tat es ihr nach und griff nach Luises Rechten. So gingen die drei Frauen, Luise in der Mitte, langsam die Kiesauffahrt entlang. Ihre knirschenden Schritte, Raphaels begeistertes Hüpfen und das Zwitschern der Vögel waren die einzigen Geräusche, die die Stille durchbrachen.

Und dann standen sie vor dem einstigen Gutshaus. Luise schrie entsetzt auf. Sophie starrte sprachlos auf die Ruine. Einzig Imke, die gewusst hatte, was sie erwartete, schenkte dem halbverfallenen Gebäude keinen Blick, sondern beobachtete ängstlich Luises Miene. Die musterte fassungslos das, was für sie einmal der Inbegriff von Heimat gewesen war. Wo einst weiße Gardinen blitzsaubere Fenster geziert hatten, hingen jetzt graue Fetzen aus zersplitterten Scheiben, das Dach auf der Westseite war eingesunken, auch fehlte ein Stück vom Mauerwerk – ausgerechnet das Stück, hinter dem sich Luises Zimmer befunden hatte. Ruß hatte das Gemäuer schwarz verfärbt.

Fassungslos betrachtete Luise das Haus ihrer Großmutter. Es schien ein Abbild ihrer seelischen Verfassung zu sein.

Die Heimat – ihr Leben lag in Scherben. Luise spürte, wie die Tränen empordrängten, fühlte, dass sie gleich zusammenbrechen würde auf den von Brennnesseln überwucherten Stufen dieses Hauses, das ihr einmal Heimat gewesen war. Und noch immer war. War ihr Leben nicht geprägt gewesen von Kämpfen um ihre Heimat? Hatte sie sie nicht überall gesucht und nirgends wiedergefunden? Dabei, dachte Luise, hätte sie doch nur zurückkehren müssen, und statt in der Fremde nach Heimaten zu suchen, sich ihrer echten, ihrer wahren Heimat annehmen. Wie untreu sie gewesen war! Untreu gegenüber ihrer Großmutter, ihren Eltern, ihrer Heimat. Sie hatten es verdient, dass ihr Andenken aufrechterhalten wurde. Mit diesem Haus.

Luise atmete tief durch, straffte den Oberkörper und sah ihre beiden Freundinnen an, die sie angstvoll beobachteten. »Na, auf was warten wir?«, fragte sie. »Bauen wir wieder auf.«

Die beiden starrten sie sprachlos an.

»Ich meine es ernst«, bekräftigte Luise. »Ich habe nicht vor, das Haus weiter verfallen zu lassen. Und ich bin überzeugt, dass ich es schaffen werde, das Gut wieder in den Zustand zu bringen, in dem es war, als Großmutter hier noch lebte. Helft ihr mir?«

Es dauerte ein paar Sekunden, bis Sophie und Imke die Nachricht verdaut hatten. Dann riefen sie wie aus einem Mund: »Na klar!«, und stürzten sich lachend in Luises Arme.

»Ich helfe auch mit«, schrie Raphael, der die Stufen vor dem Gebäude erklommen hatte. Den Stock, mit dem er die Brennnesseln bekämpft hatte, hob er siegessicher gen Himmel.

76. KAPITEL

Überlingen, Bodensee, 18. Juli 1923

Der Vorhang des Kleinschmitt'schen Hauses bewegte sich leicht. Elsa stand dahinter und wartete darauf, dass Johanna vom Einkaufen zurückkam. Vorhin hatte sie beobachtet, wie die Pfarrersfrau mit ihrem Korb die Straße hinab in Richtung Stadt gegangen war.

Ja, ja, dachte Elsa Kleinschmitt, Johanna wird immer älter und bissiger. Und dürr ist sie geworden! Der arme Herr Pfarrer kann einem wirklich leidtun. Und was sie vorhin wieder anhatte! Ein Kleid mit ägyptischen Aufdrucken!

Elsa wusste, dass das jetzt die neueste Mode war, und sie verurteilte sie. Insgeheim jedoch war sie neidisch und fragte sich, wie Johanna sich so etwas leisten konnte. Es war brandneu, zweifelsohne, und es stand der großen, schlanken Johanna gut, das musste Elsa sich eingestehen. Aber dennoch … Sie sollte das Geld lieber für ihre Tochter und ihren Sohn ausgeben, dachte sie, die armen Kleinen sind ganz verhungert!

Elsa wusste nicht, dass eine dankbare Patientin, die Johanna während der Epidemie gepflegt hatte und die von der Totgeburt der Pfarrersfrau tief betroffen war, ihr das Kleid geschenkt hatte.

»Da kommt sie!«, rief Elsa sich selbst zu, als sie eine Bewegung auf der Straße wahrnahm. Sie setzte sich ihren Hut auf – Elsa Kleinschmitt ging niemals ohne Hut aus – und eilte auf die Straße. »Frau Pastor!«, rief sie aufgeregt. »Frau Pastor!«

Johanna wandte sich unwillig um. Elsa Kleinschmitt hatte ihr gerade noch gefehlt.

»Meine Liebe, wie aufregend, finden Sie nicht?«

»Was?«, fragte Johanna, ohne zu lächeln. »Was ist aufregend?«

»Aber meine Liebe, sind Sie denn nicht informiert? Es steht doch in allen Zeitungen! Wir haben Bürgerkrieg!«

Johanna lächelte kühl. »Doch, Frau Kleinschmitt, ich bin informiert. Sehr gut sogar. Und ich kann Ihnen versichern, dass wir keinen Bürgerkrieg haben.«

»Aber ja!«, rief Elsa, empört darüber, dass dieses junge Ding ihr widersprach. »Wir *haben* Bürgerkrieg. Alle Zeitungen schreiben es.«

»Reichskanzler Cuno hat heute eine Erklärung abgegeben«, sagte Johanna. »Auch wenn es Kämpfe und Aufstände gibt, so ist das noch lange keine Gefahr. Die meisten Menschen bleiben friedlich, es sind nur kleine Gruppen, die ausfallend werden. Und wenn sich alle vernünftig verhalten …«, sie sah Elsa scharf an, »dann wird auch weiterhin nichts passieren.«

»Diese kleinen Gruppen sind gefährlich, glauben Sie mir!«, rief Elsa Kleinschmitt. »Sie haben eigene Soldaten!«

Johanna gab auf. Sie sah ein, dass Elsa Kleinschmitt an einen Bürgerkrieg glauben *wollte* und dass sie sich nicht beruhigen lassen würde. Aber sie, Johanna, hatte absolut keine Lust, mit Elsa über die Gefahren zu diskutieren. »Es tut mir leid, Frau Kleinschmitt, ich muss gehen, um nach den Kindern zu sehen«, sagte sie deshalb rasch.

»Ja, die armen Kleinen«, säuselte Elsa leutselig. »Sie müssen ja so schrecklich hungern.« Sie warf einen vielsagenden Blick auf Johannas Kleid. Aber Johanna lächelte nur. Sie verteidigte sich nicht.

»Ach, da fällt mir ein«, fuhr Elsa fort und kramte in ihrer Handtasche. »Ich habe für Robert einen Kindervers aufgeschrieben. Ich habe ihn schon meinen Kindern vorgesungen, und als ich neulich den kleinen Robert traf, war er ganz hingerissen, als ich ihn aufsagte.«

»Danke«, erwiderte Johanna kurz und steckte den Zettel in eine der Einkaufstaschen, ohne einen Blick darauf zu werfen. »Ich werde ihn mir nachher ansehen.«

Doch sie vergaß den Zettel zunächst wieder. Als sie die wenigen Sachen aus den fast leeren Einkaufstaschen ausräumte, fiel er ihr zwar in die Finger, aber sie schob ihn geistesabwesend in die Tasche ihres Kleides. Ich werde den Vers später lesen, dachte sie. Momentan habe ich Wichtigeres zu tun, als mich um Kinderverse zu kümmern.

77. KAPITEL

Bayreuth, Wagner-Festspiele, 22. Juli 1923

Bayreuth war eine Offenbarung. Zumindest für Helene und Franziska. Die Fahrt mit dem Wagen dorthin war aufregend genug, sie dauerte viele Stunden, es war heiß und Helene jammerte über die Hitze, aber als sie ankamen, ihr Hotelzimmer bezogen und sie sich in das Kleid warf, das sie eigens dafür hatte schneidern lassen – nicht so ein albernes Zeug, wie Johanna es neuerdings trug, sondern ein ordentliches Kleid mit Spitzen und Rüschen –, da war sie mit sich und der Welt zufrieden. Noch mehr, als sie Franziska in ein ganz ähnliches Kleid steckte, ihr die Haare zu Zöpfen flocht und zu einem Kranz um den Kopf legte. Als sie fertig waren, begutachtete Helene ihr Spiegelbild. Mutter und Tochter. Justus konnte stolz auf sie beide sein. Sie standen für und repräsentierten die Bürgerlichkeit, die Beständigkeit.

Am Arm ihres Gatten schritt sie, Franziska an der Hand, zum Eingang des Festspielhauses. Man gab die ›Meistersinger von Nürnberg‹. Fritz Busch dirigierte, und dass Justus ausgerechnet Karten für die Premiere bekommen hatte, war fast schon unerhört.

Am Empfang des prachtvollen Gebäudes erwarb Justus den Festspielführer, dann betraten sie den Saal und – Helene war enttäuscht: Enge Holzklappstühle reihten sich aneinander! »Warum sitzen wir nicht in der Loge?«, flüsterte sie ihrem Gatten empört zu. »Ich denke, wir könnten uns das jetzt leisten.«

»Um uns einen Platz in der Loge leisten zu können, braucht es noch etwas, meine Liebe«, sagte Justus. »Außerdem ist heute Premiere. Dass es mir über meine Beziehungen überhaupt noch gelungen ist, Karten zu bekommen, gleicht einem Wunder.«

Helene bedachte ihn mit einem finsteren Blick, ließ sich auf einem der Holzklappstühle nieder und registrierte zufrieden, dass die anderen Damen, die auf den Holzstühlen Platz nahmen, ebenso elegant gekleidet waren wie sie. Sie saß also nicht beim Volk. Offenbar war das so. Wer Wagner hörte, saß auf Holzstühlen.

»Richard Wagner hat die Stühle absichtlich nicht beziehen lassen, weil er Angst hatte, dass die Bezüge den Klang schlucken«, teilte ihr die Dame, die rechts von ihr Platz genommen hatte, redselig mit und warf sodann einen strafenden Blick zur Loge.

Helene nickte wissend.

»Der Klang hier unten ist viel besser, habe ich mir sagen lassen. Die wahren Musikfreunde sitzen hier.«

Helene setzte sich zurecht und hob das Kinn. Natürlich. Sie gehörte zu den wahren Musikfreunden, zu denen, die Wagner verstanden.

Eifrig beugte sie den Kopf über den Festspielführer und lehnte sich kurz darauf zu ihrem Mann herüber, um ihm zuzuflüstern: »Justus, wusstest du schon, dass Siegfried Wagner der Wegbereiter des ›nationalen Sozialismus‹ ist?« Sie tippte mit dem Finger eifrig auf das Programm. Justus brummte nur. »Justus!«, gab Helene keine Ruhe.

»Ja, Helene«, sagte er deshalb. »Ja, das ist mir klar. Wie du ja sicher bemerkt hast, ist das ganze Gebäude schwarz-weiß-rot beflaggt.«

Helene errötete und kam sich dumm vor. Natürlich wusste Justus das bereits. Natürlich war sie wieder einmal die Dumme, Unwissende. Doch kurz darauf war alles vergessen, und Helene gab sich ganz der Musik hin, die sie schon immer so geliebt hatte. Es war wie ein Rausch. Und als sich alle erhoben, um die Schlussansprache Hans Sachsens stehend zu hören, stand sie, Franziska fest an der Hand, zwischen ihnen und fühlte sich wunderbar zugehörig. Es ist wie früher im Kaiserreich, dachte sie plötzlich. Bevor der Krieg und diese seltsamen Regierungen mit all ihren verschiedenen Kanzlern alles durcheinandergebracht haben. Froh stimmte sie in den Schlussgesang »Deutschland, Deutschland über alles« ein und bemerkte befriedigt, dass Franziska mit leuchtenden Augen und aus vollem Herzen mitsang.

Franziska würde sich später noch jahrelang damit brüsten, dass sie die Premiere besucht hatte, in der auch General Ludendorff gewesen war.

78. KAPITEL

Überlingen, Bodensee, 23. Juli 1923

In den nächsten Wochen machte Johanna sich daran, ihren Plan in die Tat umzusetzen. In Amalias altem Geräteschuppen fand sie Hacke und Spaten und begann damit, die Wiesen hinter dem Alten Schulhaus umzugraben.

Sebastian erstarrte, als er nach Hause kam und sie in diese Tätigkeit vertieft sah. »Johanna«, rief er empört, »was tust du denn da?«

Johanna richtete sich auf und sah ihn kalt an. »Ich sorge dafür, dass wir nicht verhungern müssen.«

»Ich verstehe nicht ganz …«

»Das ist doch wirklich nicht so schwer zu verstehen!«, entgegnete Johanna und machte sich wieder an die Arbeit. »Es gibt keine Nahrung, wir aber haben jede Menge Grund, auf dem man eben diese anbauen kann.«

Sebastian schüttelte unwirsch den Kopf. »Wenn das so einfach wäre, dann hätten sich schon ganz andere Menschen mit dieser Methode beholfen.«

»Mir ist klar, dass es nicht einfach ist«, sagte Johanna

scharf. »Aber es ist zumindest eine Chance. Und die werde ich nutzen.«

»Selbst wenn du den ganzen Garten umgräbst«, wandte Sebastian ein, »dann ist es damit noch lange nicht getan. Wo willst du Saatgut herbekommen, wie willst du …«

»Das weiß ich noch nicht«, fiel Johanna ihm ins Wort. »Aber es wird mir gelingen. Und wenn ich es stehlen muss.«

»Johanna!« Aus Sebastians Stimme klang schieres Entsetzen. »Das kannst du nicht tun.«

»Ich werde es auch zunächst auf andere Weise versuchen und ich vermute auch, dass ich Erfolg haben werde. Aber glaube mir, eher werde ich zur Diebin, als dass ich zusehe, wie unsere Kinder langsam verhungern. Zumal du das Wenige, was wir haben, ja eifrig verteilst.«

Sebastian zuckte beim harten Klang ihrer Stimme zusammen.

»Was den Hungertod angeht«, sagte er schließlich vorsichtig, »ich nehme an, du hast kein Mittagessen zubereitet, oder?«

»Nein!«, rief Johanna wütend. »Nein, wovon denn? Wir haben ja nichts!«

79. KAPITEL

Neidenburg, Ostpreußen, 12. August 1923

Im August verschärfte sich die Lage besonders im besetzten Ruhrgebiet immer mehr. Die Inflation stand kurz vor ihrem Höhepunkt, überall gab es Hungerkrawalle und Streiks. Reichskanzler Wilhelm Cuno sah sich den Problemen nicht mehr gewachsen und trat am 12. August zurück. Schon einen Tag später wurde die Regierung Stresemann vereidigt. Und der beendete gleich darauf, quasi als erste Amtshandlung, den passiven Widerstand im Ruhrgebiet. Die Reaktionen im Reich waren so verschieden wie die innerhalb der Familie. Johanna dachte erleichtert, dass nun vielleicht alles besser würde. Marlene, die wieder einmal in München weilte, hörte sich Andreas' empörte Hasstiraden an. »In dieser Regierung wimmelt es nur so von Sozialdemokraten!«, brüllte er ein ums andere Mal, und Marlene zuckte wieder und wieder zusammen. »Das können wir uns nicht bieten lassen!«

Den alten Schuldirektor nahm dieser erneute Wandel in seiner Umgebung sehr mit. Zu viele Veränderungen hatte er in seinem Leben schon mitmachen müssen. Er sehnte sich nach Ruhe und Stetigkeit.

Johanna schrieb an Sophie: *Er wird langsam alt. Ich mache mir große Sorgen um ihn.*

Auch Sophie war erschüttert. Wegen der beunruhigenden Nachrichten aus Überlingen und vor allem auch wegen des Regierungswechsels. Sie konnte nicht wirklich erfassen, was sich ändern würde, aber ihr war klar, dass Stresemann den Konflikt zwischen den Deutschen und den Franzosen befrieden wollte. Und wenn dem so wäre, würde Pierre nach Frankreich zurückkehren. Zu seiner Familie.

Sophie ließ den Stein, den sie gerade aus dem Schutthaufen neben dem Haus gegraben hatte – er eignete sich ihres Erachtens noch gut als Mauerstein – wieder sinken, legte sich mitten in das Kornblumenfeld, das sich hinter dem Haus erstreckte, und starrte zu dem Gebäude hinüber, das sie in den letzten Wochen in einen beachtlichen Zustand versetzt hatten. Luise hatte Wort gehalten – sie kämpfte um ihre Heimat, Sophie und Imke halfen ihr nach Kräften, um Geld mussten sie sich dank Luises Witwenrente keine Sorgen machen, solange sie bescheiden lebten. Und inzwischen hatten sich auch zahlreiche Neidenburger bereit erklärt, mit Hand anzulegen. Sie alle hatten die Familie gekannt und geschätzt, sie alle, trotz des Elends, das sie selbst heimgesucht hatte, die junge Frau, die alles verloren hatte, bedauert. Es war Ehrensache, dass sie ihr beim Wiederaufbau halfen. Luise und Sophie räumten und schufteten den ganzen Tag, Raphael, der jetzt in Neidenburg zur Schule ging, half nachmittags mit, am Abend kamen dann auch Imke und all die anderen berufstätigen Neidenburger, schufteten, bis die Nacht anbrach, und teilten sich dann ein bescheidenes Mahl. Inzwischen war der untere Teil des Hauses wieder hergerichtet, und Sophie und Luise hatten um die Wette geschrubbt, um es auf Hochglanz zu bringen. Lang schon waren die beiden Frauen und der kleine Junge auf das Gut gezogen.

»Na, müde?«, fragte Luise und legte sich neben ihrer Freundin nieder.

»Nein«, sagte Sophie, »nur nachdenklich. Johanna schreibt, dass es Vater nicht gut geht. Und nun hat Stresemann ja den Abbruch des Widerstands angeordnet ...«

»... und dein Pierre wird nach Frankreich zurückkehren. Das ist es doch, was dir Kummer macht, oder?«, fragte Luise und beobachtete, wie die weißen Wolken am blauen Sommerhimmel vorbeizogen.

»Ja«, gestand Sophie kaum hörbar.

»Du hättest ihn wenigstens anhören sollen, Sophie. Und ihm glauben sollen, als er dir sagte, dass er dich liebt.«

»Aber er hat eine andere geheiratet!«

Luise riss der Geduldsfaden. Sie sprang auf und blickte auf ihre Freundin hinab, die erstaunt zu ihr aufblinzelte. Luise stand direkt vor der Sonne und zeichnete sich dunkel vor dem Sommerhimmel ab.

»Es war Krieg, Sophie. Er kam gerade aus dem Feld. So wie Johanna es mir erzählt hat, war er völlig überrumpelt. Glaub ihm doch einfach, dass er dich liebt. Und nimm deinem Jungen mit deiner Sturheit nicht den Vater.«

Damit kehrte sie Sophie den Rücken zu und stapfte zum Haus zurück. Es machte sie wütend, dass Sophie ihr Glück einfach wegwarf. Die Wut verlieh ihr Flügel, zügig schichtete sie einen Stein auf den anderen.

Sophie blieb nachdenklich zurück.

Fünf Minuten blieb sie im Gras sitzen und starrte gedankenverloren vor sich hin. Dann sprang sie auf und rannte zu Luise. »Luise!«, rief sie noch im Rennen. »Luise, du hast recht. Ich fahre zu ihm.«

80. KAPITEL

90 Jahre später
Paris, Frankreich, August 2013

Philippe und Zita hatten den Weg zu seiner Wohnung schweigend zurückgelegt. War die Befangenheit, die zwischen ihnen herrschte, auch vergessen gewesen, als Adèle von Susanne, Sophie und Melissa erzählte – sobald die beiden miteinander allein waren, war sie wieder da. Mit einem Mal fühlte sich Zita einsam neben ihm.

»Hier lebe ich also«, sagte Philippe, als er die Haustür aufschloss und ihr voranging. Sie betraten seine Wohnung, er schaltete das Licht an. Zita sah sich im Flur um. Das Appartement wirkte wie aus dem Ei gepellt. »Hast du eine Putzfrau?«, fragte sie.

Philippe sagte: »Ja. Mein Alltag im Krankenhaus ist anstrengend. Komm.« Er ging Zita den langen Gang voraus ins Wohnzimmer, wo ein großer Holztisch vor riesigen Fenstern stand. »Setz dich doch. Möchtest du etwas trinken?«

Plötzlich hatte Zita genug. Sie war wütend und diese Wut überdeckte die Befangenheit. »Nein, Philippe, ich möchte nichts trinken«, sagte sie gereizt. »Und ich möchte mich auch nicht setzen. Ich möchte wissen, was plötzlich mit dir los ist. Warum verheimlichst du deiner Großmutter, dass wir ein Paar sind? Weshalb behandelst du mich auf einmal wie eine Fremde?«

Philippes Miene wurde hart. »Bitte, es war ein anstrengender Tag, an dem wir viele wichtige Informationen bekommen haben, die wir jetzt erst mal verarbeiten müssen. Können wir das Thema nicht verschieben?«

Zita schluckte. »Das können wir gern«, sagte sie. »Aber ich habe keine Lust, mit dir den Abend zu verbringen, wenn du in dieser Stimmung bist. Ich habe dir nichts getan, und dass du mich plötzlich wie eine Fremde behandelst, ist nicht nur albern, es verletzt mich auch.«

Philippes Miene wurde weicher. »Es tut mir leid«, sagte er. »Ich wollte dich nicht verletzen.«

»Schon gut.« Zita, froh, dass er sich wieder zugänglicher zeigte, setzte sich auf seinen Schoß und schlang die Arme um ihn. Philippe zog sie heftig an sich, küsste sie und fuhr mit den Fingernägeln über ihre nackten Beine. Er stöhnte leise und sie spürte seine Erregung, gab sich ihr hin, in dem Glauben, nun sei alles gut. Doch plötzlich wandte er den Kopf ab und murmelte: »Ich kann nicht.«

»Was ist denn?«, fragte Zita, gleichermaßen verwirrt und verletzt.

»Ich kann einfach nicht«, sagte Philippe. »Es tut mir leid.«

»Entschuldige dich nicht dauernd, sondern sag mir endlich, was mit dir los ist«, forderte Zita. »Als wir am Bodensee weggefahren sind, war noch alles eitel Sonnenschein, und kaum sind wir in Paris, bist du wie ausgewechselt.«

»Es … mein Leben ist gerade ziemlich chaotisch, der Zeitpunkt, zu dem wir uns kennengelernt haben, ist etwas ungünstig.« Philippe schob sie von seinem Schoß.

»Gibt es eine andere Frau? Ist es das?«, wollte Zita wissen.

»Lass uns morgen drüber reden«, bat Philippe.

»Nein, Philippe.« Zita schüttelte den Kopf. »Es wird kein Morgen geben. So lasse ich nicht mit mir umgehen. Ich werde jetzt gehen.«

Philippe sprang auf. »Aber wo willst du denn hin, mitten in der Nacht?«, fragte er.

Zita lachte auf. »Wir sind hier in Paris. Die Stadt ist voller Hotels und ich bin des Französischen mächtig.« Insgeheim hoffte sie, dass Philippe ihr widersprach, sie in seine Arme zog. Doch er nickte nur und sagte: »Ist wohl besser so. Ich bringe dich zur Tür.«

Zita konnte es nicht glauben, als sie kurz darauf tatsächlich an seiner Wohnungstür standen. »Es tut mir leid«, sagte Philippe zum dritten Mal. Zita presste die Lippen aufeinander.

»Darf ich dich noch um etwas bitten?«

»Ja?«

»Das Notizbuch … Ich würde es gerne morgen meinem Großvater zeigen.«

Zita zögerte. Sie spürte das warme Metall auf ihrer Haut und dachte, dass es ihre Verbindung zu dieser Familie, zu diesen Frauen war. Und dass es auch ein wenig Trost bot. Aber dann dachte sie an den alten Mann, der in seinem Bett lag und Tag um Tag darauf wartete, dass ihm sein Enkel das Notizbuch brachte. Sie atmete tief durch und zog sich das silberne Büchlein vom Hals. Dann legte sie es in Philippes Hände.

»Hier«, sagte sie. »Aber ich will es wiederhaben.«

»Danke.« Philippe klang verlegen. »Ich will ja morgen auch zurück an den Bodensee fahren. Möchtest du … auf mich warten? Wir könnten gemeinsam fahren.«

Zita überlegte. Es war die Chance, ihm nahe zu sein. Fast hätte sie nachgegeben, dann siegte ihr Stolz und sie schüttelte den Kopf und erklärte: »Nein, Philippe, ich fahre mit dem Zug. Wir sehen uns dann dort.« Damit drehte sie sich um und stieg die Treppen hinab. Die Tränen konnte sie nun nicht mehr zurückhalten.

Hinter der Tür stand Philippe, das Notizbüchlein in der Hand. Dann öffnete er es. Er wagte nicht, etwas hineinzuschreiben, das wäre ihm wie eine Entweihung vorgekommen. Also schrieb er die Worte, die ihm nicht über die Lippen gekommen waren, in Gedanken: *Verzeih mir, Zita. Ich verstehe mich selbst nicht. Aber es ist noch nicht vorbei. Ich liebe dich.*

81. KAPITEL

90 Jahre zuvor
Überlingen, Bodensee, 26. September 1923

Am 26. September stand Johanna gerade im Garten auf der Leiter, als Susanne aufgeregt zu ihr gerannt kam. Johanna hatte einen großen Korb in der einen Hand und pflückte mit der anderen die kostbaren Äpfel, bevor sie auf den Boden fallen und unbrauchbar werden würden. Übermorgen war Markttag, sie würde versuchen, die Äpfel gegen Saatgut einzutauschen.

»Mutter«, rief Susanne aufgeregt, »komm schnell mit!«

Johanna blickte zu ihrer Tochter hinunter. »Was ist denn?«

»Urgroßvater. Er schläft.«

»Ja und?«

»Um ihn rum ist lauter Glas. Vielleicht tut er sich weh, wenn er aufwacht.«

»Glas, was für Glas?«, fragte Johanna alarmiert.

»Kaputtes Glas.«

Johanna stieg rasch die Leiter hinunter, stellte den Korb ab und rannte an ihrer Tochter vorbei ins Haus. Im Wohnzimmer fand sie Friedrich. Er lag auf dem Boden, seine Haltung war seltsam verdreht. Neben ihm lagen die Scherben eines Wasserglases und in seiner Hand hielt er ein großes Blatt Papier.

»Du meine Güte!«, rief Johanna entsetzt und kniete neben ihm nieder. »Großvater!«

Friedrich reagierte nicht.

»Großvater, so wach doch auf!«

Als Friedrich sich immer noch nicht regte, tastete Johanna mit zitternden Händen nach seinem Puls. Er war flach und unregelmäßig, aber eindeutig vorhanden.

Gott sei Dank, dachte sie und öffnete dem alten Mann den Hemdkragen. Gehetzt sah sie sich um. Sie wollte ihn nicht alleine lassen, aber sie musste jemanden finden, der zu Doktor Schilling laufen und ihn informieren konnte. Susanne war ihr nicht gefolgt, wahrscheinlich hatte sie sich gefürchtet.

Sie warf einen Blick auf Friedrich und erkannte, dass sie nicht länger zögern durfte. Entschlossen stand sie auf, um jemanden nach dem Arzt zu schicken. Im Flur begegnete sie Elsa Kleinschmitt. Johanna starrte sie einen Moment lang verblüfft an. Was will die denn hier?, fragte sie sich flüchtig, hielt sich aber nicht länger mit dem Gedanken auf.

»Johanna«, sagte Elsa sichtlich verlegen, »entschuldigen Sie, dass ich hier so einfach hereinplatze, aber die Tür war …«

»Schon gut«, unterbrach Johanna sie. »Sie kommen gerade recht. Meinem Großvater geht es nicht gut. Bitte laufen Sie für mich zu Dr. Schilling, ich möchte ihn nicht alleine lassen.«

Elsa machte große Augen. »Der arme Herr Schuldirektor!«, rief sie und senkte die Stimme dann zu einem diskreten Flüstern. »Was hat er denn?«

»Einen Herzanfall«, sagte Johanna ungeduldig. »Bitte beeilen Sie sich, wir haben keine Zeit zu verlieren.«

Elsa stieß einen theatralischen Schrei aus, machte kehrt und verschwand. Erleichtert ging Johanna zurück ins Wohnzimmer.

Sie kniete wieder neben Friedrich nieder und fühlte seinen Puls. Erschrocken stellte sie fest, dass er schwächer geworden war. »Großvater, du hast noch so viel zu tun«, flüsterte sie verzweifelt. »Deine Zeit ist noch nicht gekommen.«

Sie klopfte auf seine Wangen, in der Hoffnung, den Kreislauf anzuregen. Wo Elsa mit Dr. Schilling nur blieb?

Plötzlich fiel ihr Blick auf das Stück Papier, das Friedrich in der Hand hielt. Wahrscheinlich die Ursache für seinen Herzanfall, dachte Johanna, etwas, das ihn sehr aufgeregt hat.

Vorsichtig zog sie ihrem Großvater das Zeitungsstück aus der Hand.

Die Überschrift schien sie regelrecht anzuspringen:

An das deutsche Volk!

Ebenso ins Auge sprangen ihr die dick hervorgehobenen Zeilen: *Mehr als hundert Volksgenossen haben ihr Leben dahingeben müssen; Hunderte schmachten noch in den Gefängnissen.*

Johanna überflog den Text. Er war vom Reichspräsidenten und der Reichsregierung und verkündete den Abbruch des passiven Widerstandes. Der Text sprach von seelischen Qualen, die das Volk im besetzten Gebiet erfahren hatte, und von den harten seelischen Prüfungen und der materiellen Not, die noch auf die Menschen zukommen würden. Letztendlich sei der Abbruch der einzige Weg in die Freiheit. *Mit furchtbarem Ernst droht die Gefahr, daß bei Festhalten an dem bisherigen Verfahren die Schaffung einer geordneten Währung, die Aufrechterhaltung des Wirtschaftslebens und damit die Sicherung der nackten Existenz für unser Volk unmöglich wird.*

Johanna legte das Blatt beiseite und betrachtete ihren Großvater liebevoll. »Armer alter Mann«, murmelte sie zärtlich, »wie viele Änderungen hast du in deinem Leben erdulden müssen. Und kaum hast du dich mit einer Sache zurechtgefunden, kommt die nächste …«

Sie hörte ein Geräusch von der Tür her und wandte sich um. Dr. Schilling eilte herein, gefolgt von der aufgeregten Elsa Kleinschmitt. Johanna stand erleichtert auf, um ihn zu begrüßen.

»Es ist nicht so schlimm, wie es aussieht«, beruhigte der Arzt, nachdem er Friedrich untersucht hatte. »Aber er muss sofort ins Hospital. Wie schnell er sich erholen wird, weiß ich nicht.«

Johanna nickte stumm.

»Wie entsetzlich«, klagte Elsa Kleinschmitt. »Der arme Herr Direktor.«

»Wissen Sie, was die Ursache ist?«, fragte Dr. Schilling Johanna leise.

»Ich glaube schon«, sagte diese. »Das hier fand ich in seiner Hand.« Sie reichte ihm den Zettel.

Der Arzt warf einen Blick darauf, und auch Elsa versuchte, etwas zu erspähen, was ihr aber nicht gelang, denn der vor ihr stehende Arzt war groß und schlank, sie aber klein und kugelrund.

»Jaja, der Abbruch des passiven Widerstandes«, seufzte Dr. Schilling. »Ich habe schon davon gehört. Wissen Sie, ich bin ja sicher nicht rechtsgerichtet, aber auch ich finde das nicht richtig. Wir haben so lange durchgehalten. Und nun soll alles umsonst gewesen sein? Aber jetzt müssen wir uns zunächst um den Kranken kümmern, zum Politisieren bleibt wahrlich keine Zeit.«

82. KAPITEL

München, Bayern, 26. September 1923

Die politische Rechte stand Kopf, als sie vom Abbruch des passiven Widerstands erfuhr, und die bayerische Regierung verhängte den Ausnahmezustand. Gustav Ritter von Kahr wurde Generalstaatskommissar. Er war ein harter Gegner der Reichsregierung, und die Vollmachten, die er in Bayern erhielt, quasi diktatorisch. Unter anderem war ihm auch erlaubt, die in Bayern stationierte Reichswehreinheit für ›Ordnungsmaßnahmen‹ einzusetzen. Was zur Folge hatte, dass Reichspräsident Friedrich Ebert seinerseits den Ausnahmezustand verhängte – über das gesamte Deutsche Reich.

»Es wird doch wohl nicht wieder Krieg geben?«, piepste Lisbeth, die sich sonst eigentlich überhaupt nicht für Politik interessierte, ängstlich.

»Ach was«, murmelte Marlene abwesend. Obwohl die Freundin sie schon längst langweilte – wie lang war es her, dass sie sie um ihr schickes Großstadtleben beneidet und bewundert hatte –, sorgte sie dafür, öfters bei ihr aufzutauchen. Schließlich brauchte sie einen offiziellen Grund für ihre häufigen Besuche in München. Die Eltern hatten sie schon darauf angesprochen, und Justus hatte ihr klargemacht, was er von ihr erwartete: dass sie sich wieder mehr ihrer schulischen Zukunft oder der beruflichen Bildung widmete. »Diese ewigen Fahrten nach München! Das führt doch zu nichts«, hatte er entschieden gesagt. »Wenn du bis Oktober nichts anderes gefunden hast, wirst du mir in der Firma ein wenig zur Hand gehen.«

Marlene hatte sich murrend in ihr Schicksal gefügt. Allzu großen Widerstand wagte sie nicht, sie war ja froh, dass die Eltern nicht genauer nachhakten, was sie in München eigentlich tat.

Wenig später sollte ihr Justus die Reisen verbieten. Aber nicht weil er von der heimlichen Liebe seiner Tochter etwas geahnt hätte, nein, er gestattete ihr die Reisen künftig aufgrund der politischen Lage nicht mehr. Zwischen Bayern und dem Reich verschärfte sich die Situation, als Reichswehrminister Otto Geßler das Blatt der NSDAP, den Völkischen Beobachter, verbot und der bayerische Reichswehrbefehlshaber General von Lossow das Verbot schlichtweg ignorierte. Reichspräsident Friedrich Ebert enthob ihn daraufhin seines Amtes. Und der bayerische Generalstaatskommissar von Kahr setzte ihn umgehend wieder ein.

Zwei Tage später übernahm Bayern dann auch noch die Gewalt über die in Bayern stationierten Reichswehrtruppen. Das Reich wagte nicht, ernsthaft dagegen vorzugehen. Es war viel zu geschwächt und in Bayern befanden sich zahlreiche Militärkorps der Reichswehr. Die Reichsregierung ersuchte die bayerische Regierung lediglich, dem Reich den bayerischen Teil der Reichswehr nicht länger zu entziehen. Sie drohte allerdings nicht mit Folgen, sollte Bayern der Bitte nicht Folge leisten.

Justus drohte schon – seiner Tochter. Und die reiste fortan heimlich in die bayerische Landeshauptstadt.

83. KAPITEL

Essen, Ruhrgebiet, 26. September 1923

Die Stadt stand Kopf. Der Abbruch des passiven Widerstandes sorgte in Essen natürlich für besonders große Aufregung. Es wimmelte von schimpfenden Deutschen und von Besatzern, die nun triumphierten, teilweise höhnten. Sophie war das ganz recht. In dem Durcheinander würde keiner auf sie achten. Sie war nur froh, dass sie Raphael nicht mitgenommen hatte. Erst hatte sie das vorgehabt, aber Luise hatte ihr ins Gewissen geredet. »Du kannst den Jungen nicht ständig irgendwo rausreißen. Erst von Überlingen nach Essen, dann von Essen hierher. Er muss zur Ruhe kommen, und bei mir ist er gut aufgehoben. Außerdem geht er hier zur Schule.«

Sophie hatte zögernd genickt, und als sie Raphael vorsichtig fragte, ob er ein paar Tage ohne sie auskommen würde und ob er etwas dagegen hätte, wenn sie alleine führe, hatte der Junge sie mit großen Augen angesehen und gesagt: »Aber Mama! Ich werde hier gebraucht! Ich muss doch Luise helfen.«

Sophie hatte ihm lächelnd über die Haare gestrichen und sich schweren Herzens von ihrem Sohn verabschiedet. Und nun war sie also hier. Nicht ahnend, dass ihr Vater in Überlingen zur selben Zeit einen Herzanfall erlitt, saß sie in dem Café, in dem auch Siegfried seinerzeit gesessen und sie beobachtet hatte, und ließ die gegenüberliegende Tür nicht aus den Augen. Es war nicht ganz leicht, immer zu sehen, wer hinein- und hinausging, denn das Gedränge auf der Straße war ungeheuerlich. Erst gegen Abend wurde es ruhiger, und Sophie ging enttäuscht nach Hause, oder eher: in das Hotel, das Siegfrieds Komplizen Meinchen gehörte und in dem sie ein Zimmer genommen hatte. Ihre Enttäuschung war abgrundtief. Sie hatte quasi fest damit gerechnet, dass sie Pierre hier finden würde. Ob es zu spät war? Teile der Besatzungsmacht waren vielleicht bereits wieder abgereist. Darunter auch er?

Sie lag in dem breiten Bett und starrte grübelnd an die Decke. Drei Tage, sagte sie sich. Drei Tage, dann würde sie aufgeben.

Am nächsten Tag hatte sie wieder Pech. Aber am dritten Tag, als sie schon aufbrechen wollte und mehr als eine spitze Bemerkung des Besitzers geerntet hatte, weil sie den ganzen Tag in seinem Café am Fenster saß, sah sie ihn: Pierre kam aus dem Gebäude. Flüchtig fragte sie sich, warum sie ihn nicht hatte hineingehen sehen, doch für langes Grübeln hatte sie keine Zeit. Bezahlt hatte sie schon, also sprang sie auf und stürzte unter den misstrauischen Blicken des Inhabers aus dem Café. Erst hastete sie Pierre mit rasendem Herzen und weichen Knien hinterher, dann folgte sie ihm vorsichtig. Sie hoffte, dass er in eine ruhigere Straße gehen würde, sodass sie ihn ohne allzu viele Augenzeugen ansprechen könnte. Und sie hatte Glück: Pierre bog bald schon in ein schmales Gässchen ein, in dem Sophie noch nie gewesen war und in dem sich keine Menschenseele blicken ließ.

Sie beschleunigte ihre Schritte, holte auf. »Pierre!«, rief sie leise. Er drehte sich um, seine Miene fassungslos. »Sophie!« Es klang wie ein Ächzen. Sein Blick flackerte kurz, dann hatte er sich wieder im Griff. »Bist du gekommen, um mich erneut zu beschimpfen?«, fragte er kalt. »Du wirst verstehen, dass ich mir das nicht gefallen lassen werde.«

Sophie spürte, wie sich ihr der Hals zuschnürte. Er war ihr böse und das zu Recht. »Nein«, sagte sie rasch. »Nein, Pierre, es … es tut mir so leid, wie ich mich damals verhalten habe. Ich war so verletzt, so überrumpelt, aber, Pierre, ich liebe dich, ich kann ohne dich nicht leben, ich habe all die Jahre über nur auf dich gewartet.« Sie stieß die Worte hastig und atemlos hervor und suchte in seinem Gesicht ängstlich nach einer positiven Regung. Pierres Miene wurde weich, aber wieder nur für einen Moment. Er sah sich hastig um. »Das ist nicht der richtige Ort«, sagte er. »Es ist gefährlich. Ich habe hier noch eine Woche lang zu tun und dann, vor meiner Abreise, nochmals einen freien Tag. Wir treffen uns genau in einer Woche wieder in Friedrichshafen auf der Bank.« Damit drehte er ihr den Rücken zu und ließ sie stehen.

Sophie blickte ihm entmutigt nach. Aber sie war entschlossen, um ihn zu kämpfen.

84. KAPITEL

Überlingen, Bodensee, 30. September 1923

Sophie hatte beschlossen, nicht mehr vor den Dingen davonzulaufen, die sie verletzten. Weder vor Pierre noch vor dem Überlinger Attentäter. Sie verständigte Luise, dass sie noch ein paar Tage länger fortbleiben würde, und fuhr dann nach Überlingen. Diese Stadt war schließlich ihre Heimat und sie würde sich nicht von diesem franzosenfeindlichen Pack aus ihr vertreiben lassen. Außerdem brauchte Johanna sie. Luise und Sophie hatten beunruhigt von der Totgeburt und Johannas Lethargie erfahren, und Sophie hatte ohnehin ein schlechtes Gewissen, dass sie nicht schon längst zu ihr gereist war. Und Justus hatte ihren überstürzten Rückzug zwar akzeptiert, aber aus der Firma, in der sie jahrelang seine rechte Hand gewesen war, hatte sie sich nie wirklich verabschiedet – oder geklärt, wie es weitergehen solle. All diesen Dingen wollte sie sich nun stellen.

Sie wollte erst nach Überlingen fahren, zu Johanna, dann würde sie mit ihrem Schwager ihre Zukunft in der Firma regeln. Das Wiedersehen mit Johanna war herzlich und überschwänglich, aber Sophie erschrak, als sie ihre Nichte und Freundin in den Armen hielt. Johanna war immer schon schlank gewesen, jetzt war sie regelrecht ausgemergelt. Um ihren Mund lag ein verbitterter Zug. Als Sophie ihr sagte, wie leid ihr der Tod ihres Kindes tue, hatte sich ihre Miene verschlossen, und Sophie hatte gedacht: wie bei Pierre. Johanna hatte auf Sophie sehr müde gewirkt – doch gleichzeitig sprühte sie vor Tatendrang wie eh und je. Sofort hatte sie ihr von Friedrich erzählt und dass sie gleich nach Neidenburg geschrieben hätte, nachdem es passiert war. Erschrocken eilte Sophie zu ihrem Vater ins Krankenhaus, der blass und teilnahmslos in den weißen Laken lag, saß an seinem Bett, hielt seine Hand. Und ging dann bedrückt zum Alten Schulhaus zurück, wo ihr Johanna stolz den umgegrabenen Garten zeigte. Sophie hatte ein schlechtes Gewissen, dass sie Johanna mit ihren Sorgen allein gelassen hatte, dass sie nicht dagewesen war, als es ihrem Vater schlecht ging. Um ihr Gewissen zu beruhigen, besuchte sie ihn mehrmals täglich im Krankenhaus und ging ihrer Nichte nach Kräften zur Hand. Bis sie am dritten Tag ihres Besuchs in der eigenen Heimat nach Johannas ägyptischem Kleid griff und es waschen wollte. In der Tasche knisterte etwas. Sophie schüttelte milde lächelnd den Kopf. Früher, als sie alle zusammen im Alten Schulhaus gewohnt hatten, hatte Johanna die Kinder immer ermahnt, nichts in den Taschen zu vergessen, damit Inhalt und Kleidung beim Waschen nicht beschädigt wurden. Und nun vergaß sie selbst einen Zettel in der Rocktasche. Sie zog das Papier heraus und wollte es schon beiseitelegen, schließlich ging es sie nichts an, was Johanna in ihrer Rocktasche bei sich trug, doch dann stutzte sie und faltete das Papierstück auseinander. Ihr stockte der Atem. Und dann rannte sie, um Johanna zu suchen.

Johanna war, wie erwartet, im Garten und hob den Kopf, als sie Sophie über die Wiese auf sich zueilen sah. »Hallo!«, rief sie ihr entgegen und strich sich eine Strähne aus dem Gesicht, sodass eine braune Erdspur zurückblieb. »Ich habe gerade überlegt, ob ich nicht ein paar Hühner anschaffen soll, Eier sind rar. Ich könnte sie vom Ertrag meiner ersten Ernte kaufen.«

Aber Sophie hörte gar nicht zu. Sie hielt Johanna nur stumm den Zettel vors Gesicht.

Die nahm ihn und erkannte erstaunt den Kindervers, den Elsa Kleinschmitt ihr vor einiger Zeit aufgeschrieben und nach dem Einkaufen in die Hand gedrückt hatte. »Was ist damit?«, fragte sie erstaunt.

»Von wem ist der Zettel?« Sophies Stimme zitterte.

»Mein Gott, Sophie, was ist denn los?«

»*Wer*?« Sophie schrie es fast.

»Elsa Kleinschmitt«, sagte Johanna verwirrt, »aber warum …«

»Elsa also«, stöhnte Sophie und ließ sich ins Gras sinken. »Ich hätte es mir denken können.«

»Willst du mir nicht endlich sagen, was los ist?«, Johanna legte ihre Gartengeräte beiseite und setzte sich neben die Freundin.

»Es ist die gleiche Handschrift wie auf dem anonymen Brief«, sagte Sophie rau. »Du weißt schon, der Brief, der um den Ziegelstein gewickelt war, der mich an der Schläfe traf.«

Johanna riss ihr den Zettel aus der Hand und starrte angestrengt darauf. »Bist du sicher?«

»Absolut sicher«, erwiderte Sophie. »Jeder Buchstabe dieses abscheulichen Briefes hat sich mir eingebrannt. Und sieh dir das *›t‹* an.«

Johanna tat, wie ihr geheißen. »Der Strich vom *›t‹* ist sehr schräg«, sagte sie schließlich.

»Eben. Und das *›t‹* in dem anonymen Brief war genauso.«

»Bist du sicher?«, fragte Johanna wieder.

»Aber ja«, beteuerte Sophie. »Dass das *›t‹* so komisch war, ist mir besonders aufgefallen. T wie Teufel, musste ich immer denken.«

Johanna stand auf. »Ich werde den Brief holen.«

Sophie hielt sie am Ärmel fest. »Nein«, sagte sie, »bitte! Ich will ihn nicht sehen. Du kannst die beiden Zettel später vergleichen. Ich bin mir ohnehin sicher.«

Johanna nickte und ließ sich ins Gras fallen. »Elsa«, sagte sie langsam. »Ich habe es geahnt. Dafür wird sie bezahlen, Sophie. Das schwöre ich dir.«

85. KAPITEL

Petrograd, Russland, 1. Oktober 1923

Irina konnte fast so etwas wie Glück empfinden, als sie neben Sergej, einem alten Freund aus Zeiten, in denen sie noch den Bolschewiki angehört hatte, durch die Stadt schlenderte. Sie hatte das Gefühl, dass sich ihr Leben klärte und strukturierte, dass ihr sonst so wildes und aufgewühltes Innenleben in ruhigere Bahnen gelangte. Heimlich musterte sie Sergej von der Seite und fühlte eine Welle der Zuneigung in sich aufsteigen. Spontan nahm sie seine Hand und drückte sie. Er erwiderte den Händedruck, sie ließen einander nicht mehr los, sondern gingen Hand in Hand durch die Straßen. »An was denkst du?«, fragte Sergej.

»Ich habe das Gefühl, dass sich nun alles klärt und löst«, begann Irina. »Ich habe in Deutschland eine Freundin, Luise. Sie ist eine der Frauen, die damals hier in Gefangenschaft waren. Vielleicht erinnerst du dich noch an sie? Sie war eine Zeit lang auch bei den Bolschewiki.«

Sergej nickte. »Natürlich erinnere ich mich an sie«, sagte er schlicht.

»Luise hat immer Halt und Heimat gesucht, nachdem ihre Eltern und ihre Großmutter von unseren Truppen ermordet worden sind«, fuhr Irina fort, und ihre Augen fixierten irgendeinen Punkt in der Ferne, wurden heller und träumerischer, wie immer, wenn sie sich in Gedanken verlor. »Sie suchte ihre Heimat in ihrem Mann, der jetzt tot ist, und als sie hier in Russland war, suchte sie sie in der Partei, der sie angehörte. Ich habe ihr immer gesagt, dass man die Heimat nur in sich selber finden kann.«

»Und?«

»Und ich habe gerade festgestellt, dass ich eigentlich genauso bin wie sie. Nach dem Tod meines russischen Verlobten, damals im Krieg, habe auch ich immer irgendeine Heimat gesucht, und als ich sie hier nicht finden konnte, habe ich in Deutschland weitergesucht.« Irina schwieg für einen Moment und fuhr dann fort: »Ich bin nach Deutschland gereist, in der Hoffnung, dort zu finden, was ich suche«, sagte sie leise. »Ich habe es nicht gefunden. Also bin ich zurückgekehrt. Und ich glaube, ich habe begriffen, dass diese ewige Suche auch zur Gewohnheit werden kann. Man entwickelt eine regelrechte Hektik, stellt sich klare Bilder vom Glück vor, und weil diese Bilder so klar sind, erkennt man die vielen anderen Bilder des Lebens nicht als Glücksbilder an. Man übersieht, dass man das, was man gerade sucht, auch haben kann, ohne weit zu reisen. Man muss nur bereit dazu sein und sich öffnen.«

Sie lehnte den Kopf an seine Schulter und er erwiderte die zärtliche Geste umgehend, indem er wiederum seinen Kopf auf den ihren legte. Zwei Rebellen, die still geworden waren. Nicht, weil sie verstummt waren, sondern weil sie ihren Frieden gefunden hatten. In sich selbst und im anderen.

86. KAPITEL

Konstanz und Friedrichshafen, Bodensee,
2.–3. Oktober 1923

Den Tag, bevor Sophie Pierre wiedersehen sollte, verbrachte sie in Konstanz. Sie vermied es, ihre Schwester zu besuchen, und hielt sich nur in der Firma auf. »Es ist großartig, was du alles geleistet hast«, sagte sie anerkennend zu ihrem Schwager. Obwohl sie sich fast sicher war, dass Justus die neue Mode für unanständig hielt, zierten seine Schaufenster neben Kleidung für die konservativere Konstanzerin auch Kleider im Garçonne-Stil. »Du hast ein gutes Gespür fürs Geschäft«, lobte sie ihren Schwager. »Du weißt immer genau, was zu tun ist.«

Justus saß hinter seinem Schreibtisch, auf dem sich ein Berg von Papieren stapelte, und schob seine Nickelbrille zurecht. Sophie musste lächeln. Sie kannte diese Geste gut. Ihr Schwager schob immer seine Nickelbrille zurecht, wenn er verlegen war. Und Komplimente machten ihn stets außerordentlich verlegen.

»Wann kommst du zurück?«, fragte Justus. »Du hast recht, das Auftragsvolumen ist erfreulich hoch – aber ich brauche dich hier, Sophie. Ich brauche jemanden mit modischem Gespür.«

»Gib mir noch ein bisschen Zeit«, bat Sophie. »Ich mache, so schnell ich kann. Aber momentan kann ich mir nicht vorstellen, in Überlingen oder in Konstanz zu leben – mit Raphael.«

Sie wollte nicht deutlicher werden, nicht aussprechen, dass sie sich ziemlich sicher war, dass Helene sie damals verraten hatte. Doch Justus senkte den Blick, und sie erkannte, dass er den gleichen Verdacht hegte wie sie. Es war ihm so peinlich, dass er nicht weiter in sie dringen und alles tun würde, um das Thema nicht zu vertiefen.

»Außerdem muss ich Luise noch ein wenig unter die Arme greifen«, fuhr sie fort. Dass sie am nächsten Tag Pierre treffen und von dieser Begegnung nochmals vieles abhängen würde, verschwieg sie ihm.

»Ich bitte dich einfach, so schnell wie möglich zurückzukommen«, sagte Justus.

Sophie nickte nur. Versprechen wollte sie es ihm nicht.

Unten in der Schneiderei überkam sie dann doch eine gewisse Wehmut. Sophie liebte es, mit schönen Stoffen umzugehen, und sie liebte es, aus den Stoffen Kleider entstehen zu sehen. Die Schneiderinnen begrüßten sie herzlich, und kurz entschlossen nahm Sophie ein Kleid im Garçonne-Stil mit, das sie am Folgetag tragen wollte. Aber als es dann schließlich so weit war, entschied sie sich doch für ein längeres Kleid, ein Kleid, wie sie es damals getragen hatte, als sie sich kennenlernten. Nur war es diesmal nicht weiß, sondern von einem zarten Hellblau.

Diesmal kam sie als Erste an den verabredeten Treffpunkt. Obwohl sie zu früh war, hatte sie erwartet, dass er schon da sein würde, und spürte Panik in sich aufsteigen, als sie ihn nicht sah. Hektisch blickte sie sich um. Keine Spur von Pierre. Dann schalt sie sich eine Närrin. Was würde er denken, wenn er sie so sähe? Außerdem war sie zu früh, das wusste sie. Er hatte das Treffen selber vorgeschlagen, also würde er auch kommen. Und es würde ihn sicherlich nicht beeindrucken, wenn er schon von Weitem erkennen würde, dass sie ein Nervenbündel war. Also setzte Sophie sich auf die Bank und blickte ruhig über den See. Die Sonne brachte ihr Haar zum Leuchten, und als Pierre wenige Minuten später um die Ecke bog, blieb er unwillkürlich stehen und betrachtete das harmonische Bild. Die Frau, die Bank, der See, das Licht. Sophie. *Seine* Sophie. Sie musste seinen Blick gespürt haben, denn sie wandte den Kopf und sah ihm direkt in die Augen. Dann erhob sie sich und kam auf ihn zu.

»Guten Tag, Pierre«, sagte sie, als sie bei ihm angelangt war.

»Guten Tag, Sophie«, erwiderte er und fragte sich, warum seine Stimme so belegt war.

»Möchtest du dich zu mir auf die Bank setzen?«, fragte sie.

»Gern.« Er nickte.

»Es tut mir sehr leid, dass ich damals so unfreundlich zu dir war«, begann sie. Wie schon beim ersten Mal, an jenem Abend, als sie sich kennengelernt und genau auf dieser Bank gesessen hatten, tastete ihre Hand nach dem Notizbüchlein, das sie an einem hellblauen Band um den Hals trug.

Als Pierre schwieg, fuhr Sophie hastig fort: »Weißt du, ich habe den ganzen Krieg hindurch auf dich gewartet. Und dann finde ich dich endlich wieder und erfahre, dass du verheiratet bist. Ich habe mich so … so verraten gefühlt. Aber das rechtfertigt nicht die Heftigkeit meiner Reaktion. Ich hätte dir glauben müssen, als du mir sagtest, du hättest es getan, um die Ehre dieser Frau … deiner Frau zu retten.«

»Es tut mir leid«, sagte Pierre.

»Mir auch«, erwiderte Sophie. Ihre Hände lagen nebeneinander auf dem Holz der Bank, Sophie war es schmerzlich bewusst, dass sie ihren kleinen Finger nur ganz leicht bewegen müsste, um ihn zu berühren.

»Wir haben einen wunderbaren Sohn«, sagte Pierre. »Ist es nicht unglaublich, dass er mir damals bei dem Aufstand in Essen in die Arme gelaufen ist? Der Junge hat gleich etwas in mir angerührt. Er war mir so seltsam vertraut.«

Sophie spürte, dass die Tränen in ihr aufstiegen. Sie versuchte mit aller Macht, sie zurückzudrängen, aber es wollte ihr nicht gelingen. Langsam rollte eine Träne ihre Wange herab. Pierre bemerkte es. Er hob die Hand, die zwischen ihnen auf der Bank gelegen hatte, und strich ihr ganz sacht die Träne aus dem Gesicht. Damit war der Bann gebrochen. Sophie warf sich an seine Brust und schluchzte, und der Gedanke, wer sie womöglich sehen und sich echauffieren könnte, war ihr völlig egal. Pierre strich ihr beruhigend über den Rücken und küsste wieder und wieder ihr Haar.

Lange saßen sie dort, irgendwann fanden sich ihre Lippen, irgendwann ging die Sonne unter, und Pierre und Sophie saßen immer noch da, Hand in Hand, und träumten von einer gemeinsamen Zukunft. »Ich möchte sobald wie möglich meinen Sohn richtig kennenlernen«, sagte Pierre. Lächelnd fügte er hinzu: »Ich bleibe auch zunächst noch in Deutschland. Wie du weißt, ziehen wir erst in einem Jahr vollständig ab.« Sophie jubelte innerlich. »Kannst du nach Neidenburg kommen, um Raphael noch besser kennenzulernen? Da sind wir mindestens noch, bis das neue

Schuljahr beginnt. Wir wohnen bei Luise auf einem abgelegenen Hof, da stört uns keiner.«

Pierre lächelte. »Ich werde so bald wie möglich da sein«, versprach er.

87. KAPITEL

Überlingen, Bodensee, 4. Oktober 1923

»Es tut mir leid, Johanna«, sagte der Bürgermeister, sein Name war Heinrich Emerich, ernst, »aber wir müssen uns nach einem Ersatz für Ihren Großvater umsehen.« Er sah erst Johanna, dann den neben ihr sitzenden Sebastian bedauernd an.

Johanna, die dem Bürgermeister gegenüber auf der anderen Seite des mächtigen Schreibtisches Platz genommen hatte, fuhr auf. »Er war über 40 Jahre im Dienst und vor ihm sein Vater und sein Großvater. Er wird es nicht verkraften, wenn nun ein Wildfremder die Stelle besetzt.«

»Es geht nicht anders«, beharrte der Bürgermeister, »da es aus Ihrer Familie keinen Lehrer gibt.«

»Dafür kann doch Großvater nichts«, erwiderte Johanna aufgebracht.

»Sicher nicht«, sagte Heinrich Emerich nachsichtig lächelnd. »Aber nur um die Nerven Ihres Großvaters zu schonen, können wir die Stelle doch nicht unbesetzt lassen! Der Arzt sagte, er wäre frühestens in einem Jahr wieder einsatzfähig. Und auch dann nur bedingt. Außerdem, Johanna, das wissen Sie selbst, hätte er eigentlich schon lange in den Ruhestand treten sollen.«

Johanna schwieg bedrückt. Sie wusste, dass es ihren Großvater schwer treffen würde, einen Menschen, der nicht zur Familie gehörte, als Schulleiter zu sehen. Und sie konnte ihm nicht helfen.

Es bedrückte sie, machtlos zu sein und nichts tun zu können. Das war sie nicht gewohnt. Sonst fand sie immer eine Möglichkeit.

»Johanna«, drängte Sebastian, der das Gespräch bis dahin schweigend – und wegen der Beharrlichkeit seiner Frau auch etwas peinlich berührt – verfolgt hatte. »Es geht wirklich nicht anders.«

Aber Johanna warf ihm nur einen verachtungsvollen Blick zu. Natürlich fiel er ihr wieder einmal in den Rücken.

»Wir haben sogar schon einen Mann in Aussicht, der Ihrem Großvater sicher gefallen würde«, sagte der Bürgermeister eifrig. »Ein gewisser Herr …«, er blätterte geschäftig in seinen Unterlagen, »Herr Thannberg.«

Johannas Blick wurde trüb vor Enttäuschung. Sie hatten sich längst entschieden. Warum hat Emerich mich dann überhaupt eingeladen?, dachte sie missmutig. Wir haben ja ohnehin schon verloren.

Sie presste die Lippen aufeinander und senkte den Kopf.

»Die Frau von Herrn Thannberg ist übrigens sehr nett«, fuhr der Bürgermeister, durch Johannas Schweigen verunsichert, hastig fort. »Sie versteht sich hervorragend auf Gemüsezucht und liebt Blumen. Ich bin sicher, sie wird den Garten des Alten Schulhauses in Ehren halten.«

Johanna zuckte zusammen. »Soll das etwa heißen, wir müssen das Alte Schulhaus verlassen?«, fragte sie mit bebender Stimme. »Jetzt, wo ich den ganzen Boden urbar gemacht und Gemüse angebaut habe? Jetzt, wo ich die Früchte meiner harten Arbeit ernten kann?«

»Johanna, bitte«, murmelte Sebastian, und sie schoss ihm erneut einen zornigen Blick zu.

Der Bürgermeister sah unbehaglich zu Boden. Ihm wurde klar, dass er in ein Fettnäpfchen getreten war. Aber irgendwann hätte die junge Frau Bigall es ohnehin erfahren müssen. »Nun ja, das Schulhaus ist nun mal eine Dienstwohnung«, sagte er zögernd.

»In dieser Dienstwohnung lebt unsere Familie seit Generationen!«, fauchte Johanna.

»Johanna«, sagte Sebastian nun etwas lauter. »So hab doch ein Einsehen. Und das Pfarrhaus ist wunderbar. Eigentlich müssten wir ohnehin schon längst dort wohnen.«

»Nein, ich habe kein Einsehen«, entfuhr es Johanna. »Ich sehe nur das, was meine Familie seit Jahrhunderten für diese Stadt getan hat. Mit dem Erfolg, dass sie nun fortgejagt wird, wenn es ihr einmal schlecht geht. Und was den Garten angeht: Das Geld für die verdammten Samen habe ich mir vom Mund abgespart. Gehungert habe ich dafür. Ich denke ja gar nicht daran, das alles jetzt jemand anderem zu überlassen.«

»Aber, aber, niemand will Sie fortjagen, Frau Pastor«, versuchte der Bürgermeister zu beschwichtigen. »Wir brauchen Sie doch. Schließlich …«

»Ja«, sagte Johanna bitter, »Sie brauchen mich! So lange ich jung und belastbar bin. Aber was ist, wenn ich einmal alt und krank werde?« Wütend stand sie auf.

»Frau Pastor, es ist ja nicht so, dass wir Sie auf die Straße setzen. Wie Ihr Mann schon sagte, im Pfarrhaus erwartet Sie ein absolut ebenbürtiges neues Zuhause. Und ich kann mir vorstellen, dass Frau Thannberg nichts dagegen hat, wenn Sie den Garten weiterhin nutzen. Es gibt doch Möglichkeiten …«

Aber Johanna hörte ihn nicht mehr. Sie hatte bereits wütend und ohne ein Wort des Abschieds das Zimmer verlassen.

Auch Sebastian erhob sich. »Ich muss mich für meine Frau entschuldigen«, murmelte er verlegen. »Die ganze Sache nimmt sie zu sehr mit.«

»Aber Herr Pastor«, erwiderte der Bürgermeister begütigend. »Dafür haben wir doch Verständnis. Es ist ja auch eine schlimme Sache. Und Frauen sind eben so.«

88. KAPITEL

Neidenburg, Ostpreußen, 12. Oktober 1923

Raphael traute seinen Augen nicht, als seine Mutter mit genau dem Mann die Einfahrt heraufkam, der ihn damals in Essen gerettet hatte. Seine Mama war schon den ganzen Tag über aufgeregt gewesen, hatte geputzt und geschrubbt, Kuchen gebacken und den Tisch im Garten gedeckt. Sie hatte furchtbar geheimnisvoll getan und nur gesagt, sie bekämen Besuch und dass sie ihn nachher vom Bahnhof abholen würde.

»*Du* bist der Besuch?«, rief er aufgeregt und rannte dem großen schlanken Mann entgegen und direkt in seine Arme.

Pierre musste blinzeln und sagte mit belegter Stimme: »Ja, ich bin der Besuch.«

»Und du bist nur wegen mir gekommen? Wie hat Mama dich denn gefunden?«, plapperte Raphael aufgeregt. Er wartete die Antwort gar nicht ab, sondern zog Pierre an der Hand hinter sich her. »Ich bin jetzt auch ein Held so wie du«, verkündete er stolz. »Das Haus von Tante Luise war kaputt, und ich habe geholfen, es wieder heile zu machen. Ich habe sogar ganz alleine ein Stück Mauer gebaut. Komm, ich zeige es dir.«

Er zog Pierre mit sich fort und rettete ihn damit aus seiner Befangenheit. Pierre war schrecklich aufgeregt gewesen – und Sophie auch. Er hatte schon befürchtet, keinen Ton herauszubringen – und er schaffte es auch tatsächlich nicht, aber das machte nichts, denn dieser wunderbare Junge, *sein* Junge, redete für drei.

Sophie sah den beiden gerührt nach, wie sie um die Hausecke verschwanden. Vater und Sohn. Nach all den Jahren. Sie konnte es kaum glauben.

»Alles in Ordnung?« Luise kam aus dem Haus gelaufen und wischte sich die wie immer schmutzigen Hände an der Schürze ab.

»Ja«, sagte Sophie lächelnd. »Raphael hat gleich Besitz von ihm ergriffen.«

»Habt ihr es ihm schon gesagt?«, fragte Luise stirnrunzelnd.

»Natürlich nicht, wo denkst du hin«, erwiderte Sophie. »Das machen wir nachher.«

Eine Stunde später saßen sie im Schatten eines Baumes im Garten – es war ein überraschend warmer Oktobertag, und auch einzelne Kornblumen blühten noch hinter dem Haus.

Raphael stopfte hungrig den Kirschkuchen in sich hinein. Sophie hatte die Früchte, die auf dem Gut in Hülle und Fülle wuchsen, im Sommer eingemacht. Luise hatte sich nach einem Stück Kuchen mit dem Vorwand, sie habe noch so viel zu tun, diskret zurückgezogen. Sophie und Pierre wechselten einen Blick. Sie waren sich beide einig, dass sie es nicht allzu sehr hinauszögern sollten.

»Raphael?« Sophie fand, dass ihre Stimme krächzend klang.

»Hmmm?«, fragte der Junge kauend.

»Raphael, Pierre und ich kennen uns schon sehr lange. Es ist unglaublich, dass er dich damals gerettet hat, ohne zu wissen, dass du mein Sohn bist.«

Raphael blickte auf und zwischen Sophie und Pierre hin und her.

»Wir haben uns vor dem Krieg kennengelernt und wir wollten heiraten«, sagte Pierre fest und sah seinem Sohn in die Augen. Um dann feierlich hinzuzufügen: »Raphael, ich bin dein Vater.«

Raphael starrte erst ihn und dann Sophie sprachlos an, dann ließ er seine Gabel fallen, sprang auf und rannte davon.

Sophie und Pierre sahen sich hilflos an. »Oh nein«, murmelte Pierre. Plötzlich hörten sie einen Schrei, einen Jubelschrei. Raphael war nicht vor Entsetzen davongerannt, sondern weil er nicht wusste, wohin mit seiner Begeisterung. Jauchzend rannte er mitten ins Kornblumenfeld und machte dabei einen von lautem Jubel begleiteten Luftsprung nach dem anderen. Und dann raste er wie eine Rakete auf Pierre zu, warf sich in seine Arme und brachte damit seinen Vater samt Stuhl zu Fall. Lachend kugelten sich die beiden auf dem Boden, während Sophie besorgt, aber strahlend den Tisch festhielt.

Oben im ersten Stock stand Luise in ihrem wiederaufgebauten Mädchenzimmer und sah lächelnd zu ihnen hinab.

89. KAPITEL

90 Jahre später
Überlingen, Bodensee, August 2013

Zita war vollkommen erschöpft, als sie in Überlingen ankam. Es kam ihr vor, als sei es Jahre her, dass sie gemeinsam mit Philippe nach Paris gereist war. Bis über beide Ohren verliebt und voller Fragen, auf die sie eine Antwort suchte.

Nun kehrte sie wieder – mit rasendem Liebeskummer im Herzen und einem Teil von Antworten auf die vielen Fragen, die aber wie eine Last auf ihren Schultern lagen. Sie war es, die Melissa die Wahrheit beibringen musste. Und die Wahrheit würde nicht leicht für Melissa sein, so viel war klar.

Ihre Augen brannten, Zita hatte die ganze Nacht geweint und deshalb rasendes Kopfweh. Immer wieder tastete ihre Hand Halt suchend nach dem Notizbüchlein, an das sie sich schon gewöhnt hatte. Und dann fiel ihr jedes Mal ein, dass sie es ja Philippe gegeben hatte, dem Mann, der von einem Moment auf den nächsten ein anderer geworden war. Sie musste daran denken, dass Luise und Sophie das Notizbüchlein dann und wann untereinander getauscht hatten, dass es eine der anderen gab, wenn diese es schwer hatte, und sie fragte sich, ob deren Hände ebenfalls Halt suchend nach dem warmen Metall getastet hatten.

Wie betäubt stieg sie aus dem Zug und wankte in Richtung des Alten Schulhauses. Sie hatte Mia nicht über die Vorfälle informiert, hatte nur allein sein wollen mit sich und ihrem Schmerz. Doch die Freundin sah sie zufällig durch das Fenster, als Zita in den Hof einbog, und rannte gleich nach draußen. »Zita!«, rief sie erschrocken. »Zita, was ist denn nur passiert?«

Zita warf die Arme um Mias Hals und schon wieder kamen die Tränen.

Mia fing ihre Freundin erstaunt und erschrocken auf. »Was ist denn passiert?«, rief sie wieder. »Warum bist du schon wieder da? Ihr seid doch erst gestern losgefahren. Und wo ist Philippe?« Erschrocken ließ sie Zita los und starrte sie prüfend an: »Ist ihm etwas zugestoßen?« Zita schüttelte weinend den Kopf. »Wir haben uns ganz schrecklich gestritten. Ich glaube, es ist aus. Aber wir waren auch bei seiner Großmutter und haben ganz viel erfahren. Wichtige Sachen, die ich deiner Mutter erzählen muss.«

»Das hat Zeit«, sagte Mia. »Wichtiger bist im Moment du und dein Kummer.« Sie sah sich um. »Wenn wir jetzt ins Haus gehen, wird Mutter dich natürlich gleich ausfragen. Komm.«

Sie nahm ihre Freundin bei der Hand und zog sie durch den Garten in den Stadtpark, der sich direkt hinter dem Gebäude erstreckte, und dann in eine der Lauben, in denen weiße Bänke zum Verweilen einluden. »Jetzt erzähl«, forderte sie die Freundin auf.

»Er wurde eigentlich mit jedem Kilometer, mit dem wir uns Paris näherten, komischer und distanzierter«, begann

Zita. »Und seiner Großmutter hat er mich dann als *eine Freundin* vorgestellt.«

»Was?«, rief Mia empört. »Da wäre ich mir aber auch seltsam vorgekommen.«

Zita nickte. Das Mitgefühl tat ihr gut. »Und dann blieb er die ganze Zeit über so distanziert. Als wir in seine Wohnung gegangen sind, hat er mich behandelt wie eine Fremde. Als ich wissen wollte, was los sei, konnte er es mir nicht sagen. Schließlich bin ich gegangen und habe die Nacht im Hotel verbracht.«

»Das gibt's ja nicht.« Mia war sprachlos. »Und er hat dich nicht aufgehalten?«

»Im Gegenteil«, erwiderte Zita bitter. »Er fand es sogar richtig.«

»Hast du ihn denn nicht gebeten, dir sein merkwürdiges Verhalten zu erklären?«

»Doch, aber er konnte es nicht richtig. Er hat sich immer nur entschuldigt.«

Mia schnaubte.

»Seine Großmutter hat mir erzählt, dass er eine schwierige Kindheit hatte, mit ständig streitenden Eltern und so. Sie hat gemerkt, was los war, und wollte mich trösten.«

»Siehst du ihn denn wieder?«, fragte Mia.

Zita nickte. »Er wollte das Notizbüchlein, das ich bei ihm gelassen habe, noch seinem Großvater zeigen. Er hat mir versprochen, morgen zu kommen und es mir wiederzubringen.«

»Na, dann bin ich ja mal gespannt, wie er sich dann verhält«, brummte Mia.

»Ich auch«, sagte Zita. »Und bis dahin wird uns sicher das beschäftigen, was ich euch zu erzählen habe.«

»Ich bin schon ziemlich neugierig«, gestand Mia. »Aber ich wollte erst mal wissen, was mit dir los ist.«

»Das ist lieb.« Zita lächelte. »Es hat mir auch gutgetan, dir all das zu erzählen. Dann lass uns jetzt mal zu deiner Mama gehen.«

90. KAPITEL

90 Jahre zuvor
Friedrichshafen, Bodensee, 12. Oktober 1923

Babette Thannberg war eine stille, zurückgezogene Frau, die lange brauchte, bis sie es wagte, zu jemandem Kontakt aufzunehmen, und die stets Angst hatte, sie könne aufdringlich wirken oder den anderen zur Last fallen.

In der letzten Zeit hatte sie kein leichtes Leben gehabt. Ihr Mann hatte bei der Ruhrbesetzung, als viele deutsche Schulen geschlossen wurden, seine Dienststelle verloren, und sie hatten ihre vertraute Umgebung verlassen und in ein dunkles, ärmliches Zimmer ziehen müssen, in dem es schrecklich stank und das viel zu klein für die vierköpfige Familie war. Fast war es eine Erlösung gewesen, als ihr Mann Matthias wegen ›Aufsässigkeit gegen die Besatzungsmacht‹ aus dem Ruhrgebiet ausgewiesen wurde. Sie waren vorübergehend zu ihren Eltern nach Friedrichshafen an den Bodensee gezogen.

Matthias Thannberg war ein sehr pflichtbewusster Mann, der schrecklich darunter litt, seine Familie nicht besser versorgen zu können und obendrein noch Unterschlupf bei den

Schwiegereltern suchen zu müssen. Er hatte sich mehrmals beworben, aber man hatte ihn immer wieder abgewiesen. Einmal hatte man ihm sogar erklärt, wenn man wirklich jemanden brauchte, dann würde man die Stelle einem Christen geben, denn es sei schließlich die Aufgabe des Lehrers, die Kinder im christlichen Glauben zu erziehen.

Aber er sei Christ, hatte Matthias verzweifelt geantwortet.

Sein Gesprächspartner hatte ihn mit hochgezogenen Brauen gemustert und dann in seinen Lebenslauf geblickt, in dem stand, dass er als Jude geboren worden war.

»Ich bin schon lange zum christlichen Glauben übergetreten«, wiederholte Matthias.

Aber sein Gegenüber schüttelte nur bedauernd den Kopf und zuckte mit den Achseln.

Als aus Bayern die Nachrichten von rechtsextremen Ausschreitungen und Hasstiraden gegen Juden kamen, verzweifelte Babette mehr und mehr. »Wir werden nie wieder einen Fuß auf den Boden bekommen«, schluchzte sie in den Armen ihres Mannes.

Matthias streichelte beruhigend ihren Rücken, und in seinen Augen stand Verzweiflung, als er sagte: »Diese Ausschreitungen finden nur in Bayern statt. Das restliche Reich denkt anders. Und auch in Bayern sind es sicher nur wenige, die so denken.«

»Trotzdem«, flüsterte Babette. »Dieser Hitler macht mir Angst.«

Einen Tag später hatte Matthias sich entschlossen, seine jüdische Herkunft zu verschweigen und es erneut zu versuchen. Auch wenn es bisher nur einer gewesen war, der sich daran gestört hatte. Vielleicht hatten es ja alle anderen gedacht und nicht ausgesprochen. Und warum sollte er auch angeben, als was er geboren worden war. Er war Christ! Und als solcher in der Lage, seine Schüler im christlichen Glauben zu erziehen.

»Es ist fast so, als müssten wir uns wegen unserer Herkunft schämen«, sagte Babette weinend.

Matthias nahm sie wieder in die Arme. »Es geht nicht um unsere Abstammung«, erklärte er beruhigend, »sondern darum, dass ein Lehrer an christlichen Schulen auch einen christlichen Glauben haben muss.«

»Aber den haben wir doch!« Babette schrie es fast.

Matthias zuckte die Schultern. »Das scheinen aber nicht alle zu begreifen. Und deswegen werde ich in Zukunft einfach nicht angeben, dass ich jüdischer Abstammung bin.«

»Als ob das etwas ist, für das wir uns schämen, das wir verbergen müssen«, sagte Babette wieder.

»Natürlich müssen wir das nicht. Aber die Zeiten sind nun mal sehr wirr, und wenn wir überleben wollen, dann müssen wir uns anpassen. Wir müssen auch an Leopold und Gretchen denken. Sie sind noch so klein und haben etwas Besseres verdient, als in diesem dunklen Zimmer zu sitzen.«

»Also gut«, seufzte Babette. »Dann versuche es.« Sie glaubte nicht so recht daran, dass ihr Mann Erfolg haben würde. Doch schon nach zwei Wochen kam Matthias aufgeregt nach Hause. »Stell dir vor, ich habe eine Stellung«, rief er. »Und noch dazu eine unglaublich gute, ganz hier in der Nähe. Wir können deine Eltern oft besuchen. Und ich soll sofort anfangen.« Er wusste, wie wichtig das Elternhaus für seine sensible Frau war.

Babette wurde zunächst blass, wodurch ein starker Kontrast zu ihren dunklen Haaren entstand, dann malte sich ein schüchternes Lächeln auf ihr Gesicht. »Wo?«, fragte sie.

»In Überlingen. Ich werde nicht nur Lehrer sein, sondern sogar Schulleiter. Und es gehört ein Haus dazu, mit einem riesigen Garten. Das hast du dir doch immer so sehr gewünscht.«

Babette sah ihren Mann nicht an, damit er ihre Bedrücktheit nicht bemerkte. Es stimmte, das hatte sie sich immer gewünscht. Aber dieses Mal hatte sie Angst. Matthias hatte ihnen verschwiegen, dass er Jude war, und das war keine gute Voraussetzung. Was, wenn es herauskommen würde?

»Babette, freust du dich denn gar nicht?« Bestürzt legte Matthias die Hand unter ihr Kinn und zwang sie, ihn anzusehen.

Wieder dieses zaghafte Lächeln, dann sah sie ihm in die Augen. »Aber natürlich freue ich mich …, es ist ein Traum, aber wie kommt es, dass sie dich gleich zum Schulleiter ernennen wollen?«

»Der vorige Direktor hatte einen Schlaganfall und keiner seiner Söhne ist Lehrer«, erklärte Matthias. »Mehr weiß ich auch nicht.«

»Aber werden die anderen Lehrkräfte der Schule denn nicht neidisch sein, wenn jemand von außerhalb gleich als Schulleiter eingestellt wird? Sicher haben sie sich auch Gedanken gemacht.«

»Ach, Liebes, du grübelst wieder mal zu viel«, sagte Matthias zärtlich. »Aber mach dir keine Gedanken. Soweit ich weiß, gibt es nicht sehr viele Lehrer an dieser Schule. Und nun lass es uns den Kindern sagen.« Er sah sich um. »Wo sind sie denn überhaupt?«

»Draußen«, sagte Babette und lächelte nun wieder. »Sie spielen mit den Nachbarskindern. Ich werde sie rufen.«

91. KAPITEL

Überlingen, Bodensee, 12.–14. Oktober 1923

Johanna konnte Sebastian nicht verzeihen, dass er die Sache mit dem neuen Schulleiter zugelassen hatte. Sie wusste, dass er es hätte verhindern können. Aber er war ihr in den Rücken gefallen und hatte sie im Stich gelassen. Ihr schien es, als sei mit diesem Ereignis auch noch das letzte Band zwischen ihnen gerissen und sie empfand beinahe so etwas wie Verachtung für ihren Mann.

Ihr blieb nichts anderes übrig, als sich in einen Umzug ins Pfarrhaus zu fügen. Wenigstens hatte sie die Erlaubnis des Bürgermeisters, den Garten weiter zu nutzen. Allerdings nur unter der Voraussetzung, dass die neuen Bewohner des Alten Schulhauses nichts dagegen haben würden.

Aber das sollen die nur mal wagen, dachte Johanna voll grimmiger Entschlossenheit. Das werde ich mir nicht bieten lassen. Verbissen konzentrierte sie sich auf den Umzug. Sie warf achtlos Kleider und Geschirr in Körbe und trug sie zum Pfarrhaus hinüber, um es dort wieder einzuräumen. Von Sebastian bekam sie keine Hilfe. Aber das hatte sie auch nicht erwartet.

Am meisten schmerzte es sie, das Schlafzimmer ihrer Großeltern auszuräumen. Hier war Amalia noch lebendig. Und was würde der alte Schulmeister sagen, wenn er aus dem Krankenhaus entlassen wurde und es diese Zimmer nicht mehr gab? Wieder packte sie eine kalte Wut, die sich gegen Sebastian richtete. Nicht nur, dass er nicht gegen den Zwangsauszug, wie Johanna es im Stillen nannte, protestiert hatte, nein, er ignorierte auch die Tatsache völlig, dass sie jetzt wusste, wer der Verfasser des anonymen Briefes war.

Ihr Kopf fuhr hoch, als er hereinkam. Sie konnte ihren Ärger nicht verbergen und fuhr ihn an: »Du musst etwas unternehmen. Es ist doch erwiesen, dass Elsa den Anschlag auf Sophie verübt hat.«

Sebastian wand sich. »Gar nichts ist erwiesen. Wer weiß, ob wirklich sie den Kindervers geschrieben hat.«

»Sie hat mir den Zettel selbst überreicht.«

»Vielleicht hat ihn ihr jemand gegeben.«

»Sebastian, was soll das? Du weißt so gut wie ich, dass sie dahintersteckt. Außerdem hat sie mir noch stolz berichtet, dass sie den Vers aufgeschrieben hat.«

»Ich glaube trotzdem nicht daran. Sie wird doch nicht so dumm sein, sich selbst eine Falle zu stellen.«

»Elsa *ist* dumm.«

»Nein«, widersprach Sebastian. »Ich halte sie für eine äußerst kluge Frau. Außerdem hat sie einiges zu sagen. Im Kirchenrat zu Beispiel ... Und ihre Familie ist eine der ältesten der Stadt.«

»Ach, daher weht der Wind. Du traust dich nicht, gegen sie vorzugehen!« Johanna stellte den Wäschekorb auf den Boden, stemmte die Hände in die Hüften und blitzte ihren Mann wütend an. Kurz dachte sie, dass sowohl ihre Großmutter als auch ihre Mutter empört wären, wenn sie hören würden, wie sie mit ihrem Mann sprach. Aber die Zeiten hatten sich nun mal geändert. Und sie konnte Sebastian einfach keine Achtung mehr entgegenbringen. Als wir uns kennenlernten, überlegte Johanna kurz, waren wir noch sehr jung. Und dann haben wir uns in unterschiedliche Richtungen entwickelt.

»Johanna, versteh doch«, sagte Sebastian hilflos, »ich ...«

»Ich verstehe dich sehr wohl«, erwiderte Johanna kalt. »Endlich beginne ich zu verstehen.« Damit wandte sie sich ab und verließ das Zimmer. Was ist er doch für ein Feigling, dachte sie. Früher war es nur so, dass er eine weiche, zarte Seite hatte, die ich auch sehr liebte, aber nun …

Ich habe es satt, schrieb sie am Abend in ihr Tagebuch, mit dem sie vor einiger Zeit begonnen hatte. *Ich muss etwas tun, sonst ersticke ich.*

Zwei Tage nach dem Gespräch mit Sebastian ließ sich Johanna die Haare abschneiden. Als Zahlungsmittel nahm sie kein Geld, sondern vier Eier mit, die ihre Hühner am Morgen gelegt hatten und die viel wertvoller waren als Geld. »Davon mache ich heute Abend Pfannkuchen«, verkündete die Friseurin mit leuchtenden Augen und legte die Eier vorsichtig in eine Pappschachtel.

Der Besuch beim Friseur war die pure Auflehnung gegen ihren Mann. Sie wusste, wie sehr Sebastian ihre hüftlangen Haare liebte und wie er den neuen Typ Frau, die Garçonne, verurteilte. Die verkürzte Saumlänge sei schamlos, sagte er, und der gerade Schnitt der Kleider ließe die Frauen so männlich aussehen. Sebastian liebte das Vorkriegserscheinungsbild der Frau: betont weiblich, mit langen, romantischen Kleidern und weich aufgesteckten Haaren. Auch Johanna hatte sich für den neuen Stil lange nicht erwärmen können. Dass sie ihn nun annahm, war mehr eine Trotzreaktion und der verzweifelte Versuch, aus dem eintönigen Leben auszubrechen. Sie ließ sich ihr Haar kinnlang abschneiden. Eine Welle brauchte sich nicht, denn ihre naturgelockten Haare fielen genau richtig. Aber sie kaufte sich einen Glockenhut, den man bis zu den Augenbrauen herunterzog, und kam sich herrlich verwegen vor.

Am liebsten hätte sie sich noch die Lippen rot ausgemalt, aber das traute sie sich dann doch nicht. Außerdem waren ihre Mittel – den Glockenhut hatte sie mit zwei Litern Milch bezahlt – längst verbraucht, und so beschloss sie, sich zu Hause an die Nähmaschine zu setzen und ihre alten Kleider so abzuändern, dass sie kürzer waren und gerader fielen.

Fast schämte sie sich ein wenig, als sie auf dem Rückweg bemerkte, wie alle Leute sie anstarrten. Plötzlich kam sie sich verkleidet vor. Dann aber streckte sie ihre Schultern und sagte sich, wie rückständig die Leute hier doch seien und dass sie eben nichts von der neuen Mode verstünden. Als sie zu Hause ankam, hatte sie sich wieder gefangen und konnte es kaum erwarten, mit der Näharbeit zu beginnen.

Sie verbrachte den ganzen Nachmittag mit dem Ändern und war froh, dass sie keiner dabei störte. Der Großvater war noch immer im Krankenhaus, am Morgen hatte sie ihn besucht und ihm aus der Zeitung vorgelesen. Dass sie das Alte Schulhaus verlassen mussten und er nicht länger Schuldirektor war, hatte sie sich noch nicht getraut, ihm zu sagen. Das brachte sie einfach nicht übers Herz. Sebastian war in der Kirche und die Kinder spielten im Garten.

Ihr Herz klopfte, als sie an Sebastian dachte und daran, wie er wohl auf die Veränderung reagieren würde. Ein herrliches, nie gekanntes Gefühl von Verruchtheit überkam sie.

Am frühen Abend hatte sie das erste Kleid fertig und zog es sich über den Kopf. Es war jetzt ähnlich geschnitten wie das ägyptische Kleid, das sie geschenkt bekommen hatte, und fühlte sich wunderbar und zugleich schrecklich an. Es ließ einen großen Teil der Beine frei und fiel gerade bis auf die Hüften. Dazu der Hut und die neue Frisur … Johanna legte den Kopf schief und betrachtete sich im Spiegel.

In diesem Moment wurde die Zimmertür aufgerissen und Sebastian stürmte mit zornrotem Gesicht herein. »Dann stimmt es also!«, rief er aufgebracht, als er sie sah. »Die Leute haben mich schon darauf angesprochen, dass meine Frau unmöglich aufgemacht durch die Stadt läuft. Davon, dass du auch noch schamlos viel Bein zeigst, haben sie allerdings nichts gesagt.«

Auch Johannas Gesicht rötete sich. Sie hatte Sebastian bewusst provoziert, aber im Stillen hatte sie gehofft, dass sich dadurch etwas ändern könnte. Dass sie ihm vielleicht doch gefiele und sie aus ihrem Trott aufwachen würden. Aber in seinem Gesicht war nichts als Entsetzen zu erkennen.

»Was bist du doch verknöchert«, sagte Johanna mit verächtlicher Stimme, die ihre Enttäuschung verbergen sollte. Ohne ihm einen weiteren Blick zu schenken, schob sie sich an ihm vorbei.

92. KAPITEL

Überlingen, Bodensee, 16. Oktober 1923

Am 16. Oktober, dem Tag, an dem die Regierung die Einrichtung der Rentenbank bekannt gab, lernte Johanna Matthias Thannberg kennen, und dies war der Beginn einer ganz neuen und aufregenden Phase ihres Lebens.

Das Land scheint sich langsam zu erholen, dachte sie später, während mein Leben völlig aus den Fugen gerät.

Es war ihr zweiter Besuch bei Babette. Bereits am Tag zuvor, als Johanna und Sebastian morgens aus dem Alten Schulhaus aus- und die neue Rektorenfamilie abends einzog, hatte sie die Frau des neuen Schulleiters aufgesucht, um ihr zu erklären, dass sie auch künftig gedachte, ihren Garten zu nutzen, und war dann von Babettes schüchterner Art völlig vereinnahmt worden. Natürlich dürfe sie den Garten nutzen, hatte Babette betont und versichert, dass sie nichts daraus für sich verwenden wolle. »Wir wollen Ihnen ja nichts wegnehmen«, hatte sie gesagt und Johanna hatte zwar gedacht: Das tut ihr aber, ihr nehmt uns unser Heim und unser Leben, hatte es aber nicht ausgesprochen. Sie wusste, dass diese Frau nichts dafürkonnte. Nichts für den Schlaganfall ihres Großvaters, nichts für die neue Stelle ihres Mannes, nichts für Sebastians Feigheit. Ihr Großvater machte Johanna Sorgen. Der alte Mann hatte auf den Verlust seines Amtes und des Hauses, das seine Heimat gewesen war, kaum reagiert. »Dann habe ich jetzt also ausgedient«, hatte er nur gesagt und war dann in eine lähmende Apathie verfallen. Gestern hatte Johanna ihn sogar füttern müssen, sonst hätte er nichts zu sich genommen.

Sie schüttelte die trüben Gedanken ab, als sie an der Küchentür des Alten Schulhauses ankam. Sie wollte Frau Thannberg zu einem Spaziergang einladen. Doch die Tür war verschlossen.

Wo kann sie nur sein?, überlegte Johanna, während sie sich auf die Hintertreppe setzte, um zu warten.

Wohlgefällig betrachtete sie ihre Beine, die in hautfarbenen Strümpfen steckten, und zog den Rock wagemutig noch ein Stückchen weiter nach oben, bis kurz unters Knie. Es sah ja keiner. Dachte sie. Aber dann hörte sie ein dezentes Räuspern und sprang erschrocken auf, wobei sie hastig versuchte, ihren Rock wieder so weit wie möglich nach unten zu ziehen.

Sie blickte in zwei große graue Augen unter einer für diese Zeit recht wilden und ungebändigten schwarzen Lockenmähne.

Johanna starrte den Mann an. Er war alles, was Sebastian nicht war und was ihr so fehlte. Seine Züge waren markant, sein Auftreten selbstsicher und bestimmt. Ohne ein Wort mit ihm zu wechseln, wusste sie, dass er sich ebenso wie sie gegen etwas aufbäumte.

»Guten Tag«, sagte der Mann und deutete eine knappe Verbeugung an, »wenn Sie gestatten, dass ich mich vorstelle, ich bin Matthias Thannberg, der neue Schulleiter.«

Das war also Babettes Mann, Großvaters Nachfolger!

»Ich bin Johanna Bigall«, entgegnete sie mit belegter Stimme. »Ich habe bis vor Kurzem hier gewohnt.«

Matthias lächelte, eine kurze Pause entstand. Keiner von beiden wusste, was er sagen sollte.

»Ich wollte eigentlich Ihre Frau besuchen«, erklärte Johanna schließlich verlegen. »Aber sie scheint nicht da zu sein.«

Matthias schüttelte den Kopf. »Sie ist mit den Kindern zu ihrer Mutter gefahren, ich habe sie eben erst hingebracht. Es geht ihr nicht besonders gut.«

Johanna sah rasch auf. Die Befangenheit wich, sie hatten ein Thema, über das sie sich unterhalten konnten. »Was hat sie denn?«, fragte sie. »Ich habe schon gestern bemerkt, dass sie sehr bedrückt war.«

Matthias zögerte. Der hauptsächliche Grund für Babettes Verstörtheit waren die Ereignisse im Reich. Hitler ängstigte sie und auch die Tatsache, dass er, Matthias, in ihren Augen nur durch einen Betrug an die Stelle des Schulmeisters gekommen war. Auch wenn er überzeugt war, dass er die Stelle so oder so bekommen hätte. Nur weil ein Beamter merkwürdig auf seine jüdische Herkunft reagiert hatte, hieß das ja nicht, dass alle so dachten.

Sie hatte die ganze Nacht nach dem Einzug geweint und Matthias bekam ein schlechtes Gewissen. Ihr Leid war fast wie eine Schuldzuweisung an ihn, dabei hatte er all das doch nur für sie und die Kinder getan. Die gedrückte Stimmung lastete schwer auf ihm, und er war froh, als Babette sich entschloss, ihre Eltern zu besuchen – auch wenn sie sie erst am Tag zuvor das letzte Mal gesehen hatte.

All das konnte er Johanna nicht sagen. Und doch hätte er sich ihr so gerne anvertraut, er sehnte sich nach Verständnis, nach Aussprache. Aber er sagte nur: »Sie fühlt sich oft allein. Wir sind sehr häufig umgezogen in der letzten Zeit.«

Johanna nickte. »Deshalb wollte ich sie ja auch abholen. Und vielleicht können die Kinder mal zusammen spielen.«

Matthias lächelte. »Die Kinder würden sich sicher freuen«, sagte er, »und meine Frau auch. Heute Abend werden sie wieder da sein.«

»Ja«, erwiderte Johanna, »vielleicht komme ich dann noch einmal wieder.« Erneut schwiegen sie. Johanna wollte sich gern noch eine Weile mit Matthias unterhalten.

Der hingegen wünschte sich nichts mehr, als sie ins Haus zu bitten und ihr etwas anzubieten. Aber er wusste, dass sich das nicht schickte und dass er sie beide damit in Verruf bringen würde.

Also verabschiedeten sie sich voneinander. Und beide hatten das Gefühl, unendlich viel gewonnen zu haben.

93. KAPITEL

Neidenburg, Ostpreußen, 16. Oktober 1923

Sophie und Pierre gingen Hand in Hand durch das Kornblumenfeld. Es war noch ganz früh am Morgen, Raphael schlief noch. Sophie und Pierre waren noch betäubt und berauscht von der Liebesnacht, die hinter ihnen lag und in der sie sich staunend und auch ein wenig scheu wiederentdeckt, wiedervereinigt hatten. »Es ist etwas ganz Besonderes, dass die Kornblumen immer noch blühen«, sagte sie versonnen. »Normalerweise endet die Blütezeit im September.« Pierre lächelte, bückte sich, pflückte eine der Blumen und reichte sie Sophie. Ihre Augen leuchteten mit den Blüten um die Wette. »Was sollen wir denn nun machen?«, fragte sie und genoss das Gefühl von Pierres Daumen, der unablässig über ihre Hand strich. »Jetzt, wo ich dich wiedergefunden habe, würde ich am liebsten sofort ins Ruhrgebiet zurückkehren, um immer in deiner Nähe zu sein.«

Pierre blickte sie erschrocken von der Seite an. »Das ist viel zu gefährlich«, sagte er. »Auch wenn ich dich am liebsten gleich heiraten und immer mit dir zusammen sein würde.«

Sophie nickte. »So schwer es mir fällt, aber ja, du hast recht. Und in Überlingen oder Konstanz wäre ich auch nicht sicher. Es würde nicht lange dauern, bis Elsa Kleinschmitt und ihre Anhängerinnen herausfinden würden, dass wir uns wiedergefunden haben, und möglicherweise den nächsten Anschlag verüben. Sie wissen ja nicht, dass wir herausbekommen haben, dass sie es waren.«

»Was für Anschläge?«, fragte Pierre alarmiert.

Sophie berichtete in knappen Worten.

»Mein Gott«, sagte Pierre entsetzt, »wie schrecklich! Aber wie haben die das herausgefunden? Ihr habt es ihnen doch sicher nicht erzählt.«

»Das fragen wir uns auch«, sagte Sophie. »Wir wissen es nicht.« Dass sie ihre Schwester Helene im Verdacht hatte, behielt sie vorsichtshalber für sich. Pierre musste ja nicht gleich wissen, dass selbst die eigene Familie gegen sie war. Plötzlich fragte sie sich, ob sie Pierre wohl je von dem Mord an Siegfried erzählen würde. Sie empfand es als falsch, vor ihm ein derart düsteres Geheimnis zu haben. Aber durfte sie denn Luise verraten?

Pierre löste seine Hand aus ihrer, legte den Arm um sie und küsste sie, als habe er ihre Zweifel gespürt. Sophie schmiegte sich an ihn.

»Es ist unter diesen Umständen wohl das Sicherste, wenn ihr erst mal hier bleibt. Und ich komme, so oft ich kann«, flüsterte er an ihrem Ohr.

»Ach, Pierre«, seufzte Sophie. Dann sagte sie: »Ich möchte mit dir gern noch mal über deine Frau sprechen.«

Sie spürte, wie Pierre an ihrer Seite erstarrte, sich versteifte. Sie glaubte, den Grund dafür zu kennen. Schließlich hatte sie auf die Tatsache, dass er verheiratet war, recht heftig reagiert. Er fürchtete sicher, dass der Frieden dieses Sommermorgens gefährdet wäre. Ermutigend schmiegte sie sich an ihn. »Ich will es einfach nur verstehen«, sagte sie beruhigend. »Ich werde nicht wieder weglaufen. Versprochen.«

Pierre entspannte sich etwas. »Dann frag mich, was immer du möchtest. Was willst du wissen?«

»Erklär mir bitte noch mal, warum du sie geheiratet hast.«

»Meine und ihre Mutter haben mich gewissermaßen in diese Ehe hineingezwungen. Meine Mutter wollte, dass ich dich vergesse.« Er berichtete Sophie, was sich damals zugetragen hatte.

»Verstehst du mich?«, fragte Pierre. »Es ist mir so wichtig, dass du es verstehst.«

Sophie hob langsam die Hand und strich unendlich sanft über seine Wange. In ihren Augen war nichts als Liebe.

»Ja«, sagte sie langsam. »Ich verstehe es gut. Du wärst nicht mein Pierre, wenn du anders gehandelt hättest.«

Pierre lehnte seine Stirn an ihre. »Wenn du wüsstest, wie froh ich bin«, flüsterte er.

»Was ist jetzt mit deiner Frau?«, fragte Sophie leise.

»Wir haben uns nicht mehr verstanden. Ich habe ihr von Anfang an offen gesagt, dass ich sie nicht liebe und dass es für mich eine andere Frau gibt. Dass ich sie nur heirate, um ihren Ruf zu wahren. Ich hielt Offenheit für wichtig …, das war ich dir schuldig, Sophie.«

»Hat sie es akzeptiert?«

»Anfangs nicht. Sie wollte nur aus Liebe geheiratet werden, aber dann hat sie sich anders entschieden.«

»Warum?«

»Im Gegensatz zu mir war sie in mich verliebt.«

»Die Arme«, sagte Sophie. »Es muss nicht leicht für sie gewesen sein.«

»Das war es auch nicht. Aber sie ging davon aus, dass ich dich irgendwann vergessen würde. Als dies nicht der Fall war, wurde sie immer enttäuschter und verbitterter.«

»Hast du oft von mir gesprochen?«

Pierre schüttelte den Kopf. »Nein, nie. Es wäre mir grausam vorgekommen. Aber sie hat es gewusst. Gespürt.«

»Die Arme«, wiederholte Sophie.

»Schließlich hat sie sich von mir getrennt, als ich den Einsatzbefehl für die Ruhrbesatzung bekam. Unsere Kinder hält sie seitdem von mir fern.«

»Wie alt sind die Kinder jetzt?«

»Drei und fünf Jahre.«

Sophie war traurig, wenn sie daran dachte, dass diese Kinder nun wie Raphael ohne ihren Vater leben mussten. Aber das Glück, ihn endlich wiedergefunden zu haben, überwog.

Sie schwieg, bückte sich, um eine weitere Kornblume zu pflücken, und steckte sie sich ins Haar. Pierre sah sie verzückt an.

»Wie geht es denn nun weiter?«, wiederholte Sophie die Frage, die sie schon zu Beginn ihres Gesprächs gestellt hatte.

»In einem Jahr werden wir das Ruhrgebiet verlassen«, erklärte Pierre. »Dann können wir heiraten.«

»Aber deine Frau …«

»Ich werde sie um die Scheidung bitten.«

»Glaubst du, sie wird einwilligen?«, fragte Sophie.

Pierre schwieg. Er mochte ihr nicht sagen, dass er es durchaus für möglich hielt, dass sie ihm die Scheidung verweigerte, weil sie ihnen ihr Glück nicht gönnte.

»Wir werden einen Weg finden«, sagte er schließlich. »Und du bleibst mit Raphael am besten erst einmal hier, ich bin beruhigt, wenn ich euch bei Luise auf diesem Gut weiß. Luise tut es auch gut, und ich komme, so oft es geht, zu euch.«

Sophie seufzte.

»Ich mag mich gar nicht von dir trennen«, flüsterte Pierre. »Aber es kann jetzt nicht mehr lange dauern. Wir haben schon eine Ewigkeit gewartet.«

»Bald sind wir am Ziel angekommen.« Sophie beugte sich vor, um ihn zu küssen.

94. KAPITEL

Überlingen, Bodensee, 20. Oktober 1923

Es zog Johanna mit aller Macht in Richtung des Alten Schulhauses. Sebastian war zu irgendeiner Tagung nach Aachen gefahren – was sie völlig unsinnig fand, hier gab es schließlich genug zu tun, und sie wusste, dass Babette mit ihren Kindern heute wieder zu ihren Eltern gefahren war, das hatte sie ihr gestern erzählt. Matthias würde also allein sein.

Sie rechtfertigte ihren Besuch damit, dass sie sich um die Schafe und Hühner, die sie vor einigen Tagen gekauft hatte, und um ihr Gemüse kümmern wollte.

»Babette schaut kein bisschen danach«, sagte Johanna zu ihrem fast immer schweigenden Großvater, der inzwischen aus dem Krankenhaus zurückgekehrt war.

»Warum sollte sie auch?«, brummte der alte Mann, und Johanna wunderte sich, dass sie überhaupt eine Antwort bekam. »Es ist schließlich dein Gemüse und es sind deine Tiere.«

Sie ließ die Kinder, Susanne und Robert, bei ihrem Großvater, als sie sich auf den Weg zum Alten Schulhaus machte. Sie redete sich damit heraus, dass der Umgang mit den Kleinen dem alten Mann guttat, war er doch sein Leben lang von Kindern umgeben gewesen.

Ihr Herz pochte wie wild, als sie durch den Hof des Alten Schulhauses ging. Vorsichtig klopfte sie an die Küchentür. Als niemand antwortete, drückte sie zaghaft die Türklinke hinunter und trat ein. »Hallo?«, rief sie.

Niemand antwortete. Sie durchquerte die Küche und ging auf den Korridor hinaus. »Hallo?«

Mit einem Mal tauchte am oberen Treppenabsatz eine Gestalt auf. Matthias.

»Johanna«, sagte er rau und kam ihr entgegen. Dicht vor ihr blieb er stehen. Johanna nahm seinen köstlichen Geruch, ein wenig herb, eine Mischung aus Leder und etwas, das sie nicht einordnen konnte, überdeutlich wahr, sah in seine Augen und musste sich dann rasch abwenden, weil ihre Gefühle zu stark waren. »Schön, dass ich Sie wieder einmal sehe.« Seine Stimme klang wie Schmirgelpapier.

Sie hob wieder den Blick und sah direkt in seine grauen Augen, sah, dass sie dunkler wurden, dass sich ein Schleier über sie legte. Sein Blick ging ihr durch und durch. Matthias hob die Hand und strich ganz sacht über ihre Wange.

Die Stelle, an der er sie berührte, schien zu brennen.

Johanna schloss die Augen, weil sie seinen Blick nicht ertragen konnte. Sie spürte, wie Matthias Arme sie umfingen und er seine Lippen auf ihren Mund presste. »Nein«, flüsterte sie. »Nein, das dürfen wir nicht.«

95. KAPITEL

Aachen, Rheinland, 21. Oktober 1923

Sebastian war gerade einen Tag bei seiner kirchlichen Versammlung in Aachen, als die Separatisten, unterstützt von den französischen Besatzern, die Unabhängige Rheinische Republik ausriefen. Ihr Ziel: ein Rheinstaat, der vom Deutschen Reich unabhängig war und unter der Schutzherrschaft Frankreichs stand.

Es war vier Uhr morgens, als er in seinem Hotelzimmer aus dem Schlaf aufschreckte. Von der Straße her waren Schüsse und Schreie zu hören, und sein Unterbewusstsein drängte ihm sofort ein Bild auf, das er vergessen wollte, das er aber bisher nur verdrängt hatte: die Schlacht 1918, als Karl unter seinen Händen gestorben war, und die grauenvolle Zeit tiefer Verzweiflung, die dem schrecklichen Ereignis folgte. Auch in dieser Zeit der tiefen Einsamkeit, während der Novemberrevolution, waren Schüsse gefallen. Sie hatten sich ihm tiefer ins Gedächtnis gebrannt, als ihm bewusst gewesen war.

Mit einem Mal war alles wieder so präsent, als stecke er noch immer in dieser Hölle von damals. Er hatte Angst. Und er sehnte sich nach Johanna. Nach der Johanna, die sie früher gewesen war. Nicht nach der kalten Garçonne, die er nicht verstand, mit der er nichts anfangen konnte, die er nicht mehr kannte.

Er sehnte sich auch nach sich selbst und danach, seine Gedanken und Gefühle wieder freizulassen, sie nicht länger in einen Käfig zu sperren. Den Käfig der Angepasstheit. Eigentlich widerstrebte ihm sein Leben in Überlingen zutiefst, aber auch das konnte, wollte er sich nicht eingestehen. Denn er hatte Angst, das, was er verdrängte, werde ihn dann mit ungeheurer Wucht einholen und zu Boden schleudern.

Als er aufstand, um zum Fenster hinauszusehen, zitterten ihm die Knie. Unzählige Menschen tobten durch die Straßen. Sie waren bewaffnet, und er sah, wie sie das Rathaus besetzten.

Ein neues Bild drängte sich ihm auf. Petrograd. Er steckte mit Karl mitten in den Wirren der Revolution. Damals war er auf dem Weg zu Johanna gewesen. Johanna … Karl …, hatte er sie alle verloren?

Vielleicht würde er die Antwort dort unten finden. Dort, zwischen all den tobenden Menschen. Er wusste nicht, was sie wollten. Aber sie waren lebendig. Im Gegensatz zu ihm. In ihnen schien das Feuer zu brennen, das Sebastian in sich selbst so vermisste.

Langsam ging er wieder zum Bett und zog sich an. Seine Papiere ließ er im Zimmer. Dann ging er hinaus in die Nacht.

96. KAPITEL

Überlingen, Bodensee, 21.–22. Oktober 1923

»Was ist mit dir und Babette?« Johanna strich gedankenverloren über Matthias muskulöse nackte Brust. »Warum fährt sie so oft zu ihren Eltern?«

»Tut sie doch gar nicht«, sagte Matthias ausweichend.

»Finde ich schon.«

Matthias zögerte.

»Du musst es mir nicht sagen«, erklärte Johanna rasch.

»Eigentlich möchte ich es dir sagen. Aber es ist gar nicht so einfach.«

Johanna schmiegte sich unter der wärmenden Bettdecke enger an ihn, satt und träge vom Nachklang der erneuten feurigen Liebesstunden. Schon gestern hatte der Kuss zu mehr geführt, und sie hatten sich wild und hungrig geliebt, beide gierend nach Zuneigung und Wärme. Seither musste Johanna in jeder Sekunde an ihn denken. Und so war sie heute wiedergekommen, unter dem Vorwand, Babette zu besuchen. Aber Babette war noch nicht zurück. Die heutigen intimen Stunden waren fast noch rauschhafter und intensiver gewesen als die Begegnung gestern und Johanna fühlte sich durch und durch erfüllt und glücklich. Ihr Ohr lag auf Matthias Brust, sie hörte seinen Herzschlag, als er zu erzählen begann. Dass er Jude war und deshalb in einer anderen Stadt keine Stellung bekommen hatte, weil man glaubte, er würde das Christentum nicht vertreten, obwohl er dem christlichen Glauben angehörte. Er erzählte von Babettes Ängsten wegen der Geschehnisse in München und davon, wie er seine Abstammung verschwiegen hatte, um an die Stellung zu kommen, obwohl er sich nicht vorstellen konnte, dass es überhaupt eine Rolle spielte. Wie Babette dann auch noch Angst bekommen hatte, dass sie aufflogen. Und dass sie ihn mit ihren stummen Vorwürfen in den Wahnsinn trieb.

Als er geendet hatte, schwieg Johanna lange. Sie wusste nicht, was sie sagen sollte. »Ich finde es unmöglich, was in Bayern passiert«, platzte sie schließlich heraus. »Ich möchte, dass du das weißt. Und es ist nicht repräsentativ für die Stimmung im Reich. Du weißt, dass sich alle von Bayern distanzieren.«

Matthias lächelte. »Das weiß ich.« Er küsste sie, um dann zu fragen: »Und was ist mit dir und deinem Mann? Was ist mit euch passiert?« Auch Johanna erzählte ihre Geschichte, auch er hörte aufmerksam zu.

»Was wird, wenn Babette zurückkommt?«, wollte Johanna schließlich wissen. »Sie wird zerbrechen, wenn sie das zwischen uns mitbekommt. Sebastian auch. Es darf niemand erfahren. Es wäre ein Skandal.«

»Ach, Johanna«, erwiderte Matthias amüsiert. »Ein Skandal ist dir doch egal.« Ihm stand wieder vor Augen, wie er sie auf der Treppe hatte sitzen sehen, durch und durch eine emanzipierte Frau. Grinsend fügte er hinzu: »Sag mir nicht, dass du es nicht auch genießen würdest.«

Johanna ging nicht auf seinen scherzhaften Ton ein. »Wenn es nur um mich ginge, sicher«, sagte sie. »Aber wenn es Menschen trifft und verletzt, die mir in irgendeiner Weise nahe stehen, dann ist es mir nicht mehr egal. Es wäre für Babette schrecklich und auch für Sebastian. Er würde sich entsetzlich schämen und nicht mehr wagen, seiner Gemeinde unter die Augen zu treten.«

»Was sollen wir deiner Meinung nach tun?« Matthias zeichnete mit zwei Fingern ihr Profil nach.

»Wir dürfen uns nicht mehr sehen, wenn die beiden zurückkommen«, entschied Johanna. »Und bis dahin müssen wir äußerst vorsichtig sein.«

Matthias setzte sich ruckartig auf und starrte sie aus glühenden Augen an. »Das halte ich nicht aus, Johanna. Nicht jetzt, wo wir uns endlich gefunden haben. Ich liebe dich.«

»Ich liebe dich auch.« Johanna küsste ihn. »Aber als Liebende haben wir mehr Kraft als andere. Unsere Liebe macht uns stark genug, um unsere Verantwortung zu leben.« Johanna graute davor, wieder in ihr altes Leben zurückzukehren, aber sie wusste, dass sie es nun aushalten konnte. Nun, da sie wieder lieben durfte.

»Wir werden uns ja nicht verlieren, Matthias«, sagte sie sanft. »Wir werden uns weiterhin sehen. Und wir wissen um unsere Liebe.«

*

Am nächsten Morgen las es Johanna entsetzt in der Zeitung: *Separatistenaufstand in Aachen. Die Bewohner sahen auf dem Rathaus, dem Regierungsgebäude, der Post und der Reichsbank die grün-weiß-rote Flagge der sog. rheinischen Republik wehen. Die Polizei, die am Vormittag noch auf den Straßen zu sehen war, zog sich später zurück, und an ihrer Stelle standen zahlreiche Leute mit Armbinden. (Separatisten-Miliz).*

Ihr wurde schwindelig und die folgenden Beschreibungen des Reporters konnte sie nur noch als Wortfetzen wahrnehmen: *Belgische Panzerautos sah man durch die Straßen fahren. Das Fernsprechamt arbeitete nicht mehr … sämtliche Restaurants waren geschlossen …*

Johanna war während des Lesens blass geworden. »Mein Gott«, flüsterte sie, »Sebastian.« Das Schuldbewusstsein traf sie mit voller Wucht.

»Es steht nichts davon, dass jemand in der Bevölkerung verletzt oder getötet wurde«, sagte Friedrich. Johanna sah erstaunt auf. Sie hatte ihren Großvater völlig vergessen.

»Ich habe die Zeitung schon studiert«, erklärte er.

»Trotzdem«, murmelte Johanna erschüttert. »Er ist dort in Gefahr. Und ich …«

Friedrich sagte nichts. Er ahnte, wo Johanna am Abend zuvor gewesen war.

»Es war immer so«, fuhr Johanna mit leiser Stimme fort. »Immer waren wir getrennt. Und dann waren wir es nicht mehr, und ich war so dumm, mein Glück einfach wegzuwerfen.«

Auch diese Worte kommentierte ihr Großvater nicht und Johanna versank in tiefes Grübeln. Statt zu versuchen, ihre Ehe zu retten, hatte sie sich in die Arme eines anderen Mannes geflüchtet. Ich bin eine Ehebrecherin, dachte sie. Und ich habe Babette verraten. Ist das nun die Strafe?

An ihren Gefühlen hatte sich nichts geändert. Sie liebte Matthias mit einer Heftigkeit, wie sie sie für Sebastian nie empfunden hatte. Aber ganz leise begann sich auch für Sebastian wieder ein Gefühl zu regen. Kehrt die Liebe zurück?, fragte sich Johanna. Kann man zwei Männer gleichzeitig lieben?

97. KAPITEL

90 Jahre später
Überlingen, Bodensee, August 2013

Als Zita und Mia am Alten Schulhaus ankamen, hatte Melissa gerade Feierabend gemacht. Wenn jetzt noch Gäste anreisen würden, müssten diese an der Haustür klingeln.

Überrascht blickte sie ihrer Tochter und Zita entgegen. »Zita«, rief sie, »du bist schon zurück?«

»Ja«, sagte Zita, »und ich habe Neuigkeiten.«

»Wo ist Philippe?«, fragte Melissa stirnrunzelnd.

»Er wollte das Notizbüchlein noch seinem Großvater zeigen. Ich bin schon mal vorgefahren.«

Melissa nickte nur. Sie hatte den warnenden Blick ihrer Tochter aufgefangen.

»Wollen wir ins Wohnzimmer gehen?«, schlug Mia vor.

Melissa ging voraus und setzte sich, im Wohnzimmer angekommen, nervös an den Tisch. »Was hast du denn herausgefunden? Weißt du, wer meine Mutter ist?«

Auch Mia sah Zita gespannt an. »Ja«, sagte die zögernd. Sie fühlte sich mit einem Mal sehr unsicher. Wie schwer es doch war, die richtigen Worte zu finden. »Es ist nicht so, dass Johanna in gar keinem verwandtschaftlichen Verhältnis zu dir gestanden hätte, Melissa«, sagte sie. »Sie … Johanna war deine Großmutter. Das erklärt auch den großen Altersunterschied.«

»Nein!«, rief Mia, während Melissa Zita nur anstarrte. »Meine Großmutter«, sagte sie dann beinah tonlos, »meine Großmutter.«

»Dann war Susanne Mamas Mutter? Und meine Oma?«, kombinierte Mia.

»Richtig«, bestätigte Zita.

»Was ist mit ihr geschehen?«, flüsterte Melissa. »Man hat sie immer totgeschwiegen.«

»Ganz genau wusste Philippes Großmutter das auch nicht«, berichtete Zita. Sie war froh, dass Melissa die Tatsache, dass Susanne ihre Mutter war, einigermaßen gefasst aufgenommen hatte. Gleichermaßen hatte sie Angst, dass das, was sie ihr nun sagen musste, Melissa und auch Mia verstören würde.

»Deine Mutter und dein Vater wurden im Dritten Reich verfolgt«, sagte sie zu Melissa und fand, dass ihre Stimme seltsam belegt klang. »Sie mussten fliehen und haben dich bei Johanna zurückgelassen. Zu deiner eigenen Sicherheit hat Johanna dich als ihr Kind ausgegeben.«

»Damit ich nicht das Kind von Verfolgten bin«, schlussfolgerte Melissa.

»Aber ging das denn so einfach?«, fragte Mia. »Überlingen ist doch ein Dorf. Da wusste doch sicher jeder, wer wessen Mutter war. Warum wurden meine Großeltern eigentlich verfolgt?«

»Viel mehr weiß ich auch nicht«, sagte Zita.

»Was ist aus ihnen geworden?« Melissas Stimme klang bang.

»Das wusste Adèle nicht. Aber sie glaubt …«, Zita holte tief Luft, »sie hält es für möglich, dass deine Mutter noch leben könnte. Sie sagte, dass die meisten Menschen in eurer Familie sehr alt werden.«

»Aber wenn sie noch lebt, warum ist sie dann nicht zurückgekehrt? Warum hat sie nicht nach mir gesucht?«

Melissa klang dermaßen verloren, dass Mia zu ihr eilte und die Arme um sie schlang. »Es ist ja gar nicht gesagt, dass sie wirklich noch lebt, Mutter«, sagte sie. »Auch wenn wir das natürlich alle hoffen. Aber wenn sie noch lebt, dann hatte sie sicher einen guten Grund sich nicht zu melden. Wir werden alles herausfinden. Wenn sie noch am Leben ist, dann werde ich sie für dich aufspüren und Antworten finden. Das verspreche ich dir.«

Melissa, der nun die Tränen kamen, nickte. »Danke«, sagte sie. »Und dann müssen wir auch noch herausfinden, was Franziska mit alledem zu tun hatte.«

98. KAPITEL

90 Jahre zuvor
Überlingen, Bodensee und Aachen, Rheinland,
25. Oktober 1923

Als die provisorische Regierung am 25. Oktober öffentlich die Errichtung der Unabhängigen Rheinischen Republik bekannt gab, hatte Johanna immer noch nichts von Sebastian gehört. Sie war verzweifelt und ihr Schuldgefühl stieg ins Unermessliche.

»Ich werde nach Aachen fahren und Sebastian suchen. Ihm ist etwas geschehen, sonst wäre er schon längst wieder zurück«, entschied sie.

»Wie willst du das denn machen?«, fragte ihr Großvater. »In dem Hotel hast du doch bereits angerufen und niemand wusste etwas.«

»Wer weiß, wen ich da am Apparat hatte. Außerdem habe ich diesen Vorsitzenden der Kirchentagung nicht erreicht. Vielleicht kann der mir ja etwas sagen.«

»Wenn er etwas wüsste, dann hätte er sich vermutlich längst bei dir gemeldet«, wandte der alte Schuldirektor ein.

Johanna schüttelte den Kopf. »Es waren so viele Pfarrer auf dieser Tagung. Ich glaube nicht, dass er von jedem den Namen kannte. Und vielleicht waren die Pfarrer ja alle zusammen bei der Tagung, als der Putsch begann.«

»Johanna, der Putsch begann um vier Uhr morgens.«

»So versteh mich doch, Großvater. Ich muss da hin. Ich muss etwas tun, allein schon, um mein Schuldgefühl etwas zu beruhigen.«

»Du hast eine Schuld auf dich geladen, die du dadurch nicht abtragen kannst«, sagte Friedrich ernst.

»Ich weiß«, erwiderte Johanna leise.

Am Abend machte sie sich auf den Weg nach Aachen. Susanne und Robert ließ sie bei ihrem Großvater, der sich erstaunlich gut von seinem Schlaganfall erholt hatte. Und auch die Tatsache, dass er nicht mehr Schuldirektor war, schien ihn weniger zu kränken, als Johanna befürchtet hatte. Vielleicht ist er sogar ganz froh darüber, endlich etwas kürzertreten zu können, überlegte sie. Vielleicht hat er nur gedacht, er müsse weiter und immer weiter machen, weil er keinen würdigen Nachfolger hat.

Als Johanna in Aachen ankam, sah sie Panzer, bewaffnete Menschen und auf den öffentlichen Gebäuden grün-weiß-rote Fahnen. Sie musste an Sophie denken, schließlich wurden die Sonderbündler von den Franzosen unterstützt. Unwillkürlich und der schwierigen Situation zum Trotz musste sie lächeln. Sie freute sich für Sophie, zwar hatte sie die Freundin lange nicht mehr gesehen, aber Sophie hatte ihr, wenn auch nur in Andeutungen, falls der Brief in falsche Hände geriet, von ihrem Glück geschrieben. Schade, dass wir nie zur gleichen Zeit glücklich sind, dachte Johanna. Sophie, Luise oder ich, eine von uns hat immer Kummer. Mit einem Mal fühlte sie sich einsam und war ein wenig eifersüchtig. Schon bei Siegfrieds Beerdigung hatte sie das Gefühl gehabt, dass Sophie und Luise etwas verband, an dem sie nicht teilhatte. Und nun waren die beiden dort oben auf dem Gut, während sie mit ihrem Großvater in Überlingen hockte. Ganz allein. Und jetzt auch noch ohne Sebastian. Sebastian. Wegen ihm war sie hier. Sie verscheuchte ihre Gedanken und zwang sich in die Gegenwart. Ob er verhaftet worden war? Wie so viele? Mit Mitteln wie diesen, das wusste sie, versuchte die provisorische Regierung den Widerstand der Bevölkerung zu brechen. Doch sie sollte damit kein Glück haben. Bis November würde die Rheinische Republik wieder zerbrechen, sie hatte keine Chance gegen den unbeugsamen Willen der Bevölkerung.

Aber das wusste Johanna noch nicht, als sie verzweifelt durch Aachens Straßen lief, um nach Sebastian zu suchen.

Als Erstes suchte sie das Hotel auf, in dem Sebastian gewohnt hatte und das sich gegenüber dem Rathaus befand.

Als sie, nach der neuesten Mode gekleidet und zurechtgemacht, die Empfangshalle betrat, kam sie sich zum ersten Mal in ihrer Garçonne-Aufmachung nicht verkleidet vor und begriff, dass dieses Bild wirklich in die großen Städte gehörte.

»Was kann ich für Sie tun, gnädige Frau?«, fragte der Hoteldiener, der diensteifrig auf sie zugeeilt kam.

»Ich möchte mit dem Hoteldirektor sprechen.«

Die Miene des Hoteldieners wurde einen Hauch kühler. »In welcher Angelegenheit, wenn ich fragen darf?«

»In einer persönlichen Angelegenheit«, erwiderte Johanna knapp.

»Gewiss, gnädige Frau. Wenn gnädige Frau bitte mitkommen wollen?«

Johanna folgte ihm durch die für diese Zeiten sehr prächtige Hotelhalle und fragte sich, wie Sebastian sich solch ein Hotel hatte leisten können. Bei genauerem Hinsehen merkte man zwar, dass die Teppiche abgenutzt und verblichen waren und dass sich die teure Seidentapete aufzulösen begann, aber es war dennoch mit Sicherheit eines der teuersten Hotels der Stadt.

Wieder, ohne dass sie es verhindern konnte, fühlte sie die altbekannte Verbitterung in sich aufsteigen. Er lebt hier in

Saus und Braus, während ich mich tot schufte, um uns vor dem Hungertod zu bewahren, dachte sie. Aber sie rief sich rasch zur Ordnung und machte sich klar, dass sie überhaupt kein Recht dazu hatte, ihrem Mann Vorwürfe zu machen. Schließlich war sie es gewesen, die …

Wenig später saß sie einem dicklichen Herrn mit Geheimratsecken und einer Nickelbrille, die für sein Gesicht viel zu klein zu sein schien, an einem schweren Mahagonitisch gegenüber.

»Was kann ich für Sie tun?«, fragte er verbindlich.

»Ich suche meinen Mann«, erklärte Johanna geradeheraus. »Er wohnte in Ihrem Hotel, als der Separatistenputsch ausbrach, und seitdem habe ich nichts mehr von ihm gehört.«

Der Hoteldirektor blickte sie traurig an. »Jaja, die Separatisten«, sagte er niedergeschlagen und spielte mit dem schweren Füllfederhalter, der auf seinem Schreibtisch lag. Bereit, wichtige Dokumente zu unterzeichnen. »Eine Schande ist das. Fallen hier ein wie die Hottentotten und bringen alles in Unordnung. Arbeit haben sie uns versprochen und Brot. Aber das haben schon so viele versprochen.«

Du siehst aber nicht gerade so aus, als würdest du Not leiden, dachte Johanna und fragte dann: »Was wissen Sie von meinem Mann?«

Der Hoteldirektor wurde geschäftig. Trotz des leicht stumpfsinnigen Eindrucks, den er machte, war er ein feinfühliger Mann und merkte, wenn sein Gegenüber ungeduldig wurde. »Wie, bitte, sagten Sie, ist Ihr Name?«

»Ich habe meinen Namen noch nicht genannt«, erklärte Johanna spitz. »Ich bin Johanna Bigall. Und mein Mann heißt Sebastian Bigall.«

»Ach ja, der Herr Pfarrer«, sagte der Hoteldirektor. »Es wohnten recht viele Pfarrer bei uns zu dieser Zeit, aber alle sind sie unmittelbar nach dem Aufstand abgereist. Nur Ihr Mann wohnt noch hier.«

Damit hatte Johanna nicht gerechnet. »Er ist hier?«, fragte sie fassungslos. »Sie meinen, hier in Ihrem Hotel?«

»Natürlich«, bestätigte der Direktor.

Johanna konnte es nicht glauben. Sollte es wirklich so einfach gewesen sein?

99. KAPITEL

Überlingen, Bodensee, 25. Oktober 1923

Das Überlinger Damenkränzchen traf sich an diesem Nachmittag bei Elsa Kleinschmitt, um andächtig der ersten öffentlichen Rundfunksendung zu lauschen.

Elsa Kleinschmitt hatte sich natürlich gleich ein Gerät besorgt, als sie erfahren hatte, dass man nun auch im Privathaushalt den Rundfunk genießen konnte. Sie wollte, nein, sie *musste* die Erste in Überlingen sein, die ein solches Radio besaß. Dann würde sie ganz groß zum Tee einladen und ihre Errungenschaft vorführen.

Wie enttäuscht war sie gewesen, als sie erfahren hatte, dass man Kopfhörer tragen musste, um der Musik lauschen zu können. Kopfhörer waren unkleidsam, fand sie, und zudem konnte man den Rundfunk da schlecht in

Gesellschaft genießen. Also hatte Elsa Kleinschmitt sich den ungeheuren Luxus eines Lautsprechers geleistet, wie es sie eigentlich nur auf Schiffen oder in feinen Restaurants gab.

Sie konnte den Lautsprecher nicht bezahlen, denn die Inflation hatte ihre jahrelangen Ersparnisse aufgefressen, sodass sie kaum noch Geld besaß. Also hatte sie den jungen Verkäufer derart eingeschüchtert, bis er ihr den Lautsprecher zum Selbstkostenpreis überlassen hatte.

Nun stand er stolz und glänzend auf der Kommode im Kleinschmitt'schen Wohnzimmer und wartete auf die Damen.

Elsas Mann Bruno hatte sich scheu in sein Zimmer zurückgezogen, Elsa empfing die Gäste alleine.

Alle fanden sich pünktlich einige Minuten vor acht ein und Elsa stellte mit gewichtigem Gehabe den Sender ein. Zunächst war nur Rauschen und Knacksen zu hören und die Mienen der Damen verzogen sich angewidert. Elsa wurde nervös. Was, wenn es nicht gelang? Es wäre eine entsetzliche Blamage!

»Es ist noch nicht ganz acht Uhr«, sagte sie entschuldigend und wurde von einer lauten knacksenden Stimme unterbrochen, die den Beginn des Abendprogramms ankündigte.

Die Damen schrien entzückt auf, als Cello- und Klaviertöne aus dem Lautsprecher drangen.

Man lauschte andächtig, bis das Programm mit einem Gesangssolo endete.

»Herrlich!«, seufzte Trudchen, die Frau des Bäckers, genießerisch und ließ sich aufatmend in den Sessel zurücksinken. Die anderen stimmten ihr zu und Elsa sonnte sich in der Begeisterung ihrer Kränzchenschwestern. Dann aber wollte sie den neuesten Klatsch loswerden. Sie hatte schon die ganze Zeit darauf gebrannt.

»Wisst ihr eigentlich etwas von unserem armen Herrn Pastor?«, fragte sie scheinheilig. »Er ist ja nun schon eine ganze Weile verschwunden.«

»Seine Frau soll nach Aachen gefahren sein, um nach ihm zu suchen«, wusste die zierliche Margarethe Stein.

»Seine Frau!«, schnaubte Elsa verächtlich. »Und die arme Susanne und den kleinen Robert hat sie mal wieder in der Obhut des alten Mannes gelassen. Na ja, immer noch besser, als wenn ihre Tante auf sie achten würde, diese Sophie. Die ja zum Glück nicht hier ist.«

Trudchen wurde nervös. Die ganze Stadt hatte nach und nach von dem Anschlag auf Sophie erfahren, und Trudchen befürchtete immer, dass man herausfinden könnte, wer dahintersteckte. Wenn Elsa sich weiter so abfällig über Sophie äußerte, dann würden einige vielleicht darauf kommen und Untersuchungen anstellen!

Rasch versuchte sie, das Thema wieder auf Johanna zu lenken. »Wo sollte sie die Kinder denn sonst hintun?«, fragte sie.

»Jedenfalls nicht zu dieser Franzosenschlampe.«

Trudchen zuckte erschrocken zusammen und auch der Rest des Kränzchens atmete hörbar ein. Solche Worte aus dem ehrwürdigen Mund der Elsa Kleinschmitt! Das war ein Skandal!

»Wie können Sie nur so reden!«, rief Margarethe Stein entsetzt.

Elsa begriff, dass sie sich selbst beinahe verraten hätte und sich außerdem blamiert hatte, und versuchte, rasch abzulenken. »Jedenfalls finde ich es schändlich, wie die Frau Pastor sich benimmt«, sagte sie.

»Was hat sie denn getan?«, mischte sich Dorothea Haberstett ein. »Ich finde es ganz normal, dass sie ihrem Mann hinterherreist. Und Susannchen und den kleinen Robert kann sie schlecht mitnehmen. Wer weiß, was für Zustände in Aachen herrschen.«

»Bei uns herrschen auch Zustände«, knurrte Elsa. »Leider musste ich erfahren, dass die Frau Pastor jeden Tag ins Schulhaus ging und einmal sogar über Nacht dort blieb, als ihr armer Mann bereits in Aachen war.«

»Sie hat sich mit der Frau des Rektors angefreundet«, warf Dorothea ein. »Das finde ich eigentlich recht schön. Die Arme war ja so zurückgezogen.«

»Und außerdem muss sie sich um den Garten kümmern«, piepste Margarethe. »Ich muss schon sagen, was sie innerhalb kürzester Zeit geleistet hat, finde ich beachtlich.«

»In der Nacht muss sie sich wohl kaum um den Garten kümmern«, schlug sich Trudchen, die als Kaufmannsfrau eifersüchtig auf Johannas Erfolge war, auf Elsas Seite.

»Vielleicht ging es Frau Thannberg schlecht und sie hat sie getröstet«, vermutete Margarethe.

»Die Frau des Schulleiters ist seit längerer Zeit verreist«, verkündete Elsa bedeutungsvoll.

Betroffenes Schweigen breitete sich aus.

»Unsinn«, sagte Dorothea schließlich. Aber es klang wenig überzeugt.

»Einmal habe ich sie auch in den Garten gehen sehen«, verkündete Margarethe. »Aber sie kann ihre Gemüsebeete ja schließlich nicht verkommen lassen, nur weil Frau Thannberg verreist ist.«

»Sie ist auch ins Haus gegangen«, beharrte Elsa. »Und sie ist über Nacht geblieben.«

Wieder breitete sich unbehagliches Schweigen aus. Die meisten mochten Johanna gern und wollten sie nicht so ohne Weiteres verurteilen.

»Vielleicht haben Sie nicht gesehen, wie sie wieder gegangen ist?«, sagte Dorothea und fügte bissig hinzu: »Sie werden doch wohl nicht den ganzen Tag hinter dem Vorhang stehen.«

»Natürlich nicht«, empörte sich Elsa. »Bei den vielen Pflichten, die ich habe.«

»Na also«, konstatierte Dorothea zufrieden.

»Aber ich sah, wie sie sich im Morgengrauen davonstahl«, triumphierte Elsa.

»Wissen Sie, ob sie nicht morgens aus irgendeinem Grund erneut gekommen und wieder gegangen ist? Ich finde jedenfalls, man sollte sie nicht vorschnell verurteilen«, sagte Margarethe scharf.

Elsa blickte empört in die Runde. »Die Zeichen sprechen doch eindeutig für sich. Und ich werde nicht länger zusehen, wie diese schändliche Person unseren lieben Herrn Pastor betrügt. Ich werde ihm davon Bericht erstatten müssen.«

100. KAPITEL

Aachen, Rheinland, 25. Oktober 1923

»Sagten Sie wirklich, mein Mann ist hier in Ihrem Hotel?«, vergewisserte sich Johanna.

»Ja«, antwortete der Hoteldirektor geduldig. »Ich habe ihn zwar seit einigen Tagen nicht gesehen, aber er ist noch gemeldet.«

»Wenn Sie ihn nicht gesehen haben, ist er vielleicht gar nicht mehr da«, wandte Johanna ein.

»Gnädige Frau.« Die Stimme des Hoteldirektors wurde merklich kühler. »Warum sollte er nicht mehr da sein? Sie müssen bedenken, was für Zustände hier in den letzten Tagen geherrscht haben. Da ist es gar nicht verwunderlich, wenn ich einen Gast für längere Zeit nicht sehe.«

»Warum gehen wir nicht einfach nachsehen?«, fragte Johanna. »Geben Sie mir den Schlüssel und …«

»Bitte verstehen Sie mich nicht falsch, gnädige Frau, aber ich kann Ihnen den Schlüssel nicht so einfach aushändigen.«

»Dann kommen Sie eben mit«, sagte Johanna ungeduldig.

Der Hoteldirektor seufzte. Die ganze Angelegenheit begann ihm auf die Nerven zu gehen, und außerdem stahl ihm diese zweifellos sehr adrette Frau seine Zeit. Aber er war ein guter Menschenkenner und überzeugt davon, dass sie ihn erst in Ruhe lassen würde, wenn sie ihren Willen bekommen hätte. »Also gut«, seufzte er daher.

Wenig später standen sie im ersten Stock vor Sebastians Zimmertür. Der Hoteldirektor klopfte. Keine Antwort.

Auch auf ein erneutes Klopfen hin regte sich nichts.

»Öffnen Sie bitte die Tür«, bat Johanna nervös. »Sie haben doch einen Schlüssel.«

»Ich kann nicht so einfach in ein fremdes Zimmer eindringen.«

Johanna sah ihn eisig an. »Womöglich ist meinem Mann etwas zugestoßen und er benötigt Hilfe.«

Der Hoteldirektor zögerte. Mit unterlassener Hilfeleistung wollte er nichts zu tun haben.

»Also gut«, gab er schließlich nach. Resigniert erklärte er dann: »Ich handle in einer Notsituation.« Er steckte den Schlüssel ins Schloss.

Johanna atmete auf. Ihr war schon viel zu viel Zeit vergangen.

Sebastian befand sich nicht im Zimmer, in dem es eisig kalt war, denn das Fenster stand sperrangelweit offen und in dem spärlich bestückten Ofen brannte kein Feuer. Seine Kleider lagen verstreut auf dem Boden, und als Johanna sich daranmachte, sie zu ordnen, fand sie seine Brieftasche und seinen Geldbeutel.

All das deutete darauf hin, dass er nicht bei der Versammlung gewesen war und dass er auch nicht vorgehabt hatte, länger auszugehen, denn Sebastian führte seine Papiere stets mit sich.

Der Hoteldirektor trat unbehaglich von einem Bein auf das andere. »Wo ist denn nun Ihr Mann?«, fragte er unlogisch.

»Das weiß ich auch nicht. Hier ist er jedenfalls nicht.«

»Und was sollen wir tun?«

»Warten. Er hat seine Papiere nicht dabei, das heißt, dass er mit Sicherheit nicht lange wegbleiben wird.«

»Wenn ich Sie derweil nach unten bitten dürfte …«

Johanna spürte eine dumpfe Wut in sich aufsteigen gegen diesen Menschen, der sie immer nur behinderte. Aber sie versuchte, sich zu beherrschen. »Einen Moment noch, bitte«, gebot sie ihm Einhalt. »Ich möchte mich noch etwas umsehen.«

Trotz Protest des Direktors ging sie zum Schreibtisch und entdeckte Sebastians Tagebuch. Flüchtig blätterte sie darin und fand mehrmals ihren Namen erwähnt. Wie gerne hätte sie es gelesen. Aber sie beherrschte sich, denn erstens hatte sie dazu jetzt keine Zeit und zweitens wusste sie, dass sie ihr Schuldgefühl damit nur noch geschürt hätte.

Sie hatte Sebastian das Buch zu seinem Geburtstag im Sommer geschenkt, und dennoch war es fast voll, denn ihr Mann hatte jeden Tag mehrere Seiten beschrieben. Nicht einmal hatte er es versäumt. Sie blätterte bis zur letzten beschriebenen Seite und las das Datum. 21. Oktober 1923. Die Angst, die die ganze Zeit über in ihr geschwelt hatte, wurde plötzlich greifbar und brach wie eine Welle über sie herein. Sebastian hatte seit vier Tagen nicht in sein Buch geschrieben und das war sein heiligstes Ritual. Ihm war etwas zugestoßen, das wusste sie plötzlich ganz sicher.

Zögernd begann sie, den Text nun doch zu lesen, der unter dem Datum stand. Sie wollte nicht in seinen Sachen schnüffeln, aber sie hoffte, dass der Eintrag ihr etwas Aufschluss geben könnte.

Eben bin ich aufgewacht. Es ist vier Uhr morgens und auf der Straße herrscht ein unglaublicher Lärm. Es ist wohl eine Art von Revolution. Wie tot bin ich doch im Vergleich zu den Menschen, die dort unten für eine Sache kämpfen. So war ich auch einmal. Wann bin ich gestorben? Gemeinsam mit Karl auf dem Schlachtfeld? Ich werde hinunter-

gehen. Vielleicht finde ich mich in den Menschen da unten wieder, vielleicht erwache ich wieder zum Leben. Und vielleicht …, vielleicht beginnt Johanna, mich dann wieder zu lieben.

Johanna liefen die Tränen über die Wangen, während sie las. Sie hatte Sebastian im Stich gelassen. Wegen ihr hatte er sich in die Wirren der Revolution gestürzt, aus denen er allem Anschein nach nicht zurückgekehrt war. Wegen ihr war er in Gefahr geraten. Hinter ihr machte der Hoteldirektor mit einem diskreten Räuspern auf sich aufmerksam.

Johanna wandte sich zu ihm um und sah die Bestürzung des Mannes, als er ihr tränennasses Gesicht erblickte.

»Haben Sie etwas gefunden?«, fragte er besorgt.

Johanna nickte. »Mein Mann ist hinausgegangen, als der Aufstand begann. Und allem Anschein nach ist er nicht wieder zurückgekommen.«

Der Hoteldirektor wurde blass.

»Wo kann er denn sein?«, drängte Johanna. »Nun sagen Sie doch etwas.«

»Es hat Verhaftungen gegeben«, erwiderte der Mann zögernd. »Zu Anfang verhaftete die Polizei einige Putschisten, aber diese wurden mit Sicherheit wieder freigelassen, als die Separatisten die Macht übernahmen. Diese verhafteten dann Bürger, die Widerstand leisteten.«

»Aber warum sollte mein Mann verhaftet worden sein?«, fragte Johanna. »Er ist Pfarrer und hat hier lediglich eine Tagung besucht.«

Der Hoteldirektor zuckte die Achseln. »Vielleicht hat er Widerstand geleistet«, vermutete er. »Wie stand Ihr Mann denn zum Separatismus?«

Johanna musste sich eingestehen, dass sie es nicht wusste.

»Wie kann ich ihn finden?«, fragte sie statt einer Antwort.

»Leider ist das gar nicht so einfach. Wenn er wirklich ein Aufständischer war, dann kommen Sie nicht an ihn heran.«

»Können Sie denn nichts tun?«, fragte Johanna verzweifelt. »Schließlich liegt die ganze Sache auch ein wenig in Ihrem Verantwortungsbereich.«

Der Hoteldirektor ging sofort in Verteidigungshaltung. »Sie können mir doch keine Vorwürfe machen!«

»Mein Mann ist vor mehreren Tagen aus Ihrem Hotel verschwunden«, gab Johanna kühl zurück. »Und Sie haben nichts davon bemerkt.«

Der Hoteldirektor wusste nicht recht, wie er sich verhalten sollte. Diese allzu selbstbewusste Dame verwirrte ihn. Er wollte sie so schnell wie möglich loswerden, bevor sie noch mehr Ärger machen konnte. »Also gut«, gab er daher seufzend nach. »Ich werde sehen, was ich tun kann.«

101. KAPITEL

90 Jahre später
Paris, Frankreich, August 2013

Philippe fühlte sich unbehaglich, als er das Seniorenheim betrat, in dem sein Großvater lebte. Als Arzt war er eigentlich an Krankheit und Tod gewöhnt, doch dieses Pflegeheim empfand er als schrecklich. Schon beim Hereinkommen roch es nach Stuhlgang, Klagen und Ächzen waberten durch die Gänge. Er war erleichtert, als er beim Zimmer seines Großvaters angelangt war. Erleichtert und zugleich voller Angst vor dem, was ihn erwarten würde. Er war seit einem Jahr nicht mehr bei ihm gewesen und hatte deswegen auch ein sehr schlechtes Gewissen. Irgendwie scheint mein Leben nur noch daraus zu bestehen, ein schlechtes Gewissen zu haben, dachte Philippe, als er klopfte. Die Bilder des Vorabends, der Streit mit Zita zogen vor seinem inneren Auge herauf.

Er öffnete die Tür und sah sich einem Greis gegenüber. Wieder erschrak Philippe, obwohl ihm doch klar gewesen war, dass sein uralter Großvater nicht aussehen konnte wie das blühende Leben. »Hallo, Großvater«, sagte Philippe und überwand sich, dem alten Mann im Rollstuhl einen Kuss auf die Wange zu geben. Raphaels warme braune Augen in dem runzeligen Gesicht leuchteten. »Philippe«, krächzte er, »mein Junge.«

Philippe spürte Rührung in sich aufsteigen. »Ich habe dir etwas mitgebracht.« Verlegen zog er das Notizbüchlein aus der Hemdtasche.

»Das Notizbüchlein«, hauchte der alte Mann und streckte die zitternden Hände aus, um es in Empfang zu nehmen. Behutsam legte Philippe es hinein. Sein Großvater führte das Metall an die Lippen und küsste es. »Deine Urgroßmutter hat es so geliebt«, sagte er. »Und ich habe so viele Kindheitserinnerungen an dieses Büchlein. Immer und immer saß sie da und hat hineingeschrieben. Manchmal trug es auch Tante Luise. Mutter hat es ihr gegeben, wenn es ihr nicht gut ging. Und es ging ihr oft nicht gut. Erst am Ende ihres Lebens hat meine Mutter mir anvertraut, dass es Tante Luise war, die meinen Onkel Siegfried getötet hat. Ich erinnere mich noch genau an die Beerdigung. Alle dachten, die Franzosen wären es gewesen.« Seine Stimme war nur noch ein heiseres Flüstern, das Sprechen strengte ihn offensichtlich an.

Also hat Franziska recht gehabt, dachte Philippe und fragte dann: »Warum hat sie ihn getötet?«

»Um uns zu schützen«, krächzte Raphael und man sah seinem alten Gesicht an, dass er tief in der Vergangenheit weilte, in der Zeit, als er noch ein kleiner Junge gewesen war. »Onkel Siegfried wollte uns an den Feind verraten. Ich war ja Halbfranzose und meine Mutter eine, die sich mit einem Franzosen eingelassen hatte. Vielleicht hätten sie uns erschossen.«

»Aber warum?«, fragte Philippe. »Das war doch nach dem Krieg, oder?«

»Es war während der Ruhrbesetzung durch die Franzosen«, erklärte Raphael. »Der Hass auf die Franzosen war gewaltig. Auch mein Vater war ein Besatzer. So habe ich ihn kennengelernt.«

Vorsichtig klappte er den Deckel auf und betrachtete das Bild, das ganz vorne klemmte. »Mein Vater«, sagte er. »Sie hatten kein einfaches Leben, aber sie haben sich so geliebt. So wie ich deine Großmutter über alles liebe. Nur deine Eltern hatten Pech miteinander.« Es klang traurig.

»Weißt du Näheres über das Schicksal von Susanne? Und ob sie noch lebt?«, fragte Philippe. »Franziska hat Melissa verraten, dass Johanna nicht, wie sie immer dachte, ihre Mutter ist, sondern Susanne.«

Raphaels Miene wurde abweisend. »Franziska. Sie war schon immer ein böser Mensch«, sagte er. »Und Susanne ein wunderbarer. Ja, mein Junge, sie lebt noch. Wir haben lange Kontakt gehalten. Erst in den letzten Jahren habe ich sie aus den Augen verloren. Leider. Aber wenn sie gestorben wäre, hätte ich es erfahren.«

Philippe sprang auf. Auch wenn er es gehofft hatte: mit dieser Antwort hatte er nicht gerechnet.

»Wieso hat sie sich denn nie bei ihrer Tochter gemeldet?«, fragte er.

»Dafür hatte sie einen guten Grund«, erklärte Raphael. »Aber danach musst du sie schon selbst fragen.«

»Das werde ich auch«, sagte Philippe entschlossen. »Wo finde ich sie?«

102. KAPITEL

90 Jahre zuvor
Aachen, Rheinland und Überlingen, Bodensee,
28. Oktober–6. November 1923

Johanna fand Sebastian schließlich in einem düsteren Gefängnis der Separatisten-Miliz. Er hockte mit zehn anderen Gefangenen in einer Zelle, in der das Wasser von den fensterlosen Wänden lief. Es stank entsetzlich nach Fäulnis und Verderben.

Als sie ihn sah, wusste sie, dass alles wieder genauso war wie damals, als Luise ihn im Lazarett gefunden und sie zu ihm gebracht hatte. Sebastian hatte denselben hohlen Blick und seine Gestalt strahlte die gleiche Kraftlosigkeit aus.

Der Wärter schloss ihr die Gittertür auf und ließ sie

eintreten. Johanna schluckte, als sie das faulige Stroh und den Unrat sah, der am Boden lag. Hier in der Zelle war der Gestank noch entsetzlicher als draußen auf dem Gang.

Während Johanna langsam auf Sebastian zuging, fühlte sie sich mit einem Mal ungeheuer ermattet und resigniert. Es kam ihr vor, als drehe sich das Leben im Kreis und sie würde immer wieder vor die gleichen Probleme gestellt, die sie doch für gelöst gehalten hatte. Ja, sie hatte dieses Problem mit Sebastian schon einmal gehabt und es bewältigt. Aber damals hatte sie ihn geliebt und hatte die Kraft in sich gespürt, um ihn zu kämpfen. Heute aber mischten sich in das Gefühl der Liebe, das ganz zaghaft wieder aufgekeimt war, als sie den Tagebucheintrag gelesen hatte, Mitleid und zu ihrem Entsetzen auch eine Spur von Verachtung. Wieso, fragte sie sich, muss ich ihn nur immer wieder aus dem Dreck ziehen. Wieso ist er nicht stark genug, das selbst zu schaffen? Wieso konnte nicht auch sie sich einmal bei jemandem anlehnen? War es nicht so, dass der Mann die Frau beschützen sollte? Bei ihnen verhielt es sich irgendwie immer umgekehrt. Vielleicht zog sie das auch so zu Matthias hin. Er war stark, bei ihm musste sie nicht Haltung bewahren, sondern konnte sich fallen lassen.

Sie schluckte und nahm Sebastians Hand. »Sebastian«, sagte sie leise.

Er blickte auf, sah aber durch sie hindurch und antwortete nicht.

Erstaunlicherweise war es nicht sonderlich schwierig, Sebastian freizubekommen. Im Gegenteil. Der Diensthabende der Separatisten-Miliz schien eher froh zu sein, den stummen Mann mit dem hohlen Blick loszuwerden.

»Wir haben ihn nur zu seinem eigenen Schutz festgenommen, gnädige Frau«, versicherte er und lächelte schmierig. »Wir hatten den Eindruck, dass er, verzeihen Sie, nicht ganz bei sich war, und da er sich auch nicht ausweisen konnte …«

»Schon gut«, unterbrach Johanna ihn, sie wollte nicht noch mehr Zeit verlieren. »Wenn ich ihn jetzt nur mitnehmen darf.« Der Weg zurück ins Hotel wurde ihnen von Kämpfen zwischen Bürgern, Polizei und Separatisten erschwert und Johanna dankte Gott, dass sie die Kinder nicht dabeihatte.

Am Morgen des 3. November kamen sie in Überlingen an. Johanna hatte das Gefühl, dass jeder einzelne Bürger hinter seinem Vorhang stand und die traurige Heimkehr des Pfarrers beobachtete.

Sebastian schien das alles nicht zu bemerken. Er ließ sich willenlos von Johanna nach Hause ziehen. Die atmete erleichtert auf, als sie am Pfarrhaus ankamen. Am meisten hatte sie gefürchtet, Matthias zu begegnen. Sie hätte seinen Blick jetzt nicht ertragen. Manchmal hatte sie das Gefühl, ihre innere Zerrissenheit nicht länger aushalten zu können. Der Tagebucheintrag Sebastians hatte sich ihr unauslöschlich ins Gedächtnis gebrannt. Er hatte sie in ihrem Innersten berührt und sie ahnen lassen, dass es den Sebastian, den sie einst so geliebt hatte, doch noch gab. Sie hatte schreckliche Schuldgefühle wegen ihres Ehebruchs, aber sie spürte auch, dass ihre Gefühle für Matthias immer stärker wurden, je mehr sie versuchte, dagegen anzugehen.

Zudem war auch noch Babette zurückgekehrt und kam nun jeden Tag ins Pfarrhaus, um ihre Hilfe anzubieten. Sie wollte sich damit bei Johanna revanchieren, die sich bei ihrem Einzug in Überlingen so um sie gekümmert hatte. Außerdem tat es ihr gut, einmal diejenige zu sein, die Hilfe geben konnte, und nicht die, die Hilfe brauchte.

Aber gerade Babettes Nähe konnte Johanna momentan einfach nicht aushalten. Wann immer sie sie sah, stellte sie sich vor, wie Matthias Babette in seine Arme nahm, sie küsste. Sie war rasend eifersüchtig. Zugleich aber fühlte sie sich ihr gegenüber wie eine Verräterin und hielt es kaum aus, ständig Babettes liebevoll besorgten Blick auf sich gerichtet zu sehen.

Wenn sie Matthias begegnete – und da Johanna sich nach wie vor täglich um ihre Gemüsebeete kümmerte, war dies recht oft der Fall –, lag eine eigenartige Spannung in der Luft, und ihr Herz begann wild zu hämmern.

Mechanisch tat sie ihre Arbeit. Sie versorgte das Haus und ging einmal täglich hinüber zum Alten Schulhaus, um nach ihrem Garten zu sehen. Aber dort gab es nicht viel zu tun. Die Obstbäume waren abgeerntet und Gemüse gab es noch keines. Lediglich die Tiere hatte sie noch. Zweimal in der Woche ging sie auf den Markt, um Eier zu verkaufen, und diese Tätigkeit brachte ihr wenigstens etwas Abwechslung. Doch fühlte sie sich seltsam fehl am Platze zwischen all den alten Bauersfrauen, die die elegante Frau misstrauisch musterten und sie ihre Verachtung deutlich spüren ließen.

103. KAPITEL

München, Bayern, 8. November 1923

Marlene fühlte sich herrlich dekadent. Sie lag lasziv auf Andreas' Bett, die Haare leicht zerzaust, das Kinn auf der einen Hand abgestützt, in der anderen eine Zigarette, die Lippen blutrot geschminkt. Er saß vor ihr, studierte mit gerunzelter Stirn ein Papier, und es ärgerte sie, dass er dem Schriftstück mehr Beachtung schenkte als ihr, der Schönen aus der Heimat, die er so lange nicht mehr gesehen hatte. Ihr Vater überwachte sie scharf, und sie hatte den Tag abgepasst, an dem er auf Geschäftsreise ging. Zum Glück war auch ihre Mutter nicht da, sie hatte erklärt, die arme Johanna brauche jetzt ihre Hilfe, und war mit Franziska nach Überlingen gefahren. Es war ein Leichtes gewesen, dem Mädchen eine Geschichte aufzubinden und nach München zu verschwinden. »Andreas«, schnurrte sie und klang absichtlich wie ein Kätzchen.

»Hm?« Er sah hoch, der Blick abwesend, wie von weit her.

»Möchtest du nicht dieses dumme Papier weglegen und zu mir kommen?« Bei ihren Worten legte sie den Kopf leicht schief.

Ein Hauch von Ärger flog über sein Gesicht. Darüber, dass sie es wagen konnte, ihn in seinen Überlegungen, die so wichtig waren, zu stören. In den Ärger mischte sich eine gewisse Empörung über ihr Auftreten. So kam keine Tochter aus gutem Hause daher und so benahm sich auch kein anständiges deutsches Mädchen. Gleichzeitig aber spürte er, wie diese Mischung aus Verdorbenheit und der reinen Unschuld vom Lande ihn erregte. Lächelnd legte er sein Papier zur Seite, stand auf, kam zu ihrem, zu *seinem* Bett, nahm ihr die Zigarette aus der Hand und drückte sie im Aschenbecher aus. Seine Miene war jetzt angewidert, es stieß ihn ab, dass sie rauchte. Und zugleich erregte es ihn. Auch hier wieder. Das Telefon klingelte, er ignorierte es. Jetzt war sie wichtiger, sie und ihr verdammter, riesiger roter Mund.

Grob warf er sie herum, starrte auf ihre bemalten Lippen und in die großen Augen, die sich bemühten, verderbt auszusehen, in denen aber der reine Glanz von Unschuld überwog, Unschuld, gepaart mit grenzenloser Bewunderung für ihn, den Großen, den Starken. Er wusste, dass sie alles tat, um ihn zu beeindrucken. Das gefiel ihm, das gefiel ihm sogar sehr, ebenso wie der Gedanke, dass sie vor ihm noch nie ein anderer Mann besessen hatte. Dass sie ihm gehörte, ihm allein. Wieder klingelte das Telefon. Laut und schrill. Wieder ignorierte er es und presste stattdessen grob seine Lippen auf ihre, spürte ihre Furcht, die sie nicht zeigen wollte, weil sie ihm ja so erwachsen vorkommen wollte, so erwachsen und so reif. Andreas spürte, wie ihn die Lust übermannte. Gierig schob er seine Hand unter ihr Kleid, nahm ihren stockenden und seinen schneller und stoßartiger werdenden Atem übergenau wahr, als von draußen jemand heftig gegen die Tür wummerte. Marlene schrie leise auf. »Was …?«, begann sie.

Andreas stieß ein knurrendes Geräusch aus, zog seine Hand unter ihrem Kleid hervor und bedachte Marlene mit einem finsteren Blick. Als sei sie schuld daran, dass sie unterbrochen worden waren. »Setz dich ordentlich hin«, befahl er knapp und ging zur Tür.

Draußen stand ein Redakteur vom ›Völkischen Beobachter‹. »Warum gehen Sie nicht ans Telefon?«, bellte er.

»Ich …«, setzte Andreas an, und während er ins Gesicht des Mannes starrte, wurde ihm klar, dass das der Anfang von etwas ganz Bedeutsamem war. Der Mann raunte ein paar Worte, die bestätigten, was er geahnt hatte, die ihn in höchste Anspannung versetzten, die durch seinen Körper glühten, die ihm eine Erregung brachten, die ihm zu verschaffen Marlene niemals in der Lage gewesen wäre.

Der Redakteur war schon weitergerannt, Treffpunkt und Ort hatten sie vereinbart. Marlene wartete im Zimmer mit weit aufgerissenen Augen. »Was?«, fragte sie. »Was ist?«

Andreas schüttelte den Kopf. »Nichts für kleine Mädchen«, sagte er und verletzte sie bewusst. Sie, die kein kleines Mädchen mehr sein wollte. »Ich muss fort.«

Er ging zum Schrank und zog seine Uniform heraus.

Marlene sprang vom Bett auf und klammerte sich an ihn. »Wo willst du hin?«

Ärgerlich schüttelte er sie ab. »Das ist nichts für dich.«

»Aber du kannst mich doch jetzt nicht so einfach allein lassen. Bald muss ich abreisen. Die Eltern …«

Er stieß sie zurück. Kalt sah er sie an. »Die Eltern, die Eltern. Ich kann hier nicht Kindermädchen für dich spielen, während sich da draußen die Welt verändert.«

Er sah, dass ihr die Tränen in die Augen stiegen, und das befriedigte ihn auf eine seltsame Weise. Es war das gleiche Gefühl, das er immer gehabt hatte, wenn es ihm in der Kindheit gelungen war, seinen Bruder Sebastian, diese kleine Memme, wirklich zu treffen. Er genoss es, Macht über Menschen zu haben. Er genoss es, ein Held zu sein. Da wollte er noch eins draufsetzen. Wie gerne hätte er ihr erzählt, was er wusste. Wobei das nicht viel war, der

Informant hatte sich bedeckt gehalten. Hatte etwas von einem Kameradschaftsabend im Bürgerbräukeller erzählt. Andreas wusste, dass mehr dahintersteckte. Er war trotz allem ein guter Menschenkenner, er kannte den Redakteur, eigentlich war der immer recht gelassen. Heute Nachmittag war das anders gewesen. Da loderte etwas in seinen Augen. Andreas ahnte, dass sie putschen würden. Ja, wie gern hätte er ihr das erzählt. Um noch mehr von dieser furchtsamen Bewunderung in ihren Augen zu lesen. Aber es verstand sich von selbst, dass das nicht ging. Er wusste, was er der Bewegung schuldig war.

Es war der 8. November. Kurz nach vier Uhr nachmittags. Ein nasskalter Herbsttag. Der Nachmittag vor einer Nacht, in der der SA-Mann Andreas Bigall vorhatte, ein Held zu werden.

Um Viertel vor acht betrat Andreas den Bürgerkeller. Zuvor hatte er einige Blocks entfernt Anweisungen entgegengenommen, Hunderte Kameraden vom Stoßtrupp Hitler und der SA warteten hier mit Maschinengewehren und Handgranaten. Aufgeregt waren sie gewesen, viele hatten erst jetzt erfahren, um was es eigentlich ging. Auch Andreas war aufgeregt. Diese Erwartung! Dieser Zusammenhalt! War es nicht ganz ähnlich wie neun Jahre zuvor, am 1. August 1914? Auch da hatte er diese Begeisterungswelle gespürt, den Drang, gemeinsam für das Vaterland zu kämpfen, gemeinsam zu neuen Siegen aufzubrechen. Nun, aus den Siegen war nichts geworden. Andreas zog leicht die Mundwinkel herunter. Noch immer war ihm das persönlich peinlich. Als wäre es seine eigene Niederlage gewesen. Jetzt aber gab es eine neue Chance, das Land zu retten. Und gerettet werden musste es wirklich, sein armes Deutschland. Vor dieser Republik, man sah ja, wohin das führte. Nein, da war sich Andreas sicher. Dieses Mal würden sie die Sieger sein. Etwas anderes kam für ihn gar nicht infrage.

Die Luft im Bürgerkeller war stickig, Andreas rümpfte unwillkürlich die Nase, als er eintrat. Es stank nach Schweiß und heißem Fett, er war ein Ästhet und gefiel sich auch in dieser Rolle. Sehr sogar. Aber er war auch ein Held und Helden mussten widrige Umstände wie diese ertragen. Er schob sich in die Menge, 3000 Besucher waren das bestimmt, dachte er. Und sie alle hatten keine Ahnung, was sich hier heute Abend ereignen würde. Nur er wusste Bescheid. In seiner Tasche steckte eine Armbinde mit Hakenkreuz, dem Zeichen der Macht. Wenn die Zeit gekommen wäre, würde er sie sich umbinden.

Auch Hitler war jetzt da. Andreas spürte Erregung, als er diesen Mann beobachtete, wie er dort an seiner Säule lehnte und von seinem Bier trank. Wie er ihn bewunderte für sein Feuer und seinen Kampfgeist! Heute Abend würde er die Heimat aus diesem sinnlosen Schraubstock befreien, der sich Demokratie nannte. Wie, fragte sich Andreas, konnte Hitler angesichts dessen, was da gleich passieren sollte und dessen Hauptakteur er sein würde, so ruhig bleiben? Oder war er doch nervös? Andreas beobachtete, dass sein Idol die Taschenuhr herauszog, um einen Blick darauf zu werfen.

Dann wurde seine Aufmerksamkeit von Hitler abgelenkt: Generalstaatskommissar Gustav Ritter von Kahr betrat den Raum und wurde von den konservativen und völkischen Teilnehmern der Versammlung mit rauschendem Beifall begrüßt. »Exzellenz«, rief einer, Andreas konnte nicht erkennen, wer, »seien Sie uns ein Führer in ein neues, besseres schwarz-weiß-rotes Deutschland.«

»Aber ohne Juden!«, brüllte der Mann neben Andreas.

Andreas schenkte ihm einen anerkennenden Blick. Dann sah er wieder zur Bühne, auf die zu klettern sich von Kahr gerade umständlich bemühte. Wie klein er ist, dachte Andreas. Und wie unwissend. Er selbst schwelgte in dem Bewusstsein, ein Wissender, ein Eingeweihter zu sein.

Wieder rollte eine Welle der Nervosität auf ihn zu. Er zog ebenfalls seine Taschenuhr hervor und warf einen Blick darauf. Fünf Minuten vor halb neun.

Andreas atmete angespannt ein, als er wenig später bemerkte, dass Hitler den Raum verließ. Die folgenden zehn Minuten schienen ihm wie eine Ewigkeit, doch dann war es endlich, endlich so weit: Die SA polterte in den Saal. Kaum jemand der Anwesenden begriff, was los war. »Kommunisten!«, brüllte der Mann rechts von Andreas. Er warf ihm einen verachtungsvollen Blick zu. Der Mann hat keine Ahnung! Selbstsicher und stolz zog er seine Hakenkreuzbinde aus der Tasche und schlang sie sich um den Arm, während er aus dem Augenwinkel beobachtete, dass Hitler sich zur Bühne vordrängte und sie erklomm. Der Schuss kam unerwartet, Andreas zuckte zusammen und starrte Hitler an, der mit sich überschlagender Stimme brüllte: »Die nationale Revolution ist ausgebrochen. Der Saal ist von 600 Schwerbewaffneten besetzt.« Grabesstille senkte sich über den Raum. Was hat dieser Mann für eine Macht, dachte Andreas fasziniert. Hitler brüllte gerade, dass er die bayerische Regierung für abgesetzt erkläre, dass er die Leitung der provisorischen Nationalregierung übernehme: »Bis zum Ende der Abrechnung mit den Verbrechern, die heute Deutschland tief zugrunde richten.«

»Heil!«, brüllte Andreas voller Überzeugung und wandte sich dann an einen einfachen Soldaten. »Notieren Sie die Namen der jüdischen Geschäftsleute im Saal«, befahl er. »Die haben hier nichts zu suchen.« Der Soldat salutierte und Andreas spürte tiefe Befriedigung. Ja, er war einer der Mächtigen, fast schon wie Hermann Göring, der da eben auf die Bühne sprang und rief: »Volksgenossen! Heute beginnt die nationale Republik. Sie richtet sich gegen die Berliner Judenregierung. Die neue Reichsregierung, hoch!«

Andreas stimmte in den Jubel mit ein und sang mit den anderen aus vollster Brust: »Deutschland, Deutschland über alles …« Was für ein Wir-Gefühl!

Er bekam nicht mit, was sich während der Veranstaltung in einem Nebenzimmer abspielte: Dort rang Hitler dem bayerischen Generalstaatskommissar von Kahr, dem Kommandeur der bayerischen Reichswehrdivision von Lossow und dem leitenden Kommissar der Münchner Landespolizei von Seißer mit vorgehaltener Pistole das Versprechen ab, Hitlers ›nationale Erhebung‹ zu unterstützen. Wobei es erst der Unterstützung von General Ludendorff bedurfte, um die drei Gefangenen zu überzeugen.

Dann ließ Hitler sie gehen. Doch die drei Männer trafen noch in der Nacht Maßnahmen zur Unterdrückung des Putsches. Hitler sollte das später als einen Fehler bezeichnen, den er niemals wieder machen würde.

Andreas draußen in der Gaststube wiegte sich in Siegesgewissheit.

104. KAPITEL

90 Jahre später
Überlingen, Bodensee, August 2013

Philippe war aufgeregt, als er mit seinem Wagen in die Einfahrt des Alten Schulhauses einbog. Aufgeregt, weil er Zita gleich wiedersehen würde. Aufgeregt auch wegen all der Neuigkeiten, die er mitbrachte. Seine Hand tastete nach dem Notizbuch, das er um den Hals trug. Er hatte es sich umgehängt, um es nicht zu verlieren, und er, der eigentlich überhaupt nicht an solche Dinge glaubte, meinte zu spüren, dass es ihm Kraft gab. Konnte das sein? Ihm war bewusst, dass er vermutlich der erste Mann war, der das Büchlein trug, und irgendwie wirkte das wie ein Tabubruch. Trotzdem fühlte es sich richtig an. Ihm war unbehaglich zumute gewesen, als er seinem Großvater das Notizbuch wieder abnehmen musste, hatte ihm aber erklärt, dass es Zita gehöre und dass er ihr versprochen hatte, es zurückzubringen.

Raphael hatte genickt und ihn mit seinen warmen Augen angesehen. »Eine Frau soll es tragen, die zu unserer Familie gehört oder sich damit befasst. Und das tut diese Zita ja, nicht wahr? Deine Großmutter hat mir von ihr erzählt.«

»Ja«, bestätigte Philippe. »Ja, das tut sie.«

Und nun war er also hier. Langsam zog er die Handbremse an und stieg aus. Am Empfang stand Melissa und blickte ihm entgegen. »Philippe!«, rief sie. »Haben Sie Neuigkeiten?«

Philippe nickte. »Ja, ich habe einiges erfahren«, sagte er. »Kann ich Sie gleich sprechen?«

Melissa sah auf die Uhr. Sie konnte es kaum erwarten, sich von Philippe jedes Detail erzählen zu lassen. »In einer halben Stunde kann ich hier Schluss machen. Dann wollten zwar auch Alexandra und Ole kommen, aber es stört mich nicht, wenn Sie allen erzählen, was Sie wissen. Wir sind ja alle tief in der Geschichte drin.«

Philippe nickte. »Können … können Sie mir sagen, wo ich Zita finde?«, fragte er.

Melissa musterte ihn prüfend. Ihr war längst klar, dass es zwischen den beiden gekracht hatte. »Sie ist mit Mia unterwegs«, sagte sie dann bedauernd. »Aber in einer halben Stunde kommen die beiden und bringen Pizza für alle mit.«

»Dann werde ich so lange wohl mein Zimmer wieder in Besitz nehmen.« Philippe grinste verlegen.

Die Spannung, die im Raum lag, war beinahe mit Händen zu greifen. Zitas und Philippes Blicke trafen sich immer wieder, dann sahen beide schnell weg. Sie hatten sich zuvor nicht alleine gesehen und sich zur Begrüßung hölzern umarmt. Mia begegnete Philippe sehr kühl, sie nahm ihm übel, wie er sich der Freundin gegenüber verhalten hatte. Melissa war ohnehin angespannt, weil sie voller Nervosität auf Philippes Ausführungen wartete. Nur Alexandra und Ole waren einigermaßen unbefangen und bissen herzhaft in die riesige Familienpizza, die Zita und Mia mitgebracht hatten.

»Philippe«, sagte Melissa schließlich. »Wollen Sie mir nicht sagen, was Sie in Erfahrung gebracht haben? Ich bringe vorher keinen Bissen herunter.«

»Gern.« Philippe legte sein Pizzastück beiseite, warf einen kurzen Blick auf Zita und begann: »Dass Johanna … Ihre Großmutter war, wissen Sie ja schon, nehme ich an?«

Melissa nickte ungeduldig. »Ja, das hat Zita bereits erzählt.«

»Gut«, befand Philippe. Und fuhr dann fort: »Melissa, vermutlich lebt Ihre Mutter Susanne tatsächlich noch. Mein Großvater hatte lange Jahre mit ihr Kontakt, nur in der letzten Zeit ist er abgebrochen. Er war sich aber sicher, dass er es erfahren hätte, wenn sie inzwischen verstorben wäre.«

»Oh, mein Gott«, flüsterte Melissa. »Das ist ja unglaublich.« Und wieder stellte sie die Frage: »Warum hat sie mich nicht gesucht?«

»Das habe ich meinen Großvater auch gefragt«, erwiderte Philippe. »Und er meinte, dass sie einen guten Grund habe, dass sie das aber selbst erklären müsse.«

»Hast du ihre Adresse?«, flüsterte Mia.

»Fast«, erwiderte Philippe. »Es ist ganz erstaunlich. Sie lebt ebenfalls in Paris. In Montmartre.«

Mia sah ihre Mutter an und sagte dann langsam: »Dann schlage ich vor, dass wir sobald wie möglich aufbrechen. Wir müssen nur noch jemanden finden, der uns hier vertritt.«

»Das kann ich übernehmen!«, riefen Zita und Philippe wie aus einem Mund, sahen sich daraufhin überrascht an und dann schnell wieder weg.

»Wir können helfen«, versprach Alexandra. Und sagte dann zu Melissa: »Sie sollten so schnell wie möglich aufbrechen.«

105. KAPITEL

90 Jahre zuvor
München, Bayern, 8. November 1923

Andreas war betrunken. Vom Inhalt der schweren Maßkrüge. Und von dem Gefühl, groß, stark und wichtig zu sein. Er hatte jegliche Kontrolle über sich verloren. Mit seinen klobigen Stiefeln und eifrig unterstützt von seinen Kameraden trat er wieder und wieder und wieder auf die gefangenen jüdischen Geschäftsleute ein, die wimmernd und zusammengekrümmt am Boden lagen und versuchten, sich mit den bloßen Händen gegen die Tritte zu schützen. Wie dumm sie waren, zu glauben, dass zwei Hände, zwei kleine Hände, es vermochten, einen ganzen Körper zu schützen. Wo die Stiefel doch überall hintreten konnten. Und wie die Juden sich ängstlich zusammenkrümmten! Ganz so wie Sebastian, sein feiger Bruder, den er schon in den Kindheitsjahren drangsaliert hatte. Andreas spürte, was er auch schon in den Jahren des Krieges gespürt hatte. Dass es ihn erregte, zu töten und zu quälen. Plötzlich musste er wieder an Marlene denken. Marlene mit den roten Lippen und dem unschuldigen Blick, in dem Angst und Bewunderung lagen. Gierig grabschte er nach dem üppigen Busen einer der Bedienungen, die an ihm vorbeieilte, um die Maßkrüge von den Tischen zu räumen, und sich dabei augenscheinlich bemühte, die schlimmen Szenen auf dem Boden keines Blickes zu würdigen. Auch sie hatte Angst und das erregte ihn noch mehr. Er packte das Mädchen mit den langen blonden Zöpfen, drückte sie gegen die Wand und presste seinen Mund auf ihren. »Bitte«, weinte die Frau, »bitte nicht.« Doch Andreas öffnete seine Hose und schob ihren Rock hoch. Die Frau schrie, wehrte sich.

Plötzlich legte sich von hinten eine Hand auf seine Schulter. Er fuhr herum. »Was …«

Er blickte in die kalten blauen Augen seines Vorgesetzten. Stumm schüttelte der den Kopf. »So etwas machen wir hier nicht, Herr Bigall. Hier geht es um anderes, verstehen Sie?« Die Stimme troff vor Verachtung und Andreas schämte sich. Und mit der Scham kam die Wut.

»Gehen Sie frische Luft schnappen«, befahl der Mann knapp. »Die anderen sind auch unterwegs.«

Andreas stürmte hinaus in das nasskalte Wetter Münchens. Ja, er würde sich den anderen anschließen, das war *seine* Nacht. Aber vorher würde er einen Abstecher in seine Wohnung machen und sich holen, was ihm gehörte. Marlene hatte es nicht anders verdient, das kleine Biest.

*

Marlene konnte nicht schlafen. Andreas' überstürzter Aufbruch ging ihr nicht aus dem Kopf. Sie grübelte, was er wohl tat dort draußen. Seit Stunden war er nun schon unterwegs, ihr großer, starker und wichtiger Held, der ihr so imponierte. Vorsichtig berührte sie ihre Lippen. Sie waren geschwollen von seinen heftigen Küssen. Von dem Lippenstift wäre sicherlich nichts mehr zu sehen, sie müsste dringend neuen auftragen, schließlich wollte sie doch schön sein für ihn, wenn er zurückkäme. Umständlich erhob sie sich vom Bett, ihre Beine waren etwas steif, sie wusste nicht, warum, und dachte auch nicht weiter drüber nach. Sie trat zum Spiegel, der blind war und staubig, und griff nach dem Lippenstift.

Der Holzboden fühlte sich rau an unter ihren Füßen. Rau und grob. Wie Andreas. Marlene zog die Kappe vom Lippenstift und kam sich dabei furchtbar erwachsen vor.

Als die Tür aufgestoßen wurde, zuckte sie zusammen. Andreas stand mit glühenden Augen vor ihr. Verachtungsvoll sah er sie an, dann fiel sein Blick auf den Lippenstift in ihren Händen. »Leg das Ding weg«, sagte er kalt. Marlene starrte ihn an, unfähig, sich zu bewegen, wie ein Tier, auf das unvermittelt ein Lichtkegel gerichtet wurde.

Plötzlich brüllte Andreas los und stürzte mit einem Satz auf sie zu, während er schrie: »Du. Sollst. Sofort. Das. Ding. Weglegen. So was benutzen nur Huren!«

Marlene schluchzte trocken auf, Andreas schlug ihr den Lippenstift aus der Hand und mit ihm purzelte ihr ganzer weiblicher Stolz zu Boden.

»Wisch die Farbe weg!«, befahl Andreas.

Marlene liefen inzwischen Tränen über die Wangen, sie hob die Hand, um sich über die zitternden Lippen zu wischen.

»Es geht nicht weg.« Andreas war außer sich vor Wut. »Jetzt bist du also auch eine von ihnen.«

Grob fasste er ihr ins Gesicht und rubbelte so heftig an ihren Lippen, dass sie noch wunder wurden. »Hör auf zu flennen!«, befahl er barsch.

Sie versuchte es, konnte der Schluchzer, die aus ihrer Kehle drangen, aber einfach nicht Herr werden.

»Du sollst aufhören, habe ich gesagt.« Andreas holte aus und versetzte ihr eine Ohrfeige von solcher Schlagkraft, dass es Marlene durch den Raum schleuderte und sie auf dem Bett landete. Zitternd und elend wünschte sie sich weit von diesem prügelnden Mann weg.

»Da liegst du genau richtig«, knurrte Andreas und machte sich zum zweiten Mal binnen weniger Stunden an seiner Gürtelschnalle zu schaffen. Dieses Mal würde ihm keiner dazwischenkommen. Er entledigte sich seiner Hose und seiner Unterwäsche und genoss Marlenes verängstigten und panischen Blick, mit dem sie ihn anstarrte, als er auf sie zukam. Grob drückte er ihre Beine auseinander und warf sich auf sie. Brutal drang er in sie ein, die Höllenqualen, die sich auf ihrem Gesicht abzeichneten, beflügelten ihn nur noch. Mit jedem Stoß flog er weiter in die Fantasiewelt, in der er ein gefürchteter Held war.

Während Marlene innerlich Stück für Stück zerbrach, während SA-Putschisten durch die Stadt wüteten, an jüdischen Wohnungen klingelten und Geiseln nahmen, wütete er in Marlene.

Was er nicht wusste: dass der Putsch inzwischen gescheitert war – oder dass zumindest die 400 Putschisten, die sich in einer Kaserne mit Waffen eindecken sollten und bei denen er in diesem Augenblick eigentlich hätte sein sollen, festgenommen wurden, wogegen auch ein tobender und wütender Hitler nichts ausrichten konnte.

106. KAPITEL

München, Bayern, 9. November 1923

Nach dem Erwachen dauerte es ein paar Minuten, bis die Erinnerung zurückkehrte. Aber als sie kam, raubte sie der jungen bleichen Frau auf dem zerwühlten Bett, die so gerne rote Lippen gehabt und damit gefallen hätte, den Atem. Mühsam rappelte sie sich hoch und sank mit einem leisen Stöhnen wieder zurück. Ihre Seele fühlte sich leer an, ihr Körper schmerzte. Die Bilder, die Angst und die Schrecken der vergangenen Nacht drängten sich ihr unbarmherzig auf. Marlene schlug die Hände vors Gesicht, aber es half nichts. Die Bilder hatten sich ihr eingebrannt, sie zerstört. Unwiderruflich. Mit den Bildern kam die Panik. Was, wenn er wiederkam? Er durfte sie nicht finden, auf keinen Fall. Sie musste fort, schnell, ganz schnell. Hastig sah sie sich im Zimmer um. Viel gab es nicht zu packen. Ihr Blick fiel auf den roten Lippenstift. Er lag zertreten auf dem Boden, eine Mischung aus Brei und Splittern. Rasch wandte sie die Augen ab, kletterte vom Bett und sammelte ihre zerknitterten, teils zerrissenen Kleider ein, um sie sich über den geschundenen Leib zu streifen. Jede Bewegung schmerzte. Zehn Minuten später verließ sie die Wohnung. Draußen empfing sie nasskaltes Nieselwetter. Marlene lief und lief durch die Stadt. Verloren und einsam. Wo nur sollte sie hin? Nach Hause zurückkehren? Gebrochen und verletzt? Nach ihrer hysterischen Mutter und dem strengen Vater war ihr jetzt gar nicht zumute. Mit einem Mal hatte sie Sehnsucht nach ihrer Schwester Johanna. Die strahlte genau jene Stabilität und in gewisser Weise auch Güte aus, die die verletzte Marlene jetzt so dringend brauchte.

In Gedanken versunken, hatte sie gar nicht bemerkt, wohin sie gegangen war. Plötzlich stand sie auf dem Marienplatz, im Rathaus geschah etwas, es herrschte Tumult. Marlene beobachtete, dass Männer in Uniformen, wie sie sie auch schon einmal bei Andreas gesehen hatte, aus dem Rathaus kamen. Sie runzelte die Stirn. Was machten sie da mit dem Bürgermeister? Es sah aus, als nähmen sie ihn gefangen. Aber warum? Was hatte der Mann getan? Für Marlene war ganz klar, dass die Männer in Uniform, die auch Andreas trug, im Recht waren. Über den Bürgermeister wusste sie nicht viel. Nur, dass er der SPD angehörte. Es interessierte sie nicht. Aber jetzt bemerkte Marlene, dass viele SA-Leute in der Stadt waren. Und Polizei. Sie bekam Angst. Was, wenn er hier wäre? Was, wenn er sie entdeckte? Sie musste fort, ganz schnell fort. Aber wohin sollte sie gehen? Johanna war zwar das Ziel ihrer Sehnsucht, aber sie war weit weg am Bodensee. Marlene fühlte sich unfähig, jetzt die Reise zu organisieren, also streunte sie weiterhin ruhelos und verloren durch die Stadt.

Irgendwann, es musste später Vormittag sein, sah sie Fahnenträger und Uniformierte durch die Straßen marschieren. Dieser Hitler war auch dabei. Von ihm schwärmte Andreas ja immer so. Er trug einen Trenchcoat und hatte einen Hut auf, den Marlene albern fand. Sie nahm diese äußeren Dinge übergenau wahr, sie waren eine willkommene Ablenkung von dem Schmerz, der in ihrem Innern raste und tobte. Also sah sie genauer hin, ihre Augen suchten den Zug nach Andreas ab. So groß ihre Angst auch war, so brennend war gleichermaßen das Verlangen, ihn zu sehen, was sie, nach allem, was er ihr angetan hatte, seltsam fand. Aber sie wusste auch, dass ihr keine Gefahr drohte, wenn er sie jetzt entdecken würde. Zu stark war der Sog seiner Kameraden, mit denen er marschierte. Sie fand ihn nicht. Sie sah einen Mann im Lodenmantel, von dem sie wusste, dass es Ludendorff war. Und einen weiteren im Gummi- oder Ledermantel, das musste dieser Göring sein, von dem Andreas ihr erzählt hatte. In der Mitte fuhr ein Lastwagen, darauf stand ein Maschinengewehr. Und da, ja, dort drüben war Andreas. Mit starrer Miene marschierte er. Marlene sah ihn fasziniert an, konnte den Blick nicht von ihm wenden. Andreas bemerkte sie nicht.

Er marschierte im Zug der Putschisten durch die Stadt. Sie waren mächtig, sie waren stark, sie sangen vom deutschen Vaterland. Kaum jemand stellte sich ihnen entgegen, und wer es doch tat, wurde umgerannt. Meistens richtete Andreas seinen Blick stur geradeaus, das gehörte sich so für einen entschlossenen Putschisten, fand er. Für einen, der dem Land neue Bedeutung verlieh, der es aus der Krise führte. Aber dann und wann ließ er den Blick doch schweifen über die Menge, die am Straßenrand stand. Plötzlich, sie marschierten schon eine ganze Weile, brach Chaos aus. Schüsse krachten, alles war voller Blut und Stöhnen, um ihn herum warfen sich die Menschen zu Boden. Er fühlte sich an die Front erinnert, an den Krieg. Die Schmach. Göring habe man ins Bein geschossen, Hitler sei gestürzt, auch auf ihn habe man geschossen, sein Leibwächter habe ihn fortgebracht, erfuhr Andreas später. Zunächst aber versuchte er, sich in einem der überfüllten Hauseingänge vor den Schüssen in Sicherheit zu bringen.

Zwei Tage später war es vorbei mit seiner erdachten und erträumten Wichtigkeit: Adolf Hitler wurde festgenommen, die NSDAP und der Stoßtrupp des Führers reichsweit verboten. Der Richter allerdings ging in Hitlers Prozess mehr als freundlich mit ihm um. Und Hitler wusste das zu nutzen: Bei Gericht warb er in langen Reden für seine Sache, nach neun Monaten Haft kam er frei. Zwei Jahre später sollte er NSDAP und SA wieder ins Leben rufen und die SS gründen, die ein Jahrzehnt darauf so viele Menschen in den Tod schicken würde.

107. KAPITEL

Überlingen, Bodensee, 10. November 1923

Babettes Angst wuchs immer mehr. Als es am 5. November in Berlin zu Hungeraufständen gekommen war, bei denen viele jüdische Geschäfte zerstört worden waren, hatte Matthias sie noch beruhigen können. Aber die Meldungen, die jetzt aus München kamen, versetzten sie in panische Angst.

Matthias, der sich seines schlechten Gewissens wegen sehr um seine Frau bemühte, versuchte sie zu beruhigen: »Du siehst doch, dass die Allgemeinheit das nicht gut findet«, sagte er. »Von Kahr hat schließlich die NSDAP verboten.«

»Er hat auch die bayerische KPD verboten.«

»Außerdem haben sie Hitler inzwischen festgenommen«, fuhr Matthias unbeirrt fort. »Warum hast du denn solche Angst vor ihm?«

»Er ist gegen die Juden. Als bei dem Turnerfest die NSDAP-Demonstranten verhaftet wurden, haben sie die Polizei beschimpft, weil sie Juden schützt.«

»Babette …«

»Ich habe Angst, Matthias«, weinte Babette. »Begreifst du das denn nicht? Ich habe so schreckliche Angst, dass es mir den Atem nimmt.«

»Babette, ich glaube, dass du dich da in etwas hineinsteigerst«, sagte Matthias vorsichtig.

Babette weinte nur noch mehr. »Ich steigere mich nicht hinein«, rief sie schluchzend. »Ich bin nur realistisch.«

»Selbst wenn du recht haben solltest und den Juden

irgendeine Gefahr droht, so sind wir doch sicher. Wir sind zum christlichen Glauben übergetreten. Und keiner hier weiß, dass wir Juden sind.«

Doch Babette ließ sich nicht trösten. Sie wurde immer verängstigter, und die stummen Vorwürfe, die sie Matthias schon vor der Reise zu ihrer Mutter gemacht hatte, wurden immer heftiger.

In Matthias hingegen wuchs die Sehnsucht nach Johanna.

108. KAPITEL

Überlingen, Bodensee, 16. November 1923

Die Lage im Reich scheint sich wirklich zu stabilisieren, dachte Johanna, als die Deutsche Rentenbank einen Monat nach ihrer Eröffnung mit der Ausgabe der Rentenmark begann und man für eine Billion Papiergeld eine Rentenmark bekam.

Sie hatte alle Hände voll zu tun – umgeben von fünf Menschen, denen sie die einzige Stütze war. Marlene war kürzlich vor ihrer Haustür gestanden, blass, mit verweinten Augen, hatte sich ihr schluchzend an den Hals geworfen, aber nichts erzählt. Sebastian verharrte in seiner Lethargie, aus der sie ihn nicht zu reißen vermochte, und Großvater Friedrich taute zwar nach und nach wieder auf, war aber nicht mehr der Alte. Susanne und Robert schließlich waren durch die vielen traurigen Menschen um sie herum ziemlich verunsichert, besonders durch den Vater, den sie so liebten und der nun gar nicht mehr mit ihnen sprach, und klammerten sich umso mehr an ihre Mutter. Immer öfter und immer neidischer dachte Johanna an Sophie und Luise, von denen regelmäßig glückliche Briefe kamen. Der Aufbau des Gutshofes ging zügig voran und Sophie träumte von einer Zukunft mit Pierre. Nur sie, Johanna, war unglücklich, unglücklich und allein, nachdem sie sich auch mit Matthias nie mehr als ein paar flüchtig ausgetauschte Blicke gestattete und seinen Versuchen, sie alleine anzutreffen, auswich. Sie hatte Sebastian mit ihm betrogen, als dieser in Gefahr gewesen war. Das konnte sie sich nicht verzeihen.

»Ich glaube, dass Ihr Mann sein Trauma von damals nie wirklich überwunden hat«, sagte Dr. Schilling zu Johanna. »Und dass ihn die Revolution in Aachen an die schrecklichen Erlebnisse im Krieg erinnert hat.«

»Wie kann man ihm helfen?«, fragte Johanna.

»Wie …«, der Arzt räusperte sich, »wie haben Sie denn damals nach dem Krieg erreicht, dass er wieder sprach?«

»Seine Tochter Susanne wurde geboren, und als er sie zum ersten Mal sah, war der Bann gebrochen.«

»Aber nur oberflächlich, wie wir jetzt sehen. Den Kern des Problems muss er immer und immer mit sich herumgetragen haben. Ich kann Ihnen leider kein Rezept für eine schnelle Heilung geben. Wichtig ist, dass wir ihm Zeit lassen und ihn keinesfalls aufgeben. Sein Leben muss so normal wie möglich verlaufen, und es wäre falsch, ihn als Sonderfall zu behandeln.«

Johanna nickte und nahm sich erneut vor, Matthias vollständig aus ihren Gedanken zu streichen. Sie versuchte, sich von ihm abzulenken, indem sie sich ganz auf ihre Familie konzentrierte. Sie unternahm viel mit den Kindern und überlegte, was sie noch tun könne, um Sebastian zu helfen.

Sie experimentierte mit Kräutern und verabreichte ihrem Mann täglich mehrere Tassen Melissentee. Als sie nach längerer Zeit noch keine Besserung erkennen konnte, versuchte sie es mit Johanniskraut, aber das schien Sebastian nur noch mehr in seine Depression zu stürzen, und so gab sie es auf. Wenn Johanna inzwischen auch viel über Kräuter gelernt hatte, so wusste sie doch nicht, dass Johanniskraut die Stimmung durchaus zunächst verschlechtern kann, bevor es zu wirken beginnt.

Mit den anderen Überlingerinnen hatte Johanna in jenen Tagen wenig zu tun, aber sie spürte, dass diese ihr mit mehr Ablehnung als gewöhnlich begegneten. Doch sie hatte keine Zeit und keine Nerven, sich damit auseinanderzusetzen. Und im Grunde genommen interessierte es sie auch nicht.

109. KAPITEL

Überlingen, Bodensee, 1. Dezember 1923

Es war wie damals, nur dass der Anschlag diesmal Johanna und nicht Sophie galt und dass Johanna nicht verletzt wurde, als der Stein durchs Fenster flog, denn er landete mitten auf dem Wohnzimmertisch, an dem sie gerade bei ihrem kärglichen Mittagessen saßen.

Susanne schrie verängstigt auf, dann kehrte eine fast schon gespenstische Stille ein. Sebastian starrte bewegungslos auf den Stein, Friedrich fluchte »Was zum Teufel …«, und Johanna fragte sich flüchtig, ob sie ihren Großvater je zuvor hatte fluchen hören. Dann nahm sie das Wurfgeschoss in die Hände. Keiner sagte etwas, als sie den Zettel, mit dem der Stein umwickelt war, entfaltete. Noch bevor Johanna las, war ihr klar, dass der Anschlag ihr galt und dass der Schrieb sich auf sie und Matthias bezog. Eine ohnmächtige Wut auf Elsa überfiel sie, als sie die Zeilen las. Rasch suchten ihre Augen nach dem ›*t*‹ und, wie sie erwartet hatte, stellte sie fest, dass auch hier der Strich sehr schräg stand.

Sie schamlose Person. Während Ihr Gemahl in großer Gefahr war, vergnügten Sie sich mit dem neuen Schulleiter. Sie sollten wissen, daß wir nicht länger zusehen werden, wie Sie Ihre schamlosen Spielchen treiben. Wir werden den Herrn Pfarrer und auch Frau Thannberg von dieser Sache in Kenntnis setzen.

Johanna spürte ein Pochen in ihren Schläfen und in ihrem Magen zog sich etwas zusammen. Sebastian durfte nichts davon erfahren, nicht in seinem Zustand!

Sie blickte auf – direkt in Friedrichs unruhig fragende Augen. Auch Susanne und Robert starrten sie an, während Sebastians Blick durch sie hindurchzugehen schien.

»Nun ist es genug.« Sie knüllte den Zettel zusammen und steckte ihn in die Rocktasche, um zu vermeiden, dass Sebastian Gelegenheit fand, einen Blick darauf zu werfen. »Der Schreiber dieses Briefes muss zur Rechenschaft gezogen werden, bevor er noch mehr Unheil anrichtet«, sagte Johanna entschlossen und setzte dann zu einer glatten Lüge an. »Schon wieder Schmähungen gegen Sophie. Ich werde dem jetzt ein Ende bereiten.« Sie erhob sich vom Esstisch und verließ mit einem »Ihr entschuldigt mich, das duldet keinen Aufschub« den Raum.

Elsa Kleinschmitt wurde nervös, als sie Johanna mit eiligen Schritten die Straße herunterkommen sah. Eindeutig wollte die Pfarrersfrau zu ihr, denn wenige Schritte vor ihrem Haus verlangsamte sie ihren Gang und blickte zum Wohnzimmerfenster hinauf, hinter dem sie, Elsa, stand.

Elsa wusste, dass Johanna sie hinter den Spitzengardinen nicht sehen konnte, aber sie wusste auch, dass sie gleich an der Tür läuten würde und sie, Elsa, keine Chance hätte, das zu überhören, denn dann würde Bruno, ihr Mann, öffnen und sich über sie wundern. Was muss er auch immer zu Hause herumlungern, dachte sie ärgerlich. Er hatte ohnehin komische Fragen gestellt, als sie vorhin etwas außer Atem wieder zu Hause angekommen war.

Also zupfte sie ihr Kleid zurecht und legte die neue Häkelarbeit demonstrativ auf den Tisch. Die junge Frau Pfarrer sollte ruhig bemerken, dass sie sich den wirklich wichtigen Dingen im Leben widmete und die Pflichten einer Frau stets zu erfüllen wusste.

Als es an der Tür klopfte, öffnete Elsa eilig und bemühte sich, den eisigen Ausdruck im Gesicht der jungen Frau zu übersehen und ihre eigene Unruhe zu unterdrücken.

»Wie schön, dass Sie mich einmal besuchen kommen, Frau Pastor«, sagte sie mit aufgesetzter Herzlichkeit. »Es ist schon so lange her! Wie geht es denn dem armen Herrn Pfarrer?«

Johanna antwortete nicht, sondern bedachte sie nur mit einem kühlen Blick, und Elsa kam sich neben der großen, schlanken Frau mit einem Mal ganz klein und hilflos vor.

»Haben Sie schon gehört, dass die Regierung Stresemann gestürzt worden ist?«, fragte sie nervös.

»Stresemanns Regierung interessiert mich momentan nicht«, erklärte Johanna knapp. »Und seit gestern ist Wilhelm Marx Reichskanzler. Aber Sie waren wohl zu beschäftigt, um sich mit derlei Dingen auseinanderzusetzen, nicht wahr?«

Elsa wand sich. »Darf ich Sie ins Wohnzimmer bitten?«, fragte sie rasch. »Hier im Flur ist es doch sehr ungemütlich.«

»Es wird gleich noch viel ungemütlicher werden«, verkündete Johanna und zog die beiden anonymen Briefe und das Kindergedicht, das Elsa für Robert aufgeschrieben hatte, aus der Rocktasche.

Elsa erbleichte und erkannte ihren Fehler in dem Augenblick, da sie die drei Zettel sah. Wie hatte sie nur so dumm sein können, Johanna den Kindervers für Robert in Druckschrift aufzuschreiben!

»Kennen Sie diese Zettel?«, fragte Johanna harmlos.

»Ich habe sie nie gesehen«, log Elsa, ohne nachzudenken.

»Sind Sie sicher?«, fragte Johanna. »Sehen Sie genau hin.«

Elsa schüttelte den Kopf.

»Zumindest diesen einen müssten Sie kennen. Sie haben ihn mir für Robert gegeben.«

Elsa tat, als betrachte sie den Zettel genauer. »Ach ja, jetzt erinnere ich mich«, rief sie. »Hat der Vers dem Kleinen denn gefallen?«

»Das tut nichts zur Sache«, beschied Johanna sie barsch. »Tatsache ist, dass der Zettel genau die gleiche Schrift hat wie zwei scheußliche Briefe, die meine Tante und ich bekamen.«

Elsa schnappte nach Luft, um sich zu verteidigen, aber Johanna ließ sie nicht zu Wort kommen.

»Sollte so etwas noch einmal vorkommen oder sollten mein Mann oder Frau Thannberg oder irgendjemand anderes etwas von der Sache erfahren, dann werden wir Sie anzeigen, Elsa.« Johannas Stimme war leise und drohend, als sie hinzufügte: »Und zwar wegen versuchtem Totschlag.«

Damit drehte sie ihr den Rücken zu und ging zur Eingangstür.

»Ich war es nicht!«, schrie Elsa hysterisch. »Den Zettel mit dem Kindervers hat mir Margarethe Stein gegeben.«

Johanna drehte sich noch einmal um und musterte sie verächtlich. Es war ihr völlig klar, dass Elsa log. Dann verließ sie ohne ein weiteres Wort das Haus.

110. KAPITEL

90 Jahre später
Überlingen, Bodensee, August 2013

Schon am nächsten Tag brachen Melissa und Mia nach Frankreich auf und ließen Philippe und Zita in einer eigenartigen Stimmung zurück. Jeder von beiden reagierte ungemein befangen auf den anderen, traute sich kaum, ihn anzusehen. Zita wusste nicht, wie sie die kommenden Tage so nah an seiner Seite überstehen sollte und war doch froh, dass sie sie hatte, denn seit er sie zurückgewiesen hatte, war seine Anziehungskraft auf sie noch stärker geworden.

Die meiste Zeit ging sie ihm aus dem Weg – und sie hatte auch eine gute Ausrede. Denn Zita hatte Mia versprochen, den Inhalt der Truhe, die sie auf dem Speicher gefunden hatten, und auch die Zettel in der Schublade von Franziskas Kommode zu sichten. Auch Alexandra hatte zugesagt, wann immer es ihr die Arbeit erlaubte, dazuzukommen und ihr zu helfen. Wenn Zita ganz in ihre Aufgabe vertieft war, dann vergaß sie Philippe auch manchmal, dachte ausnahmsweise nicht an seinen eindringlichen Blick, seinen Geruch, seine Nähe. So ging es ihr auch jetzt, als sie, ziemlich weit unten in der Schublade, etwas Dickes, Glattes ertastete. Sie schob die vielen losen Blätter, die darüber lagen, beiseite und zog es hervor. Es war ein ledergebundenes Tagebuch. Vorsichtig schlug sie es auf. Ein Zettel fiel heraus, er war offensichtlich einmal zerknüllt gewesen und dann sorgsam glatt gestrichen worden.

Sie schamlose Person. Während Ihr Gemahl in großer Gefahr war, vergnügten Sie sich mit dem neuen Schulleiter. Sie sollten wissen, daß wir nicht länger zusehen werden, wie Sie Ihre schamlosen Spielchen treiben. Wir werden den Herrn Pfarrer und auch Frau Thannberg von dieser Sache in Kenntnis setzen.

Nachdenklich starrte Zita auf das Schreiben. Neuer Schulleiter. Wer konnte damit gemeint sein? ›Wir werden den Herrn Pfarrer und auch Frau Thannberg von dieser Sache in Kenntnis setzen.‹ Hatte Mia nicht mal erzählt, dass Johannas Gatte Pfarrer gewesen war? Hatte Johanna eine Affäre mit dem Schulleiter gehabt? Nachdenklich blätterte sie durch die Seiten. Sie waren eng und bis zum letzten Blatt beschrieben. An einer Stelle schlug das Buch von alleine auf – ein Foto von einer Frau mit dunklen langen Haaren lag zwischen den Seiten.

Eben bin ich aufgewacht. Es ist vier Uhr morgens und auf der Straße herrscht ein unglaublicher Lärm. Es ist wohl eine Art von Revolution. Wie tot bin ich doch im Vergleich zu den Menschen, die dort unten für eine Sache kämpfen. So war ich auch einmal. Wann bin ich gestorben? Gemeinsam mit Karl auf dem Schlachtfeld? Ich werde hinuntergehen. Vielleicht finde ich mich in den Menschen da unten wieder, vielleicht erwache ich wieder zum Leben. Und vielleicht …, vielleicht beginnt Johanna, mich dann wieder zu lieben.

Also doch, dachte Zita. Es ging tatsächlich um Johanna. Die Einsamkeit, die aus jenen Zeilen sprach, berührte sie. ›Wann bin ich gestorben? Gemeinsam mit Karl auf dem Schlachtfeld?‹ Was mochte dieser Mensch erlebt haben? Was mochten all diese Menschen, all diese Generationen erlebt haben? Zwei Kriege, Hunger und Verlust. Ängste um die Liebsten. Mit einem Mal schämte Zita sich. Wie privilegiert wir doch sind, dachte sie. Wir wissen immer, wo sich diejenigen, die wir lieben, befinden, was mit ihnen ist, sind per SMS ständig auf dem Laufenden. Wir sind nicht traumatisiert, wir haben kein Leid erfahren, keinen Verlust erdulden müssen. Und doch nehmen wir alles so schrecklich ernst. Wahrscheinlich, überlegte Zita, haben unsere Vorfahren über die Themen, über die wir uns riesige Sorgen machen, gar nicht einmal nachgedacht. Einfach, weil sie so viele andere und viel größere Sorgen hatten.

Sie blätterte weiter, las sich fest. Nach dem Eintrag, den der Schreiber während einer Revolution verfasst hatte, folgte lange Zeit nichts, wie Zita anhand des Datums feststellen konnte. Erst wesentlich später begannen die Aufzeichnungen wieder und sie schienen Zita nun kämpferischer, kraftvoller zu sein. Nicht mehr so zitterig und schwach. Sie las:

Ein gottgefälliges Leben soll ich führen, aber das ist alles so falsch, so verlogen, ich will das nicht, ich kann das nicht, ich werde gehen.

Nachdenklich betrachtete sie wieder den Zettel. Offenbar hatte Johanna ihren Mann betrogen. Und anscheinend hatte er es gewusst, denn wie käme das Papier sonst in sein Tagebuch?

Wie gern würde sie mit Philippe darüber sprechen, grübeln, analysieren. Ob sie es einfach wagen sollte? Schon beim Gedanken daran wurde ihr ganz komisch. Aber dann dachte sie an die Menschen, in deren Vergangenheit sie gerade kramte. Und an die Schicksalsschläge, die sie hatten erleiden müssen. Stell dich nicht so an, befahl Zita sich, holte tief Luft, legte den Zettel wieder in das Tagebuch, klemmte es sich unter den Arm und machte sich auf die Suche nach Philippe.

111. KAPITEL

90 Jahre zuvor
Überlingen, Bodensee, 5. Dezember 1923

Die Nacht war stürmisch. Der Wind toste durch die Straßen, die Fensterläden schlugen klappernd gegen die Hauswand und weckten Johanna aus ihrem unruhigen Schlaf.

Rasch stand sie auf, warf sich ihren Morgenmantel über und trat ans Fenster. Es hatte zu schneien begonnen. Dicke weiße Flocken wollten zu Boden sinken, aber sie wurden vom Sturm gepackt und wild umhergeschleudert.

Der Wind wird die Tiere unruhig machen, dachte sie besorgt, die Türen zum Stall waren noch nie besonders dicht. Ich werde nachsehen müssen, ob alles in Ordnung ist.

Sie fröstelte bei dem Gedanken, jetzt nach draußen zu gehen. Aber sie musste es tun. Wenn den Tieren etwas zustieße, dann wäre ihrer aller Existenz, alles, was sie so mühsam aufgebaut hatte, zerstört.

Eilig ging sie zu ihrem Kleiderschrank und zog leise ein warmes Kleid heraus. Sie gab sich Mühe, keinen Lärm zu machen, denn sie wollte Sebastian nicht aufwecken. Aber er würde wohl ohnehin kaum registrieren, dass ich das Zimmer verlasse, dachte sie bitter.

Sie stieg die Treppen hinunter und hastete aus dem Haus. Der Schnee peitschte ihr entgegen. Es war kein weicher, sanfter Schnee. Die Flocken waren hart, und die Stellen, an denen sie ihr Gesicht trafen, schmerzten. Aber Johanna genoss den Schmerz, er tat ihr gut, ließ sie ihren Körper spüren und riss sie aus der Betäubung der Einsamkeit, in der sie in der ganzen letzten Zeit gelebt hatte.

Sie war am Garten des Alten Schulhauses angelangt und öffnete das große gusseiserne Tor. Der Wind riss es ihr aus der Hand und schlug es wild hin und her. Johanna wandte ihre ganze Kraft auf, um es wieder zu schließen. Sie schlang ihren Schal fester um den Kopf und kämpfte sich durch den finsteren Garten. Im Haus war alles dunkel. Die Thannbergs schienen nichts von dem Sturm zu bemerken.

Sie warf unwillkürlich einen Blick auf das Fenster, hinter dem Matthias und Babette jetzt in ihrem Bett lagen und schliefen. Das Bett, in dem auch sie in Matthias Armen gelegen hatte. Ein kurzer, heftiger Schmerz durchfuhr sie, aber sie gab ihm nicht nach, sondern kämpfte sich verbissen weiter am Haus vorbei zu den Ställen auf der Rückseite. Verzweifelt versuchte sie, durch die Dunkelheit und das Schneegestöber die Stallgebäude auszumachen, aber es hatte keinen Sinn, sie konnte nichts erkennen. So stolperte sie durch die Nacht, bis sie die Ställe zufällig fand und ihre schlimmsten Vermutungen bestätigt sah. Die Türen zum Hühnerstall waren weit aufgeflogen und wurden vom Sturm wild hin und her geschleudert.

Rasch betrat sie den Stall. Bei den Hühnern war alles in Ordnung. Sie saßen ängstlich zusammengedrängt in einer Ecke. Johanna atmete erleichtert auf. Rasch suchte sie ein starkes Stück Schnur und befestigte die Tür notdürftig. Der Wind zerrte an ihrem Schal und der Schnee brannte in ihren Augen. Sie hatte nicht daran gedacht, Handschuhe mitzunehmen, ihre Hände waren ganz klamm, sodass sie Schwierigkeiten hatte, die Schnur zu befestigen.

Aber schließlich war es ihr gelungen und sie rannte weiter zu den Schafställen. Zwei Schafe hatte sie kürzlich gekauft, alles dafür geopfert und dabei an ihre verstorbene Großmutter Amalia denken müssen, die im Krieg eine Ziege angeschafft und die Kinder damit vor dem schlimmsten Hunger bewahrt hatte.

Sie war noch einige Schritte von den Ställen entfernt, als sie bemerkte, dass etwas nicht stimmte. Auch hier war die Tür weit aufgerissen. Und in der Tür stand eines der Schafe. Als es Johanna sah, stürzte es verstört in das weiße Schneegestöber hinaus.

Johanna wollte dem Tier nacheilen, besann sich dann

aber. Wenn das andere Schaf noch im Stall war, könnte sie es noch retten, indem sie rasch die Stalltür verschloss.

Besorgt ging sie hinein. Einen Moment später stöhnte sie entsetzt auf: Auch das zweite Tier war fort. Verzweifelt lief Johanna wieder hinaus.

Wie soll ich die Tiere bloß finden, dachte sie. Das Schneegestöber ist so dicht, dass ich überhaupt nichts erkennen kann … Wenigstens können sie nicht aus dem Garten heraus, denn das Tor habe ich vorhin noch eigenhändig geschlossen.

Dann fiel ihr ein, dass es ja auch noch das hintere Gartentor gab. Rasch machte sie sich auf den Weg dorthin, um es zu überprüfen. Zu ihrer Erleichterung war es fest geschlossen.

Also müssen die Schafe noch auf dem Grundstück sein, überlegte sie. Ich muss sie finden. Ich *muss* einfach, sonst war alles umsonst. Sie stolperte durch das Schneegestöber, und es war eher Zufall, dass sie die Schafe schließlich doch noch fand. Sie standen dicht bei den hohen Tannen, die den Garten zum Stadtgraben hin begrenzten.

Vorsichtig ging Johanna auf sie zu.

»Halt«, sagte plötzlich eine Stimme hinter ihr.

Johanna fuhr herum. Sie hatte sich ganz alleine auf der Welt geglaubt.

Matthias stand vor ihr. Von Schneeflocken umtanzt.

»Si…«, sie räusperte sich, »Matthias. Ich dachte, ihr würdet schlafen.«

»Ich bin vor wenigen Minuten aufgewacht«, erwiderte er, »und wollte nach dem Rechten sehen. Als ich entdeckte, dass die Schafe nicht im Stall waren, machte ich mich auf die Suche.«

Johanna nickte stumm. Unvermittelt vor ihm zu stehen,

nachdem sie ihm so lange aus dem Weg gegangen war, war wie ein Schock.

»Wir sollten versuchen, die Schafe einzukreisen, damit sie uns nicht wieder abhauen«, überlegte Matthias, und Johanna war froh, dass er das Denken für sie übernahm. Wieder nickte sie stumm. Sie war nicht fähig zu sprechen.

»Du kommst von rechts, ich von links«, befahl er. »Und pass auf, dass keines der Tiere versucht, seitwärts auszubrechen.«

Eine halbe Stunde später waren die beiden Schafe wieder wohlbehalten im Stall. Es war nicht einfach gewesen, die verschreckten Tiere dort hineinzutreiben, aber schließlich war es ihnen gelungen.

Matthias stand dicht neben ihr. »Du solltest dir nicht allzu viele Sorgen machen«, sagte er rau. »Schafwolle hält einiges aus.«

»Ich weiß.« Sie wagte nicht aufzublicken.

»Johanna«, murmelte Matthias leise.

Johanna starrte angestrengt auf den Boden. »Was ist?«

Matthias legte ihr seine Hand unter das Kinn und drehte ihr Gesicht zu sich. »Ich vermisse dich.«

Johanna wandte den Kopf rasch wieder ab. »Bitte nicht.«

»Nein, Johanna, ich meine es ernst. Ich …«

»Es geht nicht«, beschied ihn Johanna. »Heute noch weniger als damals. Mein Mann ist schwer krank, ich bin ihm verpflichtet.«

Seine Augen wurden dunkel. »Ich will nur, dass du glücklich bist.«

Johanna schüttelte stumm den Kopf. Sie konnte nicht sprechen, denn sie fürchtete, dass es dann um ihre Beherrschung geschehen wäre. Also ging sie zur Tür. »Bitte verschließe die Stalltür gut, wenn du gehst«, bat sie. »Und … und danke für deine Hilfe.«

»Johanna!«, Matthias wollte ihr nach.

Johanna hob abwehrend die Hand. »Nicht«, bat sie leise.

Sie wandte sich nicht mehr um. »Ich liebe dich«, flüsterte sie so leise, dass er sie nicht hören konnte.

Dann öffnete sie die Tür und trat hinaus in die finstere Nacht.

112. KAPITEL

Neidenburg, Ostpreußen, 6. Dezember 1923

Luise und Sophie hatten ganze Arbeit geleistet. Das Gut von Luises Großmutter war inzwischen wieder aufgebaut, und die beiden Frauen hatten alles daran gesetzt, es wohnlich zu machen. Sophie hatte Pierres Wunsch entsprochen, mit Raphael hierzubleiben, bis ihre gemeinsame Zukunft geklärt war – und bis dahin war es noch ein langer Weg. Noch gehörte Pierre der Besatzungsmacht an, und solange das der Fall war, befand er sich wenigstens in ihrer Nähe. Sophie versuchte, sich nicht allzu große Gedanken über die Frage zu machen, was geschehen würde, wenn er nach Frankreich zurückkehrte. Er hatte seine Frau angeschrieben und sie um Scheidung gebeten, sie aber hatte nicht geantwortet. Sophie fürchtete, dass es noch ein harter Kampf werden würde. Trotzdem machte sie sich darüber kaum Gedanken. Pierre und sie waren so lange getrennt gewesen, dass sie jetzt einfach nur glücklich war, ihn wiedergefunden zu haben. Alles andere würde sich fügen, da war sie sich sicher. Sie trat ans Fenster und blickte lächelnd hinaus. Pierre und Raphael jagten über das schneebedeckte Feld und bewarfen sich mit Schneebällen. Die beiden hatten einen riesigen Spaß, Raphael bewunderte seinen Vater grenzenlos, und wenn Pierre seinen Sohn betrachtete, lag in seinem Blick nichts als Liebe. Nur um Luise und um Johanna machte Sophie sich Sorgen. Die Nachrichten, die aus Überlingen kamen, gefielen ihr gar nicht. Sophie war bewusst, dass Sebastians Zusammenbruch die ohnehin schon sehr labile Beziehung zwischen Johanna und ihm gefährden könnte. Und sie fürchtete auch, dass Johanna die Totgeburt, mit der sie ja mehr oder weniger alleine hatte fertig werden müssen, noch längst nicht verwunden hatte. Wie so oft in der letzten Zeit hatte Sophie fast ein schlechtes Gewissen ob des Glücks, das sie empfand. Sie hatte das Gefühl, ihr stehe das Glück nicht zu, wo die anderen beiden doch so unglücklich waren. Auch Luise. Sie wandte den Blick von Raphael und Pierre ab, die sich nun lachend im Schnee wälzten, und sah Luise an. Die Freundin kniete vor dem alten Sofa ihrer Großmutter, das sie aus den Trümmern hatten bergen können, und versuchte verbissen, den zerschlissenen blauen Samtstoff zu flicken. Immer, wenn sie Luise in letzter Zeit betrachtete, kam es ihr so vor, als schlummere dicht unter der Oberfläche unendlich viel nicht verarbeitetes Leid. Kein Wunder, dachte Sophie. Was hatte Luise schon von ihrem Leben? Erst werden ihre Eltern und ihre Großmutter ermordet, dann gerät sie in russische Gefangenschaft, und als sie zurückkehrt, ist der Mann, den sie einmal liebte, ein anderer Mensch geworden. Ein schrecklicher Mensch, der seine Schwester und seinen eigenen Neffen verraten hätte und den sie deshalb im Affekt tötet. Dann kehrt sie zurück, zum ersten Mal, in ihre Heimat, wo alles begann. Sie hat das Haus wieder aufgebaut in dem Bewusstsein, dass hier ihre Eltern und ihre Großmutter grausam ermordet wurden. Erst konnte sie sich in den Wiederaufbau flüchten, sich damit von ihrem Schmerz ablenken. Und nun? Wo alles fertig war? Plötzlich hatte sie eine Vision. Sie sah Luise allein auf diesem blauen Sofa sitzen, dessen Stoff mittlerweile nur noch aus Löchern bestand, einsam, alt und grau, während sie in Frankreich neben Pierre ein glückliches Leben führte. Durfte sie das denn? Musste sie ihrer Freundin nicht zur Seite stehen? Denn dass Luise einsam sein würde, ganz allein in diesem riesigen Gutshaus, das wurde für Sophie immer deutlicher, je länger sie darüber nachdachte. Sie lehnte ihre heiße Stirn an die kühle Fensterscheibe und blickte wieder zu dem Jungen und dem Mann im Garten hinunter. Wie glücklich sie wirkten, wie unbeschwert. War es denn nicht ihr gutes Recht, an diesem Glück teilzuhaben? War es richtig, auf das eigene Glück zugunsten eines anderen Menschen zu verzichten? Dann wäre sie auch unglücklich und Raphael würde statt in seiner Familie zwischen zwei unglücklichen Frauen aufwachsen. Sie würde damit auch sein Glück zerstören. Nein, beschloss Sophie, das konnte sie nicht tun. Doch schon wieder ging der Gedankenkreisel von vorne los. Luise hatte getötet, um sie zu schützen. War sie ihr da nicht alles schuldig, was sie zu geben hatte?

113. KAPITEL

Überlingen, Bodensee, 6. Dezember 1923

Friedrich klopfte an die Tür zu Sebastians Arbeitszimmer, in dem dieser die Tage zu verbringen pflegte. Er wartete nicht auf ein »Herein«, denn Sebastian würde ohnehin keinen Laut von sich geben. Also öffnete er unaufgefordert die Tür und trat ein.

Sebastian saß am Fenster und starrte in das gleißend helle Licht hinaus. Es hatte aufgehört zu schneien, nun schien die Sonne von einem strahlend blauen Himmel und ließ die dicke Schneedecke fast unerträglich hell erscheinen.

»Sebastian«, sagte Friedrich von der Tür her.

Sebastian wandte sich nicht um.

»Ich muss mit dir reden.«

Sebastian reagierte immer noch nicht.

Friedrich ging an Sebastian vorbei und lehnte sich vor ihm gegen das Fensterbrett. »Bitte hör mir zu«, sagte er streng.

Noch immer zeigte Sebastian keine Regung.

»Ich weiß, dass du mich hörst«, erklärte Friedrich entschlossen. »Ich habe manchmal den Eindruck, dass es dir eigentlich gar nicht so schlecht geht, wie du tust. Ich habe keine Ahnung, was du erlebt haben magst. Aber ich habe das Gefühl, dass du dir auch gar keine Mühe gibst, damit fertig zu werden. Und …«, Friedrich brach ab. Es war schwer, ein Gespräch mit einem Gegenüber zu führen, das so gar keine Regung zeigte, »… du richtest Johanna damit zugrunde«, sagte er leise.

Sebastian zuckte zusammen. Dann hob er langsam, sehr langsam den Kopf, aber er blickte den alten Schuldirektor nicht an. »Johanna liebt mich doch gar nicht«, murmelte er. »Es interessiert sie nicht die Spur, ob es mir gut oder schlecht geht, ob ich rede oder schweige.«

Friedrich atmete scharf ein. Er hatte also recht gehabt. Sebastian war längst nicht so krank, wie alle glaubten. »Das stimmt nicht«, erklärte er. »Es interessiert Johanna durchaus, wie es dir geht. Aber sie kann einfach nicht mehr. Schon einmal hat sie alle Kraft darauf verwandt, dich aus deiner Isolation herauszuholen. Damals, als sie mit Susanne hochschwanger war. Ein zweites Mal schafft sie es nicht.«

Sebastian starrte wieder aus dem Fenster und schien seine Worte nicht zu hören.

»Sebastian«, sagte der alte Mann eindringlich. »Du hast dich in ein Gefängnis des Schweigens geflüchtet, um dich den Problemen, mit denen du konfrontiert wurdest, nicht stellen zu müssen. Am Anfang hattest du vielleicht wirklich einen schlimmen Schock und konntest nicht aus dir heraus. Aber das ist schon lange vorbei. Nun schaffst du es nicht, der Welt wieder normal gegenüberzutreten, denn du weißt, dass damit neue Probleme auf dich zukommen werden.«

Die Gedanken in Sebastians Kopf überschlugen sich. Friedrich hatte recht, in allem, was er sagte. Er konnte die Mauer tatsächlich nicht durchbrechen, obwohl er so gerne mit ihm sprechen, ihm alle seine Probleme anvertrauen würde. Aber er schaffte es einfach nicht.

Und hatte Friedrich auch wirklich recht, was Johanna anging? Er schob die Zurückgezogenheit seiner Enkelin auf seinen, Sebastians, Zustand. Aber Johanna war schon zuvor so gewesen. Sie hatte eine regelrechte Revolution gegen ihn betrieben, sich die Haare abgeschnitten und ihn als Nichtsnutz, als verknöcherten, langweiligen Menschen hingestellt.

Sebastian hatte in den Wochen seines Schweigens oft darüber nachgegrübelt, wann das alles begonnen hatte. Mit der Geburt ihres toten Kindes? Oder an dem Abend, als sie Sophie niedergeschlagen aufgefunden hatten?

Nein, etwas zwischen ihnen war bereits damals zerbrochen, als er aus dem Krieg zurückgekommen war und, wie heute, kein Wort mehr gesprochen hatte. Johanna hatte ihn zwar scheinbar verstanden, hatte es geschafft, ihn wieder zum Leben zu erwecken, aber vielleicht hatte sie sich dennoch von ihm im Stich gelassen gefühlt, vielleicht hatte er ihre Erwartungen nicht erfüllt. Amalia war kurz zuvor gestorben und Johanna war mit Susanne hochschwanger gewesen. Sie hatte sich seine Rückkehr sicher anders vorgestellt und sich erhofft, dass er sie in die Arme nehmen und trösten würde.

Aber dann war er völlig zerrüttet vor ihr gestanden und *sie* hatte *ihn* trösten müssen.

Er schämte sich vor Johanna für seine Schwäche. Und weil er sich so sehr schämte, konnte er nicht aus sich heraus.

Friedrich hatte die ganze Zeit über geschwiegen. »Wenn du Johanna zurückgewinnen willst«, sagte er nun, »dann musst du etwas dafür tun. Ihre Liebe zu dir ist noch vorhanden, das weiß ich, aber du darfst dich nicht so gehenlassen, das darf man nie, auch nicht in einer langjährigen Beziehung. Sicher, zu einer Ehe gehört es auch, dass man füreinander da ist, wenn es dem anderen schlecht geht. Aber dieser muss sich dann auch etwas bemühen.« Friedrich hielt einen Moment inne und sagte dann: »Vielleicht solltest du dich darauf besinnen, ob du überhaupt noch du selbst bist, Sebastian. Du hast dich sehr verändert.«

Er wandte sich zur Tür. »Ich weiß, dass ich sehr hart zu dir gesprochen habe. Aber ich habe es für Johanna getan, denn sie ist mir wichtig. Und wenn du sie liebst, dann versuche, etwas zu ändern.«

Damit verließ er das Zimmer und Sebastian war mit seinen Gedanken alleine.

114. KAPITEL

Überlingen, Bodensee, 7. Dezember 1923

Johanna saß im eiskalten Wohnzimmer und sah Susanne zu, wie sie mit gebündelten Fünf-Milliarden-Mark-Scheinen hohe Türme baute. Sie dachte an Matthias, den sie so vermisste, und an Sebastian, der zwar immer noch sehr zurückgezogen, aber deutlich aufmerksamer geworden war. Gestern früh hatte er Johanna nach dem Aufwachen einen guten Morgen gewünscht. Sie war beim unerwarteten Klang seiner Stimme zusammengezuckt, hatte sich aber rasch wieder gefangen und versucht, sich nichts anmerken zu lassen. Sie hatte seinen Gruß erwidert und bezog ihn seitdem wieder in ihre Überlegungen mit ein, fragte ihn oder erzählte ihm etwas.

Von selbst sprach er allerdings kaum einmal ein Wort, aber Johanna war zuversichtlich, dass das bald kommen würde.

Auch ihren Schafen war in jener Nacht nichts geschehen. Das Fell der Tiere glänzte wie eh und je und alle waren gesund. Johanna dankte Gott dafür, denn die Nahrungsmittel waren, obwohl sie mit ihrer kleinen Landwirtschaft die Familie versorgen konnte, sehr knapp.

Im Ausland wurden Sammlungen für die hungernde deutsche Bevölkerung veranstaltet. Österreich, Schweden und die USA schickten großzügige Spenden, die letztendlich jedoch viel zu gering waren, um all die hungrigen Münder zu stopfen.

Dennoch war man von der Notwendigkeit des Hungerns überzeugt. Schließlich war das nur ein Übergang zu einem stabileren Leben. Die niedrigen Zahlen der Rentenmark machten den Menschen Mut und sie hofften auf eine baldige Stabilisierung.

Johanna erhob sich und trat ans Fenster. Von hier aus konnte man die Einfahrt zum Alten Schulhaus sehen. Ein heftiger Schmerz um alles, was sie verloren hatte, durchzuckte sie. Es schien ihr, als liege alles Glück, das sie je besessen hatte, in diesen Mauern, diesen Gärten. Ihre glückliche, behütete Kindheit, Amalia. Und schließlich …, ja, schließlich Matthias.

Ungeweinte Tränen brannten in ihren Augen, sie wollten sich gerade ihren Weg bahnen, als hinter ihr mit lautem Getöse der Papiergeldturm zusammenkrachte.

»Oh je!«, jammerte Susanne. »Hilf mir, Mutter.«

Johanna atmete tief durch und wandte sich zu ihrer Tochter um. Nicht Vergangenem nachtrauern, ermahnte sie sich. Vor dir liegt so viel Glück, so viel, an dem du dich freuen kannst. Zwar bohrte sich der Gedanke, auf was sie sich denn bitte freuen sollte, in ihren Kopf, aber sie ignorierte ihn geflissentlich, und als sie sich neben Susanne auf den Boden kniete, nahm sie sich fest vor, ihrer Ehe mit Sebastian eine zweite, echte Chance zu geben und zu versuchen, auch in der Gegenwart Glück zu finden.

115. KAPITEL

90 Jahre später
Überlingen, Bodensee, August 2013

Der Bann war noch lange nicht gebrochen. Aber seit Zita mit dem ledergebundenen Buch zu Philippe hinuntergegangen war, hatten beide wieder eine Plattform, auf der sie sich bewegen, sich halbwegs sicher begegnen konnten. Und seit sie die Rezeption vor einer halben Stunde geschlossen hatten, saßen sie nun Seite an Seite in Franziskas Zimmer auf dem Boden und sortierten den Inhalt der Schublade.

»Da habe ich was gefunden!«, rief Zita und kramte in einem der Stapel. »Hier!« Sie zog triumphierend ein Blatt Papier hervor. »Von Marlene.«

»Moment – wer war jetzt noch mal Marlene? All diese Namen bringen mich so langsam durcheinander«, stöhnte Philippe.

»Marlene ist Franziskas ältere Schwester«, erklärte Zita. Dann las sie vor.

Konstanz, 1. April 1924

Mein geliebter Andreas

Zita stockte. Ihre Stimme klang belegt, als sie das Wort ›geliebter‹ in seiner Gegenwart aussprach. Aus einem Reflex hob sie die Augen, sie starrten sich Sekunden lang unverwandt an, dann senkte Zita den Blick hastig wieder und las weiter.

Vater hat heute berichtet, daß die Urteile gegen Hitler und Ludendorff und die anderen, deren Namen ich vergessen habe, sehr mild ausgefallen sind. Das wird Dich sicherlich freuen und mich freut es mit Dir. Ich verstehe nun auch besser die Geschehnisse jener Nacht. Du warst frustriert und ärgerlich und das kann ich natürlich verstehen. Ich wußte ja nicht, was das für eine bedeutende Nacht war.

Ich wußte auch nicht, daß sich dieser Hitler wie ein Dämon auf Dich setzt und Dich …

Das Schreiben endete in einem wütenden Gekritzel.

»Offenbar hat sie es nie abgeschickt«, sagte Zita, die sich inzwischen wieder gefangen hatte, stirnrunzelnd. Philippe nickte. »So sieht es aus. Es wirkt ein wenig, als bemühe sie sich am Anfang darum, die Fassung zu bewahren und versöhnlich zu sein, könne dann aber nicht mehr an sich halten und müsse deutlich machen, was sie von diesem Hitler hält.«

»Wenn sie schreibt, es würde ihn sehr freuen, und von ›jener Nacht‹ berichtet, dann war Andreas vielleicht beim Hitlerputsch dabei?«, überlegte Zita. »Wer war dieser Andreas eigentlich?«

Philippe zuckte die Achseln und fragte: »Wie alt war Franziska damals eigentlich?«

Zita überlegte.

»Sie muss neun oder zehn gewesen sein, sie wurde ja zu Beginn des Ersten Weltkriegs geboren«, sagte sie dann.

»Dann müssen wir also noch ein paar Jahre recherchieren, bis wir auf Franziskas dunkles Geheimnis stoßen.«

»Ich kann mir schon vorstellen, dass Franziska als junges Mädchen sehr beeinflusst worden ist«, überlegte Zita. »Ich habe mich mit der Weimarer Republik ziemlich intensiv beschäftigt. Wenn man sich überlegt, was zu der Zeit alles los war …, der Fremdenhass wurde ja regelrecht geschürt während der Rheinlandbesetzung. Die rechtsextremen Parteien legten zu, sie nannten den Frieden von Versailles einen ›Vergewaltigungsfrieden‹.«

Philippe sah sie bewundernd an. »Was du alles weißt.« Er hob die Hand und strich ihr eine Strähne hinters Ohr. Zita zuckte zusammen und sprach hastig weiter, damit er nicht merkte, wie sehr seine Berührung sie aus dem Konzept gebracht hatte.

»Und ein Mädchen in dem Alter ist leicht zu beeinflussen«, plapperte sie. »Andererseits begannen da ja die Goldenen Zwanziger. Literatur, Musik, Bildende Künste, Kino … Thomas Manns ›Zauberberg‹ erschien und in New York wurde Gershwins ›Rhapsody in Blue‹ uraufgeführt.«

Philippe beugte sich vor, um sie zu küssen. Der Redefluss verstummte.

116. KAPITEL

90 Jahre zuvor
Überlingen, Bodensee, 15.–16. Dezember 1923

Sebastian hätte selbst nicht erklären können, was in ihm vorging. Eigentlich hatte er gedacht, auf dem richtigen Weg zu sein. Er hatte sich entschieden, um seine Frau zu kämpfen, er hatte beschlossen, sein früheres Leben wieder aufzunehmen, ein normaler Mensch zu werden. Es war ihm nicht gelungen. Wenn Johanna mit ihm sprach, war es, als verstünde er den Sinn der Worte nicht, die sie an ihn richtete. Außerdem war die Schonzeit vorbei. Er versah wieder seine Arbeit als Pfarrer und oft genug ertappte er sich dabei, dass er die Menschen, die zu ihm kamen, verständnislos anstarrte. Sebastian spürte eine große Verdrossenheit. Er war des Lebens, dieser Gemeinde, dieser Menschen, die sich immer um sich selbst drehten, so unendlich müde und glaubte sie nicht mehr ertragen zu können. Am Sonntag sollte er wieder eine Predigt halten, die erste seit seinem Zusammenbruch. Vergeblich wartete er auf eine Eingabe, was er seiner Gemeinde sagen könnte. Schließlich stand er vor ihnen. Ließ die Blicke über sie schweifen. Die Kirche war voll, voller als sonst, und er wusste, dass sie nur gekommen waren, um zu sehen, ob noch etwas von seinen Problemen und seinem Leid zu erkennen war. Gaffer waren sie, allesamt, wie sie da saßen. Er entdeckte die selbstgefällige Elsa Kleinschmitt, die er, auch wenn er es sich nicht eingestanden hatte, weil ein Pfarrer immer alle zu lieben hatte, noch nie hatte ausstehen können. Dort drüben, der neue Schulleiter, dieser Matthias, neben ihm seine Frau, ein blasses, stilles Mäuschen. Sebastian bemerkte, dass Matthias – wohl als Einziger in dieser Kirche – nicht ihn ansah. Er folgte seinem Blick und als er erkannte, wohin er führte und was in ihm lag, war es, als durchbreche diese Blicklinie einen Panzer, der die ganze Zeit zwischen seinem Bewusstsein und der Welt gelegen hatte. Als er aufbrach, sprudelte alles aus ihm heraus. All der aufgestaute Frust der vielen Jahre. All das nie verarbeitete Leid, all der Schmerz: Sebastian sah direkt in Johannas grüne Augen, die sich unter den hohen, gewölbten Brauen erschrocken weiteten, als ahne sie, als sehe sie ihm an, was in ihm vorging. Mit einem kurzen, nachdrücklichen Nicken ihres Kopfes wollte sie ihm bedeuten, nun endlich mit der Predigt zu beginnen. *Zu funktionieren.* So war sie schon immer gewesen. Bestimmend und beherrschend. Er erinnerte sich noch daran, wie ihn das zu Beginn ihrer Beziehung gleichermaßen irritiert und fasziniert hatte. Am Anfang hatte er sich noch gegen sie durchgesetzt. Ein Bild tauchte vor seinem inneren Auge auf: Sie beide bei Ausbruch des Weltkrieges. Trunken vor Liebe und Glück. »Geh nicht«, hatte sie ihn aufgefordert und ihre Augen waren Moosteiche gewesen. Doch er war gegangen. In den Krieg und in ein Leben, das nicht seines war. Kurz, mit tiefer Wehmut, spürte er den jungen Sebastian Bigall wieder, der so voller Ideale und Pläne gewesen war, der die Welt hatte verändern wollen. Wie naiv war er doch gewesen!

In der Kirche wurde es unruhig. Bestimmt zehn Minuten saß die Gemeinde schon dort unten und starrte zu ihrem schweigenden Pfarrer empor.

Sebastian räusperte sich und trat einen winzigen Schritt vor, mehr war auf der engen Kanzel nicht möglich. Augenblicklich herrschte Stille. »Warum seid ihr heute gekommen?«, fragte er. »Seid ihr gekommen, um zu beten, oder seid ihr gekommen, um zu sehen, ob ich auf der Kanzel stehen und predigen kann, ohne zusammenzubrechen?«

Gemurmel brandete auf. Sebastian hob die Hand und gebot Schweigen. »Gut«, sagte er. »Ihr seid gekommen, um mir zuzuhören. Ich werde euch nicht enttäuschen. Und hört genau hin, denn es wird meine erste ehrliche und zugleich meine letzte Predigt in dieser Kirche sein.« Das leise Murmeln schwoll zu einem lauten Raunen an. »Ich werde die Gemeinde verlassen«, erklärte Sebastian und blickte dabei fest in Johannas Augen. »Ich habe nicht den Glauben an Gott verloren, aber ich habe den Glauben an viele Mitglieder meiner Gemeinde verloren. Den Glauben an das Leben, das ich lebe, das wir alle hier leben, und ich kann nicht ein Leben leben, an das ich nicht glaube.« Wieder ein Blick in Johannas Augen, in denen nun so etwas wie Bewunderung aufflammte. »Das Jahr 1923 war ein krisengebeuteltes Jahr«, fuhr Sebastian fort. »Uns in Überlingen ging es noch verhältnismäßig gut. Aber haben wir es zu schätzen gewusst? Nein!« Er schrie es fast. »Da wurden Anschläge verübt«, er warf einen scharfen Blick in Richtung Elsa, die den Kopf rasch zu Boden wandte, »da wurde gejammert, da wurde verraten. Ich kann dieses Leben nicht mehr leben. Es widerspricht meiner Überzeugung. Ich habe es versucht und bin gescheitert. Ich war ein schwacher, ein substanzloser Geistlicher. Hätte ich mich selbst nicht verleugnet, hätte ich das alles nicht so lange ausgehalten. Aber nun stelle ich fest: Ich bin innerlich noch sehr lebendig, ich möchte meinen Weg gehen. Das kann ich momentan aber nicht in dieser Gemeinde. Ich werde mich für eine Weile freistellen lassen. Ich wünsche Ihnen alles Gute und Gottes Segen.« Hocherhobenen Hauptes stieg Sebastian von der Kanzel und verließ durch den Mittelgang die Kirche. Niemanden, nicht einmal seine Frau und die neben ihr sitzenden Kinder, würdigte er eines Blickes. Bleierne Stille begleitete seinen Gang. Bleischwer war, was auf ihm lastete. Aber als er vor die Tür trat, empfing ihn ein strahlend blauer Himmel, ein Sonnenstrahl fiel auf sein Gesicht. Sebastian legte den Kopf in den Nacken und atmete tief ein. Das Gefühl der Freiheit war beinahe übermächtig.

117. KAPITEL

Neidenburg, Ostpreußen, 20. Dezember 1923

Sophie schrie entsetzt auf, als sie den Brief öffnete, in dem Johanna ihr von Sebastians ›Aussetzer‹, wie sie es nannte, berichtete.

»Was ist?« Luise, die gerade dabei gewesen war, aus alten Stoffen, die Imke ihr überlassen hatte, Bettwäsche und Vorhänge für ihr neues, nun fast fertiges Heim zu nähen, ließ das Nähzeug sinken, legte es in den Korb neben dem Stuhl und stand auf.

Stumm reichte Sophie ihr den Brief.

Meine Lieben, las Luise, *ich schreibe Euch diesen Brief in sehr aufgewühltem Zustand.*

Es folgte eine genaue Beschreibung der Ereignisse in der Kirche. Dann schrieb Johanna:

Ihr könnt Euch vorstellen, daß ein Tumult losbrach, nachdem Sebastian die Kirche verlassen hatte. Und daß ich im Mittelpunkt dieses Tumults stand. Alle wollten mich etwas fragen, alle mit mir reden, aber ich habe einfach nur Susanne und Robert an der Hand gepackt und sie nach Hause gezerrt, die armen Kinder, ich fürchte, ich war ein wenig grob mit ihnen, aber ich wollte einfach nur weg. Und ich wollte zu Sebastian. Und natürlich war er auch zu Hause, als ich kam, aber er war im Begriff, seine Sachen zu packen. Er sagte, er halte das alles nicht mehr aus, er müße eine Weile fort. Ich habe ihn dann gefragt, wovon wir denn leben sollen, wenn er uns nicht mehr ernährt, und was denn überhaupt los sei. Und wo wir denn nun wohnen sollen, weil wir ja vielleicht aus dem Pfarrhaus ausziehen müßen und ins Alte Schulhaus auch nicht mehr können. Und da hat er mich nur ganz kalt angesehen und gesagt, daß ich ihn bisher ja auch nicht gebraucht habe und daß er all das satthat. Und dann ist er gegangen und hat mir nicht gesagt, wohin. Ich bin ihm noch nachgelaufen und habe hinter ihm hergerufen, aber er hat sich nicht mal mehr umgedreht.

Luise ließ den Brief sinken und sah Sophie entsetzt an. »Um Himmels willen«, stieß sie hervor, »was ist denn nur in ihn gefahren?«

»Mich wundert das nicht.« Nachdenklich ließ Sophie sich auf das abgeschabte Sofa sinken, das Luise zu Sophies großem Erstaunen tatsächlich zu flicken vermocht hatte.

»Mich eigentlich auch nicht«, gestand Luise. Sie setzte sich neben ihre Schwägerin und zog die Beine an. »Sebastian ist ein anderer, seit ich ihn damals im Krieg im Lazarett wiedergefunden habe. Ich habe eigentlich immer gedacht, dass jetzt alles gut ist. Aber ich war ja auch so weit weg.«

»Es war nicht alles gut«, sagte Sophie. »Ich war da, zumindest eine Weile lang, und ich hätte es merken müssen. Um ehrlich zu sein, *habe* ich es auch bemerkt und mir Sorgen gemacht. Du hast recht, Sebastian ist ein anderer geworden. Aber auch Johanna hat sich verändert. Sie ist härter geworden. Sie war …, sie hatte als junge Frau egoistische Züge, die hat der Krieg ihr genommen und sie zu einer starken Frau gemacht.«

»Aber eben auch zu einer Frau, die macht, was sie will, und die gar nicht fragt, ob das anderen auch recht ist?«, fragte Luise vorsichtig.

Sophie wand sich. »Das klingt, als ob ich Johanna schlechtmachen will. So ist das nicht. Was hätte sie denn auch tun sollen? Immer war etwas mit Sebastian. Sie hatte das Gefühl, sich nicht auf ihn verlassen zu können. Deswegen hat sie die Dinge in die Hand genommen.«

»Wahrscheinlich hat genau das die beiden auseinandergetrieben«, vermutete Luise. »Johanna hatte das Gefühl, immer alles machen zu müssen, und Sebastian hat sich irgendwann nutzlos gefühlt.«

»Ich muss zu ihr«, sagte Sophie entschlossen und wagte nicht, Luise anzusehen. Immer noch hatte sie keine Entscheidung gefällt, aber der Gedanke, Luise nicht allein lassen zu dürfen, wurde immer stärker. Doch für wen sollte sie sich entscheiden, wenn zwei Freundinnen sie dringend brauchten?

Aber Luise nickte nur. »Ja, das musst du wohl. Und ich müsste eigentlich auch, aber es gibt hier noch so viel zu tun.«

Sophie schüttelte den Kopf. »Nein, bleib du nur hier. Ich werde mit Raphael zurückreisen.«

»Hast du denn eigentlich keine Angst vor der Rückkehr? Nach allem, was geschehen ist?«

»Nein«, erwiderte Sophie und lächelte. »Das Wiedersehen mit Pierre hat mir ungemein viel Zuversicht gegeben. Und Raphael auch. Ich denke aber, dass wir uns in Konstanz einquartieren werden«, sagte sie. »Ich fürchte, dass Justus noch immer damit rechnet, dass ich eines Tages in die Firma zurückkehren werde. Ich muss ihm reinen Wein einschenken. Er muss sich nach Ersatz für mich umsehen.«

»Und nach Überlingen kannst du ohnehin schlecht, denn wenn ich es richtig sehe, wird Johanna nun auch aus dem Pfarrhaus ausziehen müssen.«

»Das stimmt«, gab Sophie ihr recht. »Außerdem weiß ich nicht, ob ich es ertragen kann, dass jetzt fremde Leute in meinem Elternhaus wohnen.« Die Nachricht, dass ein neuer Schulmeister mit seiner Familie im Alten Schulhaus wohnte, hatte sie tief getroffen, und eigentlich hatte sie damals schon nach Hause wollen, um ihrer Familie beizustehen. Allein – es wäre zu schmerzlich gewesen. So hatte sie sich damit beruhigt, Johanna habe schon alles im Griff und ohnehin könne sie Raphael keine erneute Reise zumuten. Alles Ausreden, dachte sie jetzt mit dem Anflug von schlechtem Gewissen. »Ich hätte zu ihr fahren müssen.«

»Wo um alles in der Welt sollen sie denn alle hin?«, rief Luise bestürzt. »Johanna, der Schwiegervater, die beiden Kinder?« Jetzt erst wurde ihr das Ausmaß des Problems voll bewusst.

»Ich weiß es auch nicht«, erwiderte Sophie bedrückt. »Vermutlich kommen wir alle erst mal bei Johannas Eltern unter. Aber wie lang das gut gehen soll …«

»Ihr seid hier jederzeit willkommen, Platz habe ich genug«, sagte Luise und ein Hoffnungsschimmer glomm in ihren Augen. »Das gilt auch für dich und Pierre.«

»Ja.« Sophie gab sich der vagen Hoffnung hin, dass das die Lösung wäre. Sie alle auf Luises großelterlichem Gut. Doch sie ahnte schon, dass das nichts als eine Hoffnung war und sich nicht in die Praxis umsetzen ließ.

118. KAPITEL

Konstanz, Bodensee, 24. Dezember 1923

An dieses Weihnachtsfest würde sich später keiner gern zurückerinnern. Kurz zuvor waren Johanna, Susanne, Robert und Friedrich nach Konstanz übergesiedelt und auch Sophie und Raphael waren in das Haus von Justus und Helene gezogen. Diese machte kein Hehl daraus, dass sie den vielen Besuch als große Strapaze und Belastung empfand, und gab bei jeder Gelegenheit mehr oder weniger laute Seufzer von sich. Was Johanna sofort auf die Palme brachte. »Wenn du uns hier nicht haben willst, Mutter, dann sag es doch einfach. Wir finden schon etwas anderes«, fauchte sie. Das wiederum führte dazu, dass Helene Johanna einen verletzten Blick zuwarf und zu der immer gleichen Predigt ansetzte: dass es die Pflicht der Familie sei, in schweren Zeiten zusammenzuhalten, dass es aber doch auch nicht verwunderlich sei, wenn sie, Helene, die

die Hauptlast dieser Veränderung zu tragen habe, dann und wann seufzen müsse. Das müsse man ihr schon zugestehen. Franziska war dem vielen Besuch nicht viel freundlicher gesonnen: Sie war das verzärtelte Nesthäkchen, dem jeder Wunsch von den Augen abgelesen wurde, denn Marlene hatte sich in der letzten Zeit nicht viel blicken lassen und wenn doch, hatte sie sich zum Ärger Helenes in ihr Zimmer zurückgezogen. Franziska war das ganz recht, denn je mehr Helene auf ihre beiden anderen Töchter schimpfte, desto mehr wurde sie, Franziska, zu ihrem Liebling.

Marlene war vermutlich die Einzige, die sich über den Besuch freute, sie hatte das brennende Bedürfnis, sich jemandem anzuvertrauen, und suchte Johannas Nähe. Die aber hatte genug eigene Sorgen, fand es nervig, dass die Schwester ständig um sie herumscharwenzelte, und war ruppig, was dazu führte, dass Marlene sich gekränkt wieder in ihr Schneckenhaus zurückzog.

Justus' Laune war auch nicht die beste, denn Sophie hatte ihm eröffnet, sie werde nicht in die Firma zurückkehren, und selbst Raphael war bedrückt. Der sonst so ausgeglichene Junge litt unter Helenes spürbarer Feindseligkeit und auch Franziska brachte ihm kühle Abneigung entgegen. Außerdem vermisste er seinen Vater.

Von Sebastian hatte keiner etwas gehört, und Johanna vermied es wohlweislich, bei ihren ebenfalls in Konstanz lebenden Schwiegereltern nachzufragen. Sie hatte ihre Schwiegermutter noch nie gemocht, der Schwiegervater war ihr in all der Zeit fremd geblieben, und Andreas, den rechtsgerichteten Bruder ihres Mannes, hatte sie schon immer abgelehnt.

Verwundert stellte sie fest, dass sie ihren Mann vermisste und mit einem Mal Respekt für ihn empfand. Sie war wütend auf ihn, weil er sie in eine solch schwierige Situation gebracht hatte, und fand sein Verhalten feige. Andererseits spürte sie, dass er jetzt, wo sie ihn vielleicht verloren hatte, interessanter für sie wurde. Und sie bewunderte ihn auch wieder. Dafür, dass er der Gemeinde so deutlich gesagt hatte, was er von ihr hielt. Endlich einmal.

Friedrich schließlich, der alte Schulmeister, hatte in den letzten Wochen und Monaten zu viele Wechsel erlebt. Und Asyl im Haus seiner Tochter suchen zu müssen, war für ihn ein unerhörter Zustand. Der alte Mann versank in Trübsal – eine Trübsal, die den gesamten Heiligen Abend beherrschte. Er erinnerte Johanna an das erste Weihnachtsfest im Krieg, und sie bemühte sich, den Gedanken, dass danach alles nur schlimmer geworden war, zu verdrängen. Doch die dunkle Wolke, die sich über ihr Gemüt gelegt hatte, war hartnäckig und ließ sich nicht vertreiben.

119. KAPITEL

90 Jahre später
Paris, Frankreich, August 2013

Das Hotel war schrecklich. Eng, muffig und überfüllt. Aber es hatte einen entscheidenden Vorteil: Der Montmartre war zu Fuß zu erreichen. Melissa und Mia wussten nicht, wo am Montmartre Susanne wohnte, und auch Adèle, die sie am Abend zuvor aufgesucht hatten, konnte nicht weiterhelfen. »Nur mein Mann hatte Kontakt zu ihr«, sagte sie bedauernd. »Und der kennt wohl auch keine genaue Adresse.« Die alte Dame hatte empfohlen, einfach auf dem Montmartre nachzufragen. »Paris ist ein Dorf, vor allem innerhalb der einzelnen Arrondissements. Ich bin ganz sicher, dass man sie kennt.«

Melissa war furchtbar aufgeregt, als sie sich auf den Weg machten. Eigentlich gut in Form, kam sie mächtig ins Schnaufen, als sie den erst sanft ansteigenden Berg hinaufstiegen und dann rechts die Stufen erklommen. »Ich glaube, das liegt daran, dass mein Herz doppelt so schnell schlägt wie sonst. Ich lerne vielleicht gleich meine Mutter kennen, von der ich immer dachte, sie sei meine Schwester.«

Mia nahm die Hand ihrer Mutter und drückte sie. Sie hatte Angst, dass sie eine schreckliche Enttäuschung erleben würde. Raphael hatte lange nichts mehr von ihr gehört. Was, wenn die hochbetagte Susanne inzwischen doch gestorben war und Philippes Großvater es einfach nicht mitbekommen hatte? Oder was, wenn Susanne ihre Tochter und ihre Enkelin nicht sehen wollte? Es musste doch einen Grund dafür geben, dass sie sich über all die Jahre und Jahrzehnte nicht bei ihnen gemeldet hatte!

»Es ist wunderschön hier«, sagte sie, teils, um ihre Mutter abzulenken, teils, weil sie wirklich entzückt war. Kleine Häuschen schmiegten sich malerisch an enge Gässchen, überall blühten Bougainvilleen in verschwenderischer Pracht. »Schau mal, hier!« Mia deutete auf ein winziges rosafarbenes Gebäude, vor dem zwei türkis lackierte runde Holztische standen. »Ein kleines Restaurant. Sollen wir da was essen gehen?«

»Nachher«, erklärte Melissa. »Ich muss erst nach ihr suchen.«

Langsam erklommen sie den Montmartre, die Geschäfte wurden bunter und touristischer, auch Sacre Cœur war nun zu sehen. Mutlos blickte Melissa an den zahlreichen Fassaden empor. »Wie sollen wir sie hier nur jemals finden?«

»Denk daran, was Philippes Großmutter gesagt hat«, ermutigte Mia sie. »Paris ist ein Dorf. Am besten fangen wir einfach mal an zu fragen.«

Melissa sprach kein Französisch, aber sie begleitete ihre Tochter, die von Laden zu Laden, von Gaststätte zu Gaststätte spazierte, um nach einer Deutschen namens Susanne zu fragen, einer älteren Dame, die hier seit Jahrzehnten wohnte. Doch die beiden Frauen hatten Pech: Einer nach dem anderen schüttelte bedauernd den Kopf, und als sie sich schließlich auf einer Bank niederließen, von der aus sich eine herrliche Sicht auf Paris eröffnete, war Melissa den Tränen nahe.

120. KAPITEL

89 Jahre zuvor
Petrograd, Russland, 21.–27. Januar 1924

Am 21. Januar starb Wladimir I. Lenin. Irina erfuhr erst mit einem Tag Verzögerung von seinem Tod, und obwohl sie ihn am Ende so sehr gehasst hatte, weinte sie einen ganzen Tag und eine ganze Nacht in Sergejs Armen. Sie weinte um all das, an was sie einmal geglaubt und dann verloren hatte. Aber als Petrograd am 26. Januar in Leningrad umbenannt wurde, wollte sie in dieser Stadt nicht mehr leben. Irina und Sergej reisten nach Moskau, um am 27. Januar dabei zu sein, als Lenin auf dem Roten Platz in einem Mausoleum beigesetzt wurde. »Mir ist es wichtig, das zu erleben«, sagte Irina. Hand in Hand standen sie auf dem Platz und beobachteten, wie Josef W. Stalin eine, wie Irina fand, schleimige Gedenkrede hielt, die in ihren Augen doch nichts anderes war als Propaganda für Stalin selbst. Sie wusste, dass Lenin Stalin misstraut und seine Absetzung gefordert hatte, es jedoch nicht durchsetzen konnte. Und sie ärgerte sich darüber, dass Leo Trotzki nicht da war. So wenig sie selbst zuletzt von Lenin gehalten hatte – der Anstand hätte es Trotzki geboten, ihm die letzte Ehre zu erweisen. Sie steigerte sich regelrecht in ihre Wut hinein, erst viel später sollte sie erfahren, dass Stalin für Trotzkis Abwesenheit verantwortlich war. Der hatte seinem ärgsten Konkurrenten um die Nachfolge Lenins schlicht das falsche Datum telegrafiert.

Irina blickte sich auf dem Platz um. Tausende und Abertausende waren gekommen, um Abschied zu nehmen. Sie weinten und beteten. Irina weinte nicht. Aber sie senkte den Kopf und sprach ein Gebet für Lenin. Trotz allem.

121. KAPITEL

Konstanz, Bodensee, 28. Februar 1924

Das Leben in Konstanz wurde eine Qual für Sophie. Sie musste ständig an Luise denken, die nun ganz allein auf ihrem Gut in Ostpreußen saß. Sie konnte Pierre nur noch heimlich treffen auf der Parkbank in Friedrichshafen, was ein magerer Ersatz war für die romantischen Stunden in Neidenburg. Und sie konnte Raphael nicht zu den Verabredungen mitnehmen, sie hatte Angst, dass der Junge sich gegenüber Helene verraten könnte. Raphael litt, weil er seinen Vater nicht mehr sehen durfte, und trotz Sophies Beteuerungen, dass sich das bald ändern würde und sie dann täglich zusammen wären, wurde er nicht fröhlicher. Die Angst, den Vater wieder zu verlieren, saß tief. Außerdem vermisste der Junge die Weite Neidenburgs.

Sophie hielt es kaum aus, Tag für Tag mit Helene zusammen zu sein, seit sie zu wissen glaubte, dass es ihre Schwester war, die sie damals verraten hatte, und auch die altklugen Anfeindungen von Franziska ertrug sie nur schwer. Franziska nannte Raphael ein Franzosenschwein, was ihr zwar eine Ohrfeige des Vaters einbrachte, den Hass in dem Mädchen aber nur umso mehr schürte. Sie sorgte dafür, dass in der Schule bald jeder von Raphaels Herkunft wusste. Das führte dazu, dass der Junge nicht weniger schlimm geärgert und gefoppt wurde als seinerzeit in der Schule in Überlingen. In ihren dunkelsten Stunden zählte sich Sophie auf, was sie alles falsch gemacht hatte im letzten Jahr. Wäre sie nicht ins Ruhrgebiet gegangen, würde Siegfried jetzt noch leben. Wozu, fragte Sophie sich verzweifelt, hatte sie all das auf sich genommen, nur damit Raphael jetzt in Konstanz statt in Überlingen gequält wurde? Doch bevor die Hoffnungslosigkeit allzu groß werden konnte, bemächtigte sich ihrer wieder dieses großartige Wärmegefühl, das sie nährte, seit Pierre und sie sich wieder gefunden hatten. Sie wusste, es würde eine gemeinsame Zukunft geben. Und sie wusste, dass der Gedanke daran auch Raphael ungemein stärkte. Insofern ging Sophie jeden Tag aufs Neue hocherhobenen Hauptes über die Rheinbrücke in ihr Büro auf der Marktstätte. Bis Ersatz gefunden wäre, das hatte sie Justus versprochen, wollte sie sich nach Kräften für die Firma einsetzen. Sie ignorierte das Tuscheln ihrer Mitarbeiter, die das kleine Biest Franziska ohnehin lang schon in Kenntnis gesetzt hatte. Sollten sie ihr doch dankbar sein, dass sie überhaupt eine Stelle hatten, diese Weiber, dachte Sophie mit einem für sie ganz untypischen Anflug von Boshaftigkeit. Immerhin wurde die Berufstätigkeit von Frauen vor allem aufgrund der hohen Arbeitslosigkeit heftig diskutiert. Frauen, die arbeiteten, standen in der Kritik – sie selbst natürlich auch, aber das war Sophie egal. Natürlich waren die Frauen an allem schuld und der Grund für die Arbeitslosigkeit. Dabei konnten sich die Angestellten der Gerstett'schen Textilwerke bei Gott nicht beschweren. Seit im Oktober des vergangenen Jahres die Rentenmark eingeführt worden war, stabilisierte sich die Lage zusehends, und die Menschen gierten nach Glanz und Glamour. Helenes Empörung zum Trotz hatte Sophie es nach vielen Kämpfen geschafft, Justus zu überreden, sich auch weiterhin der neuen modischen Linie anzupassen und noch mehr Kleider für die Avantgarde herzustellen. Helene und Justus fanden das gleichermaßen ungehörig, aber Justus war zu sehr Kaufmann, um sie nicht gewähren zu lassen, zumal er schon früh bemerkt hatte, dass das Konzept aufging: Die Gerstett'sche Textilfabrik lief hervorragend, die Konstanzerinnen kamen, wenn auch verschämt, in Scharen, um den neuen Stil zu bestaunen und zu kaufen, wenn sie vermutlich auch eine ganze Weile brauchen würden, um ihn zu tragen. Johanna hatte diesen Schritt zur Empörung der ganzen Familie freilich schon lange getan, dachte Sophie lächelnd. Sie wollte ihr einen Vorschlag unterbreiten, zu dem diese nicht Nein sagen konnte.

122. KAPITEL

89 Jahre später
Paris, Frankreich, August 2013

»Lass uns noch nicht aufgeben«, bat Mia ihre verzweifelte Mutter. »Dass es nicht einfach werden würde, war klar, und ich bin fest entschlossen, so lange nach meiner … Großmutter zu suchen, bis ich sie gefunden habe.«

»Aber wenn doch keiner etwas weiß!«

»Wie viele Leute haben wir gefragt!«, hielt Mia dagegen. »Zehn, zwölf? Nein, ich mache weiter. Und wenn ich persönlich über den ganzen Montmartre spazieren und an jeder Haustür einzeln klingeln muss.«

Melissa blickte zaghaft auf.

»Du kannst jetzt hier sitzen bleiben und auf mich warten oder du kommst mit und hilfst mir«, sagte Mia resolut.

Melissa zögerte. Mia seufzte und setzte sich wieder neben ihre Mutter. »Weißt du, was ich glaube? Ich glaube, dass du irgendwie ganz froh warst, dass wir sie nicht gefunden haben.«

Melissa fuhr auf. »Ich …«, begann sie.

»Nein, hör mir zu«, bat Mia. »Das war kein Angriff und ich kann dich gut, sehr gut verstehen. Vor Kurzem hast du erfahren, dass die Frau, die du immer für deine Mutter gehalten hast, gar nicht deine Mutter, sondern deine Großmutter war. Und dass die Frau mit dem dunklen Schicksal, über das man in der Familie nicht sprach, deine Mutter war. Und nicht deine unbekannte Schwester, für die du sie immer gehalten hast.«

Melissa senkte den Kopf und starrte zu Boden.

»Meiner Ansicht nach hast du das nicht einmal ansatzweise verarbeitet«, fuhr Mia fort. »Wie denn auch? Die Ereignisse überschlagen sich, du kommst nicht zur Ruhe. Erst der Tod der Großtante, die dir in den letzten Minuten ihres Lebens etwas Unglaubliches eröffnet, dann die Frage, ob sie gelogen hat, schließlich die Bestätigung, dass sie nicht gelogen hat, die Hoffnung, deine Mutter zu finden, das Sterben der Hoffnung …, nein, ich kann dich gut verstehen, Mama.«

Melissa hob den Kopf und sah ihrer Tochter in die Augen. Es war ein stummes Zwiegespräch, und Mia kam es so vor, als nähmen all ihre Vorfahrinnen, Generationen von Frauen, daran teil. Dann stand Melissa auf und nahm Mias Hand. »In Ordnung«, sagte sie. »Ich komme mit.«

Sie setzten ihre Tour fort, gingen von Geschäft zu Geschäft, von Restaurant zu Restaurant. Überall ernteten sie nur bedauernde und manchmal auch genervte Blicke. »Ich glaube, ich brauche jetzt eine Pause und was zu essen«, sagte Mia. Als sie den fragenden Blick ihrer Mutter auffing, fügte sie rasch hinzu: »Nein, ich gebe nicht auf. Aber lass uns doch kurz was essen gehen, in diesem netten rosafarbenen Café.«

»In Ordnung«, willigte Melissa ein.

Der Weg war nicht weit, und es ging schnell, da sie nun nur noch bergab gehen mussten. Das Innere des winzigen Cafés war genauso gemütlich, wie es von außen den Anschein gehabt hatte. »Ist das schön hier!«, rief Mia und nahm an einem der kleinen Tischchen Platz. Sie schnappte sich sofort die Karte und strahlte. »Hier gibt es Pfannkuchen mit Heidelbeeren und Vanilleeis. Das ist genau das, was ich jetzt brauche.«

Melissa lächelte dünn. »Ich kann nichts essen, ich bekomme nichts hinunter.«

»Du musst, Mama«, beharrte Mia. »Ich bestelle dir einfach einen Pfannkuchen mit.«

Als die Bedienung kam und Mia die Bestellung aufgab, fragte sie fast schon beiläufig, ob sie denn eine Deutsche namens Susanne kenne, die schon ziemlich betagt sei und hier seit Jahrzehnten wohne. Nachdem die Bedienung geantwortet hatte, brauchte Mia eine Weile, bis sie den Sinn der Worte begriff. Sie hatte fest mit einem Nein gerechnet. Dann aber sah sie die Bedienung mit großen Augen an. »Können Sie noch mal wiederholen, was Sie gerade gesagt haben?«

Die junge Frau, die vermutlich nicht älter war als Mia selbst, lächelte nachsichtig. »Aber ja: Susanne hat dieses Café hier gegründet. Sie wohnt in dem Haus schräg gegenüber, sehen Sie?« Sie deutete aus dem Fenster. Melissa und Mia starrten auf ein Gebäude, das dem Alten Schulhaus sehr ähnelte und wie ein kleines, verwunschenes Schlösschen in einem riesigen Garten lag.

»Ist sie … ist sie zu Hause?«, fragte Mia.

»Ich denke schon«, lachte die Bedienung. »Um diese Zeit hält sie sich meistens in ihrem Garten auf, den sie übrigens ganz alleine in Schuss hält. Sie ist erstaunlich fit für ihr Alter.«

»Ich glaube«, sagte Melissa rau, »dass wir erst kurz zu ihr hinübergehen müssen. Wir kommen später wieder.«

»In Ordnung«, erwiderte die Kellnerin erstaunt. »Dann warte ich mal noch mit der Bestellung.«

Als Melissa sich gleichzeitig mit Mia erhob und das Café verließ, wurde sie innerlich ganz still. Endlich, nachdem es in den letzten Tagen unerträglich in ihrem Innern gelärmt hatte.

Und dann überquerten die beiden Frauen die Straße und gingen auf das verwunschene Haus zu.

123. KAPITEL

89 Jahre zuvor
Konstanz, Bodensee, 18. März 1924

»Ich wollte dir etwas vorschlagen, Johanna.« Sophie musterte die elegante Erscheinung ihrer Nichte aufmerksam. Johanna trug ihre Haare heute nach vorne in Stirn und Schläfen geföhnt, ihre Hemdbluse war schlicht, aber edel. »Du bist sehr elegant.«

»Danke«, sagte Johanna. Mit einem Hauch von Verbitterung fügte sie hinzu: »Du bist so ziemlich die Einzige, die das findet, alle anderen halten mich für schamlos.« Das Lächeln, das folgte, war eine Mischung aus Einsamkeit und Triumph. »Immerhin muss mein Mann meinen Anblick nicht ertragen«, fuhr sie fort und dachte bei sich: Und meinem Geliebten würde ich sicher gefallen. Aber sie war konsequent geblieben – die Liebe zwischen ihr und Matthias war nicht richtig –, sie ging ihm nach wie vor aus dem Weg, was jetzt, wo der See zwischen ihnen lag, viel einfacher war. Außerdem war sie sich ihrer Gefühle mit einem Mal auch nicht mehr sicher. Immer öfter musste sie an Sebastian denken, der nichts von sich hatte hören lassen. Sie war wütend. Und gleichzeitig sehnte sie sich nach ihm.

Sophie ignorierte ihre Bemerkung. »Ich habe dich schon damals bewundert, als ich dich zum ersten Mal so gesehen habe«, gestand sie. »Ich bewunderte dich für deinen Mut, neue Wege zu gehen, obwohl ich den ja schon von dir kenne. Ich bewunderte dich aber auch für dein unglaubliches Geschick, aus deinen alten Kleidern aus Kriegstagen solch elegante Modelle zu fertigen. Und die Kleidchen, die du Susanne aus den alten Vorhängen genäht hast …, ganz hinreißend.«

»Findest du wirklich?«, fragte Johanna überrascht und zog die gewölbten Augenbrauen so weit nach oben, dass sie beinahe unter dem glatten Pony verschwanden.

»Ja, Johanna, das finde ich wirklich«, bekräftigte Sophie. »Hast du dir noch nie Gedanken darüber gemacht, in die Firma deines Vaters einzutreten?«

»Und Uniformen herzustellen?«, schnaubte Johanna.

»Wir stellen keine Uniformen mehr her, Johanna, das weißt du genau«, hielt Sophie dagegen.

»Dann eben langweilige graue Hauskittel.«

»Nein, auch keine langweiligen grauen Hauskittel. Auch das weißt du. Sicher gibt es die noch, aber wir machen auch Avantgardemode, verstehst du? Und das kommt bei den Konstanzerinnen hervorragend an.«

»Ich habe mich schon immer gewundert, dass Vater dem zustimmt«, sagte Johanna. »Das widerspricht doch seiner Gesinnung. Und Mutter …, sie kommt aus dem Naserümpfen gar nicht mehr heraus.« Sie musste plötzlich kichern. »Wenn du Mutters Blicke gesehen hättest, als sie mich zum ersten Mal mit meiner neuen Frisur erblickte.«

Sophie lächelte. Sie konnte sich das bestens vorstellen. Vor allem aber lächelte sie, weil wieder etwas von dem Lebensmut und der Lebensfreude, die Johannas Wesen schon immer bestimmt hatten, in deren Gesicht stand. Seit der Totgeburt war Johanna so trüb und grau gewesen – nur unterbrochen von diesem fiebrigen Glänzen, das Matthias galt.

»Wie gesagt, habe ich das sehr bewundert, wie du einige alte Kleider in pfiffige Modelle verwandelt hast«, knüpfte Sophie wieder an. Dann sah sie ihrer Nichte direkt in die Augen und sagte: »Johanna, möchtest du das nicht auch für die Firma tun?«

Johanna schüttelte den Kopf.

Sophie ließ nicht locker. »Du hast Talent. Und ich brauche jemanden wie dich an meiner Seite.«

»Aber … aber du hast doch schon Modezeichner. Die, die auch die letzten Entwürfe gemacht haben«, wandte Johanna ein.

»Die sind nicht gut und nicht pfiffig genug. Wir brauchen jemanden wie dich.«

Sie verschwieg, dass sie hoffte, Johanna könne irgendwann ihre Nachfolge antreten. Für Sophie war klar, dass sie entweder mit Pierre nach Frankreich gehen würde, sobald sich die Gelegenheit dazu ergäbe, oder aber zu Luise nach Neidenburg, falls ihr schlechtes Gewissen sie nicht in Ruhe ließe. Von Luise kamen zwar Briefe, in denen sie ganz heiter klang und erklärte, sie arbeite nun bei Imke, die wolle, dass sie, Luise, einmal die Bäckerei übernahm, aber Sophie war sich fast sicher, dass Luise schrecklich einsam war und es nur nicht eingestehen wollte.

Egal, wohin sie gehen würde: Sie würde Konstanz auf jeden Fall in absehbarer Zeit verlassen.

»Was Vater und Mutter wohl dazu sagen würden?«, fragte Johanna.

»Hat dich das je gekümmert?«, erwiderte Sophie.

Johanna schüttelte erst zögernd, dann immer schneller den Kopf. »Natürlich nicht«, sagte sie schließlich und ihre Augen blitzten. »Danke für das Angebot, Sophie. Ich sage Ja, aus ganzem Herzen Ja!« Die letzten Worte jubelte sie. Dann fügte sie leise hinzu: »Ich habe zwar keine Ahnung, ob ich das kann, aber ich werde es schon schaffen.«

124. KAPITEL

Konstanz, Bodensee, 3. April 1924

Marlene verfolgte die Ereignisse in München vom Bodensee aus mit einer Mischung aus Sehnsucht und brennender Scham. Sie war froh, als sie hörte, dass General Otto von

Lossow am 18. Februar zurückgetreten und der Konflikt zwischen dem Reich und Bayern besiegelt war. Im Oktober des vergangenen Jahres hatte Bayern sich offen gegen das Reich gestellt. Der Oktober – das war zu der Zeit gewesen, in dem ihre Welt noch in Ordnung und sie noch glücklich mit Andreas gewesen war. Dann kam der November, diese schreckliche Nacht, in der er sie so grausam behandelt hatte. Die Nacht, in der sie voll tiefer Scham ihre Sachen zusammengesammelt hatte und nach einer kurzen Station bei ihrer aufgeregten Freundin Lisbeth, der sie nicht verraten wollte, was mit ihr passiert war, an den Bodensee zurückgekehrt war. Und nun wurde diesem Hitler also der Prozess gemacht. Das war gut so. Irgendwie gab sie ihm die Schuld an allem. Er war der Dämon, der in ihren wunderbaren Andreas gefahren war.

Trotzdem hatte er sie grauenvoll behandelt, und Marlene stiegen immer noch die Tränen in die Augen, wenn sie daran dachte. Es war ganz seltsam: So sehr sie sich danach sehnte, ihn bald wiederzusehen, so sehr fürchtete sie sich genau davor.

Sie erhob sich und ging zu dem kleinen Sekretär, der in dem Erkerchen stand, das in Richtung See zeigte. Sie klappte ihn auf, zog ein Blatt Papier aus einer Mappe und ihren Füllfederhalter aus der Schublade, die immer ein wenig klemmte, und begann zu schreiben.

Konstanz, 3. April 1924

Mein geliebter Andreas,

Ich finde es unglaublich, daß dieser Hitler so ein mildes Urteil bekommen hat. Er ist schuld an allem, er hat Dich in eine Bestie verwandelt, die …

Wütend riss sie das Blatt unter ihrem Füllfederhalter fort, der dort eine lange, harte Linie hinterließ. Das konnte sie ihm unmöglich schreiben, wenn sie ihn zurückgewinnen wollte. Sie musste Verständnis zeigen, ihn in seiner Bewunderung für diesen Hitler bestärken. Aber konnte sie das denn? Konnte sie sich selbst um der Liebe willen verleugnen? Ihr war all das doch so zuwider. Wenn sie nur daran dachte, was schon ihre kleine Schwester und ihre Mutter für Reden schwangen seit dem Tod von Onkel Siegfried. Und erst recht seit dem Tod von diesem Schlageter. Ihr wurde dabei ganz schlecht und sie wusste, dass es ihrem Vater genauso ging. Trotzdem zerknüllte sie das Papier und pfefferte es in die Zimmerecke. Dann zog sie ein neues Blatt hervor und begann wieder zu schreiben:

Konstanz, 3. April 1924

Mein geliebter Andreas,

Vater hat heute berichtet, daß die Urteile gegen Hitler und Ludendorff und die anderen, deren Namen ich vergessen habe, sehr mild ausgefallen sind. Das wird Dich sicherlich freuen und mich freut es mit Dir. Ich verstehe nun auch besser die Geschehnisse jener Nacht. Du warst frustriert und ärgerlich und das kann ich natürlich verstehen. Ich wußte ja nicht, was das für eine bedeutende Nacht war.

Ich wußte auch nicht, daß sich dieser Hitler wie ein Dämon auf Dich setzt und Dich …

Marlene vollendete auch diesen Brief mit wütendem Gekritzel. Sie konnte einfach nicht an sich halten. Sie konnte sich nicht verbiegen um der Liebe willen. Und irgendwie war sie auch stolz darauf. Dieser Brief war der Beweis dafür, dass sie stark war. Sie zerknüllte ihn nicht wie den anderen, den sie gleich sorgsam verbrennen würde. Nein, sie faltete ihn ordentlich zusammen und legte ihn in die kleine Schublade. Die, die abschließbar war. Die, deren Inhalt vor den neugierig-kontrollierenden Blicken ihrer Mutter sicher war.

125. KAPITEL

89 Jahre später
Überlingen, Bodensee, August 2013

Zita setzte sich ruckartig in ihrem Bett auf, in dem sie soeben mit Philippe Versöhnung gefeiert hatte. »Ich glaube, auf dem Dachboden war noch eine Kiste«, sagte sie. »Oder täusche ich mich?«

Philippe brummte. »Kann sein, aber müssen wir das jetzt besprechen? Es ist gerade so schön.«

»Das müssen wir nicht nur jetzt besprechen, wir müssen sogar sofort nachsehen«, beharrte Zita. »Ich bin ganz aufgeregt.«

Soeben hatte sie von Mia eine eilig getippte SMS erhalten. ›Sind auf dem Weg zu meiner Großmutter, stehen vor ihrem Haus.‹

»Ich muss etwas tun, sonst halte ich die Spannung nicht aus!«, erklärte Zita und sprang auf.

»Mir würde da noch etwas ganz anderes einfallen, was du tun könntest«, grinste Philippe.

Zita warf ihm seine Unterhose ins Gesicht. »Jetzt komm endlich. Oder willst du mich ganz allein auf den dunklen Dachboden jagen?«

Brummend erhob sich Philippe und schlüpfte in seine Kleider.

Tatsächlich fanden sie eine zweite kleine Truhe, verstaubt und schmutzig. Und schwer. Philippe ächzte, als er sie nach unten trug. Dann öffnete Zita vorsichtig die Kiste.

»Ein Kleid!«, rief sie überrascht und hielt es hoch. »Ein typisches Zwanziger-Jahre-Kleid. Und wie kunstvoll es gearbeitet ist.«

»Würde dir stehen«, kommentierte Philippe.

Zita beugte sich wieder über die Kiste und zog einen dicken Stapel Modezeitschriften aus den Zwanzigern heraus. Interessiert begann sie darin zu blättern. »Das sind ja wahre Schätze!«, jubelte sie.

»Wohl eher für euch Frauen«, sagte Philippe. »Ich bin zwar Franzose, aber damit kann ich nichts anfangen. Pardon.«

»Warte mal«, rief Zita. »Hier ist etwas.« Sie zog einen Brief zwischen den Seiten eines Modemagazins heraus und las vor.

Konstanz, 14. Oktober 1925

Meine liebe Sophie!

Ganz Deutschland jubelt darüber, daß die Franzosen aus dem Ruhrgebiet abgezogen sind – nur ich nicht. Denn das, wovor ich mich immer gefürchtet habe, ist nun geschehen: Du bist mit Raphael und Deinem Pierre nach Frankreich gezogen und so sehr ich Euch wünsche, daß ihr dort ein wunderbares Leben haben werdet, – ich vermisse Euch einfach ganz schrecklich. Ich fühle mich so allein! Und doch kann ich nicht klagen, daß mein Leben nicht ausgefüllt wäre.

Die Kinder habe ich oft mit in der Firma. Robert spielt mit den Stofffetzen und die Schneiderinnen lieben Susanne und nähen ihr ein wunderbares Kleid nach dem anderen. Sie sind alle ganz entzückend, wirklich!

Ich danke Dir von Herzen, liebste Sophie, daß Du mich in die Firma geholt hast. Ich habe nun endlich eine Aufgabe und ich glaube, ich mache sie gut. Die Leute reißen mir meine Entwürfe regelrecht aus den Händen, ich komme kaum nach mit der Produktion. Ich experimentiere mit neuen Garnen und Stoffen und habe viele Mitarbeiterinnen eingestellt. Man sagt, ich sei eine strenge Chefin, aber was soll ich machen? Es ist schwer genug, als Frau ernst genommen zu werden. Leider muß ich Dir auch sagen, Sophie, daß Sebastian, seit er zurück ist, mein neues Leben so gar nicht gefällt, das hatten wir ja beide schon befürchtet. Er wechselt kaum noch ein Wort mit mir, es ist eigentlich wie früher. Er ist wieder nach Überlingen zurückgekehrt. Ich finde es beachtlich, daß die Überlinger ihn wieder so offen aufgenommen haben, nach allem, was er ihnen an den Kopf geworfen hat. Ich lebe dort offiziell mit ihm, aber immer öfter bin ich in Konstanz, ich habe mir hier eine kleine Wohnung genommen, bei den Eltern möchte ich nicht wohnen. Ich bin froh, daß Luise da ist und mir in der Firma und auch zu Hause hilft. Sie lebt bei uns in Überlingen und ist auch ein wenig für Susanne und Robert da. Sie sagt aber immer, das sei nur vorübergehend und sie wolle nach Neidenburg zurückkehren, auf dem Gut leben und die Bäckerei weiterführen.

Und, Sophie, ich muß Dir noch etwas gestehen, das kann ich nur dir sagen und ich weiß, daß du es zutiefst mißbilligst, aber ich kann dir einfach nichts verheimlichen: Matthias und ich, wir treffen uns wieder. Er kommt zu mir, wenn ich in Konstanz bin. Ich weiß, daß es verwerflich ist, und ich schäme mich auch dafür, aber wir können einfach nicht voneinander lassen. Wir sind so einsam, so verloren und können uns nur gegenseitig ein bißchen Wärme und Glück schenken. Habe ich darauf nicht auch ein Recht, Sophie, meine Sophie?

Deine Johanna

ENDE

AUSBLICK

Das dritte Buch der Trilogie wird in der Zeit des Nationalsozialismus spielen und Zita, Melissa, Mia und Philippe werden, nun mit Hilfe von Susanne, auch den letzten Teil des Familiengeheimnisses lösen. Das Dritte Reich und der Zweite Weltkrieg stellen Johanna, Luise und Sophie erneut vor schwere Aufgaben und ihre enge Freundschaft wird auf eine harte Probe gestellt. Mehr verrate ich noch nicht. Aber ich verspreche: Ich fange sofort mit dem Schreiben an, damit der dritte Band 2016 im Buchhandel zu haben sein wird.

SCHLUSSBEMERKUNG

In Überlingen gab es tatsächlich einen Bürgermeister, der Heinrich Emerich hieß. Das Gespräch zwischen ihm und Johanna ist aber Fiktion. Außerdem gibt und gab es in Überlingen eine sehr starke katholische Kirchengemeinde und ein wunderbares Münster in der Altstadt, das in meinem Buch nicht gewürdigt wird, da die Pfarrersfamilie – die ja protestantisch sein muss – im Mittelpunkt meiner Handlung steht.

DANKSAGUNG

Ich danke all denen, die mich bei meiner Arbeit so großartig unterstützen: allen voran meiner Familie, die viel Geduld mit mir hat, wenn ich wieder mal Stunden mit dem Schreiben verbringe. Meinem Mann Thomas, meinen drei Kindern und meiner Mutter Lena Bast, die alle meine Bücher vorab Korrektur liest. Korrektur liest nun auch schon zum zweiten Mal meine kleine Tochter, die mit ihren elf Jahren einen ungeheuren Sinn für Logik hat. Danke! Ihr seid großartig.

Ganz besonders danke ich meiner wunderbaren Großmutter Annelene Preuß, deren Leben mich zur Mondjahre-Trilogie inspiriert hat.

Meinen Freunden danke ich für das Verständnis, wenn vor lauter Schreiben wieder mal die Zeit für ein Treffen fehlt – das Schöne ist, dass die Freundschaften nicht drunter leiden. Das ist wohl das, was man unter wahren Freunden versteht. Ich danke meiner Lektorin Claudia Senghaas, die ich nun seit vielen Jahren auch zu eben jenen besonderen Freunden zählen darf. Und ich danke meinen Leserinnen und Lesern für ihre vielen Briefe, E-Mails und für die Gespräche bei meinen Lesungen. Der Austausch mit ihnen und die begeisterten und herzerwärmenden Rückmeldungen bedeuten mir sehr viel.

Eva-Maria Bast im Mai 2014

LITERATUR UND QUELLEN

Chronik 1923
Chronik 1924
Chronik 1925

Geschichte der Kommunistischen Partei der Sowjetunion. Berlin 1985.

Geo Epoche: Weimarer Republik.

Hildermeier, Manfred: Geschichte der Sowjetunion 1917–1991. Entstehung und Niedergang des ersten sozialistischen Staates. München 1998.

Wikipedia: Russischer Bürgerkrieg. URL: http://de.wikipedia.org/wiki/Russischer_Bürgerkrieg_ Stand: 12.5.2014

Wikipedia: Wladimir Iljitsch Lenin. URL: http://de.wikipedia.org/wiki/Wladimir_Iljitsch_Lenin Stand: 12.5.2014

Weitere Titel finden Sie auf den folgenden Seiten und im Internet:

WWW.GMEINER-VERLAG.DE

Alle Bücher von Eva-Maria Bast:

Die Jahrhundert-Saga:
Mondjahre
ISBN 978-3-8392-1545-6

Kornblumenjahre
ISBN 978-3-8392-1694-1

Dornenjahre
ISBN 978-3-8392-1976-8

Wolkenjahre
ISBN 978-3-8392-2277-5

Margeritenjahre
ISBN 978-3-8392-2735-0

Ole Strobehn und Alexandra Tuleit:
Vergissmichnicht
ISBN 978-3-8392-1338-4

Tulpentanz
ISBN 978-3-8392-1413-8

weitere:
Miss Würzburg
ISBN 978-3-8392-0173-2

Schwabenbräu
GÜNTHER THÖMMES
Fanny Leicht
DIE SCHWÄBISCHE BIERBRAUERIN
Historischer Roman
GMEINER